罗兰经典散文

（下）

罗 兰 著

当代世界出版社

目 录

善恶随想曲 …………………………………………（235）
花如绣，草如茵 ……………………………………（239）
寄给寻觅 ……………………………………………（251）
白云千嶂 ……………………………………………（256）
山谷灯光 ……………………………………………（261）
现代天伦 ……………………………………………（265）
孩子的画与文 ………………………………………（270）
智者乐水 ……………………………………………（275）
寂寞童心 ……………………………………………（278）
现代父子 ……………………………………………（281）
现代人情 ……………………………………………（286）
高处不胜寒 …………………………………………（289）
把优越感让给男人 …………………………………（292）
相敬如友 ……………………………………………（296）
性情相投 ……………………………………………（299）
无为而治谈用人 ……………………………………（305）
年的情调 ……………………………………………（309）
植物的世界 …………………………………………（314）
夏天的诗 ……………………………………………（316）

南风的旋律 …………………………………………… (318)

夏夜繁星 ……………………………………………… (319)

山上雨·雨中山 ……………………………………… (321)

寻觅·失落 …………………………………………… (324)

雨也潇潇 ……………………………………………… (326)

拥有的一刻 …………………………………………… (329)

音响世界 ……………………………………………… (331)

相逢何必曾相识 ……………………………………… (333)

任性自如谈"拥有" ………………………………… (338)

无情的未来世界 ……………………………………… (341)

哲理如诗 ……………………………………………… (346)

有数与无数 …………………………………………… (351)

买卖哲学 ……………………………………………… (356)

无为与不争 …………………………………………… (360)

挤和抢的心理因素 …………………………………… (363)

机器时代 ……………………………………………… (367)

前厢有耳 ……………………………………………… (370)

钱的代沟 ……………………………………………… (373)

就业新观念 …………………………………………… (376)

资讯时代的小孩 ……………………………………… (379)

我看婚前难题 ………………………………………… (382)

时髦的问题 …………………………………………… (384)

应酬是一种困扰吗? ………………………………… (388)

携眷参加与单独行动 ………………………………… (391)

家,一个可以回去的地方 …………………………… (394)

为什么要结婚? ……………………………………… (398)

离婚——感情的处决 …………………………………… (402)
一段婚姻·两个故事 …………………………………… (406)
过犹不及 ………………………………………………… (410)
女子无才便是福? ……………………………………… (412)
顾此失彼的现代女性 …………………………………… (415)
岂仅是幸福 ……………………………………………… (419)
日子的素描 ……………………………………………… (423)
新男性美如郁金香 ……………………………………… (427)
散步最乐 ………………………………………………… (431)
风与微云 ………………………………………………… (434)
何必中秋 ………………………………………………… (437)
秋　颂 …………………………………………………… (439)
收　藏 …………………………………………………… (441)
烟　尘 …………………………………………………… (444)
桃源依旧在 ……………………………………………… (447)
生命之歌 ………………………………………………… (449)
往日情怀 ………………………………………………… (454)
挥手自兹去 ……………………………………………… (457)
风雨归舟 ………………………………………………… (460)
话来生 …………………………………………………… (465)

善恶随想曲

某寒夜，和几个朋友围炉聊天，忽然谈到名贵貂皮，并谈到捉貂的方法。据那位朋友说："捉貂并不难，只是要挨一挨冷，狠一狠心。"

因为貂产在寒冷的地方。捉貂的人就捡寒冷下雪的天气，跑到有貂出没的野外，躺在雪地上装做快冻死的样子。貂生性仁慈，每见有人僵卧雪地，它便跑来用它身子去暖那即将冻死的人，希望将人救活。于是捕貂者就趁机将它捉住，带回来剥下貂皮图利。

朋友说到这里，在座者莫不唏嘘感叹，认为假如这说法是真的话，那么人类实在太残忍了！

事实上，人类也确有其残忍的一面，并不是百分之百性善的。我们天性中善性与恶性，可能是各占一半。就以人类之为害兽类来说，实在比兽类之为害人类为烈。我常想，假如兽类中另有较具智慧者编一套生物学的话，在它们分别益虫与害虫时，定会把人类列为第一大害虫。因为我们几乎捕杀各种兽类，食其肉、寝其皮、抽其筋、拔其齿、敲其髓，使它们粉身碎骨之不足。还要炮之、烙之、碎尸万段之、下锅煮之、炖之。而人类却振振有词地说那是为了营养。当我们捕了野兽而不杀它们时，则把它们关在兽槛或牢笼里，以供我们娱乐。我们有时也煞有介事地倡言保护动物，其实那仍间接是为了我们自己福利。保护斑马或天鹅，是因为不愿失去这可以赏心悦目的异兽珍禽。而假如斑马或天鹅如老鼠或苍蝇般的足以为害人类，则不论它们少到何种程度，我们也决不会去保护它们。

当然，我这种说法，会被有识之士认为天真可笑，妇人之仁。时至今日，世界已进入核子时代，你难道仍不明白这一切都是为了生存与自卫？而且在必要时不惜损"人"以利己。同时，谁都知道，我们历经数千年的研究发明与建设，始能不但脱离了原始生活的穴居野处之苦，且已实现人定胜天的豪语，正正式式地雄霸了世界。我们如果爱惜任何兽类，那也无非因为它们不但对我们无害，而且对我们有益。不但不是我们的敌人，而且是我们的朋友。不过，即使它是我们的恩兽（如貂），而假如杀它们能使我们获得财富的话，我们也将不惜"恩将仇报"地杀之以取利。因为我们认为那是人类应有的福利。

这样想来，人类真可说是性恶的。

但是，如果人类是性恶，当我们听到捕貂的故事时，又不会那样同情而唏嘘了。我们的同情与唏嘘都是发乎自然，而未经任何矫饰伪装。那么，是否我们人类该分为两种——有人性善（如我们），有人性恶（如捕貂者）呢？

却又不然。

我设想捕貂者在不捕貂时，或许也会为某项惨事而伤心落泪；为某项不义之举而忿忿不平，那时，他也是性善的。只是在他捕貂的这一件事上"性恶"而已。

那么，人性中确是同时具有善与恶的了。

然则这善恶的分际与消长的界限在哪里？何时善？何时恶？或怎样走向善？如何消弭恶呢？以捕捉貂者来说，假如他曾为邻居的不幸而落泪，但他却不为貂的善良而心软，那原因不在别处，而只在貂可使他获利耳。因此，"利"是使人迷失善性的一大原因。那么，使人趋向"利"的原动力是什么呢？一言以蔽之——"私"而已。

日文中的"我"就写做"私"。当初造日文的人似乎颇有哲学头脑。"我"即是私。越是把"我"看得重的，就越自私。因此，"自私"与"为我"即是诱发性恶的来源。一个人，不是不懂得仁爱与同情，而只是在紧要关头，一涉及"我"的利益时，则这仁爱与同情便忽然大打折扣，甚至迷失不见。

《茶花女》中的玛格丽特，能赢得千秋百世读者的同情与叹息，不能赢得她爱人阿芒的父亲都华勒先生的同情与叹息，就因为都华勒先生不是读者，读者也不是都华勒先生。读者可以远远地去同情一个患肺病的风尘女子的痴情与善良的本性；而都华勒先生却为了儿子的利益（也等于他自己的利益），而坚决地残忍地让茶花女去牺牲。都华勒先生亦人也，假如他是读者，他读到这么一本书，他也会发出同情与叹息，但只因牵涉到了他切身的利益，于是，他伸出了拒绝与无情之手。此无他，私也。

人性中的恶，是在"私"中显现。

人们常能共患难，而不能共安乐。因为患难时是彼此扶助；人需你，你亦需人。对方只分担你的苦，而无从分享你的乐，故乐于相共。但安乐时则大家都希望自己拥有更多的利益，因而担心对方分去了自己的利益，所以便不能相共了。其实，仔细想想，患难相共之时，隐约不也是为了"私"（自己）的安全与便利？

许多俗话都说中了这一点，如"亲兄弟，明算账"，戒人不要人我不分，与其牵涉到私处时再去收回友情，就不如早一点把利益割分清楚。此言甚为理智，而且实在是出于对人心自私一面的深透了解。

俗话又说："先小人，后君子。"先小人者，先把人己之间的利益割分清楚。不必拘于情面，而后才可维持住君子的交情。否则日后影响到私人利益时，难免翻脸也。

人们在不涉及自身利益时，都很仁慈；然一旦涉及自身利益时，则情形不同，而其不同的程度，则视各人的天性与教育程度（按：此地指真正的人格教育，而非指争分数得来的学位）来定。"小人见利忘义，君子见利思义"，那也就是说：一个人的好与坏，君子或小人，端视他对利与义处理的态度。所谓"利"就是"私";所谓"义"就是"公"。私是利己,公是利他。一个人越能少利己,多利他,就越接近君子。反之,一个人在义与利之间,只能选择利,而不能让自己选择义,那就是小人。人都明白同情、仁爱与慷慨的重要,而且也都愿意去实行,但只有天生善性多或真正向往纯良的人可以成为君子或伟大的好人,其余则只是等级不同的好人或坏人。

所以,儒家那些道德训条,人格教育,无非是以"仁"为出发点,要人们去遵奉。尽量教我们仁人爱物,以维持世间的和平与幸福,最大的"仁",当然是"舍己为人";但较中庸的标准则是"推己及人"。"舍己"太难,如能做到"以己之苦乐,度人之苦乐",由了解自己而了解别人;因爱惜自己,而同情别人。做到较消极的"己所不欲,勿施于人",那也就是伟大可敬的了。

古语说"慷慨成仁易,从容就义难"。慷慨成仁,在于一瞬间良知的激动,故较易为之。从容就义则有足够的时间让自私的"我"字出现,来抵消那意欲成"仁"的利他的慷慨。所以需要绝大的理智、定力与克己的功夫。亦可见制服一个"我"字之难了。

人类确实是生来就不完美的。所幸当遇到一般事情时,我们第一个反应总是善的,这便是良知。而那恶的一面,则只在私心发作的时候出现。因此,教育上所谓的德育,也只不过是教人如何克服私欲,如何惠及他人而已。

克服私欲难不难呢?

有人难些,他们因此常犯罪,走邪路,取不义之财。

有人很容易,他们不但经常能推己及人,且在必要时,可以舍己为人。

善性可以由鼓励而激发,恶性亦可由教化而消隐。

做到这两点,便是成功的人格教育了。

花如绣，草如茵

好友，我迫不及待地要告诉你，那天早晨，我在阳明山遇见了谭仲洁。

他挟着一大叠书，在那通往几户人家的石阶旁边等交通车。看见了我，就很惊喜地走过来招呼。你知道他一向很斯文有礼，不大喜欢多说话，但那天他见了我，却像是有问不完的问题。

"你好吗？想不到会在这里遇见你啊！"他高兴地说着，一样一样地问着。

"现在你在哪里工作？"

"家住哪里？"

"结婚了吧？有几个小孩子？"

"先生在哪里办公？"

"你还弹钢琴吗？"

"老同事有没有消息？"

"……"

然后他告诉我，他在教书，还做一些研究工作。他太太已于前几年病故。3个孩子，最小的已经读高中。现在在山上住家，生活很平静。说着，他回首四顾了一下初春早上的群山，那绿意盎然的山上，处处都是杜鹃和樱花。他微笑着说：

"你看，这才真是'花如绣，草如茵'。"

我看着他那风采依旧的脸，蓦地想起了你。好友，那时候，你不是爱唱这首歌吗？而且唱得那么有韵味！于是，我试着问他：

"记不记得乐美珍唱这首歌?"

他笑笑,点点头,说:

"我一直都记得她唱这首歌时的样子。她唱得真好。"

我也点点头,沉落在种种的回忆里。

谭仲洁脸上带出一点怅惘的神情,字斟句酌地说:

"其实她人也很好。不知她现在怎样了?听说她一直没有结婚。"

我注意到他那份怅惘。很想问他一些什么。但仓促间,我不知从何问起,而且,这时他的交通车也来了,我们就匆匆地道了再见。

我走向那一带流水和小桥,听着泉水的声音,脑子里却回荡着你爱唱的那首歌——

　　花如绣,草如茵,
　　柳丝因风起,
　　桃颜带笑迎,
　　四时景物总常春。
　　……

我想起这首歌,也想起那一年春天里的那一段日子,以及你唱这首歌时的那份凄伤与无奈。

　　柳丝因风起
　　桃颜带笑迎

而那柳丝是你飘拂的长发,那桃颜就正是你浅淡的嘴唇了。

"春",花如绣,草如茵的春,柳丝因风起,桃颜带笑迎的春,应该是盈满欢乐的吧?但为什么它给我的真实感觉却是那么惆怅与凄伤呢?

是那么彷徨与无奈呢？

特别是当我想到这首歌和你的时候。

你就是那个春天，而春在北方总是那么令人惋惜地迅速地老去。当你我还在歌颂着"花如绣，草如茵"的时候，那春却已在歌声中溜逝了，空剩下你那凄惘的颂赞——柳丝因风起，桃颜带笑迎。……

你迎到什么呢？你飘拂的发丝在那个短暂得令人惋惜的春里，绾住了什么呢？

而你如桃瓣的唇，如春水的眸，以及如东风般轻旋着的凄惘的步子，却一直一直镌刻在我心深处。就连你那件涂着春梦的浅紫春衫，也永恒地存留在我的回忆之海。那一年，那一年的春天啊！

那带着寒意的春风侵入了打开窗门的办公厅，办公厅就有了多量的阳光与多量的春意。那许多张宽大闪亮的办公桌上，这儿一叠那儿一叠的纸页，被春风掀动着。那些换了浅灰西装的男同事和换了花色衫的女同事，以及那突然显得空阔起来的办公厅，都是因为春天！是的，许多令人心醉或令人凄伤的事都是因为春天！

那天，你就是。在中午快要下班的时候，你忽然从外面旋了进来，用你那太轻盈、轻盈得使你命薄的步子。你的浅紫春衫，配着你漂亮的腿，你的手上捧着一大把桃花。那花多得遮住了半个你。而你那不羁的发丝就在桃枝、嫩叶与繁花之间飘拂着。

你总是喜欢把自己装点得那么出奇的美艳，装点得离开了实际。你在办公室里不只是突出，而且是有点怪异。你不在乎自己怪异，你喜欢我行我素。

大家的目光被你吸引了来，刚才我们在做什么呢？哦，我们在和谭仲洁聊天。他是新来的处长。

谭仲洁的年轻和他做事的本领很不相称。他刚从英国回来，带着令人好奇的一种风度。他有辉煌的经历，以及对眼前事务做决定的一种非常的明智与果决。他刚来的时候，大家对他抱着一种考验的心情，常找些小小难题，想当场试试他的机锋。

就连那天，在我们已经知道了他的不凡之后，也仍然喜欢临时给他一点小小的测验。小常就刚刚提出一个问题问他，"我们将出版的歌集该叫什么名字？"

他把歌集的校样翻了翻，不假思索地笑着说：

"歌很多，一唱就会，一听就懂，叫它《大众歌声》吧！"

我们确是立刻心服口服了！

就在这时，你旋了进来。

那一大把桃花把你显得更轻盈，你秀丽的脸一半躲在桃花的后面，一半却很明显地炫耀着你的魅力。你对大家笑着，而你的步子却直旋到谭仲洁的身边。你的眼睛在他的藏蓝西装上掠过去，又转回来。停在他年轻而姣好的脸上。谭好像是故意没有让自己躲开你的花枝与笑靥，虽然你距离他实在有点太近，但我看得出，他很坚持地让自己若无其事地站在那里。

我们都静止着，但却微笑着，望着你的花和拿着花的你。

过了一刻，我们才听到谭用他那很有礼貌的沉稳的声音说：

"好多的花！"

你轻佻地笑笑，珠齿一闪，说：

"在后园偷剪的。"

谭的脸上没有动，但他睫毛却在屏障不住的黑眸的前面轻颤。我觉得他直是要笑，但他并没有让自己笑。他把双手背在背后，胸挺得直直的，望着别外，说：

"嗯，不应该！"

他没有笑，我们大家却都笑了。

你也笑着，但没有我们那样直率。你总是让自己隐隐现现的。也许我该说，你总是很造作的。你把花枝在手上慢慢地转着，露出很欣赏的样子。对谭方才说的那句"不应该"，只回眸瞟了他一眼。

大家笑声止了以后，空气便有点僵。

是下班的时候了。我们觉得谭应该要走了。按照礼貌，职员总是希望主管先走。

但是他却维持着他那挺直的姿势站在那一长排办公桌的旁边，也站在你的旁边，也站在那一大把缤纷的花枝旁边。我们看不出他是否还有话要说，或是否准备要走。为了不再耽搁时间，我们大家也都不再提出任何新的话题。

中午时分，春的阳光照在满室栗色的办公桌上，闪着愉悦的亮。大大的格窗，透着外面宽朗的蓝天和树木的新叶。鸟儿在梦语似的啁啾。这样，过了一会儿，谭才伸手由桌上拿起他浅灰色的帽子，又像对大家，又像对自己说似的："该下班了吧！"

空气松动了些。只见你把花枝交给右手，左手把他一挽，说："我搭你的车子回宿舍去。"

谭的脸上一派严肃，声音却很温和地说："嗯。"

于是浅紫色的你，吊在藏蓝色年轻的谭处长的手臂上，带着那一大把桃花，就那么轻轻地旋出了宽大的办公厅。

同事们说笑着，恢复轻松，络绎地走出回廊。有些人回家，有些则到后面的餐厅去吃午饭。

我看见你坐在他黑色的福特车里，慢慢地开出了那大大的铁门。

我心里起伏着无数的念头。还记得谭刚到任的那一天，我们大家在纪念周上见过了他，出来之后，你就用一种很奇特的语气告诉我，他的未婚妻是你的表妹，她叫石燕琪。

"我和燕琪在出国以前就认识他。"你说，"那时候，是我和他常在一起玩，而不是燕琪。"

我有点好奇地问你："为什么现在是燕琪呢？"

你答得很简短，你说："我没有打算那么早就付出自己。"

我总不会忘记你说话时的神情。虽然你早已过了结婚的年龄，但你秀丽的脸上一向是骄傲多于落寞，自信多于彷徨。

"而且，谭仲洁也没有什么好。"你淡淡地说，"只有燕琪那样平凡的女人才会为他着迷。"

从那以后，只要你和我在一起，你就会慢慢地用你那高傲的语调谈谈燕琪的平凡。然后你用讪笑的口气说一些谭仲洁，说他之有今天，完全是夤缘际会。

"去了一趟英国，学来那么一套装模作样的派头，都是假的！"你轻蔑地说，"只有我知道他出国前的样子。那时候，他是百分之百的土头土脑！"

我总是不置可否地听着。

我对你的友情很奇特。我并不喜欢你的生活态度，但我欣赏你那怪异的行径，对你存有七分好奇与三分喜爱。我一向喜欢用欣赏与探索的心情结交怪异的朋友。我觉得，假如朋友是一本书，那么，一个爱读书的人实在难免要喜欢各式各样的书；尤其难免喜欢一些奇书。也就因为我对你的欣赏与好奇，所以你也总喜欢和我谈你那些被大家认为是离经叛道的念头。

"但是，谭仲洁现在一点也不土头土脑。"我说。

你笑笑，说："当然，要是我现在才认识他，我也会以为他从生下来就是这么绅士。"

"我不相信他有资格做处长。"你用一种非常夸张的玩笑的语气说，"在我眼中，他还是像以前一样的幼稚。我总不敢看他当众打官腔。我怕他自己会先气哭。"

我为你的玩笑而大笑着。

"其实，到现在，他也仍未改变以前的土头土脑。"你说，"否则，他就不会看上燕琪。以前，我和谭仲洁在一起玩的时候，燕琪只能在一旁看着。她什么也不懂，她一直都很平凡。现在他们两个订了婚，谭仲洁倒该叫我一声表姊了！"

我笑起来，看着你美艳的脸。那美艳因你的年龄而显得复杂。

"有一位该叫我表姊的人来做顶头上司，倒是很有意思的事。"你轻佻地说，"今后，我大概可以有许多特权了。"

大概搭他的车子就是你所说的特权之一吧？

而你竟然是用那样一种诱惑的姿态在使用这种"特权"。

下午下班的时候，你又是搭他的车子回去。

周末的中午，你让他的车子送你去做衣服。

星期一早上，你等他的车子带你来上班。

谭总是那么沉稳与庄严。我奇怪他并不为了地位而拒绝你；我也奇怪你并不为了你的轻佻而改变他的庄严。从他那稳定的态度看不出你们以前是否有交往，也看不出他对你现在的真正感觉。他只是那么很有礼貌地接待你。当你们一同走的时候，他为你打开车门；当你们一同来的时候，他先下来，然后让司机做这件事，而他则站在一旁等你下车之后，才跟在你后面走上大楼的石阶。

那一阵，你仿佛很兴奋。你天天换不同的衣服，梳不同的发式。你本来就很艳丽，又善于修饰，那些天，你就更像一首华丽的诗，在春风里，神采飞扬地旋出旋进。还记得那次我们公司全体去郊游，你束一条鲜艳的发带，和谭仲洁走在最前面。一大片绿野，衬着艳丽的你。你的发丝在蓝空下飘着。谭仲洁沉稳地在你旁边走着。你就用愉悦的声音唱那首《桃园春梦》的歌：

花如绣，草如茵，

柳丝因风起，

桃颜带笑迎，

四时景物总常春。

此处无烦恼，

此处常欢欣。

我们歌，我们舞，

舞态何翩跹，

歌咏何清新，

歌舞声中现太平。

……

我不知你为什么那样做，但很显然的，你很快乐，而谭仲洁也从不拒绝和你在一起。同事们背后当然难免议论，大家认为你太不检点，而且认为你不该借未来的亲戚关系和主管过从得太亲密。

而你一点也不在意。你一向是我行我素，什么也不在意的。你是属于和大家不合作的那一型，从来不怕别人议论的。你有太多的自信，你一向是任性惯了，所以你从不想到自己有一天会受到挫折。

于是，就到了那天中午。

那个中午，天忽然下雨，许多同事都临时决定不回去吃饭，而留在公司。你也是其中之一。吃过饭之后，大家聚在办公厅里谈笑。不知怎的，忽然有人提议听唱片跳舞。一向玩世不恭的你，当然首先响应，和几个男女同事一同跳起来。

到了两点，休息的时间已过，上班铃早就响过了。大家都回到办公桌前，准备处理公事。只有你，仍然拉住一位男同事，在那里听着唱片跳舞。

这时，谭仲洁忽然走了进来。

他穿着笔挺的蓝色西装，双手习惯地背在后面，用他一贯的沉稳的步子，昂然地走了进来。

大家都抬起头来看他，然后回过头去看你。

他慢慢地走过来，停住了脚步，双手背着，挺着胸，站在那里，脸上一点表情也没有，冷冷地说：

"乐小姐，现在是办公时间……"

你怔了一下，先是带着一份不服气的表情，坚持地望着他。跟着，你忽然抿嘴回眸一笑，向他走近了一步，带着几分轻佻，低低地说：

"谭仲洁！别那么官腔，我是你的表姐！"

谭仲洁略微往旁边让了让，把眼光昂然地先在办公室四周扫了一圈，然后停留在窗外远远的蓝天上，用一种非常礼貌的声音说：

"表姐，今晚燕琪由家乡来，请你和我们一道吃饭，但是，现在是办公时间！"

他把话说完，就转过身来，仍然用他那轩昂的步子走出去了。

你淡淡地笑着，回到办公桌，把一堆档案劈劈啪啪地往桌子上摔了一阵，才开始翻出文件来办公。

那天晚上，你回到寝室，显然是喝了酒。酒意浮在你艳丽的双颊上，浮在你微扬的双眸里，也浮在你蒙眬的笑容和声音里。你轻飘飘地旋进了寝室，就那么穿着旗袍，往床上斜斜地一躺，对我说：

"我喝醉了！"

我注意地看着你。对我来说，你总是复杂而难于索解。我本以为你今天带着受伤的自尊心去赴宴，带醉回来会哭泣，或者会大闹。但是，你却这样静静地笑着，轻描淡写地说自己喝醉了，好像说自己吃过饭了一样平淡。

于是我问你说：

"你们谈些什么？"

"哦，谈了很多。"你把双手放在头后枕着。笑吟吟地，把声音拉得长长地说："我们谈从前小的时候，三个人在一起玩。我和燕琪抢一个洋娃娃，后来被燕琪抢去了。"你停了停，轻轻笑着说："谭仲洁说，她总是比我手快。"

"嗯，你那时一定气得大哭。"我自以为知道你那不饶人的脾气。

"哦——没有！"你仍是把声音拖得长长的，那么懒洋洋地说，"没有！我才不为那个哭。那洋娃娃是个破的。样式又旧，脸上也脏了。所以，当燕琪抢过去之后，我就大笑，笑她抢到一个破娃娃，还那么高兴！"

我听着，觉得你真难了解。从认识你之后，我就一直像瞎子摸象似的，刚以为我明白"这就是你了"，就立刻被另一个新的发现所推翻。每次我以为我猜对了时，都会很快地发现那并不是你的全部，而只是你多面中的一面。像这次，也是一样。我觉得你真闪烁，不易捉摸。

我这样想着，看见你翻身面向墙壁，抬起一双手，向我招着手说：

"给我一条毛毯，谢谢你，我有点冷。"

我把毯子给你盖上，你就没有再说话。过了一会儿，我听我见你鼻子有点"唏唏"的声音，你说：

"你看，我真是受凉了。"

我走过去，俯身看你的脸，却见你满脸都是泪痕。我怔了一下，问道：

"你怎么了？"

你忽然把毛毯推开，坐起身来，抬手把眼泪抹去。长发一甩，一副焦灼不耐的样子，说：

"不要以为我是在伤心！我才不伤心！我是生气！我是生气！"你性急地连续地重复着，"我是生气！今天我真是受够了气，但是我用不着伤心。谭仲洁好可恶！你知道他为什么不给我留面子？当众发我的脾气？"你鄙夷地把眼睑向下一垂，说："他是嫉妒！"

我疑惑地望着你。

你接下去说："他嫉妒那个和我跳舞的男同事。如果我是和别人跳，他一定不会发我的脾气。那人比他漂亮多了！如果他不是嫉妒，他也不会在今晚让我去和他的燕琪在一起。他是故意的，他得不到我，所以才给我难堪。"

你说着，索性站起来，走到梳妆台前去照镜子。对着镜子里的我，你重复地说："我是生气才哭。我只是生气！你知道吧？我真的只是生气！"

我听着，看着镜子里的你，我说：

"我知道。你不必说，我也知道。"

是真的，你不用说我也知道。这次我是真的知道。我知道的比你说出来的多多了。我不仅知道你是因为生气才哭，而且我知道你确是因为爱他，才哭。你只是不肯承认而已。

从那以后，你端庄起来了，你冷淡起来了。你不再在他面前炫耀你的魅力，你也不再搭他的车子，甚至你也不再谈论他的种种——他是个"破娃娃"，你才不要！我知道。你不用说，我也知道。

但是，在多年后的今天，在我已不知你的下落、你的归宿、你的爱恨悲喜的今天，我忽然从谭仲洁一句简单的话里，看出他记着多年前的一些小事；更或许是，他一直有一段深藏在心底而不想表白的爱情吧？

"我一直记得乐美珍唱这首歌时的样子。"他这样说。

原来不只我记得，他也记得的。

美珍，你不要再生气了吧？

人间有许多事，是不单纯的。有许多感情，是隐藏和伪装着的。他之对你的不在意，或许也正如你说你不在意那被抢去的破娃娃，一样的有着相似之处吧？

寄给寻觅

好友：

你写信忽然问起，女人需要什么样的爱情？

我立刻想到那大半生都在寻寻觅觅的你，和那付出了整个青春，养大了儿女，却仍在隔洋的海岸边寻寻觅觅的S。

你说："这话如果说给别人听，他们会笑我，做老处女做得不安分，中年了，还一脑子绮念遐思。但我知道，你是不会笑我的。"

我真的是不会笑你的。我为什么要笑你？人人有爱的权利！正如我从不笑海那边的S。人家说她不安于她的命运，离婚已经不道德了，而离了之后，却还居然敢说她要找个她真正爱的。但是，人家不是她。人家不了解她的心有多荒凉。人家不了解，有些爱，就是没有东西可以取代的。你可以唱唱高调，说，某些责任、义务、成就、爱好可以弥补那份寻而不得的爱，但事实上，世间没有东西可以取代那份寻而不得的爱。只是有些人较为幸运，得到了而不自知；有些人较为顺受，未得到而不觉欠缺而已。

你和S都不是的。你所要的爱太洒脱，她所要的爱太真诚。而不幸，你们又同样的缺少那份机缘，无从去享有，无从去付出。无从！无从！于是你们便非常之寂寞而悲哀了。

我知道，你即使信上对我说了那么一段，你仍然是极其含蓄的。你仍觉如果多说了，是不道德，是会惹人耻笑的。原因只为你已过了一般人认为应该恋爱的年龄。人们常喜欢说，某些人的爱情是笑话；常喜欢说某些人的吟风弄月是不自量力的无病呻吟。你有没有发现？这些被说的都是女人！你是，S也是。男人不大会如此。男人不像女人这般需要爱，也是不像女人这般的对爱寄予太多的幻想与奢求。

说是"奢求"，也许并不恰当吧？以你来说，你只企求一份潇洒而已。以S来说，她所企求的，也只是一份可怜的忠实与对她真正的宠爱呢！

你常喜欢用"潇洒"二字来形容一切。人潇洒，字潇洒，衣服潇洒，性格潇洒，风景潇洒。我看得出，你对"潇洒"二字是何等的向往。你并不要什么才与貌，要什么地位与金钱（甚至学历），你只要一份尽在不言中的潇洒。如同你所时常颂赞的那欧洲式的树林，或蓝蓝的河水，或你常常用以自况的那朵白云，绿濛濛的山中那绿濛濛的雨。你常说，"他只要能和我一同颂赞这些，享受这些，就够了。"但是，没有。你从未遇到过。你常说，爱情必须是在蓝天绿野里生长的。多奇怪！人家的爱情怎么会在黑咖啡馆里生长呢？

你不知道人家如听到你这么说，才会觉得奇怪！尤其是这年头，大部分人把爱情看做多余，把人生目的看得单调而又直接，他们说，爱的目的是为结婚，结婚的目的是为生育，于是一切过程都不必要。多少自命聪明的人发现过"爱情是上帝的骗局，为了使人达到延续种族的目的，而让他们在爱情的迷惑下献出自己"。

是吗？如果是那么单纯就好了。就不会有如同你，如同S，所面临的寻寻觅觅之苦了。你们所寻觅的岂是单纯的种族的延续？你们实际是在寻觅一份属于灵性的爱情，一份诗意的美，一份切切实实的愿意付出自己和一份切切实实的被宠惯。你们所要的是大自然所曾赋予我们人类，而又一直被我们所忽略、所低估了的那一份至高无上的爱情之美。你们所要的是那么一份值得令你不顾一切地奔赴，如你所曾对我说过的一个梦。你说你梦到一个人对你低低地召唤，那个人正是你所要爱的。于是就在那昏茫的夜雾里，你奔向他，投向他，听他向你说，他爱你。而你在他怀里，什么也不说，只要感觉那份灵魂的贴近。你说，在他的低语里，你感到了一切的诗情画意之美。

那是你所要寻觅的爱。你说你好迷恋一首诗里所写的，那个情人"乘着南来的风，把月亮当做灯……"奔向一个爱。那种飘飞不羁之感，就令你眩迷。你说，你也要那样——奔向你的一个爱，或你的所爱奔向你，或你们一同奔向那南来的风，或如灯的月。

你所要的，就是那么一份极其简单的潇洒。然而就这极其简单的一份，就令你寻觅了大半生！大半生！而你像是越来越少机会去寻获了！越来越少机会去寻获了！

好友！你说你不愿单单为了"热闹一点"，而就去随便找个对象结婚，为朋友们所常劝你的那样。我不知我该怎么说。事实上，多数女人都在单单为了"热闹一点"而结了婚。当然，有许多人是只为了热闹一点的，那就是她们所承认的人生目的。因此也不会感到什么欠缺。但谁知道你愿不愿那样做呢？晚景寂寞也确是可怕的。也许这就是朋友劝你放弃那份玄虚的一番善意吧？而你是如此之倔强，你说你不要，你坚持要继续寻觅。你说绝不要自己为了懦弱而结婚。

我不知该怎么说。你已经时常在骂我越来越现实了。我只希望你能寻觅得到，或希望你将来仍能有足够的坚强，不被寂寞所吞噬或击倒。那人家就不会笑你了。这也就是说，如果你不幸被寂寞所吞噬或击倒，则一切美的向往就都变成笑话了。人们会说，你好不务实啊！好不自量力啊！有些幻想的破灭，硬是会使人承认自己当初是自不量力。但如你、如S，只企望一份自己所真正要的爱情，难道也是自不量力？你们所要的是何等单纯！你只要一份潇洒（不是外貌，而是心灵），她只要一份关切，不是为了她的美貌，不是为了她会把家务处理得如何精彩，而只是为了爱她，而只是为了要宠惯她。

你和S在这一点上是不同的。你要一份形而上的潇洒，她却要一份并不远离现实的宠爱。她说，女人所要的是一份宠爱，而不幸，男人总不屑或不肯付出这份宠惯。

或许是因为 S 自幼便未得到父母的爱吧？她总感到这方面的欠缺。希望一个男人爱她、宠她，说她样样都好、都可爱。对她温柔些，不喝斥她，不当众给她难堪。当她对他说话的时候，他好好地回答她；当她有错的时候，他极容易原谅她，不用冷面孔对她；当她情绪不好的时候，不勉强她做床笫事，而且不认为那是他与她之间唯一的一件事，而且不自以为那就是爱她。

她需要一种宠爱，让她觉得自己被善待，当他们偶尔有误会，争吵过了之后，他肯来道歉；或当她去道歉时，他会很温柔地接受，并表示他的忏悔。她说，那就是她所要的爱了。

我不知道那难不难，照理说，那是不难的，是一点也不难的。S 很漂亮、很聪明、很仁慈，样样都好，是值得有个人对她宠惯一点的。但事实上，没有。她未曾遇到。她离开了那个把她当工具的丈夫，就一直自己在海的那一边飘着。她写信来说，那边的冬，很冷。所幸她有一些钱，可以把自己的宿舍弄温暖些。看来，她已经渐渐放弃那无望的寻觅了。她接受了那年薪 7000 元的差事，在教书。

倒是我，时常替她幻想，幻想有一个人，懂得一些文学、一些历史、一些经济——如她，常驾车去看看她。告诉她，他爱她，关心她，给她在壁炉中加几根木柴，说"怕你冷"。

女人有时真像小孩。她们常是很天真，天真得到老也未放弃那些虚无飘缈的幻想。天真得总相信在现实世界里必有一个可以成为己有的爱情的天堂。她们又常是很稚弱，稚弱到总希望有个男人能不只是把她娶到家里去生儿育女，操持家务，而更能时常宠惯她，把她当一个需要保护、需要夸奖、需要安慰的小孩。

这难吗？

不难。

这容易吗?

不易。

所以你才又写这样的信给我。为自己又浪费了一年的时间,去寻觅那份虚无飘缈的"潇洒"而感伤。

所以,S才只得努力为自己赚一点钱,培养壁炉中的那点温暖。"冬来时,才不致太凄凉。"她说。

为寻觅一份永不可得的抽象的温暖,而听任自己的那份梦想在风雪里冻僵的,当不只你和S两人而已吧?

你的朋友于台北

白云千嶂

这几天，都在下雨。虽是冬天，这雨却是如此之像春雨，那么绵绵密密的，外表凄冷而内涵温柔的。而且杜鹃也都在这冷雨中绽开了，所以才这样像春。我隔着落地窗，发现这雨中春讯，我是那么想写信告诉你。这份诗情与画意，但我却蓦地憬悟，在我生活中，已不再有你了。自从我对你的苦难无能为力，而不得不坐视你走向极端，堕入更深的苦难以后，我没有理由再向你诉说什么，你也不再有心情来听我的诉说了！

但是，当我看阿里山云海的照片，而我又那么天真地兴起要到南部走走，到山上去访一趟雨的时候，我就又不可救药地想起了你，而我也就又可怕地为那种种失落之感所冻醒。你实在是我在这浊世中难得找到的一位性灵之友，而我现在，才在这种种失落的痛苦之中了悟，造化竟是如此残忍！它赋予人们的不是统一，而是矛盾。它让人们那向下堕落的实体拖曳住那需求飘逸的灵魂。而绝大多数的情况是：在艰苦的缠战之后，两者一同堕下深渊。无辜的灵魂哭喊着偕实体以俱亡。人们想从这相反的两极之中提炼其一，竟是如此之困难！如此之愚妄！

不是吗？如果你彻底地洒脱，你便不会为自己的孤独而如此之彷徨失措了。

如果你真是只要性灵，你便不会沾滞沉迷于几年前那一段伤心往事了。

如果你真能一切参透，你便不会侵犯到朋友们的生活，而迫使朋友们一个一个地伸出拒绝之手了。

人啊！人啊！我们是何其矛盾，何其愚昧，何其不能认识自己！

那天，梅园主人匆匆来访，告诉我说你要出家了。当时，因为梅园主人是你的近亲，所以我也只得继续做我的"乡愿"。但事实上，如果你是清醒着的，我真愿告诉你——出家在你倒不失为一条路，只要你是真的看破。

但是，假如你真的看破，你就不会如此之狂乱痛苦了。

假如你真的看破，去遁入深山，住进古刹，伴青灯古佛，读经诵卷，与茂林修竹群鸟流泉为伴，像你清醒时所常说的，你就真的是高人一等，真是可以笑傲一切了。那时，我们这些俗物就真的只有向你顶礼膜拜了。

而且，那时，我们这些俗物将可结伴上山，去向你做一次厚颜的忏悔。然后，当我们常被俗事牵绊得无奈时，也可随时入山一访你这位某某上人，听听你的偈语，叨扰你两盏清茶或一顿素斋。那时，将是你来洗净我们心上的尘，将是我们向你去做忏悔或告解，而不会如你现在，误把我这凡人当做圣哲或教主，向我做无益的告解而得不到你所祈望的祝福了！

好友！我是多么希望你能如此！你常说，你生来就不是"在家人"。但事实上，情关难破，你那属于"在家人"的一份便成了你的魔障。似乎一个人做任何事都只是怕不彻底，如果你彻底地俗，那么，你就索性摒绝一切风花雪月，理想与禅机，做一个多欲而入世的在家人，去结婚生子，去吃喝享受，去争名夺利。而根本不作任何与众不同之想，生活便简单而统一，也快乐得多了。

而你却偏偏说那非你所愿。你既挣不脱那困扰你的红尘，又要保存你之所以为你，要随心所欲，要山水风景，要名山古刹，要皓首穷经。要那一份来去自如的自我。

试问，谁能同时拥有这两极呢？而你把你的对象又将置于何地呢？

你既不愿彻底走入尘俗，又无法彻底走向飘逸。所以你终于彷徨苦闷，无法自拔。

似乎既留恋凡尘，又向往飘逸，也正是人类多欲的一种表现吧！在交友方面也是如此。我们既希望朋友能潇潇洒洒，随时放下俗务与你畅谈竟日；又希望朋友规行矩步，遵守一切世俗的规章。既希望朋友不同凡响；又希望朋友安分正常。

我们对自己拥有的总嫌太少，对自己将要付出的常怕太多。这种自私、贪欲与小量，在某一限度之内，或可给我们适度的满足；但在这个限度之外，就会使我们苦心粉饰的一切空中楼阁在片刻之间倾圮崩坍，而无情地宣判了我们的一无是处，一无所长，而且一无所有。

为此，我曾深想：

我们善吗？不是。

我们恶吗？也不是。

我们是善恶的两面。

我也曾深想：

我们俗吗？不是。

我们雅吗？也不是。

我们是雅俗的两面。

因此，我也曾深想：

世间有多少友谊呢？

很少。友谊时常会在自私面前止步。

这自私，包括：

如果你索取得太多，你自私。

如果对方吝于给付，他自私。

如果你们彼此侵犯了对方的生活，而你们谁也不肯让自己的生活被侵犯，那么，你们都自私。

世间有人可以放弃自私吗？

或许有的，那是圣人（真正理想中的圣人，而非伪君子），或出家人（真正参悟了的出家人）。这种人很少，但那是一点希望。

人们自私是为了保护自己和与自己有关的人们的权益。唯圣人能舍己而为人，其自私的成分可减至最小限度。此外便是出家人了。

出家人无我执，故不止形迹上能飘然去来，想法上亦少偏私。始可"行止皆无地，招寻独有君"；始可"溪花与禅意，相对亦忘言"；始可"山光悦鸟性，潭影空人心"。

我们能吗？

先前我们都以为我们"能"，而现在，你我都已被证明了——我们不能。因为我们既非圣人，也非出家人。

在痛责自己之余，我只希望你这次能超越你那难以超越的魔障。然后，你所历过的那些劫难，或可都成为一些对你的棒喝，使你憬悟，使你放弃，使你抓住你一直想要抓住的那个真我。那时，你或真有资格去谈出世。

如果你在山寺中能静心阅读与写作，对你自己，固然可以修心养性；对世人，或许亦可有所供献。至低限度，你放开了使你困扰不宁，而不可能得到的一边，解除了那可怕的冲突与矛盾，而可以找到令人欣羡的宁静。

那时，你或许会返顾我们这些无益之友，对我们做悲悯的微笑。

那时，你将以出世者的襟怀，允许我们去你的寺宇，向你讨教一点禅机。那时，始可真有你常说的"拈花微笑"的场面；你始可真的自称为一个"四大皆空"的方外人；你始可表里一致而心气平和。

出世是并不容易的，它需要大智慧、大勇敢，它不可能决定于矛盾之中，它只能决定于真正的超脱。否则，你该放弃这原不属于你的飘逸，而回返你所鄙弃的凡庸。

你我都需了悟，平庸之福易得，超逸之福难求。

舍开自己的条件不去衡量，而妄言自己将如何与众不同，那只是一种可怜的愚昧。但如果你真有那慧根，那悟性与勇气，你或可看破情关，抛开恩怨，摆脱凡尘，而毫无勉强与遗憾地隐入白云千嶂。

山谷灯光

　　小敏子：你好吗？你现在多大了？我总记不清年代，而总觉得我和你还都像分手的时候那样，我20多岁，带着一心伤痛，满腔迷惘；而你却刚刚周岁，穿着小红毛衣和毛裤。中天满月般的小圆脸上，画着两只浓黑发亮的细眼。一笑起来，就只剩下两条线。而那软软的小红嘴，快乐地张开来，露出四颗逗人的小白牙。

　　你的纯稚天真和我的饱经忧患，形成强烈的对照。总记得，我好久以来第一次回家，你妈把你抱来交给我，让你叫"姑姑"。我满心惊喜与激动，意识到我做了长辈的那份温暖与酸楚。我抱着你软软的小身体，把我苍白的面颊贴上你红润的小脸。一抬头，正看见镜子里的你和我。在那一瞬间，我曾是何等的百感交集啊！而在那一瞬间，我又是何等猝不及防地对你付出了我的一份深爱啊！小敏子，姑姑一向是冷静的。那一阵，尤其被人们认为冷静得近乎麻木。家里的人也未曾想到我会那样爱你，我自己更是未曾想到。

　　人们或许都难免会经过某一阶段。在那一阶段里，有些或大或小的事情使他失望，使他灰心，使他怀疑。于是，使他的热情变为冷淡，使他的振奋趋于消沉；使他觉得人生毫无意趣，理想也是虚空。那是一种病——或许那就是忧郁病吧？它使周围一切都变为淡漠与冰冷，人就被冻结在那无色的淡漠与冰冷里。

　　我不知我是以怎样一种姿态被介绍给你的，我反映在你无邪的心里，是什么样子呢？这个被你称做"姑姑"的人你会发现她的脸上血色不佳？你会觉得她把你抱在手上的动作太欠熟练？"姑姑"二字，在12个月的你听来，可有什么意义？这些，我无从猜测。我只从你那才一迟疑，便即亲近的神态里，倏地升起了一份亲情——你是我弟弟的孩子，我和你先天上就不陌生。

就这样，你的嫩红抹去了我的苍白，你的欢笑驱走了我的悲哀。正如那年室内充足的煤火，毫不保留地挡走了北国冬季的严寒。我原不想回家的，原未准备分享任何一点属于家的温暖。我没想到竟然是你，点燃起那一炉亲情的暖热。只因为你，我留下来，留在原是属于我，但并不会真正属于我的家里，悄悄地度过了我远行前，最后与家人共度的20天。

在那20天里，我用翠绿的细毛线给你织了一套全身的衣裤，还给你织了一顶同色的帽子和一双同色的袜子。我从未有过那样的耐心与工巧，我几乎不相信自己会织出那样漂亮的婴儿装。在那20天里，我什么也不做，既不看书，也不听音乐，更不写信，也不跳舞。我只守着你。当你乖的时候，我就让你坐在小车上，看我织毛线，当你不乖的时候，我就放下毛线，抱起你；或让你躺在小车里，我推着你，反复地哼着一首你所爱听的歌。我不知道你怎么会单单喜欢那首歌。只是从那时，我开始相信，幼小的人类就对音乐有他自己的选择。因为他有自己特殊的爱好。必定是那首歌最适合你那时的心情，或许同时我该说，必定是那首歌最适合我那时的心情。因此我唱它的时候，才会感动你，抚慰你，而使你安静，使你入睡。

那首歌是《当灯光在山谷亮起时》。

那本是世界大战时，美国兵士在前线所唱的一首思乡的歌。歌的内容叙述一个远离他乡的孩子，在黄昏时分，看着远远山谷中的灯光，想起他的家乡。他说："我知道我的母亲此时正在为我祷告。"那调子，幽幽淡淡的，十分凄伤而怅惘，用一支吉他轻轻地伴奏着。那是一首缓慢的四拍子的歌调。我喜欢唱它，因为那时我要走了，要远远远远地走了。

我知道，再过20天、19天、18天……2天、1天，之后，我也将在黄昏时分，迎着陌生的山风或海风，凝望远处陌生的灯火。而我已没有母亲可以为我祈祷，我也不敢想象父亲将怎样为我祈祷。因为要离开家，独自一人，远远远远地走了；也抛下你，抛下刚刚认识而且爱着的你。我知道，以后我们会很陌生，会像一对断线的风筝，即使再有缘相聚，也很难找回现在这样的感情。我们是骨肉，但我们却像浮萍。这次是我勉强自己靠近你，但20天后，我将再勉强自己飘开去。那时，浮萍将抵不过风浪，我的歌在你心中耳中，也将只是梦般的回响。

小敏子！你记得我吗？你记得我唱歌的调子吗？你记得我怎样反复地唱那首怀乡的歌，而自己却正准备远行时的心情吗？我的歌调一定传达了我的心情。所以你在那凄伤的歌调中梦见你的姑姑乘一叶孤舟，漂荡在人生的大海，越漂越远，越漂越远；而你的梦也就随着你的姑姑越漂越远越迷濛了。

小敏子，我的侄女！这就是我和你仅有过的沟通了！你太幼小，因此，我不能用任何语言向你道别，及祝你珍重。我只反复地唱了千百遍那首歌给你听，而每次你都毫无例外地在我的歌声中安恬地睡去。我一直相信那歌调必定织在你的生命里，当你长大，会唱歌时，你或许会无意中哼出这首歌的调子，而你一定想不起它是哪里来的，你会诧异它怎么会那样陌生，而又那样熟稔？你或许还会以为那是一个梦，你小时候梦过的——梦见一个穿蓝色长衫、苍白面颊的女子，唱歌给你听。你对自己说，你不认识她，她只在你幼小的梦里出现过，带着这首凄伤的歌。

而我却永未淡忘你那如中天满月的小脸，白得那么莹洁，而你的眼睛那么细长而又黑亮。当我抱你在我怀里的时候，红红的小你，在我手臂上跳跃摆动的那温暖的感觉，至今仍未消失。在20多年前的一封家书中，你的爷爷，我的父亲，曾用那样一种爱怜而又惆怅的笔调写着：

——你在海峡那边的来信寄到时，小敏子也要抢过来玩。我说："那是姑姑写来的信，记得姑姑吗？"小敏子听了便怔着，仿佛真的想起了你呢！……

小敏子，你是真的想起了我吗？

还是你那时就以为那只不过是一个偶然飘过的梦？

而现在，时隔多年，算来你也20多岁了。20多岁，是花样的年华，诗样、梦样的年华，但也是水样的年华，那样轻飘飘的、那样无法捉握地流着。只短短的一瞬，它就要流失了！20多岁水样年华的你，可曾体会到花？诗？或梦？可曾体会到那份无法捉握的欢欣与失落？

小敏子，你现在在做什么？你在唱歌吗？在捕捉那份梦里的凄伤吗？或许，你有另一个梦，梦见在遥远的地方，有一个你梦过的女子，在告诉你，她在为你祝福……

现代天伦

几个月前，偶有闲情整理旧稿，发现其中夹有一些零星纸片，上面写的都是一些简单的留言。字迹各有不同，有我们的，也有孩子们的，还有佣人的。这些留言可以说是我们的家庭通讯。我们的家庭通讯是自孩子们会运用文字即已开始，兹录其中几张代表性的如下：

"妈：给我留50元，买车票和理发。"

"妈：我的成绩单要盖章，制服要绣学号。"

"旭儿：今晚广播气象说，明天有寒流过境，你穿棉毛衫裤，以免受凉。"

"丽儿：家庭教师说，明天提早4点半来，你下学要早回家。"

"芬：我有应酬，要晚一点儿回来，勿念。"

"丹：我到电台录音，中饭可能不回来吃。"

"阿美：明天晚上有4位客人来吃饭，你早上多买一点儿菜。这是200元，多退少补。"

"阿玉：明早吃牛肉汤面，这5元是买面的钱。"

"太太：今晚9点有王小姐打电话，说找你要稿子。"

以上是交待事情的留言。还有一种是临时想起的生活训条，在孩子入睡以后，我尚未睡之前，写了留在他们书桌上的。如"一日之计在于晨，一年之计在于春，一生之计在于勤"之类。我明知自己时常因夜间工作，早上无法实践"一日之计在于晨"的格言，但仍愿把它写给孩子们看。真是矛盾！

还有一张油印的《弟子规》，上面有外子的"朱"批，在有关的句子旁边划着红线，教儿子应对进退的，这是他希望能借古训代替他的庭训。

当然，我知道这不是正常的生活方式。但事实上，做新闻工作的他和做广播工作的我，上下班无定时，应酬又多，成天真是像朵云似的，"来自无穷，飘向无限"的那么飘着，不由自主。有时实在很想早点赶回家来和孩子聚聚，但到家10点半，他们还是睡了。又不忍惊醒他们，无奈，只好还是借纸笔，来个"旅客留言"式的叮咛：

"便当别忘带！"

"雨衣别忘穿！"

孩子也上行下效，从小就习惯向我们留言。他们的留言从要钱、盖章之类的"公"事，到感情的表达都有。如：

"妈，您昨晚说有点感冒，今天好了没？醒来喝杯热茶，会舒服些。"

"爸，我到学校去了。您昨晚赶稿子迟睡，今早要多睡一会儿才行！"

此外，还有"生日快乐"的祝词，父亲节或母亲节的贺词。笔迹从稚拙到熟练，真是洋洋大观。

我想，这也是现代生活的特色之一吧！

当然，旧时农业社会，天天合家团聚，享受天伦之乐，那画面实在令人向往，但现代生活内容早非昔日可比。日夜不分的工业社会里，各行各业，一天24小时，随时都有人在工作。一定说是要人们坚守日出而做、日入而息的规律生活，事实上也不是每家都能做到。尤其女子职业普遍，做主妇而身兼职业妇女的为数可观，也不能硬性规定女人都回到厨房。为了使工作或事业与家庭能够兼顾，就出现了许多因事制宜的新办法。

上述"家庭通讯"就是应运而生的时代产物之一。它不但可以负起联络事务之责，还可以表达我们亲子之间的一部分感情。而且，我觉得这简单的片纸只字，存留下来之后，还可以有另一种纪念价值。看看孩子们稚拙的字和纯真的感情，似乎越是时过境迁，越是觉得它们生动感人。只是，作为一个母亲，对着这些笔迹不同、内容不同的纸上留言，回想一下过去这10多年生活的轨迹，难免有些凄惶之感。对孩子们，更有许多无以言宣的歉疚。难道说，真的是人生如逆旅，连家庭也如逆旅了吗？

自此，我渐渐有了一番自己所未曾觉察的了悟——单是纸上留言，并不足以弥补我们所失去的天伦之乐。于是，我开始尽量寻找工作的缝隙，抓住可能属于自己的时间，让自己属于家庭。当朋友请客小聚，如先问我哪天合适，我一定说"别在星期天"。

朋友当然会问："为什么呢？你星期天不上班，不是刚好？"

我的理由却是："正因为星期天我不上班，住校的孩子也是星期天回家，所以不希望你请客。"我要留在家里陪陪孩子。不但我，我也尽量让家中所有的人别在星期天单独活动。大家留在家里，尽管什么也不做，但那是现代人难得的一点天伦之乐。尤其是我家，平日大家各人忙各人的，唯有星期天，大家到齐，可以好好聚聚。

因为相聚难得，所以我就特别郑重其事。我总是先买好一些零食、水果，甚至为孩子们订制一点他们所喜欢吃的点心，把老爷喜欢品尝的咖啡也准备妥当，来安安静静地享受一个属于我们自己的星期天。

我们多半时间都是围坐在电视机前，吃吃零食。有好节目，大家一起看看；没好节目，大家一起谈谈。谈每个人这一星期的生活经验，有趣见闻。正因为我们全家五口各人有各人的生活内容，所以谈话资料格外丰富。孩子们的话题最多，从学校住读的趣事到海外笔友的来信，从电视节目的内容到英文报纸上的每周算命游戏，都在他们谈话范围之内。当他们谈的时候，我们两"老"是倾听的时间多，只偶尔加一两句按语或批评。到了该我们谈的时候，我们则多是谈些"故事性"的旧事。因为这是孩子们最感兴趣的话题。那些生活，他们未曾亲身经历，因此有了神秘感和传奇性。

他们喜欢听我们两人如何赤手空拳来到台湾的故事，听我们如何在只有一个茶几的情况之下，就有勇气结婚的故事；他们更喜欢听我们的上一代，以至于再上一代的故事。那些故事的主讲者多半是我。因为我有一个具有百年历史的五代同堂的大家庭，有几位传奇性的祖先。我由父亲口中听来他们的故事，知道高祖父怎样从浙江省到河北去闯天下，怎样和他的弟弟创下家业，开了粮店、银楼，买下了田庄。曾祖父时代怎样继承上一代的基业，怎样做了许多善事。祖父和他的哥哥们又怎样由于养尊处优而成为花花公子，以及他们做花花公子的许多逸事和大把家财逐渐散去的所谓盛极必衰，以至于我父亲那一代如何的及时觉醒，知道克勤克俭、自力更生，投入新的时代去从头开拓。

这样的故事，能使孩子们百听不厌，正如我幼年时对这些故事百听不厌一样。由于这些故事不但具有丰富的传奇性，还更有一份先天的亲切感。那些他们所未曾谋面的祖先们，经过我们的传述，在后代的孩子们心中成为具体而生动的人物。他们的故事也就产生了丰富的教育意义，使孩子们知道什么叫创业维艰和什么叫守成不易，也知道人们在什么情形之下才有创业的雄心，又在什么情形之下容易消磨了志气而流入声色犬马的颓废人生。

一家的家谱就是一部最好的人生写照，它的吸力胜过一切小说；它的教育意义又胜过一切训词。

以我们这一代来说，离开了祖先们所扎下的根，过去的光荣与失败都已成为陈迹。我们是自己本身在这里重新开始，在人海风涛中自己把着舵，挣扎过来，站定了脚步，因此，下一代过的是安定无忧的日子。这一循环是刚刚开始。我们希望子女们由我们祖先的故事中，体会到现在我们的创业和他们所将面对的另一局面。尽管我们的"业"微不足道，和祖先的"业"无法同日而语，但其"创"的心情和必然性则是相似的。还有什么比这样的合家欢聚更有意义和更富于情趣的呢？

正因为我们平时都忙于拓展，所以才更珍惜这难得的欢聚。我不反对小家庭中父母各有工作，也不反对把孩子送到学校去住读，大家忙得只有用旅客式的留言来联络事务和表达感情。因为在现代激烈的生存竞争中，我们无法避免奔忙；无法把自己生存的空间局限。只要我们亲子之间能经常借短暂的聚晤，加强那份先天的感情之索，使孩子们在教育和亲情上不会有太多的欠缺，就可以心安了。这大概也是紧张的现代生活所形成的一份另一形态的天伦之乐吧？

孩子的画与文

那天，整理书柜与书桌，发现许多宝藏。

宝藏之一是孩子们从幼稚园到高中的图画。蜡笔的、颜色钢笔的、水彩的、炭笔的，画在白报纸上的、模造纸上的，还有画在旧时的卫生草纸上的。有在学校课堂上画的，有随私人教师画的，也有自己随便在家里画的。

宝藏之二是孩子们从小学到高中的日记、周记、作文及信件。从生平无大志的"我不想做一个什么'家'，我只想要一个家庭"，到"我有一个严肃的好爸爸"。从"我背不出九九表被挨骂"，到"离开了念、背、打的小学，进入了吃、玩、睡的中学"。还有对教育的意见，对时事的意见，对爸妈的意见等等。

宝藏之三是各种证书和奖状。对这宝藏之三，我觉得有两种矛盾的心情。一是感到严肃，二是感到愧疚。感到严肃的是因为它们都是在庄严的典礼中，郑重其事地接受过来。感到愧疚的是，我一直未曾"善待"它们。未曾"善待"的结果是：自从领来之后，就那么一卷一卷地随手放置，因此它们有的在这个抽屉，有的在那个抽屉。有的在橱子的底层，埋在旧书背后；有的是在架子顶上，蛛网尘封。

也就由于这一份愧疚之情，所以决心趁此把它们按着年次排好，叠成厚厚的一叠，用牛皮纸包装整齐，外加尼龙绳束妥，锁在铁柜中。心想，这样就不会散失了。

在整理的时候，刚好有朋友来访。好在熟人，就请她上楼来参观我的一室凌乱。她见我把那么多奖状都包在牛皮纸里，准备束之高阁，就责怪我说：

"你这人也真差劲！孩子们得的每一张奖状都是一份荣誉，怎么不给它们装个镜框挂起来呢？"

我一想，对呀！当初怎么没想到该把它们挂起来呢？真是糊涂！于是，一面对朋友表示我这人实在太马虎，一面继续把它们包起来了。

朋友在一旁看着，不觉笑道：

"嗳，你怎么搞的？现在挂也不晚哪！"

"现在挂？"我一面整理一面说，"那不成了开展览会了吗？"

三个孩子从幼稚园到高中毕业，不知怎么会得了那么多的奖状。有美术比赛的，有服务热心的，有模范儿童的。演讲比赛的最多，从小到大，从国语到外文。还有辩论会得胜的。奖状有大张的，有小张的，有硬纸的，有软纸的，有中文的，有外文的。当初他们把奖状交给我，我看过之后，夸奖他们几句，就把奖状随手收存，从未想到该把它们挂起来。孩子也从未表示如何重视这些奖状。

我说他们从未重视这些奖状是因为我对他们的心情另有一番了解，这番了解，来自一件偶然的小事。

那时候，老二读小学二年级。有一次，成绩单发回来，我看了看，是第七名，就随口问她说：

"你以前好像考过第一名嘛！怎么好久都不考第一名了？"

她轻描淡写地回答说：

"考第一名会被别人恨，不如考后面一点。"

于是她告诉我，当她考第一名的时候，那位一直保持第一的小朋友曾经痛哭不已，使她觉得非常难过，所以决心不再争什么第一。

我未曾想到她小小年纪，竟然会不声不响地有此一悟，经她这样一说，倒颇为庆幸自己从未责成他们非考第一不可。本来，小学一二年级的功课简单，考卷发下来，考 100 分的常在一二十人以上，教师要在众多的100分中,去分出名次,实在是一件煞费苦心的事。因此往往一勾、一点之差,考卷整洁与否都得列入计分范围。学期成绩更要加入操行、服务等主观的惩奖,以便分出名次。孩子们如果真的非考第一不可,则未免太可怜了。但就有很多做父母的,喜欢以名次的先后来考核孩子的成绩,以致造成孩子们心理上不必要的紧张,对周围环境也在无形中充满了戒备。

　　保持纪录实在是世上最艰苦的事。第一只有一个,你的荣誉心和环境的压力迫使你要永远占有它,不能跌落。而偏偏它又是众人所要一致争取的一个荣衔。凡事只有一个第一,而且众人认定只有第一才最光荣。无论其间相差何等微小,第一永远高高在上,第二却不是人们注意的焦点。你要荣耀,就得争取这个唯一仅有的第一。你要不失败,不屈辱,就得拼命保有这个第一。因为一旦你习惯了这第一的盛誉与光荣,就无法忍受失去时的冰冷与悲哀。尽管那一分半分、零点几分之差,并无关你真正的成绩,但事实却就是那么冷酷,人们只仰望那夺得锦标的,而对那卫冕失败者只投以悲悯而已。

　　我怜悯一切的卫冕者。当他们在万千观众面前被挑战者一拳击倒,裁判数到十,而他挣扎不起时的那场面,以及观众对胜利者的欢呼,都使我感到这种竞争的残酷和愚昧。它并不证明实力,胜者与败者所差也许只是一次意外的失手或一点小小的幸运。但他们却被判要在万千观众面前接受欢呼或悲悯。而成功者在诸般光荣加于一身的顷刻过去之后,立刻就变为被挑战者,当下一次卫冕赛来临之时,他要招架多少个新来的精锐,在变相的"车轮战法"之下,保有那顶冠冕是何等的艰苦!最不平的是,当他最后不幸失去这项冠冕时,就连他既有的成绩也似乎被否定了。

　　我不希望把孩子们的学业成绩也用这种"打擂台"的方式去衡量。第一名与第二名以至第十名的成绩所差实在微乎其微。尤其是学期成绩,其中加入了音、体、劳、美等学科，还有最无客观标准的操行分数，就更不能据以判定学生用功的程度；更不能据以判定学生的才华。往往一个有天才的学生并不是最会应付考试的学生，尤其如果他的才华特别偏重某一学科的话，就更无法以名次去评定他的优劣。又何必为了一个不一定代表什么的第一名，而使孩子心情紧张呢？

我所重视的不是这些奖状，而是另外的两种"宝藏"——图画和作文。

孩子们的图画最能表达他们天真的心情。刚进小学时所画的一张蜡笔画《上学去》，正是每一个孩子初见学校大门时的感受。未进幼稚园以前，在灰色的草纸上用铅笔画的一张稚拙的马，仿佛连当时他俯在矮矮的玻璃茶几上作画的神态都跃然纸上。还有那色彩浓烈的野餐图，豪迈大胆的帽子设计，小马在母马腹下仰首吮乳的可爱的《母与子》，只剩一只兔子倚着一个坟墓的《世界末日图》等等，都不是他们长大之后所可画得出来的。这些画，忠实地记录着他们当时的心情，也流露出他们的个性与对人生的天真的看法。

孩子们不善于用语言来表达自己。你如问他："你现在在想什么？"他可能说不出来。但你可以从他们随手画出的图画中去了解他们，那些图画正是他们心灵活动的轨迹。

再有就是他们的周记、日记和作文了。从有题的《骑车记》、《挨打记》，到无题的"今天真是最快乐的一天"，都值得你仔细欣赏，认真研究，从文字背后，了解他们当时的心情与对日常生活的感受。

整理书柜，把他们以前所读过的大堆小堆的教科书，所写过的成垛的作业纸与作业簿，都毫无顾惜地扔了，把他们所得的奖状以审慎的心情束之高阁。唯独对他们的文与画，我将仔细装订存留，暇时好好欣赏。

孩子大了，做父母的常会怀念他们童年天真的模样，总是懊恨当初摄影机未曾普遍，未能把他们的童年活动保存下来。其实，即使有摄影留存，也只是他们的形貌。不如画与文，可以让你有机会以较成熟的心情，重新回顾当初自己抚养他们过程中的得失，重新了解自己给孩子所安排的一切在他们心中的反映。对孩子本身来说，为他们仔细保存幼年的笔墨，待长大之后再去欣赏，重新认识自己的童年，也是一件极有趣味的事，何乐而不为呢？

智者乐水

读初二的老三，最近常打电话给她小学时的一个女同学，一会儿约她出去看电影，一会儿约她出去游水，一会儿又约她去划船。

虽说，暑假里找女同学玩玩，算不得什么不对。问题是，那女同学品行不佳，是大家公认的一个"太妹"。虽说"太妹"也有"太妹"的苦衷，她之所以成为现在这副模样，家庭社会都有责任。何况她也颇有自知之明，每次老三约她，她总是推三阻四，说："别找我，我会把你带坏。"每次老三把她的话转给我，都引起我莫大的同情与感慨。但是，只因老三年幼无知，人又随和，我不能因为同情那个女孩，而就放任老三去同她做朋友。

但是，当我阻止老三的时候，却发生了困难。她不明白为什么我不相信她。

"我不会学坏。"她就，"我只不过是和她玩玩，有什么关系？你不应该不相信我。"

我知道我不应该不相信孩子。父母对子女确实应该表示信任，这样才可以使他们有自尊，肯自律，才可以真正使你放心。

但是，我不能无条件地相信孩子。我要在该放心的时候放心，不该放心的时候谨慎。只是我不能使孩子觉察我不信任她就是了。

她坚持要去，在我没有充分的理由说服她之前，即使她勉强听话，我也知道她内心里并不服气，而且她为此一定会很痛苦。

当晚，我想来想去，难以入眠。走到她房间去看她，见她已睡熟。床头柜上放着一个羽毛球。我想到这羽毛球是她亲自跑到附近小店买回来的。买回来之后，费尽唇舌，求哥哥姊姊陪她打，而哥哥姊姊偏都不喜运动。求我打，我说不会。求她爸爸打，她爸爸没兴趣。求阿美陪她打，阿美又忙。结果还是没打成。

由此我又想到，自从一放暑假，她就吵着要去福隆学游泳。我先是说，平常上班没时间，周末又太挤。后来，我说我实在是不喜欢去，我怕太阳，怕挤车子，又不会游泳，觉得去海滨实在是乐不抵苦。她又求她爸爸带她去，她爸爸比我更忙，更不喜欢运动。而且他即使有空，也情愿去俱乐部枯坐，结果半个暑假已经过去，她仍只是停在家里，除了做功课，就只能看看电视。她一有空就求人陪她玩，而并没有人肯略微勉强自己一下，去陪她玩。

看看她床头柜上那个寂寞的羽毛球，我忽然为她心酸起来。平常我竟一直忽略了她是这样的寂寞、委屈，而缺少游伴。

难怪她要去找那个好玩喜动的"太妹"了！

在家中父母兄弟都不肯陪她玩的情形之下，以好动如她，岂能不向外发展？

一个暑假，她都在念叨着要去游泳，而我并没有理会她那迫切的心情。似乎我们所认为的"正事"只是闷闷地坐在家里，而并没有设身处地去为孩子设想。我们是多么自私，而缺少同情！

于是，我又想到她幼时一直都在学芭蕾舞。本来，以我的看法，那种舞既不自然，又不易有真正的成就。而且，每次表演相当费钱，我又得跟在后面做"跟包"。那忙忙乱乱的舞台气氛，也与我的个性不合。但是，她却乐此不疲，拼着挨骂，忍受全家的抱怨，她也要去。有一阵，停止不学，她就变得十分暴躁不乖，直到我找出原因，让她恢复学习，才算好转。

由此，我豁然领悟，我是太忽略她好动的天性了！孩子发生问题，多半是父母的过失，我们怎能以苍老衰颓的心境去认定孩子也应如我们一样，像佛一般地坐在家里呢？

于是，我下决心，明天一大早就带她去"再春"游泳。即使我对游泳无兴趣，却不能希望我的孩子也对游泳无兴趣。

决定之后，我开始安心入睡。

第二天一大早，我梳洗停当，来到她的床前，她正懒洋洋地躺在床上，我说："走！我带你游泳去。"

她一翻身坐起来，惊喜地问："真的?"一面说，一面把衣服换好，匆匆梳洗完毕，把泳衣、泳帽、毛巾等等一口气塞在袋子里，其迅速利落，使我回想到她幼时的敏捷。记得最近我常问她："你怎么越来越慢腾腾了？小时候，不论是去上学、是去跳舞，总是外面车子一叫，你就一面答应，一面拿包包，一面穿鞋，一阵风似的飞奔而去，现在为什么不了？"

"现在，我找出了原因。"她仍是这么一阵风似的，只要你使她愉快。

"再春"游泳池一片湛绿。她以前跟同学来过一次，这次便如识途"小"马，把我带到有伞出租的地方，帮我租好了伞，嘱我放心在这里看书休息，她们那边自有救生员照顾，然后自己跑去更衣，到"中池"游泳去了。

我在伞下悠然独坐。打开带来的《读者文摘》安享属于我的那份宁静。

何乐而不为呢？既满足了孩子的好动，也满足了我那喜欢"偷得浮生半日闲"的好静。到了中午，她晒得红红的，精神饱满地和我一同回家。

"还想找××同学吗?"我问她。

"有你陪我去游泳，我不用找她了。"她答。

寂寞童心

小女儿又在用她那出奇快速的语调向她父亲述说学校里的琐事。而她父亲已经穿好了西装，打好了领带，准备出去参加酒会。他坐在那里，一面系鞋带，一面看手表，口中"嗯，嗯"地答应着。我走过来，坐在他们父女旁边，插嘴道："你说的那个同学，家在不在台北？"

小女儿看看我，语调慢下来，答道："她家不在台北，她家在基隆。"

"你刚才是不是说她会讲故事？"我猜着问。

"不是，讲故事是另一个同学。她会打球。"

"好，你再说一遍，慢慢说。刚才你说的我没有听到。"

我们这样说着，她爸爸也开始把心思集中起来，认真倾听女儿那些孩子气的叙述。当有人认真听她说时，她就不说得那么快了。

不知从什么时候开始，她说话这样喜欢抢时间。起初我只矫正她说话的速度，但是无效。慢慢的，我才发现，她这样急急忙忙地说，实在是因为我和她父亲"太忙"。

我们总是觉得自己没有那份多余的时间来和孩子一起聊天。我们除了忙公事、忙私事外，即使有了一点时间，也情愿坐在那里专心地看报、看书或看电视，甚至于我们觉得闭起眼睛休息一会儿，也比和孩子谈话重要。

而孩子心中的许多感受、疑问或喜乐，就一直找不到机会向我们表达，两个大一点的孩子较为含蓄，有事不说也不觉得苦恼。而老三却生来活泼外向，任何事都不愿闷在心里。同时她又特别好奇，又喜欢多想，因此问题既多，意见也多。所以，她总是一有机会就抓住我们，滔滔不绝地讲。而她又深知我们缺少时间及耐性去听，所以只好尽量快说，以免我们在她未说完之前，就把她的话题打断。久而久之，说话又快又急，就成了她的习惯。

当发现她这习惯的成因之后，我直责怪自己！除随时提醒自己尽量设法补偿之外，我不由得怀念起老式的家庭来。

老家庭里的人们不会是个个都忙的。她们分工合作，男主外，女主内，老人则有机会享享清福，陪伴年幼的孩子就成了老人家唯一的正事，这正事也是他们最大的乐趣。他们不但比那些年轻的父母更会照料孩子们的饮食寒暖，而且有从容的时间教导孩子们应对进退，并且顺便就做了孩子们的启蒙教师，教他们认方块字和写"仿"。

不久以前，一位老工友在我家闲聊。无意中，我听到他和我家老大聊得很投机，使一向沉默寡言的老大也高高兴兴地和他有问有答起来。老工友从他年轻时的淘气，谈到他长大后如何从军，最后谈到一个人该怎样照料自己的饮食起居，使老大听得津津有味。他的话既温和，又亲切、又很实际，还包含着许多生活教益，那正是老式家庭中，长辈于晚辈之间，寓教育于闲谈的口吻。那种教育是亲切的、自然的、不着痕迹而又深入的。

由此，我又想到，好几年前，一位邻居的老太太在我家聊天。忽然听到在房间睡觉的孩子打了一个喷嚏，我正想起身去给孩子加盖一层被，老太太却在旁边用她那标准老式的北平话说："孩子热啦！"

"热啦？"我不禁愕然，"打喷嚏不是冷吗？"

"打喷嚏是暖过来啦！"老太太说，"别再去盖被，再盖被，孩子就要热着呢！"

"热着？"我简直不相信我的耳朵，"我只听说冻着，可没听说热着呢！"

"太热了就容易感冒。本来孩子就热，你再给他盖，就'捂'出喘病来啦！"

我怔在那里，老大真是从小就有气喘病。老太太就像未卜先知似的。

想到自己每听到孩子打喷嚏，就以为他是冷，就给他加衣服。再打喷嚏，就再加衣服。谁知道孩子打喷嚏原来是热呢？

假如早认识这位老人家，孩子不知少受多少苦。

我们在学校课本上，学不到多少生活常识，我们的生活常识多半是由长辈口传心授，由日常生活中一点一点地学来。然而，在匆忙而孤寂的小家庭生活中，父母都是急急匆匆地忙着，忙生活，忙事业，或为了生活与事业而忙应酬。难得有一点在家的时间，却已没有精神与心情来和孩子相处。仿佛孩子只要吃饱穿暖有学上，就已尽到了责任。我们常自命时髦而蔑视老人家，觉得他们是多么的陈腐、落伍，而又无用！我们忘恩负义地以为一切道理均可由我们自己创造，而不必接受任何前人留下来的经验。

我们忘记了自己幼年时，在祖父母、外祖父母、叔伯祖父母……那些悠闲而富爱心的老人家膝前，所得到的充分照顾。那些老人家是怎样有耐心地喜欢听我们幼稚的唠叨，是怎样兴趣盎然地把他们一生的经验，源源本本地、一遍又一遍地，像讲故事似的讲给我们听。

有什么教育比那种教育更自然、更深入、更有爱、更久远呢？

何况，老人家也是寂寞的，而且也是喜欢絮絮地讲话给人听的。让喜欢听大人讲话的孩子和喜欢讲话给人听的老人家在一起，岂不正是上帝巧妙的安排？

难怪美国有人想到把孩子交给养老院的老人去照料。在青年和中年人都只顾奔忙的现代生活里，让需要伴侣的老人和需要亲情的小孩在一起，互慰寂寥，或许多少可以弥补一下这使人们越来越孤立的时代的缺陷吧？

现代父子

我和三个孩子在客厅里高高兴兴地闲聊，忽听外面计程车响，接着车门"砰"的一关，大门的弹簧锁从外面一开，孩子们就知道是父亲回来了。于是，大家立时鸦雀无声。接着，他匆匆走进客厅，孩子肃立。拿报纸的拿报纸，倒茶的倒茶。然后，女儿慢慢地各就各位，儿子却悄悄地溜上楼去了。

其实，他最爱孩子，孩子幼时，他每晚钻进他们的小蚊帐去搜捕蚊子，务必把蚊子完全肃清为止的那份细心与耐性，真使我自愧不如。有时，我们带孩子出去旅行，举凡带他们上厕所、洗澡、喝水、零食诸事，都是他来做。不过，如衣服的添换，食物质量的选择、调配，也都是他发号施令，只因我对生活琐事一向粗心，所以这份责任自然也就由他承担了去。但当孩子逐渐长大时，情形就开始变了。女儿倒还有时和父亲说笑几句，儿子却总是一见了他，就想开溜。

不知从什么时候起，他和儿子之间有了这种距离。儿子固然是躲着他，他见了儿子，也像只"乌眼鸡"似的，满脸的不悦。不是嫌儿子脸未洗净，就是嫌他头发不理，孩子在变声阶段，不开口说话时，他嫌他一天到晚闷声不响，一开口说话，他又怪他"嗡声嗡气"。仿佛忘了当初儿子呱呱坠地时，他那喜极而泣的心情，而只剩了挑剔的份儿。

起初，我对他这种态度实在是大惑不解。但慢慢地，我发现，似乎多数做父亲的对儿子都比对女儿严厉，尤其是对逐渐成长中的儿子，更是多多少少都有这么一份没来由的距离。记得我外甥小的时候，有一次和我一同站在大门口闲眺。对面跑来了一只黑狗，两只眼睛凶巴巴地瞪

着我们。小外甥对那狗看了又看,然后自言自语地说:

"看!正像一个爸爸!"

当时我听了大笑,警告他说:

"好啊!给你爸爸听见,不打你才怪!"

现在想想,他的话虽然可笑,却充分流露出一个儿子对父亲的观感。当他父亲用那严厉的眼光对他望着时,大概的确有几分像那只凶巴巴的狗。童言无忌,于是就以意识流的方式说出来了。要是拿到现在,他大概即使心里这样想,口里也不敢说。

不过,话又说回来,现在,他父亲也不会再用那种眼光对着他了。因为他已学成役毕,走入社会,父子之间有了朋友的成分,就显得客气多了。

因此我想,以多数情形来说,父亲和儿子之间的感情可能有这么几个阶段——

幼小的时候,宠他、爱他。

成长过程之中,嫌他、责他。

长大之后,信他、服他。

幼小时候和长大之后的情形容易了解。孩子成长过程之中的那"乌眼鸡阶段"则常会使人莫名其妙。如要给他找个理由的话,我想,最简单的说法可能就是"恨铁不成钢"的心情吧?

父亲对女儿,先天上有一份宽大。一方面,他觉得她们是女孩,顽皮一点,不用功一点,似乎都情有可原。另一方面,他觉得女孩禁不起"严刑峻法",从心里就只想保护她们。对儿子可就不然,在父亲心里,觉得儿子小则是这一家的支柱;大则是国家的栋梁。因此,只要儿子一脱离童稚阶段,就立刻被性急的父亲肯定为小大人。这小大人不但要规行矩步,不但要衣冠整洁,而且进退应对,都要中节。他希望儿子德智体三育兼优,因此不异揠苗助长;他希望儿子领袖群伦,因此不能忍受他有任何一点不孚众望（其实只是他一人所望）。因此对他十分之十一的苛求。而他又恐儿子不服督导，所以自己先树立威严，不苟言笑，以便令出必行。

站在做母亲的立场，有时我也不得不承认他的严峻确实可以补足我的宽柔。但当我发现，身高175公分的儿子已经不愿事事求教于母亲，而又不敢向父亲商量时，我觉出了，单是严峻也并非为最理想的为父之道。

文章写到这里，做父亲的又在喊儿子下楼去做俯地挺身。这已是我拐弯抹角，烦请他注意一下儿子身体的绩效。可惜有点矫枉过正，距我的想法有一大段距离。175公分的儿子并不愿意父亲以军训教官的姿态对他做个别督导，只是慑于威严，不敢不奉命体操而已。

我总觉得，与其让母亲去和儿子做朋友，不如让父亲去和他做朋友。记得我读小学的时候，同学中有姓蔡的三兄弟，分别在四、五、六年级读书。他们的父亲蔡先生每天早上必定带着他们三个去附近网球场，打一个小时的网球，然后，他去上班，孩子们去上学。下午课后，也常见他们父子一同散步。蔡先生对儿子似乎另有套教育方法，他对儿子并不道貌岸然，但儿子们好像都很听话，没有一点无法无天的作风。可见，父亲要儿子听话，并不一定非道貌岸然不可。

当然，中国旧式家庭中的父亲多半也都是道貌岸然、不苟言笑的。而且我们中国人也常说，我国旧式的家庭教育足以傲视世界。旧金山唐人街的中国家庭不出太保（现在也不行了），得归功于中国传统的家庭教育。似乎那种严肃是理想的为父之道。但事实上，时代不同，社会形态和家庭组织早已今非昔比。以前男主人有足够的机会在家里课子读书，虽然严肃，但父子之间接触的机会不少。因此，双方是亲近而互相了解的。同时大家庭中，长辈叔伯也都可随时对孩子施以"机会教育"，即使父亲严肃些，也有其他人等可做缓冲，予以弥补。

现代父子

现在小家庭则是家中长辈只有一父一母。如父母双方对子女教育态度不一致，容易给孩子制造混乱和投机取巧的机会。如态度一致，除非恰到好处，否则失之过严或过宽，都非孩子之福。尤其父亲忙碌终日，难得在家，就更谈不到对孩子的了解与教育。

常听一位朋友说，某人位居要津，终年奔波，无暇内顾，偶尔回家一次，看见儿子不像话，就把儿子吊起来打一顿，然后又自顾出差去也。等一半个月回来，一看儿子不像话如故，就再把儿子吊起焉打一顿。这种教育严则严矣，但效果何在？

据说，那儿子后来做了太保，被少年组请去管训。后来服完兵役，再重续学业时，父亲为赎前嫌，时常早起，亲手为儿子准备早点，希望建立父子之间相互的了解，与恢复先天的感情。

其实，所谓长幼有序，固然是要幼者尊敬长者，但不要忘记了"父慈子孝，兄友弟恭"，其因果还是相对的。旧式家庭教育有效，多半还是因为"寓教育于生活"的成功，并不只是严峻而已。

鸽笼式的公寓，在需钱的工业社会与必须孤军奋战的现代生活，使每一个做父亲的人都只顾奔走衣食，奔走社会地位；又为了社会地位而专心应酬。于是多数家庭中的孩子，除了上学之外，回到家里，就都过的是来亨鸡式的生活。女孩子倒还好办，男孩子就有问题。因为假如他们好动，常自己出去跑跑，那就会被认为是太保；如乖乖地坐在家里，就当然会变成书呆。家中唯一可以领导他的成年男子是父亲，而父亲是忙得把家当旅馆的。偶尔想起该教教孩子了，不要选吃饭的时候开训，采超音速喷射式的"知识注入"，使人消化不良，就是像开了电钮一般的让儿子做体操，把运动变为刑罚。

难怪有一次，尚在读初一的我家老大说：

"等我有了儿子时，我一定天天带他去郊游。要不就买辆脚踏车，父子俩一同骑车出去玩。一方面免得他总闷在家里没有见识，二方面可以让他锻炼身体。"

　　他这句话，当然是有感而发。"天天郊游"固然是孩子话，但偶尔父子俩郊游一下，平时父子俩散散步，聊聊天，总可酌量"拨冗"办到吧？

　　生活事业固然是刻不容缓的大事，但认真想想的话，天下还有什么比儿子前途更重要的事呢？

现代人情

现代小家庭有点像旧时江湖口语所说的"光棍",这光棍"眼里揉不下一粒沙子"。

它只能安于它来自先天的组织,不能容许任何外来分子的介入。它有一种先天的抗力,当有外来分子介入的时候,它会不能忍受,直到流着眼泪把它拒走为止。那是一种先天的保护作用,非人力所可改变。

人们说,现代人缺少人情,恐怕和小家庭大有关联。小家庭无法容纳长期的住客,甚至连短期的也无法收容。原因实在不止一端。最重要的,当然是空间的问题。

现代房子不像古时的四合院。东西南北屋,各自为政,中间有个四四方方的院子作为缓冲。这还不算,多数家庭都不止有一个四合院,而是一进又一进,由穿堂接连起来的一串四合院。住在第一进的人们和住在第二、三、四进的人们比现在住公寓的邻居更有距离。何况较为气派一点的话,在正中的一连四五进的四合院之外,两旁还有跨院。这两旁的跨院占地大小与中间正院可能完全一样,甚至更多。跨院内建有客房,专供长短期住客之用,甚至自己有个包容几十户人家的庄院,也不足为奇。所以古时可以有孟尝君之流的好客。只要有钱,他不必怕食客众多会干扰了他的私生活。他自己的家小自有内宅可以安居,绝不会与食客们天天打头撞面,共桌而食。

现在情形则大不相同。小住宅虽然厨厕浴俱全,但却统统挤在一个屋檐下。说是三房两厅,但两厅多半是一厅,而这一厅其实也只是个过道。三房是门挨着门,门对着门。如果所住的不是至亲骨肉,当衣着不整时，两边同时开门的话，会产生避之不及的尴尬场面，或吓一大跳的喜剧效果。尤其早晨、晚上或炎热的夏日，主客之间都难免为了观瞻而感到不便，而要各自把自由活动的范围缩小到卧房以内。结果就变成一出卧房，就要穿好"外出服"，才不会失礼。如果住客是男人，至低限度，女主人和女孩子会感到不便；如果住客是女人，则男主人除非存心疏慢，也必须在衣着举止上多加检点。成年的男孩子一定也要受点拘束。

何况，"防闲"二字即使在现代，它仍具有其不可忽视的意义。家中住着男客，天长日久，男主人不能不防备家中女眷的感情游丝偶然的垂注；如住的是女客，则在女主人心上多少是个负担。而且事实上，鹊巢鸠占的往例已是屡见不鲜。与其到事情发生时再求补救，就不如在事先少付出这份人情。

这还只是论到住处空间的问题。其实，吃的问题也很严重。所谓严重，倒不只是钱的问题。一个人的伙食，每月四五百元，大概可以过得去。严重的是多一个人吃饭，最易影响佣人的情绪。这一点，说起来像是小事，但现代佣人对小家庭之重要实在罄竹难书。佣人一闹情绪或挂冠而去，这一家庭立刻就会天下大乱。尤其现代女主人多半是职业妇女，佣人的地位简直相当于一个主妇。家中多住了一个客人，不但早、午、晚饭及点心、宵夜必须增加一份，而且如果起居时间不一致，佣人还要格外多费一番手续。此外，整理房间，洗烫，开门等等诸般琐事，看似无足轻重，但日久天长，佣人就难免要计较。再如果主人算盘精一点，对日常饭菜不肯多打出一份，客人的加入就等于间接减少了佣人的享用，这也是引致佣人闹情绪的重要因素。佣人一闹情绪，则全家秩序大乱，因此，住客就无法受欢迎了。

当然，钱的问题不能说不重要。因为现代工业社会，多数人家是靠月薪过活，有一定的预算。超出预算，虽不至于使主人负债，但一定影响储蓄，而小家庭储蓄之重要也是古时所不及的。古时农业社会，靠田地生活。粮食蔬菜,不像现在这样毫无伸缩余地。大家庭,帮手多,照应多。年老或失业时,有个老家可做退路,不愁晚年无人照顾。而现代的人们,每月薪水能维持开支已是不易,日后退路又都很渺茫。所以稍有打算的人,都愿趁着年轻,多积存点,以为日后年老力衰或有意外问题来临时的应急之用。一月四五百元,也许正是这个家庭所可能撙节下来的全部积蓄,岂能长久被住客剥夺了去?

当然,也有人想到,何不仿西方办法,住客照缴房饭费呢?但这个办法不说在我们的人情上不习惯,认为与其如此,还不如索性不招待来得干脆;而且事实上,如果收了客人的房饭费,反而会增加了主人心理上的负担,也增加了双方不愉快的可能性。因为对方既付了钱,就不免认为有些享用成了他的权利。电灯多开一会儿,热水多用一些,夜晚听听收音机,对饭菜挑挑拣拣,在客人也许认为是理所当然,而主人呢?在这种情形之下,又如何能够保持心气的和平?

与其无终,不如无始。因此,在现代社会里,小家庭拒绝住客,小家庭对朋友只限于招待一顿便饭,小家庭对失业的朋友,无家的朋友,生病的朋友,一概无能为力。原因不是人心不古,而是小家庭有它先天的拒外性。种种原因,使它不得不紧闭门扉,对一切过去认为理所当然的人情,表示敬谢不敏。

在另一角度来看,既生为现代人,也只得尽量让自己适应这现代生活。过去的观念不得不改。人情既被迫越减越淡,个人的独立性不得不越来越强。一切靠自己,是这年头的特色。人们必须自幼就学得谋生的本领与独立的性格。投亲靠友已经成为历史名词,亲友们可以在必要的时候助你一臂之力——帮你介绍工作,借你一笔本钱。但你无法长久倚靠亲友的供给,做个无所事事的食客。

曾见过某人付出一万元请他家那位常住的朋友迁出了事。就可见这年头的人情淡薄不仅是金钱的问题了。

高处不胜寒

我对年轻女影星的自杀，总是寄予许多的同情。

我不愿讥嘲她们不知足，说她们拥有了那么多，还想死！

我也不愿指责她们意志薄弱，说她们为什么不咬咬牙，活下去。

我只是对她们有深切的同情与悲悯。她们这一生被渲染得太华丽，被提升得太高了（真像天上的星），使她们和下界的实际生活脱了节，不知如何降落。当她们失去了提携她们的靠山，或当她们失去了被吸住在高空的那份吸力时，她们没有梯子可以降落；下界也没有地方可以容纳她们那份得来不易（或太易）的虚荣。于是，她们只好做一颗殒星——跌下来，撞碎了！

她们是像梦一般地升上了天空，做了一颗明星，她们除了天生丽质及演戏才能外，还靠一些偶然的幸运。这幸运包括：偶遇星探的赏识，某一部影片合了她们的戏路，还有制片人的宣传，群众的偏爱等等。夤缘际会，登上了明星的宝座。她们大多数都不是像其他行业那样慢慢地爬上去的，而是飞上去的。事实上，年轻与美丽，是她们窜红不可缺少的条件，这条件也不允许她们慢慢地去爬。

爬上去的过程虽慢，却是一步一步有阶梯可循；飞的过程虽快，无奈没有坚实的基础。因此，她们虽高高在上，心情却是悬虚的。

在外人面前，她们是"明星"，光芒万丈，不可一世。实际上，她们要看老板的颜色，要看导演的好恶，要靠众人的捧场。她们越红，越怕失去群众；她们越红，越怕年老色衰，更怕演技不够精湛，被群众遗弃。何况近年来明星这一行，越来越重新轻旧，重貌轻艺。年轻貌美的后来者,随时威胁着她们的地位。演技尚可锤炼,年华却难留驻。做明星的两大有利条件,眼看着必失其一,心情岂能不紧张?

何况擅长表演的人们,在天性上也都比较敏感而带有几分神经质,喜猜疑而多幻想。一旦周围环境稍有不对时,便会预先感到威胁。当她们感到自己将被老板冷落,或被群众遗弃,或被后来者取代,无法维持现有的光芒时,就会想到趁着光芒尚在,不如急流勇退,做孤注一掷式的殒落,或可长留美丽在人间;或可趁自己名声尚盛时,赢得群众的几声惋叹和长远的怀念,至少她自己不会看到那被群众冷落的场面。

当然,单是这种心理,在平时或许还不致造成真正的行动。如恰巧遇到了感情上的打击,就必定会成为一条急速的导火线。其实,促成这个行动的导火线,仍只是外在小原因之一而已。真正的大原因,还是她们对自己失去了信心,是一种心理上的怯懦,是自己丧失了斗志。

人生不能只顾一味进攻,而不准备退守;不能只期望成功,而不准备如何面对失败。真正会处理生活的人,是要让自己能够进可以攻,退可以守。对男人来说,由绚烂归于平淡,最好的退路,莫过于陶渊明式的归隐田园,回到与世无争的淳朴人生;对女人来说,在人生战场上,无论是铩羽或荣归,最好的退路当莫过于家庭了。偏偏女明星们太热衷于眼前的名利,多半都忽略了家庭!

想想那些自杀的女星们,不是根本没有正常的婚姻,就是遇人不淑,(为做明星而委屈丈夫的事,一定不能避免。婚姻发生问题,又何能独怪丈夫不义?)因此,事业与家庭不能两全的彷徨,终于无法挽救家庭,剩下自己与冷酷现实作孤军奋斗,事业已如日落黄昏,身边又无知心人可以分忧解烦的孤寂和落寞,又岂是保险箱里那几串珠钻所可温慰?到了这时,金钱何价?虚名何价?"人生究竟为了什么?"的那一份虚无之感,就不易挥去了!

即使她这时已觉悟到不该在天空做一颗寒冷的孤星,却苦于找不到阶梯可以降落。因为她未曾在凡尘中建立一个可供息影的平庸的家。她们的自杀，也可算是对自己无法同时抓住这两极的一项抗议吧！

那么，你也许要问，做明星，不是也有人既有事业，又有家庭，很幸福的吗？

当然。可是你说，那需要多少聪明，多少毅力，才可以做到呢？

短暂而绚丽之乐易得，平实而恒久之福难求。红女星们在心理上，自始就只知追求绚烂，没有替自己后半辈子做平淡的准备。她们既无力使自己永远超越，又未曾替自己安排一条放手之后的退路，终于借自杀来求最后的一阵掌声，其情岂不可悯？

我对她们寄予非常的同情与悲悯，其故在此。

追求名利事功，原是人类的天性，本也无可厚非，但不能没有退路。任何事业都是有成有败，当事业一帆风顺时，享成功的盛誉，自是不难；如果到了走下坡路，即将交出棒子时，则需要早日在心理上准备一个降落伞，在现实中准备一个停机坪，这样才能够平安落地，才可安心去过脚踏实地的平淡生活。心理上的降落伞，是要自己勇于面对功成身退时的寂寞；现实中的停机坪，对女星来说，则无疑是家庭了。

但是，假如你不早日着意建立并维护你的家庭，到你倦旋或因"机件故障"而被迫回航时，又哪里来的那么一个现成的停机坪呢？

女星们预感到自己在事业上走下坡路、对前途彷徨恐惧的时候，最怕的是又逢爱情失败或婚姻变故。这是许多绮年玉貌、事业尚处巅峰的女星们仓猝殒落的心理上的共同因素吧！

把优越感让给男人

近代新女性常反对男人的优越感。"五四"以后的知识妇女曾着意把头发剪成男子式样,脸上不施脂粉,衣服宽袍大袖,以表示自己并不逊于男人。

其实,站在女人的立场,我倒不反对把优越感让给男人。因为有了这份优越感,男人才会负起上天赋予他的那份责任心与保护者的职务。以一个国家来说,无疑的,是男性负着保卫的责任;以一个家庭来说,男性也是主要的支柱。日常生活中,偶遇意外情况,也多半是体力较佳的男性来对女性施以援手。

由于在先天上,男人较女人身强力大,较女人多具理智而少动感情,较女人多具果断力,而少不必要的担忧,因此逢到"涉外"事件时,大可让他们去出面解决或承担。他们既可胜任愉快,女人也正好借此藏拙,把心力用在自己擅长的事情上。只有当他们因过分勇往直前而把事情弄僵,以致无法转圜时,才用得着女人们以女性的婉转柔和,与那一份可被允许的先天的"不讲理",去为他们做善后或打圆场的工作。

我认为这是上天极好的安排,也是对女人的一份厚赐。老子说"不敢为天下先","上善若水,水善利万物而不争。"贾宝玉曾比女人为水。女人之可贵处在于柔,因此不必去与男人争"强",而要给他这份强,让他去做保护者,你去做被保护者。这样不但彼此可以相安无事,皆大欢喜,而且许多事情也都可赖以推动。

丈夫是男人,因此,做妻子的要给丈夫这份优越感,好让他去支撑门面,发挥男人的威力,做你的避风港,何乐而不为?

在男人面前，你与其滔滔雄辩，不如微笑倾听。不过，假如你不赞成他的意见，却绝对可以阳奉阴违，按你自己的主张做去。或者索性来个不问是非黑白——随你怎么说，"我就是不讲理"。他对你会无可奈何，但并不会真的动气，因为这无损于他的优越感。

当然，这里所谓"不讲理"并非真的不讲理。而是在他面前，你与其想把他完全说服，以争取你的胜利，不如把你实际上的理由隐藏一些，而以"不讲理"的方式来表示你的坚持。男人能够容忍你的"不讲理"，却不大能容忍被你的理由所说服。

因此，你尽可在表面上让胜利归他，而实际上，胜利属你。即使到了后来，他发现了你的阳奉阴违或蛮不讲理，他也会以宽容的心情一笑置之——"女人嘛！真拿她没办法！"其词若有憾焉，实乃深喜之也。

相反的，假如你不知趣，一定要在当场驳倒他，以表现你的理对，而他的理错，那么你看吧！他会和你争论到底。结果不是给你下不了台，就是他拂袖而去。原因就是你损害了他的优越感。

曾在一部电影里听到一个男人说："我最讨厌发号施令的女人！"写这句台词的人或可代表绝大多数的男人。

当然，女人也照样讨厌发号施令的男人。不过，女人更应该知道，"让他以为是他在发号施令"和"真正让他发号施令"的不同之处。顺应各人先天秉赋，以被保护者的姿态出现，可以减少冲突，而获得真正的优惠。

曾见到一个家庭中，太太抢尽锋头，一应事务都没有丈夫参加意见的余地，但背后这位太太却又抱怨丈夫懦弱。可见即使领袖欲再强的女人，也并不真正希望丈夫屈居被保护的地位，此之谓天性。

满足男人的优越感，不但可以使他对家庭多负责任，而且也可以增强他的自信心与拓展力，有助于他在事业上的成就。

举个最有名的例子：当初影坛艳后伊丽莎白·泰勒横刀夺爱，自黛比·雷诺手中把爱迪·费雪抢来，据为己有。费雪在歌坛的声望固然已经很高，但和泰勒的声势与锋芒相比，则显然相差远甚，且泰勒的美艳与才华也处处凌驾费雪之上。偏偏泰勒想让费雪夫以妻贵，提拔费雪，两人合演了一部影片，在片中，费雪简直瑟缩自卑，一无是处，大大的失败。而他在歌坛的表现，也一落千丈。直到泰勒弃他嫁了李察·波顿，他才渐渐重振声威。而波顿在最初和泰勒合演的几部影片中，成绩也不见佳，其自卑的心情显而易见。只有一部《浮士德游地狱》，有位朋友看了说波顿表现不错。我就问他："是否片中没有伊丽莎白·泰勒？"朋友说："有是有，不过镜头很少，只是偶尔出场，点缀一下而已。"

这似乎真的可以证明，没有了那位锋芒迫人的太太在旁威胁，大演员的才华也才有机会显露。一般人又何尝不是如此？

女人较丈夫在才干方面表现得逊色些，无妨心理。男人如自觉在才干上逊于太太，自卑感一旦产生，则必定一事无成了。

更应注意的是：对丈夫如此，对儿子亦然。

儿子幼小的时候，当然处处需要母亲呵护，但当他到了十六七岁，个子也高了，声音也变了，偶尔穿上一件西装上衣，俨然是大人了。尽管事实上，他尚未真正成熟，和同学还是打打闹闹，零食摊上的不洁食品还是照样光顾，他还是喜欢和弟弟妹妹吵架，关心热门音乐演唱会的时间……但是，他毕竟长得比妈妈还高，甚至比爸爸都高了。在他心理上，他已觉得自己是个大人，而不希望别人再拿他当小孩子了。在父亲面前，他或许还不得不承认自己高大有余，而内涵不足。但在母亲面前，他却不再肯屈居被保护的地位。

对这个时期的儿子，做母亲的与其成天对他发号施令，谆谆晓以大义，不如先给他建立一份男性的优越感。使他觉得他已经是个男人（而不再是个"男孩子"）。他不但有责任使自己整洁优秀，而且有责任维护这个家庭；他不但有责任让自己身体强健，而且有责任保护家中妇孺。

在这时候，母亲在表面上，有时不妨退居"妇孺"地位，遇事偶尔向他要要主意（当然你事实上，还是保留最后决定之权）。家中"涉外"事件，让他帮他父亲跑跑。

为训练他的勇敢，你要装点怯懦。

为加重他的责任心，你遇事要慢点挺身而出。

为增强他的自信，你要多多向他咨询。

为鼓励他的求知欲，你不妨多找问题向他请益。

在朋友面前，你尤其要注意建立他的地位。不要忘记郑重地将朋友向他介绍。朋友们告辞时，你更要注意暗示朋友们，不要忽略他的存在。

外出时，尤其要给他机会负起他那保护者的责任。

闲谈时，更不妨逐渐让他了解家庭生计、产业状况、银钱往来等等，让他有机会参加意见，襄助处理。让他知道，这是他的责任和权利。这样他会觉得自己在家中地位重要而优越，因此不得不格外注意修身与求知。

太能干的母亲往往诸事攘臂而先，无形中使儿子永远停留在弱小的被保护阶段。这种过错，轻则使儿子养成懦弱与不负责任的习性，重则影响他今后在社会上的成就与地位。

把优越感让给丈夫和儿子，而事实上，你掌握那无形的取决之权，安享被保护者的优惠，这并不是"无为"，而是"无不为"。能了解这分际，才是成功的女性。

相敬如友

一位美国小姐在谈话中听我谈起我的家庭生活，觉得很羡慕，说："如果婚后都能像你这么自由，我就不怕结婚了。"

说起来，我真算是很自由的。

我可以随时想上街就上街，想访友就访友，可以打个电话说声"我今天中午不回家吃饭了"，就不回家吃饭。可以随兴之所至，自己跑到山上去享有一个下着微雨的上午，也可以堂堂皇皇地去关子岭或其他地方度个假。总而言之，我没有什么太大的牵绊。家庭的琐事可以推得开，丈夫也不限制我去做我要做的事，正如我不限制他一样。我们共有一个家，但除家之外，两人各有自己的另一天地，互不干扰。这当然是相当理想的一种生活，值得令人羡慕。

但是，话又说回来，我们可并不是从一开始就如此互不干扰的。不但不是如此，而且比一般夫妇更难相处。由于两人个性都很强，受不了一点牵绊，但又不能很慷慨地任凭对方去为所欲为，所以不但痛感拘束难受，而且也不原谅对方想要自行其是的性格。总觉对方不能心甘情愿地迁就自己是因为爱情不够，又总觉自己受对方的约束是件很委屈的事。

所幸两人还都有足够的理智，认为既然结婚了，有了家庭，只好牺牲自己一点性格，迁就一下对方。所以一切按规矩做，该回家一定回家，非有必要，决不在外面吃饭。两人生活步调力求一致，包括起居的时间，家庭的布置和娱乐方式。例如：我曾发现，"看哪一部电影"常是我们争执的主题，结果我最后总是服从，不提任何意见。他不爱听音乐会，那就不听。他不喜欢郊游，那么不去。当然，这妥协与放弃也不仅是我单方面的。他也因为我不喜欢游泳而不勉强我陪他游泳，也因为我不喜欢跳舞而谢绝跳舞。

除娱乐之外，交友也互有让步，有些他的朋友是和我谈不来的，也有些我的朋友是和他谈不来的。为了避免麻烦，索性双方取得默契，找时间单独与这些朋友们来往。

孩子小的时候，他有他的一套育儿方针，既然他是一家之主，那么我一切听他主张。为了避免各行其是，也为了使家庭基础更为稳固，在孩子小的时候，我索性放弃了工作，前后8年之久，专心持家。

这种完全透过理智来适应对方的情形，现在常使我们两人觉得自豪而且庆幸。两人尽管个性都强，常因意见相左，而僵持不下，家中气氛十分紧张，几乎连离婚的念头都有。但彼此却都互有分寸，决不离家出走，决不废弛家事。薪水一定照常交给家里，甚至愈是争吵的时候，愈是不在外面吃饭。这种不走极端的自我约束，实在是很难做到的一件事。我们似乎都早已知道，如不是准备真的走向极端，那么最好是自己先站稳脚步，留下余地，不使事情闹得无法收拾。同时也是为了在对方心中建立信心，使彼此知道，无论发生什么问题，双方本身都有分寸，都不会过分，都把"家"放在第一位来考虑，决不会因为任何原因而胡作非为，影响到家庭或孩子，更不会因任何原因而影响到彼此真正的感情。

这样，经过多年的"奋斗"，由双方互不适应，到努力约束自己，到彼此在对方心中建立了良好的信誉，实在是一段相当艰苦的过程。维持感情的平衡，家庭才可稳固，但这平衡是最费苦心与耐心的事，两人都需准备足够的细心来随时调整不可避免的冲突与急躁，直到互相了解，互相信任，才算稳定下来，这时才是"自由"的开始。

由于双方互信彼此都有足够的理智及对家庭的责任感了，所以现在，两人可以恢复自由，找回当初的任性。想交什么朋友，想到什么地方去，想怎样安排自己的书房，想写信给谁，想安排何时去度假，想几点钟起床,几点钟睡觉,或索性半夜起来写东西,都可百分之百得到对方的谅解与支持。他不会为我喜欢独自撑着伞去兜雨以为我是在和谁怄气;我也不会为他经常不回家吃晚饭而怀疑他有什么不轨行为。现在两人偶尔谈谈自己的怪念头、奇想法,彼此也不会再以为对方不适合做个正常家庭的一员,于是,这充分的自由就成为令人羡慕的了。

　　古人说,夫妇应该相敬如宾,以维持彼此间的尊重,由互相尊重而维持感情的长久。我却觉得,相敬如宾未免太过疏远,不如"相敬如友"。两个人多年相处下来,既不可能一直维持恋爱时的百依百顺,无条件服从;也不能听任双方熟不拘礼,变成疏慢无礼而天天彼此呼来喝去。最好的办法是把这种必须维持久远的感情之中加入几分友情。相处多年,本来也该成为朋友了。朋友之间,了解与关切的成分多,爱恋的成分淡,有了解则有宽容,有信任,有原谅,比单纯的爱情开朗得多,平易得多。家中由我们"朋友俩"共同主持家计,而又能够互不侵犯对方的私生活。有"家"作为基地,两人可以随自己的爱好与愿望去发展自己的所长,去过自己认为怡然自得的生活。这份特权的取得,说来轻易,但在我们却是经过了近20年时间的忍耐与耕耘。

　　当然,认真说来,世间又哪一件事是不需先付相当代价的呢?

性情相投

人们都以为婚姻是由于两个人性情相投,但事实上,这"相投"与"不相投"却并不是决定婚姻幸福的唯一条件。以我来说,我的家庭虽然时常令人羡慕,但我和我家"老爷"性情可实在并不大相投,就以看书来说,他所喜欢看的是政论、国际现势、外交资料、历史论评、时事分析等等,而我所喜欢看的却是除了诗与散文或小说之外,就是有关思想与哲学的书。所以,多少年来,他的书我不看,我的书他也不看。

在对人方面,他颇喜欢交际应酬,而我则非常不喜欢交际应酬。常见他兴高采烈地穿戴整齐去参加酒会、晚宴,以及其他种种社交,而我则独喜静坐家中,读读写写,顶多约上一二好友,秉烛清谈。我参加应酬都是万分的勉强,而他从不了解为什么居然有人如此之讨厌应酬,正如我从不了解为什么居然有人如此之热心交际一样。

他虽喜欢交际,在交际场合也真正谈笑风生,但居家却相当严肃,"不苟言笑"四字,他可当之无愧。尤其在子女面前,他真是一言九鼎,不准有违。而我则在交际场合常感厌倦乏味,不耐其虚伪,因此难免给人难以接近的印象,在好友或家人子女面前则喜欢无所不谈,恢复我爽朗愉快的本性。

论处事,则他常是严密精细,极具耐心;而我则粗心大意,不拘小节。譬如上街购物,若是和他同去,十之八九是走了半个台北,结果却空手而回。因为他东看西看,这个不对,那个不好;贵了不行,贱了不要,看来看去,竟无一项中意,只好下次再来。我则总是先在家中打定主意,要买什么?准备花多少钱?去哪一家商店?想好之后,一趟计程车,直奔目的地,三言两语,把东西买妥,费时不会超过一个钟头。近来,大的百货公司设有电话叫货的服务部门,我就更加省事,要买什么东西,索性打个电话,说明厂牌尺码,叫人送来,连去也不要去了。

当然,像这样买法,难免会买到贵的、坏的、不合适的、有毛病的东西。而他所买的东西几乎可以百分之百断定绝对不错。以买玻璃杯为例,如我去买,则问明价格,看好式样之后,大致看看要6个或8个,就让店员包好付钱。所以我买到过站立不稳的咖啡杯,也买到过有缺口的盖碗。

如他去买的话,则不但要把每只杯子仔细看过,无残无缺之外,还要把拟选购的6个或8个杯子整整齐齐地排在柜台上,细细比较,看是否一样高矮、一样大小,还要看杯口是否每一个都是正圆,所以他决不会有像我那样的疏失。但也就因为如此,我总避免和他一同去买东西。我不明白为什么在对人方面我相当温和而有耐性,但在对事方面,我却常是不耐其烦琐而流露出自己天性中急躁的一面。

说到生活情趣,我们俩更不能算是情投意合。看电影他要看战争或侦探片,而我则要看文艺或音乐片。听评剧,他喜欢唱腔多的文戏,我则专选大花脸多的武打。古典音乐演奏会,总是我自己去听,美国来的诸种舞台表演则是他自己去看。

如有假期,我愿去林间山上清清静静地住几天,他则不大热衷这类旅行。如果非去不可,他会宁愿选择海水浴场去游泳。而我即使到了海水浴场,也是白天躲在房间,晚上才出来坐在沙滩上看海听潮。

公余之暇,我喜欢在清静的街道散步,而他一散步,就要到闹区去逛橱窗,或散了一半,就要去吃牛肉面。

在衣着方面他喜欢鲜艳与新奇,而且敢于尝试。我常说,如果我听他的话,那我现在大概该穿迷你裙或大喇叭裤。不幸,我不但只喜欢穿两件头的套装,而且只有灰、白、黑、米黄、蓝,这几种平淡的颜色。

现在如此，年轻时亦然。

家常小事，两人更是意见分歧。譬如种树，我喜欢那株大构树，而他就最恨那株大构树。我种了一颗榕树，他就最讨厌那棵榕树。当然，平心而论，他确是有理。因为大构树又招苍蝇，又落叶。榕树又难看，又爱生虫。不过，对待其他的花木，我们两个也从来不曾获致协议。譬如说那排七里香，我要把它们剪矮，他却把它们修长。那些杜鹃，我要它们随便生长，他却一有空就把它们剪掉一堆枝叶。我剪白兰树时，他会大力阻拦；可是一眼不见，他却把它剪了。真让人没话说！

诸如此类，可说是不胜枚举。常见报上有人登离婚启事说："我俩因意见不合，协议离婚。"如像我俩这样的意见不合，大概不知要离多少次了。

我们的性情不相投也反应在感情的表达上。我和一般女性一样，喜欢一点抽象的关怀，但他偏偏没有一次记得我的生日。年轻时，我也确曾为此而气恼过。直到后来，忽然有一天，我从旧皮包里翻出一副纹石耳环，这副耳环是他某次去外岛，特别为我选购的。偏偏我一生不喜欢装饰品，戴了一次，就把它们随手塞在皮包里，再也未去动用。那天，当我重把它们翻出来时，却忽然想起我当时接过这副耳环时，对他说了一句笑话。我说：

"人类真奇怪！纹石、钻石、玛瑙、珊瑚，都拿来做装饰品。我看，假如马路上的石子像纹石那么少见，也一定有人把它拿来镶成耳环，挂在耳朵上，以为美！"

当时我未注意他的反应。现在总归年纪大了，入世深了，才忽然明白自己当时真不替他想。像我这样不近人情，人家都没有说过一句不满意的话，我还有什么理由怪人家不记着我的生日哩？

自此心平气和，不再抱怨自己被亏待。

事实上，在许多不合的意见中，我们两人倒也有相同之处。这相同

性情相投

之处便是——只知做事,不懂赚钱。可能是因为我们脑中都没有什么数学观念的缘故。记得有一次,我们忽然想买一个海绵床垫。在看电影的途中,经过一家店铺,进去问了一下价钱,说是每立方公寸6毛钱。我们到了电影院,就开始计算一张床垫有多少立方公寸,要多少钱。算来算去算不清,后来索性连一立方公尺等于多少立方公寸也不知道了。两个人索性连电影也看不下去,后来干脆买了一个弹簧的,整张算钱,免得我们伤脑筋。

也就因为我们一向对数目字缺少兴趣,所以什么金钞股票债券之类,在我们心中就永远是一些抽象而遥远的东西。至于利息,更是只有读中小学算算术时的一个名词。现在好容易不用再算算术,乐得对它敬而远之。

也许这是因为我们两人在这一点上,有个相同的生活背景,我们都是从小在学校住读,长大就自己在外靠薪水维生。对钱的观念,就一直是"花到下月再有钱来的时候为止"。既不虞匮乏,也就不想经营。有了就花,没了就再去赚,简单明了。也就因为天性中没有一个"贪"字,所以尽管他这20年来,曾担任过几次非常有机会发财的职位,但都因为他只知做事而不懂贪钱,所以至今两袖清风。

说起来,别人会笑我们傻,但认真想想,这"傻"却也是上天赋予我们的生存本领之一。因为事实上,那些发财致富的机会也正是身败名裂的陷阱。只是如果我们生性爱财,就会不自制地去冒那跌入陷阱的危险而已。我们事实上是在工作换过之后,过了好久,才事后有先见之明地想到——啊!那时怎么没想到可以赚钱?但"那时没想到"并不证明下次会想到。因为当下次机会来临时,我们仍然是只顾做事而不懂赚钱。

我想,夫妇之间,只这一点性情相投也就行了。要说希望如爱情小说里那样,两人处处情投意合,我看也不见得佳妙。我不敢想象,假如他也像我一样的只喜欢文艺和哲学,而不过问政治与世局,那我们这个家还有没有现在这样稳定？如果他也和我一样，天天只喜欢和一二知友品茗清谈，却不愿参加任何社交活动，那够多么无趣！而且如果他做事买物也像我一般的粗心大意，对人生的观念也像我一般的淡泊保守，成天也像我一般的轻松平易、毫不严肃，恐怕我们的家庭反而无法维持平衡。

同样的道理，如果我也像他一样的凡事走直线，宁折不弯，恐怕也会有许多不良的后果。

记得有一次，我们给孩子买了一张双层床。交了订金，叫店中派人送来，待送到之后，才发现床大门小，无法进入。他当时就毫不迟疑地找出工具，叫送货工人拆卸窗户上的木条，打算从窗子将床搬入。而我一想，窗上的木条不但拆卸费时，而且拆过之后，再钉上去的话，一定钉不妥当。那面窗子正面对大门，是我家主要观瞻所系。拆坏了，实在可惜。于是，我决定把床叫送货工人原个搬回去，退掉算了。退货原因既非我们出尔反尔，店家倒也觉得情有可原，把定洋也退给了我们。事后他说："我怎么就想不到要把它退掉呢？"

小事如此，大事他也更是坚定不移，言出必行，只要事情决定，即使排除万难，也要贯彻始终。这种"拆了瓦房逮臭虫"的事只其一例而已。

我想，如果我们的家是一只船，那么我和他就是两个掌舵。当我因太平易轻松而惹上麻烦时，可以由他的严肃谨慎去矫正。当他因太过认真与理智而把事情闹僵，无法善后时，则由我的轻松平易去转圜。对孩子，我们名副其实的是父严母慈；对生活，我们则各凭自己的天赋去赚得维生之资。当我们需做重大决定时，责任归他。因为他谨慎仔细而坚定，可以万无一失。而平常零星小事，只要能够通过即可，小有疏失亦无伤大雅，反可多维系一些人和，乃可归入我的权责范围。

我生平自问颇善观察事物，分析得失，但至真正决定实行时，总有待他放上一颗砝码,来稳定我那尚在摇晃之中的天平。如找房子搬家,孩子选学校之类的大事,资料虽然都是由我搜集,个中利害也都是由我分析,但到了最后付诸实施的时候,却总是轮到他来逼迫我去实行。所以在家庭决策方面,我虽是一个性能颇佳的罗盘,但我很少独断独行,因为他才是轮机长。

所以,依我看来,性情不投,意见不合,固然是离婚的主要原因,但也未必一定非离婚不可吧?你说呢?

无为而治谈用人

朋友C君到我家里来过几次之后，对其他朋友宣传，说我理家是采取黄老政治——无为。

当时我听了，觉得好笑。但后来，我却想到，在理家方面，我确实有点无为而治的作风。不过起先我只知道我是"无为"，想不到结果却真的"而治"。

至于说，我怎样无为，又怎样而治呢？

且听我慢慢道来。

先说无为。"无为"二字很简单，说穿了，就是百事不管。在理家方面，我真有点百事不管。

我不是一个能干的主妇。而且由于读书时一直住校，成年后又一直做事，所以对家事总是不耐其烦琐。我常觉得，一个主妇每天把五六小时的宝贵时间花在厨房，是大浪费。所幸我不大有那种把五六小时花在厨房的机会——我一直维持一个佣人。

我觉得把忙琐事的时间腾出来，让我写点文章，做做广播节目，对人对己，都是一件值得的事。我并不是好逸恶劳那一类型的人，我只是觉得我愿做而该做的事不在厨房。

但这并不是说，我因此就让丈夫孩子天天吃阳春面或啃干面包。在治家方面我当然有我的责任，我的责任是维持一个称职的佣人。

当然，你会说，这年头，想维持一个称职的佣人，可真不易！特别是"称职"二字，真是像沙里澄金。

这话当是不错，不过也不尽然。朋友们来过我家的大概都羡慕我的佣人，说她们（注：这里用多数，不是说我有好几个佣人，而是指一任又一任的佣人。）既勤俭利落，又诚实可靠，又会替我操持一切，还会烧一手好菜，常问我是怎样训练出来的？

我的答案很简单——我不训练她们，我只信任她们。

当然，在延请一个佣人之初，要留神挑选观察，至低限度，要选那气质文雅，性情淳朴的。工作上差一点无所谓，气质文雅，为人朴实，可以和我相处，是第一要义。

双方谈妥之后，试工期间一过，我便慢慢与她取得互敬与互信。所谓"疑人勿用，用人勿疑"。常见有些人家，请了佣人，成天把她当贼防。东上锁，西上锁，这不许动，那不许看。当然，佣人只好是"支支动动，拨拨转转"，始终不能离开你的监督而自发自动地做事。

假如你是位能干而善于操作的主妇，只希望佣人帮你"打打下手"，那当然是可以的。但是我所需要的不只是一个从旁协助的帮手，而是要她来主揽家中大事。我呢？倒只是在有空或兴致来临时，去相机"打打下手"。所以，我的政策是让她多负责任，我则从旁襄赞。

譬如买菜，我如偶尔买一趟菜，回来之后，总是先告诉她我花了多少钱，然后对她说："你看，我买的就贵些，你如去买，定会比我便宜。"或"我不会挑选，只凭菜贩随意给我，所以买观不好，如你去买，定会比我买的好一些。"

这种话是能干的主妇所不屑去说的，但我的目的是给她一些自信心和荣誉感，让她觉得给你买菜是一种愉快而能得到信赖和赞美的任务，她会认真地去为你负责。

许多主妇都认为佣人买东西会揩油，我却觉得我的佣人不大会揩油。偶尔有一些精明的，别人猜想，她也许可能以少报多。但假如同样的东西，我去买并不比她买的便宜，那么，我就没有理由去怀疑她。我认为，与其在一两元出入的菜钱项下去每天侦查佣人，而使她索性让你防不胜防,不如出门少坐一趟计程车,或把那份心机省下来,安心的多写几篇文章(不打牌省得更多)。而给她较多的荣誉感,使她觉得你对她的信任比那几个揩油钱重要。

朋友来我家便饭,常夸佣人做的菜不错。其实,所做也并不是什么名菜,只不过家常菜做得有了经验,自然口味好些。我总不忘记给佣人一两本食谱,并让她有自己创作的自由。偶尔她试作一样新菜,即使滋味略差,我也一定夸奖几句,使她乐于再去尝试。而不像别家主妇,天天自己开好菜单,支使佣人照单行事,使她失去"策划"及"研究"的机会。

常有人听我问佣人:"阿美,今天中午吃什么菜?"或"阿玉,我们冰箱里还有什么东西?""家里还有没有鸡蛋?"而觉得我不像一个主妇。但我却认为此法甚为有益。因为,这样做,会使佣人觉得自己有权力,也有责任,而愿意多多筹划。所以我的佣人几乎都不会忘记每月初三和十七是"肉贩的公休日",而提早买肉。而且她们也毫无例外地肯当我出外未归,或迟眠未起时,自己掏腰包买早点、买菜、付水电费及其他。而我为了鼓励她们这样做,决不会对她们买来的东西挑剔埋怨。如果真不满意,我情愿过些时再告诉她们"别再买上回那样的东西"。

这样,佣人们就逐渐把我这个家庭看做她自己的家庭。当水管坏了、玻璃破了、旧报纸该卖了、纱窗该换了,她们自会帮我处理。如果偶尔我叫来工匠,而又不懂得讨价还价时,她们会在旁边示意我另外找过。当水费或电费超出了,她们会自动地检讨原因,找出漏洞,设法弥补。

这一切,都是因为我给了她们适当的权柄,让她们有机会发挥她们的能力。我相信,荣誉感与责任心是人皆有之。只怕你不信任她们,剥夺了她们表现的机会。

当然,我待佣人之宽,是很多人所看不惯的。她每天工作完毕,有时打扮得清清爽爽,出去"踢拖",有时和我们一起坐在电视机前看电视，有时整晚都关在她自己房间里看书，有时有朋友来，两人在房间里叽叽咕咕的小声谈心，一谈便是半夜，我也不加阻止。

只因为她已经把全日应做之工全部料理清楚，连厨房后院都一片光洁，我已没有理由非让她再多操作不可。只是大原则我要提出——"有客人，或有特殊事情时，你可别不管。"在这种情形之下，她们多半不会不识大体。

给她们留面子，是很重要的用人之道。如果她们做错了事，或有时偷懒，纠正她们的方法也要考究。

比如说，有一次家里有客人，而她的朋友来访，约她出去一同取衣服。当下，我未否决，让她去了。等她回来之后，我才私下对她说："刚才当着你朋友的面，我不能不让你去，怕你没面子。以后，你要自动地对你朋友说'家里有客人，我不好意思走开。'"

她也就知道自己不对，以后改了。

还有一次，我发现她为了忙自己的一件私事，好几天都定不下心，厨房锅子很脏。于是，我找个机会对她说：

"你看，我前两天刚刚还对我女儿说'你要学学阿玉的整洁。这些锅子，你随便摸哪一个，决不会有一点点油污'。没想到，刚说完，这个锅子就这么脏了。这哪里像是阿玉？"

她难为情地笑笑，自责地说："这几天，我的心不知跑到哪里去了！"

好逸恶劳，人所难免。佣人偶尔贪玩怠忽，情绪不佳，不妨对她存几分原谅。如经常如此，则只要不伤她的自尊，使她有足够的荣誉感，适时适度地略予纠正即可。双方不伤感情，不必设防，这样相处才会愉快。否则，家里总有个需你担心提防和随时监督的人，那真比自己动手操作还烦心呢！

朋友说我的家是"无为而治"。我想，至少在这一点上，我是可以当之无愧的吧？

年的情调

入秋之后,因为忙着整理出版《访美散记》和《散文第三辑》,一直忙了3个多月。等到书已出版,心上略觉清闲,夜晚出来散步,忽然看见天边一弯眉月,心想:"这是哪一月份的初旬呢?"赶紧一算,原来已是腊月。这一年,不但没感到什么岁月催人,反而有点觉得人催岁月似的,怎么迷迷糊糊地就把这一年赶到末尾了呢?

也就因为这个缘故,心上格外轻松。过年就过年吧!正好工作告一段落,一切负担解除。检点一下家中应兴应革,就又开始了我多年来一向对过年所感到的兴奋与心情上的积极。

洗窗帘啊!换椅套啊!买新台布啊!油漆粉刷啊!……缝衣机一年不用,锈了。找个人来修修,就又可享受自己设计床罩的乐趣。反正无论我多么疏懒,也无论有时心情上何等苍老,以及日常生活何等不务实际,一说过年,我就很起劲。一切绝对要亲自张罗,高高兴兴地一口气忙到除夕。

为什么会对过年有这种由衷的喜悦心情?自己也常感到纳闷,许多20几岁的人都不像我这么爱过年。我自问也并不是像那些能干的主妇,为了要给家人亲友制造一片繁华而不得不起劲。我并不在乎是否繁华,我只是由衷的喜悦。那心情,正如忙了一个星期之后,觉得该好好享有一个周末;忙了一年之后,也觉得该兴高采烈地度一个"年末"。

阳历虽是公定年末,但因为大家都不过这个年,而没有年的气氛,怪不得我。旧历年,从商店大买年货到大休假,就都是年的气氛的制造者。年前大家步调一致地忙,同心合力地赶,就为的是把旧年虔虔诚诚地送走,把新年恭恭敬敬地迎来。而在这年尾与年初之间,有这么几天极其快乐的空档,让它既不属于旧年,也不属于新年,一切在除夕"封箱",到初五再开市。它是我们特别为自己留出来的一段毫无牵绊、毫无责任的悠游时光。让这些时光痛痛快快地属于自己,理直气壮地属于自己,心安理得地休息、游玩,或做自己爱做的事。

心安理得的造成是由于过去一年的辛劳告一段落,而且略有成绩。当厨房里不再刀勺乱响,各种菜肴糕点都已齐备,客厅里红艳艳(现在是绿油油),焕然一新,亭园里有新的花盆(种在前檐的杜鹃多半抢先开放),卧房里有自己设计的成果,铺设整齐。现代的窗上没有剪纸窗花,却有纱帘或布帘,一样的窗明几净,与旧时家园的年味同一情调。西式的门上虽无处贴挂春联,却能很新潮地倒挂一个艳红或闪金的"福"字。门口如有送财神的,你会觉得那是最"创新"的版画艺术,而又是多么的廉宜!多么的吉利!跳加官的虽有时被取缔,但它实在有一份乡情,带着我们古老时代的一种亲切。只缺少一些可以贴在墙上的红红绿绿的年画。其实,它们与一切现代的厅堂都不冲突,因为它们那鲜艳的彩色是那样的"嬉皮"!

三十晚上,当缝衣机的忙碌告一段落,被推回小小的储藏间,等到来年再被征用;当自己手制的成品一件一件地折烫整齐,专等初一清早来给我们制造万象更新的场面。当一切菜肴齐备,而我点燃起那一排(不是一对)为装点年景的红烛,我们的年末假期就已开始——随便你怎么度过都好!于是,听到外面爆竹声如潮地涌至,就又仿佛看到家家大门贴着"爆竹一声除旧,桃符万象更新"的喜气洋洋的春联了。

旧时代的喜气不知怎么那么浓!浓得一直延伸到现在仍然那么馥郁。

我一直庆幸自己生活在旧时代的一个比那时代更古老的大家庭里。一到过年,从前面大厅的明柱就洋溢起喜气。到处的红毡条,红帘饰;每一个门上的红对联,红横批;爆竹蜡烛都红,小孩手中的红包,拜年人们的红帖子，家中老幼一律新衣，各处早已扫除得一尘不染；家具上的一切铜饰都已擦得雪亮。那景象，真是又热闹，又庄严。郑重其事的拜祖辞岁，使人不仅是快乐，而更感人生是何等的真实、安稳而又郑重祥和！我们郑重地过了一年，郑重地做了每一件事，所以才有如此热闹绚丽的、一丝不苟的年景，可以告慰祖先，所以才有理由红艳艳、乐融融地玩乐。我们也更要郑重其事地开始新的一年，以便有另一个乐融融的年尾和年初。这心情，是一种感到人生真实而前途值得期待的心情，是感到生命是由一个可以触摸的远古，绵延不断而可以接向更远的未来的心情，令人觉得一切都是值得信赖的肯定。

每家门口的春联最好，最值得夸耀，最象征承平。大家都换上新的，所以，初一出门，满眼看不尽的新气象。那些春联绝非单纯的点缀，而是最美丽、最诚恳，也最有效的标语和劝世格言。人们不会觉得它们是标语和劝世格言，只因它们是那样的充满着喜气，那样的和颜悦色，那样的给你鼓励，对你赞誉。仿佛它们都在说，"你就是如我所希望的这么好"或"这话正是你的写照，值得向世人宣告"。所以当我们看到"向阳门第春常在，积善人家庆有余"的时候，一定会觉得那就说的是我们家。每一个人都觉得那就说的是他们自己的家。因为每一个人都愿意积善，也都相信积善人家必然会有余庆。

当我们看到"为善最乐，读书更佳"的时候，看到"诗书继世，忠厚传家"的时候，心里真是快乐！每一个每一个小镇的街道都是如此的充满着书卷气，都洋溢着向善的精神，都向人们证明着"但行好事，莫问前程"，给人建立对世道人心的信心，与对社会前途的希望。它们都是每一家人自动写的，自己贴的，因为那是每一家人自己由衷的愿望。

我相信，是因为这种郑重其事与喜气洋洋交织而成的红艳艳、亮堂堂的年景，织在我的生命里，给了我许多潜在的影响。日常，我决不是一个很喜欢热闹的人，但我却非常喜欢过年的情调。喜欢这种由衷的乐

年的情调

融融的和谐、认真、奋发、积极向善的生活态度。

老家的年景所给我的启示,不是浮华奢糜的享乐,而是脚踏实地地耕耘,一丝不苟地做事。然后,当一年过去,庆丰收也好,庆加官进爵也好,庆"陶朱事业,端木生涯"也好,那都是一年辛勤的代价,有百分之百的理由,来郑郑重重地庆祝,堂堂皇皇地享乐。谁也无权阻挡,谁也不想放弃。在自己庆祝享乐之外,更能想到分享别人,所以春联上才尽是"为善最乐"的心声。

那景象,使我深感人生的庄严与快乐,当我们觉得有力量、有机会、有理由来辛勤地工作、来奔波,我们应该庆幸,应该使用这力量、这机会、这理由。能幸而拥有这活跃的生命,是何等值得感谢!能幸而拥有一份才智、力量、抱负、理想,以及一切创造的愿望,是何等值得感谢!奔忙的当时即使未曾觉得乐在其中,年终回顾时,知道贫瘠的土地能开始生长稷黍稻禾,知道胼手胝足的一年尚有代价,于是可以放心地犒赏自己,并与家人亲友同乐。这景象,使我了解为什么人们不该抱怨生活的奔劳。因为奔劳的一年过去之时,快乐的新春才有彩色,才有喜气,才肯定,才光辉。我想,这是为什么,每到腊月,人们就格外积极、勤奋与忙碌。多付一分辛劳,就多有一分快乐。

总听到年长的人们叹息对年的兴致越来越淡。我觉得好像我对年的兴致永不会淡下去。尽管我现在的环境并不能很有效地被我的兴致引起共鸣,但我仍是自得其乐,趁此机会把一年的工作做一结束,回过头来,好好地整理一下我们的家。当一切洗洗换换缝缝,一切搬动布置完竣之后,我就不仅可以庆祝自己一年的工作略可交差,而且可以庆祝自己对家庭亦无太多愧疚。为什么不快乐呢?有什么理由要对年的兴致冷淡呢?

尽管自己有时也很"哲学",有时也嘲笑自己奔忙劳碌所为何来。但我过后总会领悟,那奔忙劳碌为的既不是名,也不是利,而只是为了让自己好好地,认真地活着,不辜负这"上下亿万年,纵横无限里",唯一仅有的一次能意识到有一个"我"在活着的生命。我虽有时嘲笑奔波，但从不嘲笑生命，从不觉得生命虚无。日常生活琐事固然无聊，但自己可以选择。上天给我们力量与智慧，让我们可以体认——

当庄严、认真而勇敢的生活时，则一切的茂叶繁花，一切的瑰美绚丽，一切的成功的犒赏，一切的耕耘，一切爱的追慕，美的激赏，一切饥餐渴饮，日出而做、日入而息的活力，都是快乐，都很堂皇，都与天地万物同一步调，又何必既轻蔑这一切的生命之力，而又不舍得自杀，白白在那里虚度岁月，而天天还要照常的饿了要吃，渴了要喝，很无聊地苟延这被自己所瞧不起的生命呢？

在我看来，庄子的《齐物论》才是真正伟大的肯定。他肯定的不是个体短暂的生命，而是"万物与我为一"的天地自然的大生命。不必斤斤计较日常的小成小毁，小存小亡，而着眼于整个宇宙万有的生命之力。"秋毫之末"其所以大，在于它是属于一个生命。当我们拥有属于人的生命时，认真地做一个欢跃的人，正如蝴蝶总是认真地做一只蝴蝶，花朵也认真地做它的花朵。这样，当年尽春来、有兴致去寻访山林的幽静时，你才更能知道自己为什么激赏那森森林木或那莽莽草原，因为你们都是生命，都该欢跃，都属于自然，都是一体。个体虽短暂，自然却永恒。每一个冬去春来，都是生命的一度更新。

年终岁末，在很起劲的忙碌之余，实在很庆幸自己一直喜欢过年。

植物的世界

夏天，是植物们享受生命的季节。

林木翁郁极了，草也无比的茂密，芦草更像海浪，风吹来，一片萧萧的海潮音。因此使你想到，夏是属于清凉，而非属于炎热。

日午，南风吹来，蝉声一片，那也是一种凉爽的薰然。

何况，藤萝架下，荷花池旁，都给你一份欲睡的宁静与沁凉。

夏天的花和春花不同，夏天的花有浓烈的生命之力。如果说，春花开放是因为风的温慰，那么，夏天的花就是由于太阳的激发了。

你看那冲力十足的太阳花，热带美人般的非洲菊，抢尽了天下颜色的红蓝粉紫的牵牛花和野茉莉，向太阳分来一把火似的石榴花与夹竹桃，挤满了花圃的凤仙草，还有晒不怕的向日葵，和那些红得像要溢出来似的西番莲，那么多花瓣也不能分散那如丹的艳红……它们是夏天嘹亮的高歌。

还有另一些袅娜的花，是夏天的抒情小曲。藤萝花浅浅的紫，婉约的、成串的、装饰着满架的叶群。白兰花是晒不黑的南方佳丽，柔媚挺秀地吐着芬芳。晚香玉则是不想强调自我的北方女孩，晚风吹来时，就那么不假修饰地香啊香，香得整个的夏夜都充满了诗情。

野花是夏天的民歌。它们以多取胜，不求闻达地在野地里、短篱边，随意地开着，一群一群的。就因为它们不在意自己是什么颜色，反而配出了无数的颜色。颜色配得太多，来不及分派的时候，就在一朵花上加了点或线，或干脆分一半给红，分一半给蓝，成了"花"花。

荷花在水上开，让叶子的圆伞给池水遮荫，它自己却让阳光把它晒成浅浅的红，让好奇的孩子们把它的花瓣当小船，在池水中漂来漂去。

花的天性就是不在意自己开得久暂和是否消失。

花瓣从不觉得自己的身世有什么"飘零"。

它们就是那么随意地开落。也许是因为它们知道，明天还会有同样的一大群花；也许是因为它们知道，这就是花的本色。

这是为什么，给小孩子们当作小船在池水中漂着的荷花瓣，总像是带着甜甜的笑靥。

夏天也是草的世界。野地里，固然铺满了劲健的青草，庭院的砖缝间、墙角边，也照样挤出来不甘被埋没的草叶。真不知那纤细的草茎怎么钻得出那严密坚硬的砖缝，而它们绿得那么深透，又饱含着脆脆的水分，使你不得不承认，它们是受着大地最多的眷顾。大地喜欢先让青草给它打上一层匀净湛绿的底色，来衬托花，也衬托树，而且还衬托人兽与房屋。更给河流与湖泊沿上漂亮浑厚的绿边，让大树的浓荫给草地印上深苍的阴影，来描绘晨昏或日午。也让凉夜的露珠借着草叶的青翠，来显示它们的晶莹。

夏天更是树的世界。茂密的叶子，一层又一层，像是为了欢迎并推拥那远来的南风。让风的低音给人间带来如梦的薰然，带来白日的朦胧。

清晨的树浴着朝雾，给初升的阳光隔上一层轻纱，淡淡的那么一份清凉。

日午的树带着风的低吟，给人催眠。静极了，那么一份无须焦虑的悄然。

向晚的树像是专为衬托那熔金的落日，绚烂的晚霞在树群后面，向大地挥手告别一天的繁华，然后在淡紫或深灰的幕后隐去。树也就渐渐和星空混而为一，在夜风中摇曳着，轻轻入梦。

夏天的植物是大地生命力毫无保留的怒放。万紫千红的花儿就织在苍翠蓊郁的林木与青翠之间，装饰点缀着这绚丽的世界，在宇宙的这一星系的轨道上，欢快地运转，向造化的无形之眼展示无穷的生机。

植物的世界

夏天的诗

　　　　纷纷红紫已成尘
　　　　布谷声中夏令新
　　　　夹路桑麻行不尽
　　　　始知身是太平人

这真是一首最动人的夏天的诗。

快乐啊！快乐！

悠闲啊！悠闲！

而它又是何其丰富！多么入世！万种的勤奋与对生命的热爱。

尤其是暑假里，在乡下老家度过的那些夏日傍晚，更使我想到这首诗。

乡间的晚饭是4点钟吃的。有新炊的秫米饭，老腌的咸菜，麻油拌豆腐，后门外蓟运河里打上来的鲜鱼和家中后园自己种的豆角与青菜。饭后，正当红日逐渐偏西，暑气渐消的时辰，可以有充裕的时间去郊外农田散步。

小路上，我们步履轻快，两旁榆柳成荫。春日桃李确是已经落尽，换上了夏日的浓绿。这红紫成尘的新来的夏季，正向我们报告着生机的繁荣与丰富。

五谷青蔬都在成长，自然界供给我们一切所需，而宁静的国土上，没有刀兵杀伐之声。

我们漫步在田畦上，小憩在老树边，看落日逐渐沉向远天。蛙声渐起，萤火虫开始点缀绿野。晚风中，大路边的芦草越来越像海浪。那就是我们该起身回家的时候了。这是一首最踏实的田园曲。作为一个小小的人类，有简单的米谷鱼蔬可以充饥；有静沉沉的院落屋宇可以归宿；有好风驱暑，得以做个太平人，焉能不由衷歌颂？

而这歌颂——夹路桑麻行不尽，始知身是太平人——又是何等的富于对生命与生活的热情！

南风的旋律

夏天的南风是一首无伴奏的大提琴曲,缓缓地展示出悠闲的假日情调,带着那么一种诗意的慵懒。

暑假像是一首留有一片空白的谱表。属于人间的乐章暂时沉静下来,把世界留给为了迎接盛夏而茂密起来的花木,让它们安心任意地生长。

人们却躲在有荫影的地方、有石阶的地方、有"过堂风"的地方,享受那长长的明蓝色调的夏日。让那大提琴般的低缓的、单音的、悠然的南风,轻轻地回绕,织一个沉静的夏日的梦。

这梦里,有树的绿荫、花的清芬、蝶蜂的飞舞和池水的深碧。心就慢慢地随着那淡淡的南风的旋律,飞出了墙垣,飞向了天边。

天边不是某一个异国的芬芳,而是自己那有着更茂密的林木花草的家园。那里记载着属于古老中国的悠久的岁月和属于小小自己的怡然的童年。

南风的主题在窗棂上,在叶隙间,在垂柳的柔丝上,在老式房屋的穿堂里,在响着蝉声的公园,在可以泛舟的亮满阳光的湖水上。

那属于夏天午后的恹恹的清凉,似乎正因为它饱含了生命的繁华,才如此的低沉静寂。它使你觉得当一切丰富到了极点,都会变成如此的一份令人无从捉摸的恹恹的单音。这单音,凝聚时,是一根琴弦;化开了,却是无穷与无限。

于是,当这南风的旋律拂过树梢时,是婆娑的叶群。

拂过水面时,是粼粼的浪纹。

而当它拂过你静止的心上时,那就是多彩人生的回响了。

夏夜繁星

从前有一种小楷笔,浅黄的竹管上,贴着细致的红纸标签,上面写着"一天星斗焕文章"。

真是绝佳的诗句!不知那些文雅的中国前辈是何处得来的灵感,"一天星斗"确实是文章的前奏。

如果没有那暑气全消、凉风渐起的夏夜,人们就不会有那么多机会细数那满天的繁星,去为它们编故事、写神话了。

夏天的夜色来得迟。黄昏拖着长长的裙裾,舒舒展展地踱步,把一天的暑气细心地收敛,然后才慢慢地隐去。

星星不等黄昏褪尽,就开始在淡灰的天空中一个一个地出现。起初,你会说,上面只出了一个星。但你立刻看见不远还有一个,而且另一边还有一个。不止一个,而是三个。不止三个,而是很多个。

星星就是这么喜欢调笑的小精灵,闪着亮眼,躲在你明明看不见的地方,却打赌说它早就在那里,是你没有看见。使你不服气,辩说它一定刚刚并没有在那里。它却只是对你顽皮地眨眼,不由你不对自己的注意力开始怀疑。

要说也是,我们对细碎的东西常常不会给予准确的注意,何况是星,那么一大把的被造物者任意一撒。它们除了平面上的,还有从深深远远的地方透过来的。在夏夜数过繁星的人都早已发现,天不是一张幕,它是一片广远的、深不可测的空间,那空间里,布满着星群。

就在你数星的时候,夜色悄悄地涂满了空间。天变成了浓浓的黑蓝。星就撒在那其深如海的黑蓝里,你再也数不清它们有多少。好像就在那几颗先到的星星向你调笑的时候，其余的已经趁你不备，涌来了一大群，而且立刻各就各位，向你炫耀它们的机伶。那星群的闪烁与成串的光辉，像柴可夫斯基乐谱上那善于编织幻想的竖琴。

于是，你和你的同伴们也妥协地静下来，专心地赏星。想象其中有一颗星属于你，或有一颗星可以寄放你的心愿。想象某一个你所思念或崇仰的人是其中一颗最亮的星的化身。想象那偶然划过的殒星是某一个不平凡的生命的最后光芒。想象星与星也是邻居，也有交往，也有爱情与别离，也想象那随着不同日子的斗转星移象征着某些命运的改变。

夏夜繁星是一组歌，也是一群梦。

看星的人常常就这样在夜风中入睡。他们的梦里，装饰着满天的繁星。

有人梦到了自己也在一颗星上，驶入了其余的星群。

亿万年来，人们发现，只有这一个关于星的梦，忽然成真。

山上雨·雨中山

那天清早，本该去城中办事，出得门来，却见一片潇潇雨，一时决定不去办事而去游山。

雨天的山路像小墨画，溶溶漾漾的绿与淡灰织成一片苍茫与幽寂。雨天，人们都不出来，正好留下这片静，给爱雨的我。

在树林里，在流泉旁，在石栏上，在潇潇的雨中，我撑着伞，慢慢地踱步。摆脱了琐事的纠缠，才感到心情的安闲，才可以细听那泉水的琤琮，细看雨丝怎样在林中飘洒，草地怎样因雨珠与露珠的妆缀而晶莹。

林深处有一泓池水，水边树木的绿色倒映在池水里，和漂在池上的落叶渲染成一片深浓而透明的、濡湿的绿。欣喜自己有时间、有心情，安闲地细看，细看当雨歇时，由树叶上轻轻滴下的雨珠怎样跌落在水面，点上一个圆，然后悠悠地扩散，那涟漪就消失在潭水里。仿佛听到水珠滴落的声音，实际上并没有声音，而只是那么偶然的一滴，又一滴，一个圆，又一个圆。而那由上流淙淙而来的清泉，经过石坡，汇成一片小小的瀑布，又从这里折向下游，扬长地流去，靠石坡边沿处的水，粼粼的起着皱，像是不想要那么快地流走，却又立刻决心摆脱了牵恋，向着远远的无涯与无际奔流而去，轻快而怡然。

人们说，清泉可以洗心，而我却有无心可洗的悠然。人生的前一阶段是总想修炼自己，让自己学好一点，做对一点，得多一点。而后一个阶段却觉那一切的好、对与多，都因自己的不存在而不存在，都因自己的渺小而渺小。自己是宇宙间芸芸万物之一的偶然一现，在偶然的机缘中见到自我，见到宇宙。但这自我实相当于一枚叶子，一只粉蝶，一滴轻轻滴入流泉,慢慢扩散而又消失的水滴,形成与消失在大宇宙间,无声无息,如那滴无声滴入深潭的水,如此静寂,如此悠然,如此不被察觉。

当觉得自己很大的时候,一切的对、好与多,都很大,都难企及。当悟到自己仅是宇宙间的一滴无声的水,乃觉自己化入深潭就是深潭,化入宇宙就是宇宙。无自己也就无心,无心还有什么可洗?

"本来无一物,何处惹尘埃?"

其实,尘埃也不是尘埃。尘埃也与我一体。那只翩翩飞来的白蝴蝶也与我一体。一树、一石,都和我同源。我在雨中、林中、泉边、石上;雨、林、泉、石,也在我足下、我身旁。我用掌心抚摩山石与树木,感觉它们那属于宇宙大生命的脉络,觉得我与山石的脉搏也相通。我的掌心渗入了树的生命的呼吸。泥土并不是肮脏的东西,虫豸并不是可怕的东西。而树木与山石都是生命,都欢跃,都与我息息相通。那些落叶漂在水上,挤着、转着,终于流去了。那却不是消失,也并未死亡,它们仍是属于天地宇宙一微粒,在树上,在水中,生长或枯黄,都仍与天地同在。

林中没有人踪,静听,却有许多蝉声。人们喜欢听蝉声与虫鸣,因为它们是我们的另一种声音。

人们常夸示自己对大自然的爱,好像我们欣赏一幅画,一篇文,一件工艺品,觉得我们欣赏大自然是对大自然的一项嘉奖。其实,我们对大自然的感情是一种先天的亲情。我们欣赏飞鸟与彩蝶,喜爱走兽与飞禽,那感情,其实是一种兄弟手足之情。大自然需要具体的生命,而一切的生物都是这具体生命的象征。

自然即我们,我们即自然。粉蝶、虫鱼,是我们的另一形态。在大自然的母体上,我们有时是思想着、劳动着、建设发明着的"人"。在未形成之前,或"物化"之后,我们或许是飞扬着的轻尘,或许是埋藏在地下的泥土，或许会再滋生为虫蚁，孵化为蝶蜂；或许荣养了树木，点缀了山林。无论我们如何演化，总属于自然生生不息的大生命。

树木花草是大地的气管与肺叶，泉水与江河海洋是大地的脉络，鸟兽虫鱼及人类是大地的眼睛。从能触摸，能闻嗅，到能感觉，能视听，能思想，能创造，能发明，种种生机，都无非是大地的一份精灵，能站起来替大地思想与活动，能认识周围的环境，自以为很聪明，想要脱离母体而生存，想要了解自己从何而来，却从未得到回音。直到最后归返泥土，还在抱怨，还在抗议，认为自己应该有权摆脱母体而升入天堂，却不知，即使有天堂，也必包含在无边的宇宙之内，死后归于地，归于天，归于风，归于土，或归于任何人所未知的地方，人也不能改变"自己仅是宇宙一微尘"的渺小的身份。

人们狂妄自大，是不知道或不承认宇宙之大。

人们总想征服，总想超越，是不知道或不认识自己之小。

人们轻贱生命，漠视生命，却又是不知道自己与天地自然乃是一体，天地自然博大无边，永恒无际，人也因此而博大无边，永恒无际。正如一个美人之为美人，她的毛发、唇齿，都与她共为一个"美人"。一个智者之为智者，他的呼吸谈吐皆属于这一智者。天地自然博大永恒，人也就因此而与天地自然同其博大永恒了。

当"小我"逝去，宇宙自然的大我尚在运行。

弯过山林，步上溪桥，一抬头，却见云雾迷濛的山峰，由苍翠转向空茫。这一片永恒的幽寂却就是大地无言的生机。那长满蓁莽的青山，杳无人踪；你却不再敢说，无人踪的地方，就无生命。

寻觅·失落

不知是谁给这条羊肠小路铺上了一排间隔均匀的白色水泥砖。

水泥砖给泥湿的小路打上了一行格子，像一条平放着的木梯，展现一种有规律的跳跃感，与这小路应有的隐蔽之美形成了颇为恰适的韵律。

两旁依然幽寂。细幼的新草，十分茂密，簇拥在小路的两侧。三色苜蓿的小紫花细细地开了许多。还有那些小黄野花，野花们独具一份清逸之姿，不着一点修饰，不必一丝造作，就那么轻轻地开着，一点也不希求谁来关注、谁来欣赏地那么怡悦地开着。那些嫩草，数不过来的那么细茸茸、密丛丛，绿得那么深脆，那么透彻，那么浓，它们簇簇拥拥地生长着，自得其乐，不屑听人说权势纷争。生命就是如此的真实，当春雨过后，春阳照临，一切都自然地发荣。

生长在这窄窄幽幽的小路旁又何妨？生长在广漠无边的原野间也一样——一样的发荣与滋长。

只是这里多了一份令人系心的幽寂。不远处即是车水马龙，不远处即有伐木丁丁，唯这里保有一份隐蔽，好静！

当轻踏那间隔均匀的方砖，一、二、三、四、五、六……两旁的细草不久就吸引了你，使你忘记了究竟是多少步。你只觉自己彻底地拥有一片童心，彻底地与小草野花，以及这里这无人的幽深交换无尽的属于生命的情谊。

当我幼小单纯如你——每一株小草，每一朵小花的那岁月……那时候，我就是这么一点也不关心世间事地轻踩着只有自己懂得的均匀而欢跃的节奏。轻轻地跳跃，轻轻地跨越，伴随着小草与野花的无邪的笑语。

公共汽车上总是有许多孩子。

背着书包，提着饭盒，挂着小壶，还有夹着算盘和画板的。而你总可以看到他们推拥着，笑闹着，在疾行的车子里摇摇晃晃地东倒西歪着。

他们对一个玩笑认真地笑着；对同伴的述说认真地听着，那么专注，那么纯真。

他们不觉得身上背负沉重；不觉得早起奔向校舍，在风中雨里的艰辛；不觉得当铃响后，等待老师赏罚的心情的沉重。

他们不觉得挤公车的烦累；不觉得无人让座给他们有什么不对；不觉得空气恶浊，饮水污染的严重；不觉得便当盒里饭菜的单调与可厌。

对友伴的谈话，他们百分之百的相信。

老师的训诫，百分之百的诚服。

人间有善意，书上如此说，他们便如此信。

解囊助人是美德，因此不去想自己的糖果钱能否解救别人的贫病。

那扶着一个患过小儿麻痹的跛脚同学的孩子，那么自然而然。他只是为了友爱，不是为了怜悯，不是为了同情，更不是为了要遵奉什么训条或博得任何奖赏。

他们为下课铃响后，就可以去跳橡皮筋而兴奋，也为拥有几小张红红绿绿的糖纸而兴奋。

也为到圆山去远足而兴奋。

也为母亲多给了5角零用钱而兴奋。

车板上的泥泞和他们染着泥浆的鞋袜都无损于他们的兴奋。他们不在意任何的污染，因为他们百分之百相信自己的清纯，那是一种最有力的防污剂——自身的清纯。

雨也潇潇

课后,在楼上厅里小坐,享有一瓶冷饮,一点零食。落地窗外是远山与错落的屋宇,隔着宽敞的阳台。

午后常有雨意,有时疏落,有时绵密。这点雨意常使空间弥漫着一份静美。近来小几上又饰以鹅黄桌巾,并有小小瓶花,光线既佳,温度又好,在这里坐坐,甚觉心静。有时固不是为了饮食或休息,也不是为了写稿,而只是为了喜欢这份安静与雅致。

然后可以从这里步行去上班。这段路,远近得宜,尤其沿途红砖人行道铺筑整齐,行道树与小花圃都青翠可喜,道旁并有从人家墙内伸出来的行行绿叶,常使我禁不住伸手用掌心去感觉那份清新的生机。我以前从未发现自己如此喜爱绿叶。树的绿、草的绿、田野的绿,都使我那么想投身其中,沐浴那清新,感觉那甘冽,融入那生机,化入那宁静。我常觉自己像个贪玩的孩子,无法禁止自己触摸那些叶片,那些花瓣,那些软软轻轻的蝶翼。

扶桑花开得已盛,大大的花瓣,黄的、粉的、深红的,配着油绿健壮的叶子,好多层茂密的叶子,拥着那花。有时我就希望自己是那花,可以被叶子们密密地簇拥着,挤着,埋着。常想,那绿色的清香可以取代空气。常想,那绿色的盈盈可以取代水。那大片的绿色是如何的澄净了天光!当雨来时,叶子们是多么欢乐地畅饮着雨水!那水稻的绿是多么脆爽!只因它们生长在水里。近来连后院的花木都十分茁壮,天天午后的雨一定使它们觉得满足。

那天,看见一个少女俯身审视路边的三叶苜蓿和它的小紫花,心里就一直记着那少女。她不像一般都市少女那么急匆匆,也不像一般所谓淑女那么矜持造作,那么对大自然忘恩负义。她肯俯身审视那朵平凡的小花,而且"敢"那么做。

我总是记着自己小时候一有空就往花草的世界跑。暑假过后,校园中那格外深的野草,常是最令我兴奋与感动。我跑进草丛中去,问讯每一只小小的蜻蜓。过了一个暑假,它们变为好多!有各种颜色的尾巴。夏日清晨的野地里,芦苇真像海浪,而我可以钻进那海浪里,让芦苇把我淹没。深深的芦苇,一望无边地接向远天,里面却有小小的路。两旁夹道的芦苇。在那属于北方旷野的风中刷刷地响,间或就听到各种鸟叫,唧唧,啾啾,喳喳,吱吱,还有鹧鸪的低语。有时芦苇通往白亮河水的港汊,芦苇稀疏时,看见茫茫的水,浅浅的滩。芦苇的绿映着河水的白,远处是浅浅的蓝天,好大的一片辽阔!这种辽阔与萧疏的动心之美,就正像长大之后所念的白朴的渔父词——黄芦岸白苹渡口,绿杨堤红蓼滩头……要是再看见宽展的河面上浮着一只小小的渔舟,看见那船家悠悠然地轻点着竹篙,再隐约听见船声或桨声细细的咿哑,或那船家投一轮钓线在水中,而不在意有没有鱼……那情景,就正使我体会到"傲杀人间万户侯,不识字烟波钓叟"。我常是喜欢一份飘潇与不受牵绊的怡然。小时候,一定是常常被芦苇、蜻蜓、黄鸟、白苹与烟波钓叟所吸引,而逃学,或忘了回家。

阳台上有两只麻雀,后来又来了一只。它们在那里静静地站着,时而轻轻地跃着。小时候总以为鸟也和人一样喜欢欣赏风景,现在仍有时会这样想。所以当它们来的时候,我就觉得有人和我一同对外面的绿意与雨意赞赏而不寂寞。

说不寂寞,也许还是因为自己有那么一份寂寞。我喜欢在雨中散步,也喜欢在清晨或夜晚出来走走,但只是无人陪我。当然,孤独也是一份难得的安闲。

现在外面开始大滴大滴地下雨。雨点撒布在红方砖的阳台上。十分匀净。等一下就会成为一片水潭,有时,我极欣赏这大大的雨滴,好像一些乍现的星点。当它们一起落下,在地上闪出光亮时,又像夜晚灯下的碎钻,倏然闪烁地亮起。当它们成为一片匀净的水潭,那碎钻就整个散布在大片的琉璃上,刷拉拉地奔流。那是一种令人动心的大自然的奢华。

那一阵,雨总是很守信用,很尽责。一过午后,云就从四面八方聚齐,风就开始轻轻地荡,雷就在浓云后面如定音鼓般报导一个乐章的变调。到了两点,雨就开始滴落在街道、在阳台、在屋脊,就必定惊走了那些喜欢炫耀与絮聒的人群,显出那份无人的澄静。雨中的屋宇显出一种孤傲。而那些在街道上流着的小汽车,像一些爱玩的小孩,穿着五颜六色的衣裳,在雨里奔着,享受那浑身湿透的快乐。那种无邪的勇敢,令我着迷。

那些天,我总是故意在雨尚未停的时候,撑一把伞出去,说是去寄信,去买东西,或是去找修水箱的。然后就可以让那透明的黄伞和我一同享受一下雨的浸润,让我的棕鞋和我一同去数一下雨点的节奏。主要的还是看看北边那片田和南边那带草地。北边的田舍有难得的野趣,雨使野树绿得深浓,稻田绿得清新。南边的草地在大片的安全岛上,围着细致而工整的白栏杆,白与绿的组合一向特别清爽,让人想到一切的纯净。尤其这一带,路这么宽,两边又有大片的空野,使你同时享有都市的整洁与乡间的纯朴。有饱满的空气,随着湿润的雨。在这样的雨里,我安闲而快乐。

拥有的一刻

工作的吸力不如那几本诗词的吸力大，面对两张书桌，理智让我整理演讲稿，感情却拖着我来投奔这边的几本诗集。

在这边，我可获得一种快乐的宁静，一种美好的清凉。在这边，我可得到灵魂的涵泳，似一条鱼，泳于宁静深湛的碧海。智慧之洋托拥着我，卫护着我，使我觉得安逸与闲适。告诉我，这里有来自自然的真爱护，真照顾；有来自自然的博大深沉的真理。你属于自然，因此你的乐来自自然，你的苦归于自然，你的得原属自然，你的失消灭于自然。无得无失，只因你是自然的一部分，一微粒。你不会真的拥有，但你也拥有一切。

早上去邮局寄信，路经那无边的草地。新树的新绿与青草的清香，在薄雾氤氲的早晨空气中，一片宁适。我谛视这美好，不忍离去。人，如想拥有，这一刻，便是真的拥有。一切都是你的，只要你知道，你领悟。

许多时，人们不知道自己已然拥有好多，而只一味追求那微小而局限的，并希望永远拥有那已经到手的微小而局限的。于是为了保有微小与局限，而无心去理解自己随时可以由了悟而拥有的博大与广远。

傍晚去华冈，沿途一片灰绿的色调。迷濛澹远，杳无人踪。平滑的山路，静静地向上延伸，车子静静地向上行驶。远远近近的林木与灰蒙蒙的空间交织成一片宁静。这幅大自然的巨画无尽无穷，色调却只是灰与绿，何等单纯！

我欣赏，我即拥有。谁比能拥有这幅巨画的人更富有？

有个学生问我:"应否保有赤子之心?"

当然啊!当然!

世上岂有比这颗赤子之心更可贵的?

当你保有它,你才知道爱,才相信爱;才知道真,才相信真;才知道美,才相信美。

世故是一把利刃,它削剥剖解一切的美好,使它们支离破碎,然后自己也随之支离破碎。

我说,我要去山上走走。现在就走,不要等将来。

有些事不必去等将来。

人生有涯、健康有暇的日子不易获致,当你享有,你要把握。

音响世界

忙了一整天，到了晚上，匆匆把手边各事告一段落，出门拦了一辆计程车，赶去上班。

车子开动以后，满以为这回可以静下心来，想想自己。岂料充耳一片东洋音乐的轻佻节奏与浮薄旋律，原来新型的计程车中装着立体音响。

所谓立体音响，真是从四面八方立体袭来，左边小喇叭，右边电吉他，鼓声却从脑后奔腾而至，前面又似可看到那黑发覆额的女性化的现代青年，抖着喉结在哭诉。

每逢这时，我就受到"利己"与"利他"的考验。虽明知我花钱租了这段旅程，当有权请司机把它关掉，以免使我心烦。但另一个念头却常使我放弃这一权利，而勉强忍受这10余分钟在我是颇为可贵的单身旅行，因为我不忍剥夺那些青年司机的享受。

那些司机，有时欣赏流行舞曲，有时欣赏东洋轻音乐。这些乐与曲，共同的特色是旋律单调、节奏强烈、吵闹而无美感。它们唯一的作用是给你灌满一耳朵的声音与节拍，使你忘其所以而被迫跟着那些声音去调整心跳的速度，跟着那声音去迷失在满街霓虹与车辆的彩色之流里，机械地跟着前面的车辆及交通标志去浮沉。使你觉得飘飘然，觉得人生有无穷的享受。金钱买到身边的声音，如此忠心地随时在娱乐你。那先声夺人的鼓音，就是不准你的心思逸出它所奉献给你的步调之外。它说这是快乐，你就得跟着它快乐；它说这是幸福，你就得跟着它幸福。它说你在上班的路上该有音乐伺候，你就得觉得这是一份荣幸。

那东洋特有的"啦、法、米"组成的短调发抖歌，诉说的不是那歌词原有的悲凉，东洋的暴富使某些人的悲凉也变成了大众的娱乐，卡式录音带里装着的是歌者大笔收入的实证。抖着嗓子唱悲凉之歌的时候，心中想的是黑发下面的男性化妆，和疲倦的喉结下面花色男装与男性香水的代价。这一世纪的男人变为如此之油头粉面，实在因为它们在物质的享乐之中找不到刚健勇毅、有所不为的雄风。而我们这些花20块台币即可买一串无情的悲凉之歌的人们，一时也想不明白究竟这是享受还是剥夺，因为那鼓声与小喇叭的喊叫，粉碎你的思绪，搅散你的感情，不许你有机会集中，不许你有机会沉淀，不许你沿着你的思路追寻，你要随着那片声音浮着、飘着、旋转着。由于没有思绪，所以你是在安享，所以你不必觉得那是一种剥夺，因为在这样被各种声音拥托起来的飘飘然之中，你连刚刚忙过的琐事都已忘记，日间的忧烦也已化为乌有。你忘了为什么自己刚刚上车时还曾讨厌过这灌满车身的音响，而开始觉得这音响正是为你而设。20元的车资，不但把你送到了上班的处所，而且使你浑浑然地就抛却了一天的乏累与忧烦。

下车时，我已欣慰于自己未曾请司机关掉那音响。那年轻的司机在滚滚车尘中讨生活，赚钱确是容易，却不必问自己生活在车轮奔驰中应该想些什么。他要关心的是车窗外的交通标志、灯色的变化，拥挤如潮的车辆与行人。任何思想都足以使他分心，而唯有这样只有声响而没有灵魂的音乐，可以使他对外界专注，而对内心"忘我"。

相逢何必曾相识

　　几年前，访美游欧，曾顺道去瑞士名城苏黎世，在那里呆了两天，参加了一个观光团去游山赏雪。

　　时值初冬，平地正是阴雨天气，需穿大衣及皮靴御寒，山上则更是冷了，这已经不是观光季节，我们一行"过季"的观光客，乘巴士上山，那光景，倒像是一群探亲或办事的人们。洋人个个重裘皮帽，穿得很不轻便，不像是要去登山旅行的。我则穿着长及膝下的人造皮大衣和长靴，头系围巾，和几位胖胖的德国老太太坐在一起。

　　我们的位子在最前面，后面的观光客究系甚等样人，不大知道。直到车抵山上，要换乘缆车，越过谷涧，去攀登对面高高的山头时，才见一对男女走来和我招呼。那女的只穿了一件薄薄的风衣，冷得打战，操着澳洲口音对我说："你看我多笨，旅馆里放着厚大衣不穿，只穿来这么一点点衣服，好冷！"

　　我说："我比你还笨。大老远跑到这美丽的山顶，照相机却放在旅馆里，忘记带来。"

　　她大笑说："哎呀！真的好可惜！但是我们可以一同照，照好我再寄给你。"

　　她旁边那个青年接着用美国口音说："对呀！我可以给你们照。"

　　我问他们是不是一起来的。美国青年说："我们也是刚在车上才认识的。"

　　我告诉他们，我来自中国的台湾。美国青年显得很高兴，说："我正是希望有机会和中国人谈谈。"

于是我们一同离开缆车站。导游这时告诉大家,旁边有个饮食店,可以去喝杯咖啡,吃点东西,暖一暖。许多年纪大的观光客就都一拥进了饮食店取暖去了,那位澳洲女士和我们照了几张相,也道了歉,说她实在不得不进去,因为穿得太少了。剩下那个美国青年和我,沿着山坡,踩着薄薄的雪,跑到山谷边去看那一望无边的峰峦。

瑞士的山是有名的美。白雪覆盖,再加云雾氤氲,一眼望去,但觉一片空灵纯净,使人尘虑全消,回到全无挂碍的真我。又加我那双西班牙制的长靴非常稳妥,它有特制的尖角后跟,能够很有效地防止滑跌,却一点也不窒涩,是登山的最佳工具(可惜后来在曼谷被窃了),所以能够放心地多在雪山地上走走。

美国青年说,他名叫列斯,是在瑞士读书的。以下是他的谈话,因为颇能切中时弊,所以值得一记。

他说,他总觉得美国目前种种问题,应该参用中国的办法去解决。我问他是指些什么?他说,"譬如我们的青年太放任,中年太紧张,老年太孤苦。我们有钱是不错,但是近年来,选举有点变质,变成金钱领导政治。由于父母子女之间的关系淡漠,人们未免觉得须及早多存点钱来应付老年多病时之所需(养老院也分等级,钱多自可住舒服些)。因此形成一种观念,认为唯有金钱才是安全的保障。这个观念一旦形成,人们就会慢慢不知不觉地变为唯利是图。趁着年轻,不择手段地去赚钱。结果,人生似乎只剩下一个目的——赚钱防老。这是很可悲的。"

这时,我笑着告诉他,我们中国有句类似的话,是"养儿防老"。

他立刻说:"你看,是不是?你们的想法多有感情!如果人们知道自己老了的时候,儿子可以养他,那么,他就不必单纯地以赚钱为人生第一要务,而也就有心情去顾到事业和道德了。"

我说:"不过,我们也正循着你们的路线走。我们的社会也已经进入工业化,当年的家庭制度也已经渐渐没落了。

"所以，我说这是很可惜的。你们应当趁着你们的稻田尚未被高楼与商店取代，你们的农场尚未被工厂的烟囱取代，你们的空气与水源尚未被污染的时候，及早觉醒。你看，我们的私家车多得挤不下了，所以失去了当初要求快速与节省时间的意义，现在又回头去坐巴士，甚至有人又开始骑脚踏车了。因为那比在拥塞的街上爬牛步还是快一些。我们的日常生活都被电力支配了。因此一旦停电，生活秩序就会大乱。当停电缺水的时候，你才发现，都市的大地盖满了柏油，想临渴掘井都不知到何处去掘了。当因停电而不能输送煤气的时候，我们束手无策，不能煮饭，热狗店的现代食品也卖光了，不能再制，一切的自动贩卖机都不自动。那时，我们想回到以前用点木柴或煤炭来煮饭，却发现密闭的高楼公寓，已经没有地方可以让我们安置一个柴灶了。"

他说："所以，你们无论是被称作开发中国家或未开发国家，都不必气恼。因为，我们美国好像被一位精工裁缝师傅裁制成的一件华美的礼服。我们很值得炫耀，但太需要奢华的条件支持它。现在想把它拆了重改，已经无此可能。你们还好，虽然有5000年历史，但一直还是一块天然的料子，未经自作聪明的人工剪裁。而你们已经有机会看到我们过于积极发展的不良后果——而我们未料到有此后果。因此，你们可以不再走我们的错路。

"譬如，过分重视工业的结果，务农的人越来越少。世界人口却越来越多。那么，哪一个国家最懂得多留一些田地，少盖一些柏油，哪一个国家就最能左右世界的命运。因为人人都要吃饭，轻重工业，原子核子的制造，那不是民主所绝对必须。而唯有在土地上生长食物，是上帝当初创造生命时的基本条件。当然，这包括纯净的空气和水。唯有躲开过分嚣张的工业，才能保持空气和水的纯净。

"你想，在全世界都惊觉于他们将没有足够的净土与农民来喂养他们，没有足够清洁的空气与水源来维持他们的生存时，如果有这么一个国家，不声不响地把自己'剪裁'为一个世界粮仓，及可以出售清洁的瓶装空气或饮水的地方时，那将是多么伟大！而你们中国正还保有这项条件！你们内部的不安定过去之后，一定要注意到这项有利条件，不要步我们的后尘，不要以能建摩天大厦为荣，而要以有良田千顷为荣。"

"我们的问题是太相信人为。"他接着说，"忽视了天然的可贵。我们一方面有健全的社会组织，但一方面却也因为太有组织而必须彼此仰赖。我们只要有一种行业的人罢工，就一切秩序都大乱。我们没有个人回旋的余地。在地下车抛锚的时候，你最觉得个人力量等于零。你没有一点一滴自力更生的可能性，而人们却天天都得仰赖地下车。

"我们从小就要求自立，就要随时接受各种'挑战'。我们有健壮的身体，灵活的头脑，敢说个个都很能干。但是，我们总是被淘汰的时候多，爬上去的机会少，能享受成果的机会更是等于零。我们从幼稚园到大学毕业，以至拿到硕士、博士，花了20几年的时间去为人生做准备工作。而我们40岁就被认为是老了，快要退化了。生活的时间还不如准备的时间长。大家太重视竞争，而不注意真正的成就。连文学艺术都操纵在商人手里——你找对了一个经纪人，他会替你制造新闻，会兴风作浪地去给你宣传，把你'打'进市场，你就成功，反之，你就永远没有机会接触到群众。但是你别忘了，这些经纪人一有机会，就又去制造第二个成功者——群众只迷信宣传。

"在我们这里，一切都是商品。所以无论你是文学家、艺术家、音乐家，到了某一阶段，都得和'市场'打交道。"

我笑着说："我们中国以前的文人、艺术家是最不屑谈钱的，所以常常挨饿，也常因此而短命，说起来也是很可惜的。"

他想了想说："但是他们遗留下来的作品多真挚！多纯净！如果当时他们要'打'进市场，迎合群众，制造销路，那就不知要有多少粗制滥造的作品了。那就是货物，而不是艺术了！"

我对这位美国青年望着。他有一副极清秀的面孔和十分健康的肤色。他的绛红色的毛线运动衫和灰色的围巾，衬着他的棕发，在一片空茫的山头雪景前显得活力充沛。他的装束是十分现代的，十分西方的，但我却觉得与他非常接近。于是，我对他说：

"等我回国之后，我将寄一本中国古人的画册给你，那里面有一切你所向往的——单纯、自然、大片的田野、极少的钱。"

任性自如谈"拥有"

和朋友一同去逛故宫博物院。朋友在浏览一周之后,就走向售卖复制品和纪念品的柜台,说要选购一些,带回去。

我看她买了一些之后,忽然想到,自己曾多次来这里观赏,为什么从来没有想要买一些什么带回去呢?于是,也选了一组印有泼墨仙人和老子骑牛的卡片带回来,却立刻就把它送给一位即将出国的年轻人了。我并不想拥有这些卡片。如果我想看这些画,尽可到博物院去。而且,我觉得看过也就等于拥有那印象了。买回来放在抽屉里,反而是一份负担。

和朋友一同去陶瓷公司多次,对那些精美绝伦的瓷器,真是无限欣赏。自己也曾在路过的时候,偶尔进去逛逛,但也从未动念要买下任何一件。朋友却不但自己买来点缀客厅,而且送给国内国外的朋友分享。

有一天,她就很不了解地问我:"你为什么自己不买,而把你欣赏的东西鼓励别人买去呢?"

她这一问,我倒也觉得有分析自己一下的必要了。

不喜欢买东西,似乎是我性格的一部分。我怕逛西门町,因为那里琳琅满目,尽是"可以买"的东西。我喜欢游山玩水,因为那里云淡风清,却没有一样可以买回去,收归己有。我情愿把钱很慷慨地用在旅行的车资和沿途的餐点,而只换取那不必携回的水光山色。轻轻便便而来,轻轻便便而去。

如果说,人们买下一样东西,是为了享受那"拥有"的乐趣,那么,我之所以不想买下任何东西,大概是为了怕"拥有"了。

怕拥有，你可以说它是淡泊，也可以说是一种懦弱或懒散。

在我看来，凡事既云拥有，就会害怕失去。譬如爱情，你爱一个人，爱他就是了。让他知道你爱他，固然不错，不让他知道，也无妨。但如果你拥有了他，他就会变成你心上的负担。你会怕失去他，怕他不以相等的爱回报你，怕他被别人引诱了去。还有时，即使你早已不爱他了，即只为了那"想要拥有"的"权益感"，而不甘心把他失去。于是，你看牢他，戒备他，唯恐他被别人得去。为了这"权益感"而放弃了一切的自由，只顾寸步不离地监视着他。于是，这种"怕失去"的痛苦整个取代了拥有的快乐。

这也正如"看家"。一个人，辛辛苦苦地赚钱，煞费心机地买了许多东西，存了许多珠宝。这许多得来不易的东西，使他唯恐失去，于是就不得不朝朝夕夕地"看家"，像个囚徒。而不知道去分析一下，究竟是你拥有了这些东西，还是这些东西霸占了你，囚禁了你。也不想去分析，究竟自己辛苦赚钱是为了使自己多一点身体上的自由与心情上的安逸，还是为了使自己因为看守它们而紧张戒备，寸步难行。

我怕拥有，也懒得拥有。

怕拥有，是怕那份患得患失的"权益感"威胁了我。

懒得拥有，是因为不想分神照顾那么多的身外之物。

家中一些架子、柜子、瓶子、罐子，已经使我在日复一日地擦抹安置它们之时，感到对自己这愚蠢而又徒劳的行为无限的嘲笑与悲悯。我不想再多拥有任何的架子、柜子、瓶子、罐子或其他。

所幸我从来也没有过什么珠宝，因此不必为怕失去它们而忧心。

前年，美金贬值之时，拥有大量美金的人们焦急万状，席不暇暖地去抢着要把手头的美金抛出。我只隔岸观火地为自己庆幸手头没有美钞，可以免去这番焦灼。

我曾在一个当时无人注意、现在却逐渐开发的风景区，以低廉的代价，买过一小块土地。那时候，只是为了想在一个无人知晓的乡间，搭盖一个小小的"老家"，以度余年。却因为自己一直觉得暮年尚未迫近，而没有去盖。后来却被乡人在紧接我的地界，建了一个喧哗的锯木厂，使那里不再适合静居。当时就有人劝我这样那样，以争取自己的权益。现在由于该处逐渐受人重视，人们也增加了对此地的"权益感"，而我却更懒得去奔走争取了。

在我看来，如果为争取这项权益而惊官动府，找律师，出庭打官司，和乡间的邻人及地主反目，那我宁愿等等看，看它自然地发展。也许数十年后，那锯木厂已经自动变为沧海桑田。那时，人事全非，大地当会还在。尽管它在法律上还是属于我，而我可能已经不在了。那么，要这权益又有何用？它又能属于谁呢？不要说，没有人能拥有一片搬不动的大地，连一株草也不会属于任何人，那么，拥有的意义又在何处呢？

何况，爱好旅行的我，也并不希望因为自己拥有一处房地而就寸步不离地占有着那处房地。能走的时候多走走，多看看，到处住住，岂不等于到处都曾"拥有"过属于自己片刻的房地？

我常觉得，真正值得欢呼的"拥有"，也只是自己这短暂的生命。我们万幸能有一段时间，拥有一个可以听凭自己支配的躯体与灵魂，那么，就在能动、能想、能做的时候，多给自己一点自由，少给自己一点约束，使自己真正拥有这躯体和灵魂吧！就不要被零星物欲霸占住任意自如的自己吧！

无情的未来世界

常有人问我：你身为职业妇女及家庭主妇，如何能内外兼顾？

我的第一个回答是——我并不能真的内外兼顾。相反的，我常是顾此失彼。当孩子幼小的时候，我有8年未能在外工作。即使现在，我也常常不得不为一件别人看来最无关紧要的事——陪外子出去应酬，而向工作的处所请假。我也不得不承认，10多年来，为了工作，还是有很多地方委屈了孩子。

我的第二个回答是——我所以能身兼内外二职，并非真的是三头六臂，分身有术，而是我侥幸生在一个潮流的过渡时期。这时期，妇女虽被允许和男子同样受教育及有职业，却并未十分普遍，所以还有办法找到女佣在家里助我一臂之力。

我的第三个回答是——我其实并不是一个百分之百的职业妇女。我在广播电台的工作每天只有半小时，加上准备的时间，也不超过两小时，而且准备工作是在家里做的。

这也就是说，如果我是一个必须8小时在外上班的职业妇女，这内外二职是否可以得兼，对我来说，还是一个问号。至于写作，一直并非我的职业，它是可做可不做的。多年来，每当佣人辞工，我就必须有很长的一段时间搁笔，原因不只是忙，而且是"一忙琐事，就失去了写作的心情"。

女人能够和男人同样地受教育及在社会上工作，这是几十年前女权运动的先驱们给我们争来的权利。现在的问题却是，既然女人和男人一样有能力在外面做事赚钱，建立事业，那么，谁在家煮饭看孩子？

已故的台湾大学工学院教授彭九生先生曾有一句名言,他说:"每个家庭里,都必须有一个女人留守。"留一个女人在家是为了带孩子、煮饭、打扫、洗烫及看家。这个女人如果不是主妇,就得是女佣或家中的其他女人(如祖母、外婆或小姑、小姨等等)。因为"家"本来就是这样的一个结构。虽然说,男人对家也有同样的义务,但既然孩子是由女人来生,总是以由女人来带较为顺理成章。那么,女人就顺便留在家里做这做那,也是很自然的事了。

问题是,现在的女人和男人既有同样的权利读书、做事和发展事业,她就不甘心,而且也不应该被限定留在家里。教育普及使多数女人都有了出外做事、赚钱自立的能力,大家都不留在家里,家里也就不再维持"必须留住一个女人"的原则(祖母、外婆等人早已不再属于小家庭)。那么,将来有一天,大家都出外做事,谁管家呢?

如果再这样下去,恐怕是——谁也不管家了。

管家变成没有人愿意做的事,这趋势真是可怕的。

如果家庭因为没有办法留住一个女人而没落下去,取而代之的将是什么?难道真的要靠托儿所和养老院去替家庭负担仰事俯畜之责了吗?

美国的女权运动所争取的正是请政府多设托儿所,他们的养老院已经很上轨道,老人早已不是家庭的一个负担了。

煮饭是家中大事。但是当男男女女都抢着去主外的时候,这主内的大事也就无须关心。中午,反正可以在外面吃"牛王汉堡"。晚上,都已人困马乏,回到家来凑合一顿也就算了。早餐更不必说了。

剩下的是看家的事。新式大厦有专人守门,可以不必看家。反正以后住独门独院的人会越来越少。当经济发展到每人都很富有的时候,也自然就会夜不闭户,路不拾遗。当到了人们不再把家当作乐享天伦的基地时,也许大家都不再想往家里买这买那——反正买了也没有时间在家享受。如有珠宝钻石,存在银行保险柜里更安全。

孩子送往托儿所，更是简单明了，管生不管带，花点钱把这件麻烦事交给靠这种职业来赚钱的工作者，也是大家的福利。带孩子已不再是爱而是职业。生孩子也不再是为了个人对孩子的爱，而只是生物天性的繁衍了。

家将变为纯粹的休息处所。夫妇两人日出而作，日入而息，孩子即或每晚由托儿所带回来相聚，那种亲情无疑是非常之淡了。美国有些男女索性采取同居的办法，合则留，不合则去，反正谁也不想组织家庭，连婚都不必结了。

家的重要性动摇。人们各自的独立性增加。女人不再受男人照顾，离婚也拿不到赡养费，因为她们是"与男人一样的独立的人"。孩子不再受父母直接而充分的抚育，从很小就离家到托儿所去"适应社会"。那里没有亲情的宠爱，也就提早学会了独立。这世界上的人类将变成个个都很能干，都能发挥所长。彼此都没有私人责任而只有社会责任；都不互相依赖，同时也就都缺少感情。每人都自幼培养出一份孤儿气——坚强、独立而冷酷。

从被父母带往托儿所的那天就开始了悟：人与人之间不能动感情。依恋父母或舍不得父母是太痛苦，因此学会了不依恋。成长后，男女之间不再有家的约束，当一方想分手时，就必须分手，也就因此不敢动感情，以免过分牵恋，无情也就无恨了。父母年老后，必须被送往养老院，与其到时候再临别依依，而子女不得不硬起心肠来掉头不顾，就也不如从一开始就培养无情，以使心理上有充分的准备了。

那时，每人一生中最重要的事是在建功立业、发挥所长的同时得多赚些钱。人间既不再凭感情来互相照顾，金钱就是"购买照顾"所必须的。年轻夫妇必须赚足够的钱去付给托儿所；老人必须存足够的钱去付给养老院，生、老、病、死，都无须家属照顾，有钱就行。女人不再主理家务以坐领丈夫在外工作所得的薪水。女人在离婚后也无理由再用前夫的血汗钱,她必须出外工作,赚钱来养活自己。这是独立,但也不能不说是孤立。这世界将变为金钱主宰一切,学赚钱乃成为刻不容缓的事。

女人争来了权,也争来了责。争来了自己的独立,也将争来人类的孤立。当每一个女人都不愿被关在家中的时候,家就垮台了。

这几天,我的佣人阿珠走了。我曾有预感:恐怕她是我的最后一个佣人。她走后,来了一个阿月,国中毕业,21岁,长得清秀颀长,气质很好。问她做过没有?回说"没有"。会不会炒菜?不会。会不会烫衣服?不会。打扫房间总该会吧?"在家都是妈妈做,我没做过。"问她在国中毕业以后做了些什么呢?她说:"我在工厂织毛衣。现在工厂不织毛衣了,想换个工作。"

阿月人很灵秀,言谈举止都很讨人喜欢。我留她做做看。她真是什么也不会,一点也不会。但是,她会织毛衣赚钱,能独立生活。我说:"你还是找家工厂去做吧!"

这一代的孩子最重要的事是读书。读书以后,最重要的事是出外工作。男孩女孩都是一样。上一代为他们安排了最理想的读书环境,家事不忍烦劳女儿,怕耽误了她们的学业。从阿月到大学里的女生,不会做家事、也无须做家事的生活模式已经颇有雏型——会挣钱就好了。

我不知道究竟是我们在这潮流夹缝中的一代的女人较为幸运呢?还是将来另一形态的社会中的女人较为幸运?

我们这一代的大多数女人是脚踩两只船,内外交相煎迫,顾此又怕失彼,随时都有灭顶之虞。但幸而尚有佣人来帮助,勉强撑住两边船舷,使它们在摇摇晃晃中维持着平衡,使我们一面略能发挥自己的所长,一面也兼顾了属于先天感情的家。

现在,阿珠走了,"阿月们"不会也不肯来帮我做家事。我自己一面在厨房中忙着洗洗涮涮,一面在为晚上的广播节目尚无着落而心焦。但我也庆幸,已经走入社会的儿子和即将大学毕业的女儿还认为我这妈妈尚称"劳苦功高"而对我略有感谢之情。当我年老力衰时，他们大概至少在道义上还会稍觉欠我一份"亲恩"，而不好意思弃我不顾；除非我志愿要去住养老院或去住庙，他们大概也还不便强迫我去"自生自灭"。

事实上，我们这自命开明的一代对子女所要求的也只剩下这"不好意思"与"不便"不顾我们的一点心意了。又谁当真还希望靠子女奉养呢？这一点，我们倒是得风气之先，早已在心理上冻结了这份养儿防老的亲情。如果到时候真有什么冷酷事实的话，也不致过分难过了。一切为自己想，这本来就是很单纯的事。现代人要求简洁、减少牵绊，以便勇往直前，唯一必要的也只是少动感情而已。这在本已逐渐习惯了重理轻情的现代社会，只要再跨前一步就是了，但这究竟是不是人类之福呢？

哲理如诗

我国的典籍有个最大的特色，这特色就是"精与简"。

当然，这"精与简"的一部分原因可能是由于我们的文字发明得早，而印刷术发明在后。古时用竹简刻字，自然不得不力求其精简。但在另一方面来说，它们在精简之中，却能包含了千古不朽的至理。并未因"简短"而影响其"精深"。这一成就显示了我国古人的智慧。这智慧是，善于归纳抽绎，要言不繁。能够取精用宏，把复杂纷纭的人间万事，观其底蕴，取其必然的归趋，浓缩为言简意赅的至理，使它具有"特效药"式的粒小效大之功。又由于我们民族先天的诗人气质，而创造了铿锵优美的行文方式，使我国的典籍具有了内容深刻而外貌可亲、易于传诵的特质。

事实上，我国传统的思想表达方式，也是不重视其过程，而只重视其直接因果的，与印刷术并无必然的关系。

西方哲学著作重推理，要一步一步地由已知求未知，以达到结论。最忌的是直接下结论（Jump to the conclusion），在这种方法中，推理的过程往往比结论还重要。而我国自古以来的哲学著作几乎都是只给我们结论，而并不把思想的过程一一说明。孔老学说多半是"渐悟"或"直观"（这也是诗的特质）。到了魏晋的道生和尚，提出"顿悟"二字，禅宗出现后，正式用"顿悟"来传道，说明哲理是要"悟"的。其过程可能包罗万象，经过数十年的酝酿，而真正值得说出来的却只是那一瞬间的"触机"。其过程不但说不胜说，而且即使说了出来，也只是一些糟粕而已。

以"菩提本无树,明镜亦非台,本来无一物,何处惹尘埃"一段偈语,得传五祖弘忍禅师衣钵的六祖慧能,当另一和尚惠明向他请教求法的密旨时,他说:

"我要是告诉你,就不再是密旨了。如果你能返观自身,密旨就在你自己心中。"

禅门有所谓"棒喝",以帮助"顿悟"。当你向禅师问话时,他答非所问,或用棒打你,向你大喝一声,不直接替你说出寻求答案的途径,而是逼迫你动用自己的脑筋去领悟。

所谓顿悟是全靠个人的悟性,重在一瞬之间豁然贯通,是不可以言传的。这顿悟实在也并不玄虚,它只是说明人的秉赋有不同,智慧有高下,哲学上有些道理,专凭言传是无法传达的,也不是人人都可以传达的。有些道理是靠日积月累的思索、寻觅,最后才由一刹那的"触机"而豁然明朗的。事实上,真正的哲理都要靠自己去深思,去体会,是靠"悟"而不是靠"传"的,也是只能"悟",而不能"传"的。

这一想法,实际上也不只是佛家禅宗的想法,而是中国人先天的想法。

一般说来,中国人是较内向的民族,不善也不喜欢宣扬自己。觉得有些事是无须说出来的,有些道理是要凭悟性,而不必凭言词的。多说话的人被视为饶舌或"大言不惭"的浅薄之徒。老子的一句"知者不言,言者不知",可说是一语道出了中国人心目中智者的楷模,也说出了中国人对品德所要求的方向。后人受了这句话的影响,就更加肯定了不欲多言的民族性。

中国小说中描写得道的"真人"或彻悟人生的隐士,总是不轻易开口的。你问他百十句,他或许只回答一两个字。这一两个字,就应该令你豁然贯通了。如果你不能了悟,而还要往下追问,他就"闭目不答"了。这是对传说中的"真人"或有道的山中隐士所常有的描述。平常人也是一样。能和你谈的时候谈,在不能讲通的情形之下,他就"笑而不答"了。西方人常不了解中国人的微笑,中国人的微笑固然不会每一个都有哲理,但那却是人们所乐于取法的一种"多说无益"、"不足与谈"或"你自己去想吧!"的表情。这表情正是对最高智慧——悟——的一种崇尚。意思是:

"如果你懂,不说你也懂了。如果你不懂,说也白废。"

这种态度的另一表现就是厌恶辩论。认为"是与非"不是舌辩所可以明。(现代的辩论会尤其会由于只以口才的优劣评分,而得出在事实上大家公认为"非"的结论。错的一方反而战胜了,真是可笑。)《庄子·齐物论》中说得好:"是若果是也,则是之异乎不是也,亦无辩;然若果然也,则然之异乎不然也,亦无辩。"又说:"辩也者,有不见也。"如真能看清事情的全貌或"人各是其所是,非其所非"的道理,自然就知道"没有什么可辩论的了"。

这种态度,发展到极致,就形成一种"不欲多言"也"不愿多问"的性格。外国老师常奇怪中国学生在教室内太少发问。当然,一部分原因是由于我们多年传统的尊师重道的教育,造成学生绝对服从师长的习惯;但如果往深一步去追究,即可发现,固然有些笨学生是不知如何发问,而有些聪明学生,却是由于他知道"与其发问,不如深思"。一个人,如果不运用自己的思考,而只去飞扬浮躁地发问,在中国人看来,是浅薄的表现。我们相信,有许多问题是可以自己去把它想通的。而且在未曾真正运用自己的思想之前,即使别人给你解答了,你也是听不明白的。多说,不如多想。

老子说:"大智若愚,大巧若拙,大辩若讷。"孟子的词锋犀利是有名的,但当问起他来时,他却赶紧为自己辩护说:"予岂好辩哉,予不得已也。"

大块无言,而却"四时行焉,百物生焉"。越是博大精深的,越是无言的。这种想法形成我们民族普遍的一种内省的性格。这性格形诸于外的是沉默、木讷与含蓄；而藏之于内是却是聪明、睿智、善观察、好深思；表现在学术上的则是精简与渊博。使我们的人民在国外学术界常有"不鸣则已，一鸣惊人"的表现，也是来自这内省与深思的特性。当别人把精力浪费在无益的辩论与浩繁而钻牛角尖的推理过程的时候，他们已默默地旁观，静静地深思，而得出深一层的结论来了。

谈到哲学上的精与简，相信世界上再也没有一个国家的哲学著作比我国更精简的了。

老子的《道德经》只有500余言，通过了2500多年时间的严格考验，仍为今天全世界热衷研究的一部内容最丰富的著作。大家争相译介，平均每7个字就有人替他写一本书。可见其简要与精深，也可见哲理不在多言。那每7个字就写一本的"书"，事实上也还是包括在那7个字之内。同时也说明了，真正的哲理所给人的是思想的启发，而不必是推理的过程。那过程可以由每个人自己的思想方式和生活体验去把它填充。由于哲理是应该放之四海而皆准的，否则就不成其为哲理。这也就是说，既是哲理，就能通过任何客观的求证，可由任何人的生活经验、任何思想过程而得到证明。它的求证过程是可以万途同归，而不必是完全按照作者个人的思想过程才推衍得出来的。

我们常说，半部《论语》可以治天下。现在市面上通行的世界书局版《四书集注》32开本，包括朱熹的批解，整部《论语》也只有138页。《孟子》较长，也只有219页。《大学》14页，《中庸》31页。这就是2000多年来，为后人所奉为经典的四书了。

我国先哲似早了解，唯精与简，才能深入，才能持久，才能产生普及的效果和深远的影响。如果我们先哲的书也如现代书籍般的卷帙浩繁，恐怕即使未被绵长的历史所淘汰，也将被忙碌的现代人所遗弃了。只因它们精而且简，才能够历久弥馨。以目前世界思想界的趋势看来，它们是何等地切合现代人要求的"直截了当"的条件！又是多么切合现代人枯竭心灵的要求！事实也在向我们证明，这些精而且博的典籍，是在越来越时髦，越来越被世人重视和采用呢！

有数与无数

和美国朋友谈话，你常会听到他们很精确地说出某件事发生在一九几几年，哪怕是一件最寻常的私人小事，他也会说："1950年，我在密歇根时，如何如何。"或"1936年，我在欧洲时如何如何。""我和某某人是在1949年认识的，1958年我们又见过一次面。"

我曾问过一位美国朋友："你们怎么这么喜欢说年代？而且记得这么清楚？"他反问我说："难道你不记年代？当你提到过去的事情时，你怎么说呢？"

是啊！我怎么说呢？我几乎从来不说年代。仅有的一个为我所常用的年代是民国三十七年。因为它是我一生最大的转折点，对我太重要。但即使这个年代，也是在有人真正问起我确切抵达台湾的时间，我才会提到的。平常我也只是说："我刚到台湾的时候如何如何。"

其他有关年代的事，我也大多是说："抗战时候如何如何"，"胜利之后如何如何"，"抗战以前"，"民国以后"，"我读中学的时候"，"我读小学的时候"等等。即使有关旅行或迁移的大事，我也只是说，"我去美国的时候""我在曼谷的时候"等等。除非有人问起，我总想不到要提出年代。所以，每当美国朋友在谈话中提到年代，我就禁不住取笑他们："又来了，数目字又来了！"

不仅他们对年代的数目观念非常清晰，其他有关数字的事也常挂在口边。如谈到某城市的大小，他们常说它是多少平方英里，或有多少人口。谈到路途的远近，也常能说出是多少英里。谈到天气冷暖，总是用多少度来形容。谈到人的高矮，总可以说出他是身高多少尺、多少寸或多少公分。

我想，这和中西的思想方式有关，而不仅是习惯问题。

"抗战以前"，"胜利之后"，"来台以后"，"民国以前"，"清朝时候"，"战国期间"……是我们通常用来表示年代的用语。谈城市的大小，我们只说"很大"，"比上海还大"，"有两个台北那么大"，"人口很多"。谈路的远近，我们常说"坐火车要多少小时"，"走路要多少分钟"。如果有人问我台北到高雄有多远？我会说，"坐火车约6小时可达。"听的人也多半可以知道一个大概。谈天气冷暖，我们常说"四季如春"，"冬天有3个月结冰"或"终年积雪"。谈人的高矮，我们习惯上说，"很高"，"很矮"，"中等身材"，"五短身材"。

从前没有钟表的时候，大家固然常说"一顿饭的时间"，"一袋烟的时间"，"日出的时候"，"太阳偏西的时候"；现在有了钟表，大家依然常说"等一会儿我就来"，"我等你老半天了！"用英文接电话，当找人的时候，说"请等一分钟"。中文则说"请等一下"。在谈话中，我们很少用确实的分秒来表示时间。像英文中"我过几分钟就来。"或"你有一分钟时间吗？"翻成中文也只是"我马上（或立刻）就来。""我这就来。"以及"你有空吗？"之类。如直接照字面翻，则很显然的不像中文了。

日常说话如此，即连写文章时，中西也有不同。梭罗的《湖滨散记》是公认最好的西方散文之一。但是，你看梭罗怎样写他的湖。

这位打算遗世独立的文人，不但是以纯粹实践的办法，有目的地去"体验"大自然，而且他把那个华尔腾湖完全用尺量过。例如，其中有一段说：

"……这湖有一哩半长，一又三分之一哩宽，面积61亩。……周围的山高40至80英尺。但在东南方，有高至100英尺的。而正东方距湖约四分之一哩处，有高至150英尺的。"（真不知他一个人是怎么爬上爬下去量的。)

以上是描写山,在描写水的时候,他说:

"……水深 25 至 30 英尺,清可见底。……有一次,湖上结了冰,我把一柄斧头扔在冰上。它好像被什么鬼神引着似的,正巧从一个冰眼掉到 70 或 80 英尺深的湖底去了。"……(梭罗在书中倒是曾记述他怎样用钓线去量水深。)

又如,他写水位的时候,有:

"……在 1824 年时,水位很低,1852 年夏天,水位整整比我在那里住着的时候高了 5 英尺,和 30 年前的水位一样。湖的水位高低相差有 6 英尺到 7 英尺之多……"

这种写法,几乎让人忘记他是个文人,而觉得他是个科学家。一切实事求是,有数字为凭,分毫不爽。不似中国文人,形容湖水宽阔用"一望无涯","一望无际","浩渺","茫茫"。形容湖水深湛用"深不可测","深不见底",而不说水位高低多少尺。形容山高则是"高插入云","高可千仞",而不说海拔多少尺。形容树高则说"高与天齐","高可参天"。形容树干粗大则说"三人合抱",而不说高度多少尺,直径多少尺。形容舟车速度与两地距离,我们也很少说每小时多少里或相距多少里,而只说"转瞬可达","朝发夕至"。

这正如中国古时服装,宽袍大袖,一切包容,不求与身材处处吻合;西服则力求平坦服贴,分毫不爽。我国文人看事,重印象,不重细节,重整体,不喜割裂,避免把人引向事物的边际和实质。中国诗人笔下的"水是眼波横,山是眉峰聚",是写意的,是用湖山形容心目中的美人,也是用美人来形容湖山,给人的印象是动的。你并不需要知道这水是多长多宽多深,这山是多高多远。中国文人笔下的美人是"增之一分则太长,减之一分则太短"的,你也不需要知道她是五英尺六或六英尺五。

我们说"抗战以前","胜利之后","北宋时代",所显示的年代比"民国二十四年","民国三十五年","公元960年至1126年"等等,虽不精确,但似乎更为清晰,也更易于为听的人所了解。因为你所说的那个时代背景才更具提示作用,所代表的意义远比一个冷硬的数字为多。

数字的好处是准确。美国太空人能从天外准准确确地归返地球,靠的是极精密的数学。但有些事物则不宜太求精确,太求精确的结果反会变为不切实际。例如,每当有人问,台湾或台北市人口多少,我就觉这问题无法用准确的数字回答,因为人口资料不是天天时时都有的。像有些为观光客印制的小册子上所记录的"1970年台北市人口1776819人",按理说,应加上一个"约"字才好,否则必须说明是1970年某月某日某时某分的人口是如此一个肯定的数字。因为一个都市的人口随时都有出生或死亡,卷入或卷出,如不加上一个确切的范围,就不能如此肯定地说是"1776819人"。如一定要说数字,也只好说是170多万,或许更合实际一些。

凡事求其精确肯定,是科学的态度;求其神似,掌握枢机,而不拘泥于数字、形貌与枝节,是文学的态度。以文学的立场来看,能用数字表达的东西总是有限。所以中国古代诗人即或偶尔用数字,也是尽量使它活动而不使它肯定。可以说是用数字来表达"非数字",以有数表达无数,以有限暗示无限。例如有些诗句,像:"曲终人不见,江上数峰青","过尽千帆皆不是","寸心千里目","帘外芭蕉三两窠","一个小园儿,两三亩地","七八个星天外,两三点雨山前","怕上层楼,十日九风雨","古来三五个英雄","白发空垂三千丈"以及"千山鸟飞绝,万径人踪灭"等等,所用数字都不代表数字本身确切的意义。"三两,七八"意味寥落,"十九"是言其经常,"三五"是形容少,也是活的。至于千里,千丈,千山,万径也只喻其多。"数峰"究竟是多少峰,随便你去设想。数字能够活用,才可烘托寥阔苍茫的无穷意境。

日本人曾说,中国是文学民族。这一形容似乎颇有道理。中国人日常对事物的想法和表现法,实在是文学而非科学的。这大概和我们数千年来所接受诗的教育有关吧?

买卖哲学

某天，和一位哲学教授谈到美国。这位先生用一句北平俗语给美国人下了个定义，说他们是"一群做买卖的"。

不用现代术语说"商业社会"而说"做买卖的"，听来不但格外灵活亲切，而且很直接地反映出我国历来对"商"的看法；不用多说，即可会心了。

因想到我两年前访美时，曾访问一家小小的影片公司，和该公司负责人谈了一些有关制片情况、电视和电影的前途等等之后，就谈到编剧人才的问题。我说，一部影集的好坏和编剧的关系最大。问他该公司的剧本都是什么人写的，顺便提到我在台湾也看到过他们所制作的电视影集，因为我的工作是写作与广播，所以对剧本的好坏格外注意。

我本是随便说说，毫无其他用意。岂料他听了之后，却立刻说："我知道你是一位作家，不过很可惜，我们这里从未请过外国人做编剧。"

我听了，不觉笑说："我并没有说要给你写剧本啊？"

他虽然也跟着我笑，但是由他的表情，我仍可看出他是将信将疑，总觉得我是想要在他公司插上一脚。尤其在我辞出以前，又特别找他要了几本剧集的脚本作为纪念，他一定更觉得我是想要卖点剧本给他了。

当时因为匆匆参观片场，也就没去多想。回来之后，却越想越觉得美国人对买卖的敏感，也越来越领悟到他们日常一定不断地接触到推销作品或推销商品的人们，于是习惯成自然，随时准备如何拒绝或如何摆脱，对方尚未开口，这边早已举起挡箭牌了。

从美国的电影与电视的故事中，也常可看到他们是怎样的自幼就练习如何去推销自己的才能。留美回来的人们说，在美国，最重要的是你得会"闯"，所谓"闯"，就是你得有勇气去推销自己。你不能坐在家里等人家来三顾茅庐，也不能谦谦辞辞，说"敝人才疏学浅，一切请多包涵，还请多多指教。"因为依照美国人的商业作风，你要说你"才疏学浅"，他会相信你真的才疏学浅，而决想不到你是"实心的麦穗"所以才"垂着头"。也不了解什么"满招损，谦受益"。因此，赴美走过一趟的朋友回来之后，也曾好心地劝我说："你不可再客客气气地说你近来什么也没做，而要说自己工作忙得推不开，这样才不会令人觉得你已投闲置散，没有苗头。"因为在美国，你必须有勇气自吹自擂，自己妆点繁华。正如我国旧式饭馆，要刀杓乱响，才显得生意兴隆。否则一旦人家发现你清锅冷灶，就不屑来光顾了。

我曾见过此地一位地主卖地。但见他一面和小户买主周旋，一面不断地有亲信走来报告某人已决定买下1万坪，又某人已决定买下5千坪。一方面使小户买主不好意思不以千坪为单位来购买，一方面坚定他的信心——既然有人上万坪地买，此地定然是风水绝佳了。其实该地既偏且远，土质又差，原不是很理想的地方，但看他推销有术，想来是不难脱手的了。

过去乡间卖估衣的，卖野药的，都得一面自卖自夸，一面制造生意兴隆的气氛，以招徕主顾。我相信，当初我们文化比较不悠久的时候，"非生意人"可能也曾盛行这种争先恐后的作风。但是到了后来，人们逐渐发现，用这种方法推销货物倒还无可厚非，但却不是一个绝对可靠的取士之道。因为，说自己好的，不见得他就真好。也许他是吹牛，也许他是所见不广，因此夜郎自大。而且后来慢慢发现，那些大言不惭、一味自夸的人士，多半不是学问浅薄，就是品格不高。相反的，那些真正有为有守的饱学之士，正因为所知所见甚多，了解学海无边，生也有涯，知也无涯的真理，而不屑吹嘘，以有别于走江湖卖野药者。也就因为如此，所以后来的有道明君，常须主动地礼贤下士，亲访硕彦，敦请他们出山，为国效力，以免那些真正的才俊变为在野的遗贤。

我相信，这是社会的一种进步，是文化的所由形成。对取士一事，采一种严格的甄审与观察，不仅听他说他有什么能力，而更看他如何说法，来判断他的品行。"学"与"行"并重，才是真正的贤能。

在我们的观念中，商品可以推销；道德学问经纶却不能以推销的方式出之。因为道德学问不是用来赚钱，而是用来济世的，所以在道德学问之外，还要有一份为金钱名位所买不动的志节。有志节，才不会见钱眼开，才不会贪赃枉法，才不会朝秦暮楚。由于重视这份志节，所以连带也歌颂一份由坚守这志节而导致的贫穷。为了坚守原则，所以富贵不能淫，贫贱不能移，威武不能屈。饿死事小，失节事大。一个人至高的品德，是不为一切金钱势利所动摇，是要能通得过金钱名位的诱惑与贫穷的考验，而坚守原则。于是，贫穷乃成为一种冠冕。有道的道士称贫道，诸葛亮自称山人，饱学之士自称贫儒。在我国传统的看法，有钱而无德是市侩，人人得而以金钱驱策之。无钱而有德则高不可攀，任何势利皆不能将他动摇。这是何等可贵的一套哲学！崇敬真才实学，随带崇敬一份安贫乐道、有所不为的风骨，不以财富论英雄，这是造成廉洁之风的主要力量。社会赖以安定，法理得以推行。

耻于谈钱，因此绝非造作。不以贫穷为耻，因此成为学问与道德的极峰。这岂是一味追求自我表现、处处攘臂而先、以金钱多寡来衡量一个人的成败的社会所可了解？

一个社会的特色常表现在人们日常用语中。美国人常用"what do you sell?"来表示质问一个人有何企图，也常用"I don't buy it."来表示他对一个人的意见不予采纳。

提供意见是"卖"，采纳别人的意见是"买"。充分显示一个商业社会的特色，一切的关系都是"买卖"，当然，一切的方式也都是商业的方式，一切的标准也都是商业的标准。谁最肯跟着"市场"跑，谁才最适于生存。既是商业，则一切有价。有价即可出钱购买，志节云乎哉？现在国际关系都跟着市场跑，公理正义又值几何呢？

美国有一本专供作家们参考的书叫《作家市场》(Writer's Market)。这本书厚达 700 多页，详列各书刊杂志和出版商的名称、地址、所需"货色"的性质及价格，以便作家去贩卖他们的作品。市场需要什么，你写什么。（在美国，从事文学艺术的也得靠经纪人去兴风作浪，把你"打"入市场，否则"红"不起来。）虽然说，我们现在的文章也是论字计酬，算是一种商品了，但相信大多数中国人对"作家市场"四字仍会觉得刺目。中国古代诗人文人最怕谈钱。陆游词中有句云："卖鱼生怕近城门。"连做渔父卖鱼都怕走近市廛，真不知怎样才能把他们"牵"进"作家市场"去了。

由于一切是商业行为，所以美国人从小就不得不急急忙忙地求表现，尽量设法迎合买主的要求，好把自己推进市场。谁闯得最勇敢，谁走在最前面。这不是比谁会，而是比谁敢。不是比谁最有品德，而是比谁最会看风色。

当然，这也有好处，美国人绝少胆小内向、畏缩不前的局促相。一切勇往直前，抢着做了再说，极适合这时代的速度。因此，几乎全世界都在急急忙忙地向美式作风看齐跟进。但是这种"buy and sell"的做事方式，在量的方面固然可以刺激生产与消费，制造物质上的繁荣；在质的方面和精神生活以及对人们的心理建设方面是否有益，则很难说了。说不定像人们对 DDT 的经验一样，用久以后，才会发现有副作用呢。

无为与不争

人们都说老子的哲学是消极的哲学,尤其教科书上谈到老子这一课,总是语焉不详地说:"老子主张清静无为。"于是大家就都以为他是真正无为的了。

其实,老子《道德经》中,不但未说过人要清静无为的话(他只说过"清静为天下正"),而且,他实际上是"有为"的。只是他的"有为",并非一般人那种不顾一切地正面争取,他的有为是从反面迂回而来的。换言之,他的"无为"几乎都是"有为"的手段;他的"不争"也正是他真正求胜的方法。

他说:"道常无为,而无不为。"

"道常无为"是说的无为,不错,但下面还接着"无不为",意思是,别看大道什么也不做,其实它什么都做了。我们不能断章取义地认为"无为就是无为"。

"清静为天下正"的上两句是"躁胜寒,静胜热",由于静能"胜"热,所以才用清静作为手段,能静观,才不会盲动,才可以找到天下之正理,看清世事演变的自然归趋,才能把握其枢机,少费力而多成果。

老子不但提倡"无为之为",而且主张"不争之争"。

人们也常以为"不争"是消极的,是要落伍的,是会没有成就的。

其实,"争"才会使人没有成就,才会落伍。"争"的场面是除了第一之外,其余的人都落伍;而不争的场面却是各安生理,各守岗位,埋头耕耘,不分心去争一日之短长,如是才能安心工作而凿井及泉。

"争"是大家在一条跑道上,朝着一个不一定有意义的目标,一窝蜂地去抢先而不顾其他。"不争"是随你们去抢，我只埋头做我的事。结果那些"争"的只得到了一些无用的锦旗；这不争的却种出了繁花，结出了盛果，收获了满仓满库。你说是争对，还是不争对呢？

关于争，老子书中多处提到，最好的句子是：

"上善若水，水善利万物而不争。"

不去争先恐后，不去舍本逐末。如水之就下，却能有利于万物。不但有利于万物，而且由于它肯"就下"，所以能深远、能广被、能无敌。

所以老子又说："江海所以能为百谷王者，以其善下之。"

水能浸淹百谷，不是因为它往上争，而是因为它善于就下，在低处去浸淹，声势才如此浩大无敌，"以其不争，故天下莫能与之争。"

就因为他不争，所以人家无从和他争起。正如一个人，他不参加竞赛，你就无从判断他不是第一，也无从判断他是第二或落选。又因为他不参加竞赛，人们既无从知道他的实力，也无从知道他的目标。不去防他，想争也无从争起。所以他能够安下心来，不声不响却积极地去做。等他的努力有了结果时，才真正一鸣惊人，远远地超在人家前面。又因为他不争，没有人嫉恨他，所以：

"以其不争，故无尤。"

试想，一个人如果能够做到没有人能防他，没有人能和他竞赛，也没有人因嫉恨他，怕他成功，而设法陷害他或阻挠他，他岂不是可以得到最大的而且真正的成功？

老子说："善为士者不武，善战者不怒，善胜敌者不与。""不与"就是不参加竞争。譬如战争，有些国家坐收渔利，就是占了"不与"的便宜。

老子的不争哲学的具体象征是"水"。"水"是他思想的标志。全部《道德经》中，用水来作譬喻的有多处。如上文所引用过的：

"上善若水，水善利万物而不争。"

"江海所以能为百谷王者,以其善下之。"

"天下莫柔于水,而攻坚强者莫之能胜。"

水代表柔弱与不争,也代表莫之能胜的广被与普及。

全部《道德经》几乎都是谈如何"有为",如何"取胜"的。

只是他了解,正面直接的为与争,都只是徒劳无功,足以把人导入歧途,使人离开岗位,忘记本分,增加人间怨尤。而一旦大家热心于"争",一定会鼓励奇技淫巧,虚伪夸大,投机哄抬,不务实际,忘却了根本的目的。届时,农不务农,士不为学,商不诚,工不实,一切乱了步骤,岂是社会之福?

老子的思想最可贵之处,是提醒人不要去盲目地一窝蜂地争先,而要各安生理。不要和别人争一日之短长,而要在自己的园地上安心地耕耘。

老子的哲学是以反面求正面,也以正面证反面。他以"无为而无不为"和"不争而善胜"去求得正面的效果,但在"无不为"与"善胜"之中,又蕴藏着"无为"和"隐退"的因子。因为老子知道"坚则毁矣,锐则挫矣",知道"持而盈之,不如其己,揣而锐之,不可长保,金玉满堂,莫之能守,富贵而骄,自遗其咎。"所以,"功遂身退"是"天之道"。

功遂身退,是老子哲学的更深一层。他知道何时当以退为进,何时当以不争为争,又何时当功遂身退,以使己身和事功"可以长保"。

单是不择手段地追求事功容易,单是消极地无所作为也容易。要在无为之中使它有为,而又能在有为之时,看似无为,才是最高的修养,也才是最具真理的"天之道"。

挤和抢的心理因素

台北市市长像教小学生一样地教市民排队，使他看来更像老师了。

人口200多万的大台北，是台湾的首善之区，现代化最早，建设最好；华洋杂处，风气开通，早已跻入国际大都市之林。不知怎的，市民却还不会排队，而要劳动市长来从头教起。

其实，细想起来，这也不算稀奇，电视上不是常常教观众"用肥皂洗手"吗？看了真觉得不懂，怎么？还有谁不知道洗手要用肥皂？可能就真是有人不知道，否则电视怎么会忽然如此地循循善诱起来呢？

一个国际大都市的居民，有钱住高楼大厦，坐豪华轿车，出入高级大饭店，一掷千金无吝色，所穿所戴，全是来路货，你问他哪一样高等事务不在行，偏就是不知道排队和用肥皂洗手，你说是不是奇怪？

有时我真怀疑电视上那句教人用肥皂洗手的话是在给肥皂做广告呢！

生活如此富裕，享用如此豪华的市民，竟然像连小学都没上过一样不知道排队，岂不是咄咄怪事？

直到现在，市长早已提出这市民的第一课了，还有高级知识分子振振有词地说："上公共汽车怎么能排队？车少嘛！你不挤，永远到不了家，非多派车子不可！市政府不管公车处，只管让市民排队，真是岂有此理。"

这使我想到几年前，某大学的校长也说过这么一句类似的话，他为自己的学生辩解说，他们上车不排队是因为车太少。大概他觉得市政府应该派给他们学生每人一辆才算"不少"。只是他不知道，即使每个学生都由市政府派给一辆车，不排队还是不排队，而乘车不排队比人不排队更可怕！情况更糟！

果然，市长也防到这一招，赶紧争取先鞭，在学校要求每个学生派一辆车以免他们上公车不排队之前，市长提出了"车辆也得排队"。

唉！难怪学生上完了大学，走入社会之后，仍然持"排队到不了家"的论调。大概依照这些高等市民的看法，那些虽然先来，却挤不上公车的人是活该到不了家的了。

这岂不是强权世界了吗？

"挤"的教育造成了"挤"的人生观；"抢"的教育造成了"抢"的人生观；"争"的教育造成"争"的人生观。

那"揖让而升"、"先后有序"的教育呢？落伍了！因为你揖让，别人就老是不客气地"而升"；自己就觉得"被骗"了。

从小学到大学，虽然老早就学过排队，但那只适用于上体育课的时候，而互不相让的教育却是在每一堂课里。一分半分、零点几分之差，不但判定名次，而且判定荣辱，还判定分入"好班"与"坏班"，还判定老师的考绩、学校的升学率、个人的升入第一志愿或最末志愿，进而关系到大众传播工具热烈"报榜"时，"扬名声，显父母"的机会。同窗之谊吗？你如多了半分而把我挤出了台大，我怎么办？你不会的功课，我也把你教会，我怎么办？连锁性的荣辱观念，造成"抢"的人生观。

其实，升学有什么"第一志愿"不"第一志愿"？哪一个志愿应该算是"大家"的"第一志愿"？既云志愿，又有什么第一、第二，以至于第九十几个志愿？所谓志，应该是"匹夫不可夺志也"的坚定不移，应该是舍此之外，别无他顾的执著。岂有"这个不行，就退而求其次"的妥协而还能称之为"志愿"的？而我们现在的青年偏就是要在升大学的时候，填上90多个"志愿"。你说大家肯"退而求其次"，不坚持志愿，倒也罢了，偏偏报纸电视还要推波助澜地报榜，还要强调谁达到了多少分数的"录取标准"，而分到了"第一志愿"，做了状元；谁又只达到了多少分数的最低录取标准,而分到了"最末志愿"。

学校又有什么"第一志愿"的学校和"最末志愿"的学校?谁有权排定学校的等级?但大家就由于"榜"是如此的发法,而使每年的升学公开赛,成为大家"抢志愿"、"抢光荣"、"抢位子"的大赛。为了这场大赛,从小就得学"抢"。

升学既然是这样一路"抢"上来的过程,你又如何让学生忽然懂得有些时候还应该有先来后到?

有些人并不想读那"分数最高才能进来"的最高学府,但只为了"抢"这公开赛之"先",不愿被人认为只能考进分数少的最末志愿,而违背了自己的真正志愿。

这是一个使大家认为"抢到前面就是成功"的时代,你让他上公车不抢,怎么会不难受?

不肯排队的"心态",除了"会抢"是光荣之外,"怕别人抢"而使自己变成"守秩序的呆瓜"也是其一。与其排了半天,还是被别人抢了过去,不如还是不排。反正凭钻营取巧,弱肉强食,可以立见速效。在这方面练就功夫也就行了。

这种心态,演变到走入社会之后,就也是不循正当途径而巧取豪夺。"守法是呆瓜"的哲学暗地里在人们心中生根。

至于说,排队的时候,人和人之间究竟要不要留个空间,有人说美国因为地方大,所以个人与个人之间的心理距离也大,站在一起说话的时候,你走进一步,他退后一步,一定要保持"安全距离",所以不习惯"挤",排队的时候前后总会留点距离。其实,这也是"想当然耳"的说法。我就见过有位美国人,你和他说话的时候是"你退一步,他进一步",他个子又高,使你近到只能看见他的领带末梢,而他还是不了解你为什么要一直往后退。因此,这是习性使然。只是如讲空间的立体平衡,倒也不能不说个子高的人会在下意识里觉得脚下应该多留几尺空间,以便和他的高度取得平衡就是了。

以我的想法，在排队的时候，前后密集、不留余地的习惯，还是由于一种"怕别人插队"的心理而来。事实也是如此，为了争先而"有缝就钻"是"挤"的必然现象。你排队的时候，不和前面的人挤紧，就难免会有人假装迷糊地插队进来，等你问他的时候，还会怪你"你们不排好，我怎么知道后面还有人？"

不肯排队的紧张心理，正是由于不排队所造成。换句话说，如果一开始大家就得排队，就不会由于"怕别人插队抢先"而索性先下手为强。

美国在台协会成立之后，旅行服务组首先把要办签证赴美的申请表编号，然后每天发300个号码，大牌名医看病似的，多了不看。大家既然知道对方反正是按号码叫，也就没什么可挤的了。不像我所去过的一家牙科医院，所有的病人都是医生的熟人，不发号码，大家坐在那里，只等护士小姐想到叫谁就叫谁，你根本不知道自己在什么时候才可以被叫到。只见有时后来的反而先进去了，有坐了一阵等不到叫他，就直接去向护士打个招呼，也进去了。于是候诊的人们都很紧张。每个人都伺机而动，每个人也都对其他候诊者仇视戒备，因为你不知道他会忽然用什么方法抢先进去，而你说不定会由于不懂门路而永远在那里等。这种由于不按先后顺序，只靠夤缘际会的施诊办法而引起的人们心理上的焦虑、紧张、戒备与忿恨不平，可以说是一切"不排队"的地方的人们的心态。它之能造成人们心胸狭窄、仇视环境、自私自利、钻门路、走捷径的生活习惯，如果不去深想，是不会发觉它居然会有如此深远的影响的。

我们还要说"不排队的影响是因为车少"和"不排队永远到不了家"吗？还是会挤的人都到了家，留下不会挤的人在那儿傻等就是公道呢？

假如你自己是那个老早就来了，可是没有力气挤的呢？你有没有想过？

机器时代

看着报上那位妇女一只左手整个被绞肉机卷进去的照片，觉得整个的心都停止了跳动，太惨了！

报上说，这是因为本地产品做得不合标准，不够安全，才屡次发生这样的意外。

我没有仔细看过绞肉机的结构，不知它们究竟不安全到什么程度。但我知道，任何机器都有它不安全的地方，因此必须小心而正确地使用。我常发现，我们中国人在使用机器以及家庭电气用品的时候，都有点过分的大而化之，仿佛大家不觉得它们有任何危险成分存在。

就拿简单的电插头来说，许多人都随随便便，用湿漉漉的手拿起插头就往插座上一按，而丝毫不以为那是容易触电的。洗衣机在开动的时候，也会伸手下去搅一搅里面的衣服，一点也不想到那是会有危险的。电扇正在转动的时候，伸手去推扇叶外层的网罩，以调整方向，而很少想到那样也会绞到手指。女孩子们留着长长的头发，在经过电扇的时候，也很少戒备，有人索性凑到近旁去吹干，以致发生过被扇叶把头发卷住，连头皮也扯了下来的惨事。

近年来，由于制造技术进步，一切电气用品的安全程度确是比以前大为增高，相对的，却减少了人们对这些用具的戒心。当初人们刚刚开始有电气用品的时候，大家对一个插头的使用都是谨慎的，连换个灯泡都要看看自己是否站在不会导电的地方。事实上，电气用品的制造技术无论多么进步，它们的危险性也还是存在的，其他一切有马达的用具也是一样。

当然，这不能只怪用的人粗心大意。制造厂商在提醒用户的使用方法上，也应有详细的提醒与指引。

在这点上，我们不得不承认美国厂商的做法值得称赞。

当你买到一件美制的电气用品的时候，打开说明书，逐条看过之后，你也许会觉得可笑。因为他们那种过分细心的指导，好像是把每一个顾客都当成无知的乡巴佬或幼稚的小孩。连怎样把用品从纸箱中取出来，怎样把最简单的附件装上去，都要详详细细地写出来。如果你买的是一个冰箱，它会一条一条地告诉你，怎样用插头，怎样清洗，怎样把内中的抽屉、铁架取出，又怎样安回去，看得你头昏目眩，以为是多么复杂。等真正动手使用的时候，却发现简单得很。冰箱固然是如此，小小的一个开罐器所附的说明书也会使你像要解一题数学一样，逐字逐句地去了解一番。等真正使用的时候，却又发现它轻而易举，根本无需如此这般的"小题大作"。

曾买过一条美国制的小小电毯，是为了热敷用的。那么简单的一件东西，说明书上也洋洋洒洒，列了十几条使用守则。包括不能折叠，不可睡在上面，不可提着电线移动它；在停止使用时，不可只关掉它本身的开关，而要把插头拿掉，等等。其实在一般人看来，它唯一的枢纽只不过是一个开关而已。按下去，它就可以使用，用完后，把它再按上来，就可无事。而且它的绝缘配备又那么完善，何必如此小心翼翼。

其实，美国厂商的"小题大作"就是为了安全。他们把每一个使用者都当作毫无常识的愚民，而要从最起码的地方教起。事实也是如此，一件货品的主顾是包括了各色人等，有人常识够，有人常识不够；有人仔细，有人粗心。厂商把所有一切使用的方法和应守的安全要则都详详细细地开列出来，一方面是表示负责；一方面却也是为了给自己先留下一个余地——把一切可能发生危险的、错误的使用方法都已详细列举在说明书上了。如果你还是出了危险，那就莫怪我不曾提醒你，谁让你不小心遵守说明书上的提示呢?

因使用机器不慎而造成的惨剧,在我记忆中,印象最深刻的一件事是一位碱厂工人被机器卷入直贯10层楼的大型马达的皮带,就那样黏在皮带上,在10层楼之间转上又转下,无人能够施救。

机器伤人,实在不能全怪机器。它们的作用远超过人的力量,这是人类当初发明机器时所赋予机器的一项威力,以补人力之不足。要慎用它们,才能有利;如果不慎,机器却是无情的。

家庭电气化是现代人最大的福祉。但每一件电器都有它或大或小的危险性。使用时,如果掉以轻心,就会使家庭中危机四伏。为制造厂商设想,在产品的使用说明书上,要详加说明应该注意小心之处,即使有危言耸听的嫌疑,也比出事之后再让人说"不合标准"的好。

前厢有耳

当你坐计程车的时候,有没有注意到前面坐着一位司机?

前些时候,报上刊出一则新闻。说是有两位太太深夜打完麻将,坐计程车回家,一路大谈牌经,引起司机先生的反感,把她们开到公园,请她们反省一番。

虽然在法律观点来看,这位司机犯了妨害自由之罪,也违背了职业道德,其行为不可原谅。但是,在这两位太太本身来说,似乎也不能不说咎由自取。自己打麻将,废弛家务倒也罢了,不该在计程车上高谈阔论牌风手气,谁输谁赢,如果她们端端庄庄地坐在车上,即使谈到当晚牌戏,也仅点到为止,注意到前面有位局外人在座,大概也就不会由于"旁若无人"而激起司机先生的义愤了。

事实上,坐计程车的人们都很少意识到前面坐着一位素不相识的司机,而他会很清楚地听到后座客人的谈话。

我曾问过几位司机,是否觉得经由这个行业而得来的生活经验也很可贵?他们多半是笑着说:"值得写好几本书了。"

根据他们的经验,听到后座讲牌经的,算是最平常的事了。讲牌经的人们,除了惋惜没"和"出来的,生气打错了牌的,抱怨上下家的等等之外,多半是骂自己那些牌搭子,骂得好像不共戴天,但司机们心中难免暗笑:"骂归骂,下回还是会凑在一起去打。"

除了谈牌经的之外,最多的是骂与自己相关的人的。同事、同行、邻居、朋友、家人亲戚等等是非恩怨。包括谁走红、谁得宠、谁貌慈心诈、谁不通人情,以及自己是如何的清白与正直。

还有谈生意经的，股票行情如何，金钞价格怎样，房地产要不要买，进出口好不好做。

也有谈出国定居的，包括某某人在外面苦不堪言，某某人在外面发财致富，某某人何必去，某某人早想走。

还有谈如何利用职权去搞钱的。关于这一类，司机先生说："他们完全忘了前面还坐着一个'大活人'。"

我说："你为什么不去检举？"

司机先生倒很稳重，说："我们这一行，也有职业道德。人家既然对我们毫无戒备，我们也就应该只当没听见。人家没把我们当个有耳朵的人，那是信任我们。"

一席话使我想到医生和护士们也有这么一种必守的职业道德。他们不但对病人的病历有不随便外泄的守则，在给病人动手术时，病人在麻醉之中如有任何胡言乱语，尽管那可能都是"醉后吐真言"，医生和护士都必须"只当没听见"，绝对不给他们往外传扬。

计程车司机能自动地遵守这么一项不成文的守则，使我们对他们兴起一种敬佩之情。虽然他们自己承诺，他们如此"置身事外"，最大的理由是没时间去给自己找麻烦："有这个功夫，还不如多跑几趟生意呢！"但是，我们仍然可以想象，做他们这一行，能在一天十几小时不断地"旁听"人间百态而不去理会，也实在算得上是有修养、能自律的了。

倒是身为乘客的人们，不能不正视前座坐着一位会听到你们谈话、也会看到你们动作的"人"。无论是谈牌经，还是诋毁别人，表扬自己，或谈怎样致富，如何搞钱，以至于谈情说爱，表演亲热镜头，前面的人都无可避免地要看到或听到。如果你并不是故意要把自己心中私秘或自己人格上的弱点，向不相干的第二者大事宣扬，那就还是庄重沉稳一点的好。我觉得尤其是女人，有时三四位女乘客坐在一个周围不及五尺见方的空间里，争着用最高频率谈笑，实在会使司机不胜其吵闹喧嚣，而且也一定会分散了他开车时的注意力。

何况，天涯若比邻，台湾地方本来就不大，更是"人生何处不相逢"。我就常有这种经验，上得车来，只一句话，司机就回过头来，上下打量我一阵，然后问："你是不是在电台做事的？"

那时，我就会蓦然警觉到自己幸亏没有蓬头垢面。

作家王怡之女士有一天和我一同坐车，到了目的地，司机坚决不肯收钱，说："王教授，我是您的学生。"原来这位年轻司机大学毕业之后，加入了这最自由的一行。我也遇到过教了几年国中、而后改业开计程车的久未谋面的朋友。大家发现之后，相谈甚欢。

人生是个大舞台，这句话确是不错。我们不但一生都在扮演悲欢离合的角色给自己看，而且这角色随时也会有些观众。坐在计程车上的时候，那"观众"虽然不声不响，却是最有机会看到你的真实面貌与内在人品的一个。当你与同车者高谈阔论的时候，就正是你在毫无戒备的情况下为他"上演"的时候。想想看，坐在计程车上，怎可旁若无人地"乱嗑一通"呢？

钱的代沟

如果你问,年轻一代和上一代的生活态度有什么最大的不同,我会回答你说:

"年轻一代相信开源,上一代的相信节流。"

相信开源的年轻一代,花钱很勇敢,因为他们知道,唯有花钱才可以赚钱。

年长的一代花钱很小心,因为他们总记得"一粥一饭当思来处不易,半丝半缕恒念物力维艰"。

年轻一代把买东西的包装纸、塑胶袋立刻扔掉,免得给蟑螂老鼠做窝。

年长一代把每一个纸袋都折好存着,连绳子和橡皮筋都一条一条存放整齐,以备不时之需。

年轻一代打开冰箱,如有果汁就决不喝白开水。

年长一代把果汁存在冰箱,存到罐子都生锈了,还舍不得喝,说是"留着招待客人"。

年轻一代如果手上有3万块钱,他会再去东找西凑,凑成10万块,买部车子来开,因为他们相信车子可以帮他们缩短本钱与盈利之间的距离,把钱留在手上只会贬值。

年长一代如果手上有3万块钱,他会把它存在银行去生息,或买些金条来保值。因为他们还是相信,现款和黄金比较真实。

年轻一代把买来的东西立刻用掉,因为他们相信以后还会有更好的产品应市。

年长一代把买来的东西存在壁橱里，因为他们相信家里东西存得越多，才越是"富裕"。

年轻一代喜欢买新产品，因为他们相信科技是一天比一天进步，今年的一定比去年的多些优点。

年长一代喜欢老牌子，因为他们觉得老牌子才是经得起时间考验的货真价实。

年轻一代把能用的赶快用掉，把不用的赶快扔掉，好使家里宽敞清爽。

年长一代把能用的省着用，把不用的存着，以为可以留给子孙用。

年轻一代不怕借钱，因为他们知道货币不断地在贬值，借钱无论做什么生意都合算，越有钱的人越懂得借债。

年长一代就怕负债，因为他们总觉得唯有穷人才去找人家借钱。

于是，常见一家中的年轻人，一有机会就往外扔东西，老人家一看见，就往回捡。

年轻人把老人家买回来的东西卖掉，因为"这东西已经增值。趁着它还没被新产品所取代，卖了以后，可以用这钱再去买更可增值的东西"。

老人家把10年前的电视机还当宝贝地爱惜，眼看着年轻人把他从国外带回来而老舍不得用的彩色 Zenith 卖掉，把 Nikon 也卖掉，去买录影机。而这录影机买回来之后，也不会长久存留，不久还是会趁着有好价钱的时候卖掉，去买另外的什么新产品。

老人家珍藏东西是为了省钱。年轻人不珍藏东西是为了货畅其流，可以赚钱。

老人家不舍得买东西是为了省钱。

年轻人舍得买东西是为了可以赚钱。

东西在年轻人心中既没有保存价值，也没有感情价值，它只有钱的价值。

东西在老人家心中既有保存价值，也有感情价值，他们不大想把有感情的东西拿去换钱。

于是，老一代的生活过得形同一潭止水，一切杂物都聚在那里而缺少流通。

年轻一代的生活过得如同下山的急流，响亮奔腾，却一切都是过眼云烟。有时候，我会发现，年轻人为了太会运用金钱，而需要更多的金钱去运用，总免不了要向上一代商量借贷。又因为他们太会借贷，而总是背着一大堆债务和利息，不断地要四下张罗轧头寸，好到处去偿还。

老一代，1万块钱可以过两个月。如有急需，银行总还有点存款，手上的金镯子也可以换钱。家里有的是日积月累存下来的肥皂、牙膏、洗洁剂、被套与床单，还有世代相传的丸散膏丹等等成药来为自己保健。使那些如同热锅蚂蚁般不断地用钱买东西，再不断地把东西变钱，不断地借钱，又不断地赚钱还债的子孙们觉得奇怪，怎么人的生活可以那样的简单？

就业新观念

不久以前,私立实践家政专科学校找我去和应届毕业同学谈谈婚姻与就业的问题。途中有同学问我:

"如今大专毕业生这么多,如何才能解决求职的困难呢?"

我想,求职的困难不是大专毕业生多不多的问题,因为非大专毕业的人们也一样的要求职。这是整个社会供需的问题。人浮于事,求职自然困难。

但这并不是说,就业的问题就真没有办法解决。我认为,在求职困难的情形之下,大家应该重新建立一种观念。这新的观念是——不再完全沿袭过去那种拿着履历片到既有的行业去应征的求职办法。拿着履历片去应征只是求职的办法之一,另外一种新观念是,自己主动地看社会的需要,配合自己的能力,来创造工作的机会。

事实上,近年以来,由于工商业繁荣与生活水准提高,已经源源不断地出现了许多新的行业。最明显的例子是由于"住"的进步而促成的新行业,如室内设计就是应运而生的赚钱行业之一。由于新建筑物的大量增加及民间财力的雄厚,大家对居住的环境要求美化,因而求助于对这方面有专长的人,配合房屋形式与个人需要予以适当的设计。由于住的进步,附带也促使了家庭用品业的日新又新。而这方面也大量地需要设计者和技术人才。近年来由于新建筑逐步淘汰旧房屋,搬家公司也成了热门的一行,附带也有了清洁公司和维护社区安全的行业。

食的方面也有人看出社会的需要,为办公的人们设计了营养饭盒,帮助他们解决午餐的问题。超级市场逐渐取代了旧式的市场,为住户们做更多也更现代化的服务。环绕着超级市场的"卫星"行业也如雨后春笋，提供罐装的食品、配好的菜与作料、袋装的面条、分装好了的礼品都纷纷上市。果汁和各种饮料也大量地出现，附带也带动了厨房用具的革新，新式的菜板、新式的洗碗架、新式的开瓶器、新式的茶杯架等等也相继出现。这都说明了有些人别出心裁，设计了新的产品。新的设计与构想是另一形式的投资，与金钱的投资配合运用，可以成为推动社会进步的一份主要力量。

成衣业的发达不但使衣服缝制业者有了新的就业机会，也使售卖成衣的商店和摊位大量地出现，而且生意鼎盛。服装设计及时装表演和模特儿都成为现代生活中具有吸引力的新工作。

由于工商业的发达，才有了翻译社、代打文字及影印的服务和论次计酬的记帐。女秘书训练班也应运而生。

观光事业的发达使导游成为一项时髦的工作，附带也使语文进修班的生意兴隆。为应观光客的需要，各种手工艺品纷纷上市。有艺术才能的人们只要肯动脑筋，设计新的艺品，也不愁没有人来投资。

近来，由于观光客大量的增加，观光饭店有供不应求之势。但是报载，由于观光饭店投资太大，开支又多，使有资本的人裹足不前。在这种情形之下，已有一些设备良好的大厦兼营了出租套房的生意，为较长期停留的旅客服务。想象在不久的将来，可能会像欧洲一样，每年到了观光季，一般有余屋的住户也可以提供房屋给观光客，形成另一种租赁的方式。

这种种都说明了由于社会的繁荣和生活方式的改变，许多前所未有的行业都可应运而生，使我们的观念由求职可以转变为创业。有钱固然比较容易创业，没钱而有技术，或肯出劳力，也一样可以创业。先从小处做起，迅速起家的实例，有目共睹。例如：由于新社区的大量增加，水电行与食品店、果菜摊一直供不应求，成为最迅速简易的生财之道。

水电行需要的只是技术，食品店和果菜摊需要很少的资本，只要你肯付出劳力，就不难发展起来。

现代社会，男人和女人都出外工作，小家庭缺少帮手，佣人又日益难求。家专既然是第一流的家政人才，除了可以把每个人自己的"家庭王国"治理得井井有条之外，如想进一步学以致用，有所发挥，也大可在这方面应社会的亟需。例如，集合起来创办"现代家事公司"之类，分设各住宅区，提供价廉物美的营养餐点；利用所学的高级育婴知识提供居民婴儿保育的服务，兼可顺便给护校毕业生提供照顾病人或老年人的工作机会。

目前学校教育常有学而不能致用和无法顾到儿童个别天赋的缺点。现在有私人教授室内设计的，由于社会需要，不愁无人登门求教。音乐或美术方面，虽然多年以来，都有私人开班招收学生，但仍只限于技能的传授。如果能把培植天才、造就名家的观念改变为一种普遍的美育，使儿童借此得到性灵的陶冶，附带也发掘一些天才，加以培养，就可把这类只属少数人的学习环境扩大为可供人涵泳其间的课余的教育。不但是很有价值的创业，而且为社会国家也贡献了力量。

新式的家庭除室内设计之外，更需要花卉、树木来使庭园美化。大学或专科园艺科系的毕业生只要动动脑筋，也不愁没有创业的机会。例如，定期到各住户去插花或维护庭园与盆景，开设这方面的讲习班，出版有关花卉及庭园设计的刊物等等。以往这些工作都由私人零星来做，引不起广大社会的注意。如果把它们企业化，加以组织，使它有固定的地点，有系统的作业，现代化的管理；用有效的方法与社会联络，使一般大众有兴趣来采用，一定不愁没有发展。这些想法如果能够实现，不但自己不必仰人鼻息去求职，还可以进一步给社会大众提供许多就业的机会，岂不是一举数得？

资讯时代的小孩

最近，我有机会和一个3岁娃娃做朋友。

这个娃娃聪明活泼，蹦蹦跳跳，手脚不停，我为了要使她安静一点，开始教她说歌谣。把什么"金银花，十二朵"，"三岁娃娃穿新鞋"之类，都从记忆中搬出来传授。她一面学，一面仍然是手脚不停地东摸摸、西弄弄，不很专心。等我教"三轮车，跑得快"教到"要五毛，给一块，你说奇怪不奇怪"的时候，她索性不跟着我说了，站起身来，把双臂往上一扬，说：

"那当然奇怪罗！要五毛，给一块，那当然奇怪罗！"

一面说，一面跑到电唱机旁边开唱片去了。

新一代的幼儿不再甘于跟着前人的脚印走。他们似乎从很小就有了一种独立思辨的能力，而且常识丰富，出乎你的想象。他们饱受现代科技文明的熏陶，从小生长在科技环绕之中，过的是按钮生涯，看的是电视，听的是广播，坐的是汽车，搭的是电梯。成天耳目所接，在我们看来，是光怪陆离，无奇不有，在他们看来，世界却就是如此的天造地设，理所当然。所以，3岁娃娃并不在意自己穿不穿新鞋，而比较热心去开各式的电钮，他们非常熟悉电视节目的顺序和热门节目的名称。五言、七言的电视剧名朗朗上口，她要看"花好春常在"，要看"小人物狂想曲"。刚随着大人看了一次"中国人"，下次一听"阳明春晓"，立刻高呼"快来看中国人！"刚听了一次"春之声"带出来的"维也纳时间"，下次时间一到，立刻去开电钮，"来听维也纳！"朋友穿了一双运动鞋到她家玩，她把那鞋带拆开，再系上，研究了一阵，说"你这是爱迪达"。一点也不错！她自己也立刻向你解释，"电视上有"。

这样的小孩，你把她当老师都来不及，怎么还能教她跟着你走？难怪她觉得"要五毛，给一块"不值一笑，而要"藐"你，"连这还要问我？"说声"那当然奇怪罗！"去玩她的"电动玩具"电唱机去了。等闲的玩具也因此满足不了他们。他们拿到玩具，多半是先翻来覆去地看个仔细，然后把它拆了，研究它的所以然。原子笔更是他们成天拆拆装装的小技艺，不足挂齿。

曾有很多人预言，未来世界的人类将是一些"科学怪人"，思想路线与行为方式都将大为走样。我想也是这样的。他们从一降生，就接受的是"立体教育"。他们所受的教育早已不单是来自父母的言教或身教，而是来自四面八方的"资讯"的袭击。父母的言教变成最脆弱贫乏、最无力的一环。因为不但忙碌的父母无暇整天向他们施教，而且父母的教育和那些有声、有色、有形貌、有动作、有故事、有场景的电视相比，实在是没有什么吸引力和感染力，除非父母能够像演员，用丰富的情节来"播出"，或许才可以对小孩产生一些吸引力，来与电视抗衡。否则，父母那平淡的"情节"，又怎能让孩子"按时观赏"，而且留下深刻的印象？

以前，我一直很推崇华德·狄斯耐制作的"伦理影片"，但看了这一代的小孩，我开始有点怀疑，是不是连这样的影片对他们来说，都嫌太淡了？他们会不会一语道破米老鼠根本是假的？会不会告诉你，根本不会有白雪公主与睡美人……这种"小孩比大人更为实际"的情况，已经形成。赖金男教授曾经写过一篇文章，说他家的电视机不灵了，他手忙脚乱地整了老半天，劳而无功。5岁的儿子走过来，三下两下，动了几个电钮，就弄好了。赖教授说，"因为他们从出生就和这些机器活在一起，我们是到几十岁之后，才看到这种东西的。"

这话听来，似乎不合逻辑，因为按时间来说，我们和电视相处的年月不比一个三五岁的小孩短。但人和环境中的事物熟悉的程度会因开始的年龄迟早而有很大的不同。每一个人儿时所接触过的东西都是更为亲近的,所受的影响与习染也更为深远。我们这一代会永远记得"小桥流水,古屋丛花"的乡村景色。这代的小孩,即使你有机会把他们带去乡下,他们也必定觉得那只是生活中的一个片段而已。织在他们生命中的将是屋里的电视节目,屋外的霓虹广告世界,如潮的车阵,迅捷的交通,各处的电脑作业,以至于太空时代的各种庞大而精确的数目字。

未来世界的人类将很难再用欣赏的眼光来看这世界,生活内容使他们从一降生,就接受"实用"与"精确"。童谣里的"要五毛,给一块",是既不实用,又不精确,小孩一按电算机,长列的加减乘除立刻涌现,不允许人们对数目字"大而化之"。将来,他们要做的是这些复杂机器的主人,现在,各种机器是他们的老师。农历新年快要到了。以前的小孩,从一个月以前就快乐地盼着"新年到,叮叮咚咚放花炮,穿新衣,戴新帽,嘻嘻哈哈多热闹"的年景;如今,这年景很显然地是不再那么被孩子所重视了。你给他买个能开上马路的小汽车,让他自己驾驶,去北海岸一周,露个营,还差不多!

而他们露营的乐趣,也将不再是欣赏大自然。他们是把车子里装满了各种现代设备——照相机、录影机、收录音机……去享受自己操纵机器之乐。

我看婚前难题

几个月来，妇女杂志和家庭协谈中心正在举办一系列的演讲与座谈，想为未婚男女解决"婚前十大难题"。

我不知道究竟这十大难题是否可以经由这十次座谈而获得解决，但依我看，婚姻实在是一件碰运气的事，绝少人是高举某些原则、某些标准，打着灯笼去找合乎这些原则与标准的结婚对象，而居然被他找到。大多数人是事到临头，忽然就把一切原则与标准放在了一旁，既然要结婚，那么，就是他吧！

放眼四顾，人们的婚姻多半带着几分"没原则"的色彩。只是有些人是因为爱情冲昏了头而放弃原则；有人是事实或环境凑成了非得结婚不可的情况，而"管它原则不原则"；有些人是历尽沧桑，深知世事不过如此，无法尽如人意，与其一再蹉跎，浪费时光与精神，不如"只要大体过得去，就安定下来算啦"！

这几种情况之中，最令人觉得羡慕的，大概还是"爱情冲昏了头"的那些。因为其中至少还占了一份"爱"的优势。但真正在爱情打先锋、一切在所不计的情形之下，客观情势却又不见得合乎原则与标准，甚至完全违反了原则与标准，因此，别人反而认为，在这时必须搬出理智来击退这种过分的爱情。

由此看来，人，实在生来就是会自相矛盾的动物，你说爱情重要吗？到时候，却会发现，它最容易远离了一切客观的认可。那么，就凭理智，按照客观条件，打着灯笼去找吗？婚姻可又不是买卖。真要是以理智的选择为准，那就根本不适合经由恋爱去寻找结婚的对象，而不如仍凭父母之命，倒还客观些。因为恋爱的本身就是一种迷惑，你让人一面恋爱，一面要拿出充分的理智，那就等于一面想把一壶水烧开，一面不断地加冷水。那么，这壶水永远烧不开的话，恋爱又如何能到达"沸点"，而居然"胆敢"结婚呢？

指导未婚男女如何去选择对象，这件事的本身就得先不要把恋爱计算在内。因为一旦把恋爱作为大前提的话，其他一切的准则届时就很难发生作用，而人们又不甘心迁就没有爱情的婚姻。尽管说，这世界上不经过恋爱而成为婚姻的事实到处都是，我们却不能因为要强调客观条件的重要而否定了爱情。

在这样的矛盾之中，来寻找求偶原则，不是流于空谈，就是否定了爱情这重要的基础。只是人们不会因为找不到适当的求偶原则而就不结婚罢了。

在我看来，结婚只是一件需要勇气的事。尤其在已经不要父母之命、媒妁之言的现代，你要当事人凭着未经世故的眼力，或凭着燃烧起来的热情，去做百分之百合乎客观标准的合理的选择，无异是缘木求鱼。台湾的一部分年轻人之所以受完了高等教育，而还要在恋爱与结婚这样的个人问题上寻寻觅觅，遍访专家与学者，希求得到指引，实在是一件令人同情的事。我很希望告诉他们：一个人既已成年，对恋爱与婚姻这件事所需的不该再是指引，而是一些勇气与担当。

两个人结为夫妇，共度一生，这件事的本身就带着几分冒险。因此，不要因为"婚后如何，不能预卜"而过分地迟疑畏缩。婚后的幸福只有一部分建立在婚前的选择，大部分是要靠婚后的适应。只要这"冒险"不影响任何第三者，那就应当相信"幸福掌握在你自己手中"，全凭日后你自己怎样去耕耘。

至于说，由于自己生活环境的关系，或性情太过内向的缘故，而无从找到结婚对象的人们所面临的问题，那就不是"十大难题"，而是"一大"难题；所需要的不但是另外一系列的座谈来作指引，而且需要实际安排社交活动。在这方面有专长与抱负的社会工作者是否也在准备提供这项更有补实际的服务呢？

时髦的问题

经常有大学找我去演讲或参加座谈，内容除一部分是谈散文或人生问题之外，多数都希望我谈谈"性、爱与婚姻"这个实际的问题。

说实在话，在起初，我觉得现今大学生对这个问题如此关心与如此困惑，是很令我不解的事。因为在我们那个年代，这问题所包括的3件事，在我们看来，都并不构成值得讨论的问题。

我曾在为年轻作家宋晶宜小姐的新书所写的序文中说："我们那个时代是一个凄伤而浪漫的时代。"连年的战争，内忧外患交相煎迫之下的我们，内心充满着责任感、挣脱力与创造欲。我们自觉肩负着使国家生存下去的使命，满怀是革旧创新的热情。我们从一个沉睡的世界，投入了一个大动乱的局面，我们从一个一切道德皆遵循旧标准的时代，努力创造一个一切道德皆遵循"新"标准的时代。在"性、爱与婚姻"上，我们心中没有什么疑惑。

我们当时的新标准很明确。

对于性：我们是断然主张"不逾矩"的。因为一来，我们认为旧道德虽然应当革除，但它的力量仍然根深蒂固，没有人"新"到认为这件事是应当随便的。二来，我们那时代，在感情上是非常浪漫的、形而上的，是非常崇服精神而不重视肉体的。恋爱是一首诗，一首歌，是花前月下的互诉衷曲。大家认为，唯有这样的爱，才是真正彼此尊重的、高格调的爱。如果一旦有人"及于乱"，这"爱"便贬值了。没有人用任何的借口来试图承认"性即是爱"。大家一致公认，"只有婚后才谈得到性"。

由于有这样一项无形但有力的认定，所以那时的恋爱是美好而单纯的，是不会被"性"所破坏而失去了它的诗情画意的。也因此，当时的婚姻也得以不受到婚前性问题的干扰与污染。

人们常以为时代是进步的，观念的革新是应当有助于人类幸福的。但在"性、爱与婚姻"这问题上来说，我觉得，我们的时代是退步了。观念上所谓的革新反而使价值混淆，使人们变得莫衷一是，而婚姻的幸福受到了破坏，恋爱的美景也扭曲了。这是很不幸的。而这不幸的所由来，可能要归咎于下列几种原因：

一、性开放的时髦论调，动摇了人们对"性"的道德观，撤走了人们对"性"的戒心，却把人们暴露在不安全的状态之下。人们一方面以"性开放"为时髦，不敢抱定固有的道德观念，以避免被人讥为保守；但事实上，性开放所带来的精神上的堕落感，与肉体上的伤害（包括纵欲与性病），以及女方怀孕之后的严重后果，男方不敢负责、不想负责、无法负责的懦弱，给自己带来人格上的暧昧与苟且的卑怯感，都使"性"之一字充满了罪恶。提倡性开放的人，原以为如此是要把它"化暗为明"地光辉起来，未想到反而使它"化明为暗"地阴暗下去了。

二、台湾的社会未曾经过国内二三十年代那一阵革旧创新的狂潮的冲击，年长一辈的人们对恋爱与婚姻的观念还是极守旧的。家族要求门当户对，认为子女的婚姻完全是父母与家族的事，对生男育女的观念也远比我们的上一代更加保守。年轻一代虽然接受了新思潮，但从日常生活中沿袭下来的旧观念却又牢不可破。因此。他们一方面从西方一知半解地接受了性的新观念而乐于尝试；一方面在尝试之后，却比西方年轻人更加困扰，也更加不愿负担现实上的后果。具体来说，男方在结婚的时候，还是希望对方是处女的（以补处女膜为号召的整形医院大登广告，就明显地说出了这一点）。女方因此所享受的"性开放"并非真的开放，而只是形同受骗。即使幸而与同一对象结了婚，也有被轻视的危险。何况多数男孩并不打算"很旧式"地把"性"作为"结婚的誓言"。女方在明白自己只是"被玩弄"而并非"时髦"之后,再嫁别人时,那"并非完璧"的惶恐之感,以及日后所将面对的那个"现代的旧式男性"的轻蔑与折磨,都可借用李清照一句词:"这次第,怎一个愁字了得?"

三、人们对价值观念的混淆矛盾,是现代年轻人在恋爱与婚姻彷徨的另一原因。以前,我们那时代的知识分子在观念上,可以真正不再重视旧时代的所谓"门第",能够不听从父母之命、媒妁之言,能够大胆地肯定"爱情第一,面包无关紧要"(因此我说那时代是浪漫的时代)。

在婚姻上,无论选择对象或结婚仪式的安排、婚后生活的处理,一概可以由当事人自己负责。人们公认为"重视金钱与门第是可耻的,是会伤害到爱情的"。因此没有人公开地怀疑在这方面做选择时的标准——如果爱情与其他条件冲突时,那么,爱情第一。简单明确。不似现代年轻人常会提出:"爱情与面包孰重?""门第重要吗?""身材高矮与学历高低重要吗?""年龄的差距重要吗?""对方身体残废将如何?"等爱情与现实条件相冲突的问题。

我觉得,在这方面来说,现在年轻人是很不幸的。他们活在一个中西混乱、新旧杂陈的环境里,理不出一个头绪。他们既羡慕西方的种种观念上的新奇,又摆不脱传统思想形态的约束;既身受物质第一的现实条件的催迫,又不能泯除高级知识分子对精神与性灵的执著。因此,表现在恋爱与婚姻上,常是举棋不定、自相矛盾的苦恼。表现在"性"的方面,则是只顾当时盲目冲动地表现了自己的"新潮"与"西化",事后却无力也无勇气去负担任何后果。根据最近一份以一部分大学为对象的问卷调查结果,在这一点上,大学生们的答案平均百分比是:

认为"婚前绝对不可有性行为"的占 42% 强,认为"最好避免的"占 33% 强。两者百分比相差在 9% 左右。认为只要相爱就可以的约有 17% 强。这说明,大学生在这方面是认为"虽然不好,但是在自己认为适当的时候,也并非完全不去尝试"的。但是,当问到"如果女伴婚前怀孕"的话该如何时，答案却显示，有最高百分比的是"去找辅导商量"了。

这样的结果表示，大学生在婚前性关系方面只能顾到眼前，而无力顾到后果。"搞出了麻烦，只好去找辅导商量"，岂是一个已经成年、受了完整教育，而又自命新潮与开明到"可以在婚前发生性行为"的现代青年所应有的态度？岂不可耻？

因此，我常觉得，无论什么观念，建立起一个可以遵循的标准是必要的。

在比我们上一代更旧的时代，人们是"非礼勿动"的。婚前性行为百分之百不被认可，无所谓什么"新潮"与"保守"，如此就如此。婚姻是靠父母之命、媒妁之言的，"淫奔"被认为"无耻"，也就决定了一切。

到了我们这一代，婚姻是应当自主的，是除了爱情以外，不该过于计较其他外在条件的，恋爱是自由的，爱情是属灵的、美好的。婚前性行为是绝对要不得的。人们也一致同意这种想法。

而现在的年轻一代却失去了这一方面的所有的标准。难怪尽管他们认为时代是进步的，却不得不承认自己在恋爱与婚姻上，所面临的是一个"矛盾与混淆"、并不怎么进步的时代而惶惑不已了。

应酬是一种困扰吗？

家庭主妇们常常感到自己的生活是一本常年不变的流水帐。天天早上，黎明即起，照顾孩子上学、丈夫上班；然后打理家中杂务，洗衣买菜，三餐占去了最重要的时间；忙到晚上就寝，生活项目很少有什么变化。

能干一点的主妇比较会给生活增添一些趣味。例如，自己插花、种花、绣花，把大自然的生机移植一些在自己的周围，不但使家中有些朝气，自己也可在单调的例行家事之外，另有创作的快乐。对自己本身的化妆、美容、时装，也较能有余力去关心。所以，虽然没有必须出外的工作在催迫，也仍能使自己不致局限于狭小固定的生活空间。心情上比较活跃，不致由于循环不变的家事，感到生活单调与沉闷。

但即使如此，仍然有绝大多数的家庭主妇在必须随丈夫出外应酬的时候，感到紧张与缺少自信。

主要的原因是，自己的生活项目太固定，与外界的接触太少，尤其比较勤俭的主妇，天天为家事操劳，不但没有时间和心思去打扮自己，而且也习惯于旧衣粗服，认为只要做事时方便就好。在习惯了这样的生活之后，偶尔有个应酬，必须出去接触较大的场面时，常会觉得自己的生活秩序被扰乱了，而只有拒绝外出才会觉得安逸。

做丈夫的多半很难了解太太这种心情。他们的想法是："你只要陪我去就好了，有什么可紧张的？大家还不都是这个样子？"

他们不知道太太的心情很复杂。这复杂的心情包括：

一、家中这么多的事，让我出去应酬，事情谁做？

二、忙得要命，还得去做头发，好烦！

三、平时不注意化妆，现在要出去，不知自己够不够漂亮？会不会比不过别人的太太？

四、许久不做新衣服，不知穿什么才好。也不知外面流行什么？

五、日常生活太单调，所关心的事情太少，出去应酬，缺少和人交谈的话题。

六、孩子谁带？家谁看？也是问题。

七、……

想来想去，越想越觉得自己不愿去。但是，丈夫既然愿意带你出去，焉能不领他的情？总比拿你当黄脸婆，觉得你见不得场面，根本不带你去的好。而且自己也并不愿长年闷在家里，不见天日啊！

这样，左想右想，常常会不知不觉地头昏脑胀起来。那么"如果我真的有点什么不舒服，就可以有借口不去了。"

结果，就说不定真的开始觉得不舒服，而使自己找到了"可以不去"的借口。

有一位嫁给美国人的日本太太，就是患了这么一种逃避应酬的心理病。每次有什么必须陪丈夫出去的应酬，她就头痛、胃痛或腹泻，使她丈夫十分气恼，说她："真奇怪！每次出去，你总是这里不好，那里不对。怎么这么巧？"

其实，我冷眼旁观，很同情这位日本太太。她是那种纯东方式的内向型的女性，平常持家虽然头头是道，让她出席应酬，却总是胆小紧张。尤其先生是美国人，所交往的朋友，无论男女，都很开朗活泼，大家聚在一起，有说有笑，所谈的话题当然也都离不开美国人所熟悉的话题。而她呢？不但先天内向型的东方性格，使她和先生的朋友们不易接近，而且由于国籍和文化背景不同，更加使她在与他们相处的时候，觉得无话可谈。被隔绝的苦恼由于她内向的性格而加深。因此形成了连她自己也未曾预料地"每次要出去，就总是这里不对，那里不对"地生起病来。

当然，像他们这样的异国婚姻所产生的这类问题是格外明显一些，但她逃避应酬的心情和一般家庭主妇"懒得出去"的心情却是一样的。

如何使自己既能做一个称职的、一天到晚安于家事操劳的主妇，又能乐于和丈夫一起参加外面的活动，而不会觉得两种生活项目格格不入，是主妇们在其他一切相夫、教子、理家等等学问之外的另一项重要课题。

家事操劳所需要的是勤俭和朴实，能吃苦耐劳，不怕生活内容单调。所以只要自己能安于这样的生活就好。而出外应酬却需要适度的表现——至少在衣着上和言谈举止上，能够给人一种愉快与合乎时宜的印象。这对一个不够外向的家庭主妇来说，往往是一项相当重大的考验。

单是做个勤劳尽责的家庭主妇并不太难，难在如何使自己不致只会勤劳，而越来越对自己外出时的表现失去自信。

人生实在有很多不得已的事情要做。只是我们时常误以为"我行我素"，一切不勉强自己，就会得到快乐；而事实却总是证明——唯有勉强自己去做些不得不做的事，而把它做得成功，才会由于对自己的肯定而得到快乐。

很多人不喜欢应酬，不幸它是人生难以完全避免的一个项目。百分之百的拒绝既不可能，而且也会使自己感到沮丧。不如给自己一点训练，平时多在心理上和生活方式上做一点准备的功夫，经常使自己看来"漂亮"，也经常使自己保持和外界的接触。虽然这可能使已经够忙的生活更忙也更累一点，但是它有助于心情的活跃，与对家庭以外的活动的适应，可以使生活不致僵化，也可增加对自己的信心。

本来，世间很多事都是如此，当不能逃避的时候，也只有去克服它，才能使自己得到成功与快乐。

携眷参加与单独行动

旅行美国的时候,常有朋友们提到他们看不惯台湾这里夫妇个别参加社交活动的情形。说他们要去,就是一对,认为这样才是公平和对夫妻感情的保障与尊重。但在我看来,这也要看你的着眼点是在哪一方面。

我和几位女士文友常有一个"下午酒"会。这下午酒,有时也会延伸为"晚上饭",再如果不尽兴,可以继续来个"半夜谈"。绝少有人说:"这样丈夫会不高兴。"反而大多数的情形是,"他也有他的应酬或聚会"或"他正好可以在家清清静静地写稿"。

那么,晚饭呢?

现代生活这么方便,男人们自己把现成的东西烤烤热或熟,并不会感到麻烦或辛苦。

再说,是谁规定非得太太特别赶回去,给丈夫煮碗面,端在他面前伺候呢?平常多体谅点也就是了。

多数做丈夫的也已经都很开明,不认为太太应该像个佣人。

多数的太太们,也都有自己的工作、事业或爱好,建立了自己的社交圈。这个社会圈,有时不妨"携眷"参加,有时却是因为"有了他们未免拘束",而情愿不请他们,可以海阔天空。

其实,男人的社交圈又何尝不是如此?

可以携眷参加或应该携眷参加的,固然要携眷;不必携眷参加的,如果也携眷参加,反而影响了气氛。

根据我的经验,如果这次请客请的是夫妇,除非双方和所有的客人夫妇都是很熟的朋友,否则那就注定是一次很客气的聚会。客人固然都是穿戴整齐，规行矩步地光临；主人也不得不极力表示周到。特别是要殷勤招待那平常并不时常来往的"眷属"，以免使他（或她）觉得受了冷落，反而影响了"人际关系"。有了这番顾虑，聚会的场面自然就比较客气，甚至虚伪。放言高论及开怀畅饮的心情也就多少受了限制，而变成了纯粹的"应酬"。

何况男人们的话题和女人们的话题先天就两样。男人们的兴趣多半在政治、经济，或属于男人的娱乐。女人们的话题在个人的事业与爱好之外，多半是婚姻、爱情、子女、时装之类。男人和女人的话题，虽然也会由于工作范围相同而有共通的地方，但也有绝对不容易交流的时候。偶然女性的聚会中出现一两位男士，他们为了迁就女性话题，多多少少就会显得有几分女性化。譬如谈时装、美容、家常琐事等等，虽然也会表现得十分"善解人意"，但总不免使人觉得他们有点"大材小用"的样子。

女人如果参加了男人的聚会，而男人又不放弃他们自己的兴趣范围来迁就她的话，她也只得"不让须眉"地高谈世界大局或舞场风光，尽管说，现代女人在这方面懂得的也确实不少，但在这样的场合，就会使人觉得这个"坤生"唱得相当辛苦。

当然，我并不是在这里倡导"男女分座"，而是说，如果大家是属于同一个工作范围，比如说，文艺界、学术界、新闻界、商界、娱乐界……不分男女，只要都是朋友，聚会起来，就不会勉强。但是，如果"携眷"的话，那个"眷"，不论男眷、女眷，都可能会觉得勉强。

在很旧的时代，女人没有社交生活，男人独自在外应酬，视为理所当然。后来，新时代的女性尽力争取平等，在社交上，特别强调"必须携眷"，否则就是对太太的藐视，即使去做个不言不语的"附件"，也心甘情愿。

这两个情况，其实都不是最自由的情况。

最自由的是我们现在逐渐在无形之中所进一步争取到的——各自参加社交的自由。

我说"在无形之中争取到的",意思是,我们并没有像美国女权运动那样大张旗鼓地标榜什么主义,高呼什么口号,而只是用传统中国女性的方式,不声不响,以柔克刚地一步一步和对方取得谅解,做到了"你有应酬,不一定要我去做你的'附件'。同样的,我也可以有我自己的应酬,不一定非要你陪着不可。"

当然,不仅是应酬和其他聚会,现代中国女性和丈夫取得不成文的协议,在适当的时候,可以有单独行动的自由(包括创事业的自由和出国旅行的自由)。女人和男人用平等与平行的态度,共同为建立一个幸福的家庭而努力,双方的贡献是各尽所能,摆脱了谁主内、谁主外的硬性规定。先天上,女性较能忍耐琐细小事,那么,打扫、布置、炊洗等等,就多由女人负担一些,男人可以胜任繁重的工作,在赚钱养家方面,也许多有一点魄力,那么,就由他在这方面多有一点贡献。夫妇各展所长,互不限制,成果却都归双方共同享有的这个家庭。彼此体谅和鼓励,使双方都有更大的活动范围,岂不是最理想的生活方式?夫妇二人以感情为基础,以家庭为中心,却又能互不牵绊,给对方以"放手做事"的自由,可以使双方都有机会得到更高的成就,对家庭也有更多的贡献。又因为各人都有自己的活动天地,而能使精神保持常新,两人都不致因生活平淡,而把对方当成了唯一的注意焦点和精神支柱,生活的步调才会比较活泼生动,几十年的夫妻也就比较容易做到"相看两不厌"了。

过去歌颂夫妇感情好,说是要像比翼鸟、比目鱼,或连理枝。艾森豪太太说她丈夫不在家的时候,她就觉得自己只剩了一半。我看,现代的夫妻们,在感情上固然可以互相依赖,或自认只是对方的"一半";在生活上,却要让自己是"整整的一个"才好。

家，一个可以回去的地方

有人给"家"下了一个定义，说"家是一个让你可以回去的地方"。

似乎有点太简单了，是不是？

可是，家，确实是这样一个地方。

换句话说，假如一个人，忽然觉得他的家已经不是一个使他觉得可以"回去"的地方，他的生活一定不仅是大大地走样，他的心情也必定充满着悲哀。

因此，我们也想起另外一位什么人所说的，"每一个人都需要一个'可以回去'的地方。"

这"可以回去"的地方固然不一定是"家"，它可能是他的宿舍，他的单身套房，或他所借住的地方等等。这个处所虽然不是他的家，但通常他会习惯地说："啊！我要'回家'啦！"

一个可以"回去"的地方，会给人一种"家"的感觉，但它并不等于一个家。

我们平时总或多或少地觉得"家"有点令自己厌倦，因为它使你有负担，使你伤心，使你为难，使你累……因此才流行一句听来很恰当的形容——"结婚是一道门，外面的人想进来，里面的人想出去。"结婚是家的起点，"在里面的人想出去"是因为"结婚"之后，实际生活的种种琐碎负担与亲密的人际关系冲突随之开始，使人觉得，如果能摆脱这些负担与冲突，生活一定快乐得多了。

究竟摆脱了这些冲突与负担之后，生活会不会快乐得多呢？

答案需要一点想象，先从在外面游逛开始想起：

你会发现，外面的花花世界，只有当你有家可归的时候，才对你产生那么大的吸力。而当你已无家可归的时候呢？——那夏天烈日的热，冬天凄风苦雨的冷，那满街滚滚烟尘，匆忙的人潮车阵，走不了十个路口就已令人乏累，那昂贵的饮料，油腻的餐馆，肮脏的小吃摊，无情的店员，虚幻的娱乐场所……这一切，都使你急欲逃开，急欲摆脱，但是，逃到何处去呢？

如何摆脱得了呢？当你自己拥有一个家的时候，你觉得对它万分的厌倦，觉得它处处都是缺点。你曾悄悄羡慕朋友们的家，觉得别人的家充满着和气与温暖。于是，当你在人潮车阵、马达隆隆的街上奔波累了，你或许会想到去分享一下朋友的家。朋友当然也会接纳你，在他家里做客——一顿晚餐的聚晤，三五天的留宿……

然后，你会发现，朋友的家终究不是你的家。

你在朋友家尽管十分受欢迎，但你还是随时都得保持客气和礼貌，随时都得自我检点。你要处处小心，不使朋友的生活受到干扰，不使朋友觉得你影响了他的生活秩序，或侵犯了他的主权。你要对你所受的招待处处表示满意和感谢。你要随时表示自己十分勤快，乐于为主人分劳。你没有权利挑剔饭菜的丰俭与口味，你没有权利调动饮食起居方式与时间，假使你是女主人的朋友，你要留神男主人的颜色，来决定自己是否不受欢迎；假如你是男主人的朋友，你更要小心检点，以免增加女主人的麻烦。

在别人的家里，你没有随心所欲的权利，你也没有挑剔批评的权利。无论你们宾主之间何等融洽，你也只能俯仰由人，以求保持这份情谊。

这时，你或许已经会怀念起在自己家里的时候，受你挑剔、批评、不满的那些琐事。恍悟到那些挑剔与苛求实在都是一种"权利"的表示与证明。正因为你属于那个家，你有权那样做，你才"胆敢"挑剔与批评。试想，当你在别人家里寄居，即使别人把你待为"上宾"，你又焉能像在自己家里那样的挑肥拣瘦，擅作主张？你要维持与寄居主人之间的友好关系来表示你的感谢。你深知，唯有自我克制，谦虚有礼，处处与人方便，为别人设想，才能使双方相安无事，长久愉快相处。于是，你发挥了屈己从人、不妄自尊大的美德，因为你不得不如此选择。

然则，你何不把这同样的美德在自己家里发挥发挥呢？在自己家里，不需你发挥这么多，你只需发挥其中的十分之一二，就足够了。而你所得的回报将千百倍于你在朋友家寄居所得的回报——你将拥有一个受欢迎的、善待你、属于你、对你负责、能寄放你一切成败忧喜的家。这样的回报，是朋友所不能给你的，不是他们不愿，而是先天上，"家"就是属于每一个"私人"自己的地方。你们无论怎样使彼此"如同一家人"，也终于不会是"一家人"。你又何不把这寄居在朋友家时，所必须发挥的种种小心谨慎、谦恭礼貌，拿一小部分出来，用在家里，而看看它的效果如何呢？

家是一个常常让我们忘记礼貌，也忘记付出，而只想一味地需索、苛求，因而充分暴露了自己的自私与一切的缺点的地方。但是，当你抱怨家里的人对你冷漠，"连生了病都不来安慰"的时候，当你抱怨家里的人自私自利，"薪水都不肯全部交给我"、"每天吃什么菜，全不考虑我的口味"、"家里有什么事，连问也不问我一声"的时候，你能不能忽然想起，"如果这是住在朋友家，你还抱怨不抱怨人家对你如此这般呢？"

是啊！在朋友家，你"无权"抱怨，因此你就不抱怨了。

"抱怨"是一种"权利"的表现。你"抱怨"是因为你"有权"。放弃了这个"权"之后，你觉得自己失去了抱怨的对象。你不是不想再抱怨，而是你知道，自己"不该"抱怨了。因为你怕失去了与别人之间的情谊啊！

岂仅是抱怨"别人"会失去情谊呢？家里的人也一样的是些除自己之外的"别人"。只不过这些"别人"和你有先天的情分罢了。他们较能容忍你的抱怨，在非迫不得已的情形之下，很难收回对你的感情。这种先天的关系及后天的容忍，往往会使一个人忘记了感谢，而只剩了挑剔、苛求与不满。

人都痛恨别人的"忘恩负义"。但绝大多数的人，对自己这唯一仅有的"家"多多少少都有点"忘恩负义"。只是有人不知其所以然地把事情弄得不可收拾，终于把自己关在家门之外了。

或许，我们应该创造一些像基督教徒在餐前"谢饭"一样的"谢家"祷告。在我们每次由外面的人潮车阵、滚滚烟尘、烈日薰蒸、凄风苦雨、无情的人间、肮脏的小吃、昂贵的饮料……饱受种种的冷漠、虐待、紧张之余，推开家门，投身这片属于自己的小小天地，把一切无情与骚扰关在大门之外，这时，应该意识到这份由内心升起的"终于安全奔回本垒"的稳妥心情，而不忘说一声：

"感谢上苍，让我有家可归。"

为什么要结婚？

一位职业妇女问我："为什么要结婚？"

我说，这问题范围很广。因为单看字面，它已包括了：

一、"人"为什么要结婚？

二、"女人"为什么要结婚？

三、"为了什么"要去结婚？

四、何必结婚？

种种现实与抽象的问题。

她没想到我如此的小题大作，倒把急于获得答案的心情暂时搁了下来，想安心和我就这个问题聊聊天了。

首先是，"人"为什么要结婚？

这问题很简单。因为如果泛指"人类"，那就是站在生物的立场。结婚，是为了传宗接代。

虽然说，不结婚而同居，或只发生性的关系，照样可以传宗接代。但那样实在对所要传的后代很不方便。因为数千年来，人类根据经验，已经得到证明，要安全地抚养后代，实在不是单单的男方或女方独自的力量所可做得好，而必须双方分工合作：有人在家照顾哺育，有人出外打食谋生，才不会顾此失彼，疲于奔命。所以双方要建立一个固定的居所，有个固定的名分，负起人伦、社会与法律上的责任，使这关系巩固而公开，以免中途发生动摇或受到外力的侵害。这样才可以有效地保护及教养子女，使他们成为人类所希求的、良好的后代。

所以，"人"需要结婚。

其次是"女人"为什么要结婚。

范围由全人类缩小到单单是女性。这出发点和头一个问题有点两样。头一个问题是为什么男女双方要结婚，这个问题是为什么女人要嫁。女人如果嫁了，就不那么独立了，就要放弃一部分或全部的事业了，生活方式和内容就会大大地改变了。究竟这种付出对女人有什么好处？如果不嫁，会不会有什么不良后果？是不是因为这些不良后果，才迫不得已而去结婚？

这个问题是站在"不愿顺其自然"的出发点而发的。

如果顺其自然，以人类的天性来说，人类久已发现男女应该结婚。所以女人应该结婚，这是最简单的逻辑。但站在现代妇女的立场，女人有了创事业的欲望与能力，就不情愿再被关回家庭去抚育子女，觉得那是一种大大的牺牲。

事实也未尝不是如此。妇女有职业和家庭不能两全的问题，从这世纪的开始已经吵到了现在。问题就出在妇女想要有自己的事业，而大自然又希望妇女能回去抚育孩子，所以矛盾不已。这问题简化来说，其实也就是孩子和事业在冲突。如果只是找个人结婚，而不生孩子，女人仍然可出去创事业，不会有"离不开家"的困扰。

这也就是说，女人不愿满足造物者让人类传宗接代的要求，所以才打算站在另一个角度去问："既然不想生孩子，为什么要结婚？除了生儿育女的理由之外，还有什么理由要建立一个家？"

这是人类后天的欲望战胜了天然的要求而才产生的问题。排除了生儿育女的天然要求之后，女人在考虑结婚的时候，往往只是想到"社会习俗对不结婚的女人怎样看法"这个末节上。她们所要知道的，就只是"是不是女人不结婚会被人加以异样的眼光？"、"是不是自己会有心理变态"、"会不会将来年纪大了，缺少安全感？"。

换言之，这是只考虑到自身的损益而发生的问题。

至于这个问题的答案是什么？当然可以看看许多不结婚者的实际情况，作为参考。一般的经验似乎是，如果你不结婚，你就必须有个令你感到"值得"的事业。这事业可以提供你精神的寄托和生活的保障。要注意的是，它既要提供你"生活的保障"，还得提供你"精神的寄托"。而这两者时常并不一定是携手并肩而来的，但你所需要的却是两者兼备，才可弥补空虚及维持独立。

于是，就轮到了另一个问题："如果要结婚，那么，为了什么才去下这个决定？"这个"为了什么"是"对方要有什么条件"的意思。要为了"财富"？要为了"名望"？是为了"爱情"？还是为了"出国"之类的某些方便？

这问题，看似复杂，实则简单，因为很显然，这是现实的现代人既不想传宗接代，也忘记了什么叫"爱情"，或根本否定了世上有"爱情"这回事，才产生了是为财富、是为名望、是为某项利益等等旁枝末节的问题。如果人们重视传宗接代或相信爱情，其他的问题都将不难定下取舍。相反地，如果不在意后代，也不相信爱情，其他一切问题都将使男女双方结合的意义变得相当可悲或可鄙，别人也就没什么可提供建议的了。

由于现代人既不热衷生育，又不相信爱情，所以才发生了最后一个"何必结婚？"的问题。

我也觉得，既然没有顺从自然的打算，又没有尊重爱情的心情，也就难怪现代男女有时像表演给别人看一样，聚聚散散，自己觉得好玩，别人看了也可以解闷。如果抱了这个目的，为制造"知名度"而结婚，倒不失为商业社会的一个最佳选择。找那最有名的去表演结婚，再表演离婚，在这两个项目中间，还可以表演种种插曲，"见报率"一定很高，达到广告宣传的效果将是毫无疑问。至少对你所要从事的"事业"，以商业社会的标准来说，是会由于引人瞩目而"畅销"不已的。精神上既可得到极大的满足，物质上亦可招财进宝，何乐而不为呢？

至于说，假如人类都不为爱情，也不为传宗接代而结婚，好不好呢？

我觉得，反正地球已经被污染损毁到这个样子，人类的品质也不易维持水准，后代不后代，倒也真是不必认真了。说不定，不让他们出生，正是避免了他们可能遭受的浩劫呢？

离婚——感情的处决

在报上看到秦汉与邵乔茵终于离婚了。

我不是个影迷，秦汉的电影我一次也没看过，但这并不妨碍我对他们这场婚姻悲剧的关切。因为他们正是现代社会形态下，婚姻触礁的一个典型。

他们离婚的消息正式公开的那天，我看了两家报纸的报导。这两家报导恰好有一家是完全站在秦汉这方面，另一家完全站在邵乔茵那方面的。

看站在秦汉这方面的报导，你会觉得邵乔茵过分能干跋扈，而且着眼点全在钱财，使秦汉不能忍受。站在邵乔茵那方面的报导却又使你觉得，既然最后房子也归了秦汉，儿子也归了秦汉，又未曾见到有关什么赡养费的约定，似乎邵乔茵做了很大的牺牲，何况他们当初酝酿分手的导火线还有一个第三者在内。

我相信，对这样一对知名度很高的夫妇的离异，社会上一定充满着见仁见智的看法，大家站在自己同情的一方衡量这件事的是非曲直。但可悲的是，婚姻上的问题，几乎全不是"是非曲直"所可以衡量。它所赖以维系的只是那点极抽象，却又极重要的"感情"。

夫妇二人没有先天的血缘亲情，全属后天的"两情相悦"。所以你不能希望婚姻关系的任何一方保证当初的海誓山盟，永远不变。

先天的感情可以不变，因为它与生俱来，后天的感情没有任何条例可以约束，使它不变。这也就是说，当双方中任何一方"变了"，那就是"变了"。责备、恳求、限制……最多都只能收效一时和表面，而很难彻底改善。

这是婚姻悲剧之所以令人悲哀。

常见一些已经离心离德的夫妻在彼此争吵的时候，会高声责问对方"你当初如何如何，现在怎能翻脸无情……"这话用来发泄一时忿怒则可，对于事实，则并无补益。而且在面红耳赤大吵特吵之后，伤感情的心底话一经出笼，再想收回，万分困难，只有增加了双方的恶感，而不能因为你这一争吵就唤回了对方的"良心"。

世上最悲哀也最愚笨的事，是向一个已经收回了感情的对象去"索要感情"。一切都可以要，唯独感情，它不是说给就可以给。偏偏感情破裂的夫妻们总要有很长的一段时间，扮演这种愚不可及的角色，以为凭"道理"、凭"恳求"或"威胁"可以要来感情。

我提秦汉与邵乔茵这对影坛夫妇为例，是因为他们的离婚是现代社会典型的离婚，夫妇双方各执一词的"词"，也是现代面临离婚的夫妇们典型的"词"。丈夫太风流，妻子太能干，是表面上的原因。其实两者是长时间的互为因果。孰后孰先，可能很难判断，也不必去判断。妻子太能干，容易导致丈夫向外"发展"，去寻求安慰与对自己的肯定。丈夫有向外发展的可能性的时候，也会加强妻子倾向事业，在事业上去寻求自我肯定与安全感。（否则，丈夫变心的话，自己如何为生呢？）

现代妇女时常缺少这样一份安全感。因为女性们先天"自相残杀"的特性，使大多数的家庭妇女处于一种"随时自危"的境地。于是，稍微有点办法的，最低限度也给自己弄个"生活圈子"和使自己略感放心的"收入"。婚姻专家们不是也常劝那些缺少安全感的家庭妇女们"出来参加一点活动"和"给自己建立一点谋生能力"吗？其实，等这些妇女有了家庭之外的生活天地和自己的收入之后，副作用也就快要发生了——先生该产生"自卑感"啦！该觉得"家中清锅冷灶，没有温暖"啦！本来有外遇还只能怪自己见异思迁，现在，可是有理由了——是你不顾家,处处表现比我强,逼我如此的呀!

做女人也真难!做现代女人更难。

古代女人没有选择,只能三从四德地听天由命,随丈夫纳三妻四妾,还可传名千古,落个"贤妇"之名,也令人羡慕做丈夫的名士风流。但也就因为她"没有选择",所以不必三心二意,这"太太"是当定了,古时叫"元配夫人",多少比那些后来的还算是"居上"一点。她所生的孩子也享有光明正大的嫡子的权利,和庶出者不必相提并论。名分上落得个"正室"之名,也就罢了。现在不行,因为法律不准重婚,却准许离异,所以一旦丈夫发生"二心",最佳的成全自己和新欢之法,就是逼你"离婚"。而妻子这方面也正因为有离婚的最后一条路,在"被精神虐待得忍无可忍"的时候,也就不知不觉地加强了这样的选择。

既然夫妻感情不是先天的,那么就"合则留,不合则去"吧!

家庭于是变得非常脆弱。

随着家庭的脆弱而脆弱的是对爱情二字的信心。

什么是"海誓山盟"、永恒不变的"爱情"呢?

每一对夫妻都曾海誓山盟过,但这并不能保证他们日后不会劳燕分飞。

爱情脆弱不要紧,承认这个事实也就罢了。要紧的是从开始酝酿要分手到真正分手这一个过程。局外人可以像看电影或看花边新闻一样地"欣赏"当事者悲欢离合的悬疑与曲折。当事者却是必须"一寸伤心一寸血"(套句电影片名的格律)地从争吵到伤心,从伤心到争吵;从决绝到妥协,从妥协到决绝地折腾无数遍,直到"伤心泪尽",彻底把多年来的恩恩怨怨都窒息掉,使它们死灭无遗,这才完成了属于感情的"杀害"。这杀害不同于杀人逞凶,它是一种凌迟处死的残忍,比陌路人更不容情。这过程才是真正可怕的,局外人不可全无同情心地只看热闹。当他们双方把心中残余的最后一点点感情也"处死"了以后,新闻的读者们才可以看到"大结局"。谁还忍心去评判他们谁是谁非？

离婚者双方所经的过程大抵如下：

一、开始是向对方要感情——你为什么变了？为什么当初那么爱我？为什么不念多年夫妇之情？……

二、当明白感情已经要不到的时候，就开始要"公道"——我为你做了多少牺牲与奉献，我挣了多少钱养家，我付出了多少青春年华给孩子，我牺牲了多少可能有的成就……

三、当发现"公道"也不能挽救婚姻的时候，最后只得要"权益"——这是最不得已的时候，也是最不获大家谅解、对方更不谅解的时候，房子归谁，存款多少，孩子谁要，明争暗抢一番，以便分道扬镳罢了。

以这第三阶段来批评两方中任何一方"贪婪"、"只认金钱，不认感情"，都只是皮相之谈，是不曾彻底了解这虽非先天、却极密切的夫妻之情如何才能了断的真实过程所致。

对无论谁是谁非的离婚夫妻，我都觉得非常、非常地悲悯。而曾经同甘共苦的夫妻，彼此之间互相仇恨与折磨，有时反不如萍水相逢的陌生人之间可以发挥几分人性与同情。人生不过数十寒暑，为什么和这最亲近的人互相折磨仇恨起来，却是这样地残忍与冷酷啊！

一段婚姻·两个故事

婚姻的种种悲欢离合，看得多了，心情就比较麻木，觉得人生不过如此，大家聚在一起，好好吵吵，各有各的是非，没有什么定论。白头偕老的不一定是两情不渝的爱侣，中途分手的也并不一定就是注定水火不容的冤家。

最近和几位多年老友闲谈，忽然大家感喟人海沧桑，世道险阻，挣扎奔波几十年，到头来，发现一切都非个人能力所可控制，更非短促生命所能掌握。只有长久保持下来的友伴，倒还相当真实而亲近。这种真实和亲近，特别是在名利场中浮沉愈久，愈感到它的可贵和温馨。

大家尽管也曾争过、吵过，为对某些事的意见不同而面红耳赤过，但仍由于生活领域的接近，和由于日久天长，而深知彼此人品上的正直或某些可爱的坦率，终于证明彼此情谊是越陈越香。尤其是在人情淡薄的现代工商业社会，能在奔忙的缝隙，互相交换一下知己之言，更显出人间善良可贵的一面。于是，大家同意着，在短暂的人生旅途上，能相聚一段时间，是难得的"缘分"。单单为了珍惜这缘分，也不必彼此苛求，而该多多付出关切了。

友谊如此，夫妻岂不更是如此？在漫漫的永恒之中，两个不知什么样的机缘而能拥有几十年生命的人，也不知什么样的机缘促成了两人的相遇，而结婚，能不说是"天赐"？彼此又为何不能互相体谅，互相扶助，共度几十年永不可再得的人间岁月呢？

阳光下的岁月，虽然恍如黄粱一梦，却也是天赐良机。造物者盛意邀请你参加这一趟值得祝福的观光之旅，岂不是应该把每一分钟都好好填充，尽情领略沿途风光，使自己不虚此行？为什么反而把这趟旅程染满了斤斤计较与仇恨，旅伴之间没有一点照顾与提携之情呢？

人与人彼此不能和谐相处，最主要的原因是过分要求完美。不知事实上，造物者创造万物之时，先就设计了光明与阴影，这两者，携手结伴而行，除非没有光明，否则定有阴暗。造物者所设计的这宇宙，是个动的宇宙。由于它"动"，所以是"不居"的。"不居"的重要现象就是"变化"，就有两面或多面。而任何"活""动"的东西，都不能单独以"一面"示人，这其实也就是美感的来源。所谓"生""动"，也就正是这样一份"不居"之美，和时明时暗的变化所带给你的悬疑与兴奋。

人，也正是如此。

我们是"多面"的，是"生""动"的。当由于"不居"而使人感到"悬疑"的时候，就产生一种"美感"或"疑虑"。在这"多面"之中，彼此间的吸力来自不同的角度，你性格中的某一角度，吸引某一人性格中的某一角度，产生了情谊。夫妻之间，在婚前或刚刚结婚不久，所发现的是互相喜悦的一面。过了这段时间，各自在"变动"之中，又会发现彼此有另一些习性是前所未知的，因此必须随时调整观感，重新培植感情。当不能做到这一点的时候，就往往会在这"转了一个方向"的时候，产生了惊疑与失望。

我们都好像某些酒店那座会转动的厅。当它转的时候，所面对的景色固然不同；而"景色"看"它"，也是不同。如果它附近另有一座也会旋转的厅，彼此都转到最初相会的那一面的机会，也将随着它们半径的大小、旋转的速度，以及其中人物所在的位置、后方背景的自然变化等等，而有所增减。

我们生存在变动不居的世界和变动不居的人情与物性之中，也就是生存在变动不居的、复杂的"数学"之中。要求固定不变的自己，和要求固定不变的对方，都是不可能的妄求，只有承认这"变动不居"是常态而非变态，才是我们所要掌握的生存的原则。"一"是个变化无穷的数字，"定于一"，并非坚持一成不变，而是适应它的变化无穷。

能承认这宇宙的变化无穷，则不会有头晕目眩、被否定的失望与痛苦。这正如同乘船，有经验的人自然知道，如果你固执地盯着船舷，一定会感到眩晕，如果你抬头望远，就会心旷神怡。"盯着船舷"，是打算把外界的目标固定不变，"抬头望远"，是承认一切不是固定不移。当你不承认这"变动"的时候，你会感到被排拒与无所适从之苦，而当你承认一切变动不居的时候，就能够和宇宙结为一体，步调一致而融洽无间。这时，你也就必定会发现，自己也正是用变动来适应变动。由于不钉死在某一点，而感到自己无所不可与无所不适。

人和人之间的互相批评与苛求，都是由于不承认外界事物的多面性，也不了解自己必然的"变"和应当的"变"。只是，如果是普通的关系，大家可以很自然地"不合则去"。夫妻既然已经互誓终身，如果不能承认别人和自己的多面性，就难免会发现婚姻"出了问题"，而要走上"离婚"之途了。

人和人的相处，是适应的问题，久远的感情是靠日积月累的培养，而不是靠当初"交会时互发的光亮"。

较实际的建议是，当自己的婚姻"有问题"的时候，试着去把它设想为"两部"小说，各以自己和对方为主角，而尽量站在客观的立场去说出各自本身所认为的无懈可击的值得同情之处。你或许会发现，以女主角为重心的小说和以男主角为重心的小说，各有令人同情之处。

事实上，一个不美满的婚姻，决不是"一个人"的不美满，而是两个人的婚姻都不美满。无论用夫妇双方哪一个人做主角来写小说，都会发现这主角值得同情。

　　一个不忠的丈夫，往往在内心里抱怨他有个寂寞的婚姻。一个被认为不解风情的妻子，往往是个被对方辜负或忽略着的怨妇。

　　自认为婚姻不美满的人们，先试着为"对方"写一段不美满婚姻的故事如何？

过犹不及

半年来，因为家中没有佣人，我这主妇就自然而然地补了佣人的缺。一切洒扫炊洗等等杂务，统统由我包办，一家之主视为理所当然，我也未觉其中有任何不妥。

有一天，我借口出去买早点，实际上是顺便散步，享受一下摆脱"家"锁的逍遥。当我高高兴兴地提着烧饼油条和塑胶袋装的热豆浆回来，准备使他惊喜一下的时候，他却漫不经心地问道："我办公室擦了没？"

我心上一烦，顶了他一句："我刚回来，谁有工夫给你擦？"

他一语不发，拿了抹布，自己去擦了。（我感觉到他是气呼呼的）于是我说："你最好先吃早点，我刚买回来的，一会儿就凉了。"

他没应声，径自去擦他的桌椅。

我把烧饼油条扔在桌上，上楼去面对满室凌乱。蓦然醒觉——佣人虽走了，不说明就应当由我来补缺。

从此我和他约定，既然没有佣人，各人的事情自理。你办公固然重要，我写稿也不是不重要，为什么该我伺候你？

他其实是非常民主的一个现代男人。看到我厌烦，他就说："本来是嘛！谁让你这么勤劳？"

于是，我们尝试了另一种生活方式。

早上，我起得早。我自顾去散步，吃早点，回来把自己的书房整理清楚，开始做事。他起得迟，尽管慢腾腾地梳洗打扮，下楼自己泡咖啡、烤面包、整理自己的书房，然后开始做事。中午，如果彼此都无应酬，那就一同到附近小馆吃腊味饭或炒面。下午，我听我的音乐，写我的稿，他办他的公。3点多，他出去（表示下班）到俱乐部交际，我在家约晤朋友、读者或听众，也许打打电话、写写信，或独自喝两杯淡酒，看看书。晚上，如果他不回来，我就独进晚餐，等待上班。下班后，他已在家，一同看个电视影集，表示"同在"，然后就寝。

这种互不干扰、也互不帮忙的生活方式慢慢形成之后，有一天，我忽然发现，我们俩人变得相当陌生而客气。因为他习惯了管他自己的起居与衣物，我慢慢地不知道他有几件衬衫与内衣。有时忽然发现他有一双前所未见的袜子，而觉得奇怪。有时看到他拿起自己的西裤或外衣，送到洗衣店去洗，又自己去把它取回来，使我感到十分不乐，觉得他仿佛又渐渐习惯了单身汉的生活，而我则变得对他无足轻重。于是，有一天，我对他说：

"你知道吗？我们现在好像是住在一个男女合用的学生宿舍里，不像是夫妇，而是同学。"

他笑说："要你照顾我的饮食起居，你说你像是做佣人的，现在你又说不像夫妇，你究竟要怎样才对呢？"

我也不知道怎样才对。但是，从那天起，我就又开始在散步的时候为他带回可口的早点。写文章写到一半，会放下笔，跑到菜场去买回一篮菜，为他做个砂锅鱼头，或炒盘回锅肉。他换下的衣服，我会抢着帮他放进洗衣机。而且我坚持要他把洗衣店的凭单交给我，以便我散步的时候"顺路"给他带回。

当然，我有许多要写的文章都因此而烟消云散，但我会骗自己说：

"这样才是脚踏实地的'人'的生活。不但小快乐的价值比大快乐更具有人情味，而且人总不能只为自己的兴趣而活。"

所堪告慰的是，他经过了这番周折，倒也知道了使自己真正"现代化"的必要。他的"现代化"是：自己整理内务与书房，自己泡咖啡，并在喝完之后把杯子洗净。而且也在下午出去散步的时候，为我带回牛肉馅饼之类，作为晚餐。

女子无才便是福？

有一部以意义取胜的影片，叫《我心深处》。

这部影片，反映现代家庭、夫妇之间无形的距离，意义十分深长。全片用一种冷冷的、深入骨髓的解剖，理智的分析，来探讨现代女性由于过分有成就与过分"完美"而导致婚姻失败的悲哀，分析得十分透彻。看完之后，令人久久不能释怀。近50年来，世界各地的新女性争取了与男人平等发挥才能的机会，处处证明了女人在才能方面不逊于男人，且时常有凌驾男人之上的实例。但是，女性们在这方面争取到胜利与成功的结果，却往往是使她们失去男人的爱情与礼让。影片中那个高傲而完美的女室内设计家，在暮年来临之后的某一天，震惊地听到丈夫用平静理智的语调，在餐桌上宣布与她分居，令观众也正像银幕上的当事者一样震撼。她的才能与完美，竟然完全不是丈夫所要与所爱的。而更悲哀的是，她发现自己在感情上，竟然是这样的不能离开丈夫而"独立"。

已经有了经济基础、进入了晚年的男人，忽然宣布要离开那一直在才能上完美无缺、在家庭里"高不可攀"的太太去过一过"单身生活"。这种要求补偿的心理，可能也正是现代男性普遍的心理。他一生笼罩在一个能干太太的阴影之下，到了晚年，忽然觉得自己应该有权过过属于自己的生活。而那个一生都觉得自己比男人还更能"独立"的女人，现在却蓦地发现，她是这样的一无所有，什么也不能比一个丈夫更能使她觉得安全和快乐。

而那位丈夫所带回来的另一个女人，更是引人深思的一个典型。她，既不年轻，也不漂亮；既不高雅，也不能干。是个已经发胖的中年妇人。她有点"俗气"，她的打扮是所有"普通一般"女人的打扮，她的爱好是所有"普通一般"女人的爱好。喜欢旅行、喜欢跳舞、喜欢开怀地吃喝。快说快笑，没有心机。一切学问、哲理、美容、美姿、仪态，对她都不重要。只是她虽俗，却不粗；虽无学问，但很有爱心。她会宠惯男人，给他吃喝、放任他，使他开心，跟他玩，使他像个孩子。

和一个很有才能而且"完美"的女性过了一辈子的男人，遇到了"没才能"且一点也不美的"女人"，他会如鱼得水。

影片中这位女主角，未犯下任何的"七出之条"，但她被遗弃，终于蹈海而死。同样的，影片中那个比丈夫有成就的女儿，也更早地发现，她的丈夫爱上了她的妹妹，只因为这个妹妹不像姐姐那么有才华，却能给他带来信心与快乐。这部电影的情节毫不夸张，一点也不强调"戏剧性"。它只是给你一个实实际际的现代男性与女性的实情，让你看，让你自己去下结论——女性所要的是什么？所得的是什么？男性要的是什么？男女两性彼此相悦与相依存的真实因素是什么？非常引人深思。

也许，这部影片会使一些悬崖边缘的女性"迷途知返"。但对女性来说，即使能够"迷途知返"，或因此而根本避免了"走入迷途"，也仍然是一种悲哀。因为，它所证明的正是我文明古国早已证明的一句话——"女子无才便是德"。只是以前，我们认为这是"男性中心社会"之下，对女人的一种"贬抑"与"欺压"。现在则是经过了挣扎与争取之后的证明，证明了"女子无才"不但是"德"，而且是"福"。女人一直希望和男人并驾齐驱，以证明自己不输男人，现在是证明了，但却"输掉了"男人。女人可以很倔强地说，没有他们，我们一样可以生活，而且生活得很好。但这似乎不是造物者的旨意。她让男人和女人先天彼此需要，"彼此需要"的二者就不能是敌手，而必须是"助力"。男人所可以帮助女人的，如果女人自己都已做到了，他就不想再来帮助你。女人所可以帮助男人的，如果女人自己不屑去做而放弃了，他就不必再来需要你。可悲的是，当女人发现自己已经不被男人需要的时候，才明白，原来自己是这样地需要他们的爱与保护。

顾此失彼的现代女性

生为一个现代中国妇女,有幸运的一面,也有失落的一面,面对这个问题,心头各种滋味俱全,实在很难用三言两语把它概括。

由于前辈妇女们的努力争取,现代的妇女们才有了许多自由,能和男性分庭抗礼,受相等的学校教育,享有在社会上做事的权利,婚姻的自主,过着小家庭生活,并有离婚、再嫁等等的自由,这些,都是前两代妇女们用艰苦的代价争取而来,大家得以坐享其成。

我们这一代出生在20年代的人,念的是"新学制"的课本,唱的是从西方音乐选来的歌谱,用中国新旧杂陈的文体所填的歌词。体育课程则是一切球类俱全,课外玩的是英国式的网球,可谓"万象更新"的一代。

我们也是亲历国家重大事件的一代。"九·一八"的时候,"一·二八"的时候,七七抗战的时候,胜利的时候,内战的时候,到台湾宝岛来休养生息的时候,每一步,每一步,我们都曾亲履亲尝。女生和男生一样地参加种种爱国运动,也和男生一样留着短发,在人生的战场上,勇往直前,负起家庭生计的重担,并且开拓自己的疆土,在家庭之外,拥有另一片属于自己的天地。这一切,都是以前的中国妇女所无缘得到,而我们都能参与和享有的。

你不能不说,这是应当感谢的幸运,当然,也不能不说,是这样的时代,造就了我们。但谈到其中的艰苦与失落,却也一言难尽。

我常和邀请我去谈妇女职业与家庭问题的社团说:"不要抱怨职业与家庭不能兼顾,因为这是我们自己要的。没有人强迫我们出来工作,也没有人强迫我们非结婚不可。是我们自己要做如此的选择，因此，这两副担子都责无旁贷，只有自己尽力去挑。"

不是吗？如果我们觉得吃力，大可放下一头——不结婚，或不做事。

不结婚，也许违反了上帝的意旨，世上不结婚的人，总归是少数，但也不是没有人不结婚。尤其近些年来，由于妇女工作的能力增强，工作的机会增多，自食其力的可能性增高，选择独身的也日益增多。不但不再被人认为不平常，而且逐渐被人羡慕。如果为了创事业的方便，不结婚，也是不错的选择。

不出来做事，对一些温柔内向、喜欢家事的女孩来说，也未尝不是适当的选择。所谓的"女主内"，并非对女性的限制，而是对女性的尊重和保护。同时，也是"齐家"最必要的一个起点。女主人出外工作，导致夫妇失和、影响子女教育的实例，不胜枚举，不能认为"夫"贤子孝不是一种成功。

基于这个理由，我们女人至少有三种选择：一、结婚而不外出工作；二、不结婚而专心工作；三、结了婚同时也不放弃工作。只是，放眼四顾，在这个时代里，到处都是一肩两担挑、脚踩两只船的辛苦妇女就是了。

我就是其中的一个。

除了婚前自己的充分时间，可以全心全力献给工作之外，婚后，立刻发现自己是掉进了"疲于奔命，顾此失彼"的困境之中。

当然，这和一个人的责任感不无关系。一个女人，如果对事业与家庭都要求百分之百的负责，就一定会非常疲惫。否则只好把其中一方略作牺牲，或两者都不得不牺牲一点。而不幸的是，这所谓不得不牺牲的"一点"，往往很难维持限度，在不得已、或不知不觉之中，它会慢慢地、悄悄地扩大。当它扩大到一个相当程度的时候，你才会惊觉到事态已超过你所预期。这时，要想挽救，往往已是力不从心。

这种事态，并不专指婚姻，也不专指事业，全看你当初是在不知不觉中"牺牲"着哪一头。当婚姻被牺牲着的时候，你所惊觉到的，是家庭已经面目全非；当事业被牺牲着的时候，你所惊觉到的，是自己不知在什么时候，已被摒除于成功的圈子之外。而这时，你多半已经付出了绝大部分的年华、才智与精力，无论你亟欲拯救任何一头，都已时不我与。何况还有时，你发现的不仅是一头待救，而是两败俱伤。

人，有时难逃这份愚昧。这份愚昧是，总觉自己有无穷的力量和幸运，来支撑自己的贪欲。所贪欲的对象，虽然各有不同，但对现代女人来说，既要事业，又要家庭，这件事的本身，就是一种"贪"。因"贪"而受惩罚的，又岂仅是人为法律所规定的那些条文而已呢？

我们不抱怨，是因为我们什么都想拥有。我们受惩罚，也是因为我们不肯早做明智的抉择。也许，直到一切都已揭晓，我们仍旧并不后悔一肩两担挑和脚踩两只船的"特技生涯"，也就不去惋惜"到头来，两头皆空"的失落。"衣带渐宽终不悔"，仍然是一种诗意的悲凉。

许多人，对生命的欣赏，是欣赏它本身的悲剧性。我们都是推石头上山的"西西弗"，而现代女人们所推的却是两块石头。

世间事，早已使人觉得，男人比女人有大智慧、大谋略。在这一点上，尤其可以证明。当女人螳臂挡车地与男人争权夺"力"，妄图表现自己的聪明与强悍之时，男人们却开始在捻须微笑，隔岸观火，慢慢发现自己乐得逍遥——既然有人抢着替自己接下"主外"的千斤重担，又何不索性把内外两头责任统统推开，让自己穿得花红柳绿，到外面柳绿花红，去过理直气壮的浪荡生涯呢？

反正到处都是急于"走入社会"、用五花八门的原始手法、去做"职业"妇女、表示自己是"也会赚钱"的女人。

当年，只有男人在社会上自相残杀的时候，女人倒还只限于在家的牢笼之内，彼此为鸡毛蒜皮，小别一下苗头。现在女人们都到社会上来，以更充足的实力自相残杀了,胜利谁属,却是无关宏旨。因为自有那真有实力而对"小国动乱"不屑置评的男人们,在一旁净收渔翁之利,这结局,又岂是当初争取男女平等的先知们始料所及的呢?

何况,以前男人们对妇女的要求,只"贤妻良母"四个字已足,现在却都已加上"会不会出外工作赚钱,分担家计"这一条了。以后恐怕想要选择"专心主内"的生涯,也不太容易了呢!

岂仅是幸福

我的朋友之中，职业妇女占大多数，这当然是因为工作上易于接近的关系。

也就因为大家是工作上的关系而相知，彼此间就多半只看到对方在社会上活动的一面，至于在家庭生活方面的情形如何，却很少有机会去了解。

最近，和一位在工作上很谈得来的朋友在外面吃午饭。她是一位锋头甚健的职业妇女，见多识广，头脑灵活，办事利落，人又漂亮，是位典型的事业有成的现代妇女。闲谈中偶然谈到电视节目，我问她：

"昨天的《杏林春暖》你看了没？那故事真令我感动！"

她却一副茫然的样子，问道："杏林春暖？"

我说："是啊！就是那个医生的影集呀！"

她笑说："我知道这个影集，但说实话，我晚上很少看电视。"

"那你做什么呢？"我大感惊奇。

"我很忙哩！"她说，"收拾屋子啊！做手工啊！缝衣服啊！教孩子读书啊！写信啊……白天上班没空做的事，都得晚上做啊！"

我忽然想起她那雅致的家，很新式的，自己设计的桌巾，画框，壁饰，别具一格的插花，还有院里整齐茂盛的盆栽……每一样都看得出主妇的勤快与慧心。还有她常常指着自己身上穿的新套装，说："你看，这是我自己做的。"式样好，价钱便宜，确是与众不同。只是平常我太注意她事业上出人头地的一面，而忽略了她不仅是位能干的职业妇女，而更是一位细致勤劳的家庭主妇。

这发现使我突然觉得心情复杂。不但对这位朋友由衷地产生了另一种敬佩之情，还更使我想到了许多在事业上有成就的朋友，觉得做个成功的现代妇女真是不易！因为她们并不像一般所常设想的——家庭与事业无法得兼；或虽然能够得兼，却把自己搞得焦头烂额。更不像另一些人所以为的，这种二者得兼的成就是"一伸手就可以拿到"的那么简单容易，犹如"天方夜谭"。

我想到另一位和我时常来往的文艺界好友。她名气大，人缘好，事业更是做得有声有色，对外广交游，热心助人，处事明快果决，胜过须眉，文章写得既快又好。但她在家庭里却是那么"女性"，人既漂亮，又会修饰；既会绣花，又会园艺；做起菜来，轻而易举，南北口味样样精彩。在丈夫面前更是恪尽妇职，教育子女，无微不至，决不因自己的事业而忽视家庭。

还有一位年纪较长的女士，丈夫位居要津，自己在大学任教，一面从事翻译工作，还要抽出时间研究艺术史，学习绘画，参加妇女活动。但她从不忽略丈夫事业上需她帮助之处。家中儿孙绕膝，十分温暖和睦。

另一位年轻教授，著作甚丰，学识既渊博，人又美丽端庄。但她对丈夫温和柔顺，对子女教育有方。在家是百分之百的贤妻良母，到了教室，则是令学生崇服的严师。

多年前，一位年轻女声乐家为她的婴儿亲手编织绒线帽子的神态，一直清晰地留在我的心头。她在编织时的温柔与俏丽，和她在台上引吭高歌时的神情是那样的不同。上台高歌是自我才华的展露；为婴儿编织帽子却是纯然忘我的母性的光辉。

事业与家庭真个是不可得兼吗？

由许多事业成就辉煌，而又家庭幸福美满的女士们的实例看来，答案竟然是"可以得兼"的。

当然，这"可以"之中，蕴含着不知多少不足为外人道的辛苦，更蕴含着不知多少不足为外人道的容忍、双倍或数倍的付出与委屈求全。

一般说来,男人们在感情上和直觉上,是并不希望女人有事业的。他们希望的是一个稳定的、使他们无内顾之忧的家。因此,这家的主妇必须是"专任",才可以"专心"。才不致因"她"的顾此失彼,而影响到"他"在外面事业上的专注。因此,日本某教授撰文发表女子读大学会亡国之论时,广获日本男士读者的同情。事实上,这些日本男人代表着绝大多数男人的想法。这也就是说,身为女人,如想结婚之后,还能分身去搞事业的话,首先而且最难争取的,莫过于丈夫的容忍与同情了。

这争取的过程是如何的呢?

我说它不足为外人道。因为它有时是要用强硬的态度去争取;有时是要用怀柔政策去要求的;有时是用现实利害关系去打动的(例如:可以多赚一点钱,维持生计)。但无论是用哪一种方法,自己都必须付出双倍或数倍的心血与劳力,使对方找不出任何理由来挑剔你内外兼顾时的破绽。

已婚的职业妇女没有"公余之暇"。我提到的几位女士,工作的繁重与成绩的辉煌有目共睹,大家称赞她们"不让须眉"。其实,岂仅"不让"?简直"胜过"。她们下班之后,牺牲休息与娱乐,和颜悦色,温温柔柔,把所欠下的家事一一补齐,使丈夫不得不承认她是称职的妻子。而且她们还得尽力使自己不致因双倍或数倍的劳累,而失去女性的娇柔。

在这声色诱惑比比皆是的社会,如果职业妇女的丈夫移情别恋,人们不会不谅解丈夫,而是不谅解妻子——谁让你为了事业而忽略了家庭与美容呢?

"挽留丈夫"是职业妇女最不容失败、却最易失败的任务。

因此,这些既有事业成就,而居然仍维持了完美家庭的妇女,就被认为是"天生有福"的了。

其实,这幸福的得来又岂是局外人所可了解其中艰辛于万一?在别人看来，似乎这些女性的幸福是唾手可得的，又似乎如果她们竟然也还能拥有幸福的家庭，必定在某些环节上是有问题的。但以这几位女士为例，她们内外两边的成就不但非常真实，而且并不次于大多数专心致志做事业、或心无旁骛为家庭的人所表现出来的成绩。

我说当我想到这问题时，心情复杂，实在是内心里在对这些有成就的妇女无限崇敬之外，还更有几分徘徊不去的辛酸。"事业妇女"（Career Woman）这一生的挣扎奋斗与奉献，其用心之苦、志向之坚、顾虑之周、耐力之强，又岂是"能干"或"幸福"一类轻描淡写的词句可形容的？

日子的素描

我一面手脚不停地整理客厅，一面随时在手边的记事本上写出刚刚想到的菜名。今天清早才临时决定要请5位客人来吃晚饭。

黄焖鸡

琥珀桃仁

门前那张小地毯要换了，换那条松绿色的。

素什锦

凉拌海蜇皮

茶几上要摆一盆清爽一点的花，最好是百合。

冷盘：熏鸡、卤肉

冷盘可以到逸华斋去买。

……

餐巾纸要用大张的才好，写下来，以免忘记。

餐巾纸（大张）

给杂货店打电话，叫啤酒。

……

客厅整理好了，院子也已打扫干净，电话也打了，酒和花可以马上送来。我开始坐在书桌前整理《罗兰小语》。总经销一直催我出新书，他不知道整理这本书有多烦！从两年前，我就在摘摘写写，把在广播节目中所说的片片段段一条一条地抄好，再归类。因此必须剪剪贴贴。

这条是美育类的，那条是宗教类的。这边是谈快乐的，那边是谈旅行的。

我一面剪刀、浆糊、笔，剪剪贴贴改改，一面随时停下来，在旁边的记事本上写：

"请问你什么时候开始动笔写文章的？你觉得它和拍电影哪一样较有趣味？"

……

这是下午要访问电影演员梁修身，谈他出版第一本书的。

"你把难得在家的时间用来写文章，太太会不会反对？……"

访问电影明星，总该谈谈他对电影圈的看法吧？不知他愿不愿意谈。放下笔，再继续剪贴，我得想想看。

对了，可以从他写的文章里，引起这方面的话题。

放下剪刀浆糊，再拿起笔在记事本上写：

"你在一篇文章里谈到凤飞飞一下飞机，还没休息就直接要你们大伙去她家对台词，足见有些电影演员们的工作态度是相当严肃认真的。你可不可以谈谈……"

放下笔，继续剪贴小语。"美育类"、"宗教类"……一条条，一段段，满桌凌乱，越来越觉得头绪纷繁。看看表，11点了，我得赶紧去逸华斋买卤菜。如果等到下午录音完了再去买，就买不到了。顺便可以送乐谱去复印。出书的事真烦人！即使不是自己印书，我也得自己把它编好，何况自己印。现在做了"过河卒子"，12种书，几万本都印了，如何能够半途而废？继续自己印吧！可真分身乏术。本来还想再去美国看看那边的春天呢！这一来，又不行了。说不定赶来赶去，又赶上秋天。那可真是只和秋天有缘了。那篇《独游小记》中的《美国之秋》还没动笔呢！给《中华副刊》的稿子好像要准备写一系列似的"之一"、"之二"，结果只写了"之五"，就没有下文了。不知自己一天到晚忙些什么。

先把这题目写在记事本上吧！

美国之秋

对了，问问梁修身，出去拍片和登台唱歌的感想吧。他一定也会答得蛮幽默的。

……

门铃响，送花的来了。

把花插在瓶子里。

唉，临时决定晚上招待这位来去匆匆的远客和他的朋友，可真让我措手不及。

记着，经过超级市场的时候，要去看看有没有明虾。把"明虾"也写在记事本上，还要买点零食吧？

明虾

小零食

桔子汁

"旅行类"、"音乐类"……甜点心要不要呢？

水果比较好吧？

西瓜

水梨

让水果店送好了，现在打电话。

电话打完，门铃响，送啤酒的来了。

唉，11点半了。得去逸华斋，中午吃沙拉面包算了。来不及煮饭，累死啦！要买面包，得写下来。

面包

自己做沙拉比较干净，这也是晚上的一道菜。

沙拉——马铃薯、红萝卜、小黄瓜、蛋、沙拉酱……

差不多了吧？

蕃茄酱、胡椒粉

好啦！该去逸华斋了。哎呀！还得打电话给电台，申请26号晚上的音乐会录音。下午就来不及了。现在打，顺便问唱片室有没有《渔舟唱晚》的唱片。

渔舟唱晚

电话打完，差5分12点。先去逸华斋吧！拿起皮包，刚要出门，电话铃响，是"老爷"打来的。

"喂，别忘了明天上午老郑去日本转美国。你不是说要给他买茶叶带去吗？还有他太太托你买的珊瑚。"

"好啦！中午我去徐州路买。"

门铃响，送水果的来了。

把水果放进冰箱。

……

我站在房门口愣着，清理了一下头脑。既然要去徐州路，就索性到衡阳街，去全祥买茶叶。……好像还有什么事吧？

哦，还得去银行取钱。

录音访问是两点，不能回来吃中饭了。

我买了熏鸡、卤肉、茶叶、珊瑚，把乐谱送去复印完毕，赶到电台，时间刚好。不能比约来访问的人晚到。超级市场可以等一下再去。

我走进发音室，冷气很舒服。

梁修身很快就来了，还有陈铭磻，得过时报文学奖的。

我把记事本摊开，和他们对词：

"请问你……"

哎呀！怎么黄焖鸡、素什锦、琥珀桃仁、卤肉……一应俱全呢？

肚子里觉得空空的，我还没有吃饭……

新男性美如郁金香

朋友自美归来，各处拜访叙旧，得到的观感之一是：

"台湾的中年男士们越来越年轻，也越来越漂亮了！"中年男士们越来越年轻，而且越来越漂亮，包括因心理"年轻"而流露的精神旺盛之美，和由于讲究服饰所形成的外在之"帅"。

一个人能在60左右的年纪，使人看来如同40许人；在50左右的年纪，看来只有30上下，是这个时代的奇迹。造成这奇迹的原因有三：一是营养好，二是心情好，三是穿得好。三者相辅相成，足以使一个人的青春长驻。

营养好，是生活富裕的必然结果。心情好，对一个男人来说，主要原因是事业顺遂。穿得好，却是这时代男人们所特有的千载难逢的潮流所趋。

据我们的记忆所及，似乎多少年来，男人们的服饰都停留在非常保守的情况。即使在以服装考究取胜的电影界，我们所看到的如克拉克·盖博、泰伦·鲍华等大明星，在服装上也翻不出太多的花样。只能随着潮流在衣服肩膀高低、裤脚宽窄上去略示"得风气之先"，白衬衫一件，顶多沿个花边，西装颜色出不了棕、灰、黑、蓝，实在没什么可容许他们去炫奇致胜的。

放眼看看现在的男人，不用多么讲究服饰，潮流自然使他们有更多的选择。不但由于衣料进步，男人的服装看着都比过去的挺括合身，在颜色方面，也早已由单纯的一色进步为各种各样的中间色与新颖大方的花式。不仅衬衫的颜色红紫缤纷，连外衣的颜色也富丽繁华。质料之好，更是登峰造极。不但好，而且人人都买得起。普通收入的人们，只要腿脚勤快一点，常到各大小商场转转，就可以用低廉的价钱，买到非常时髦像样的衣服，把自己打扮起来。收入好的人更是可以买到来自欧美的最佳设计，一流剪裁，上等质料，进口名牌，把自己装饰得如同皇族贵胄。再加上近年来流行的女性化的发型，前齐耳、后齐领的长度，修剪得错落有致，柔软服贴，配着因营养良好、生活无忧而容光焕发的脸。你说，他们怎么不年轻30岁？

会打扮的男人，在这初冬季节，参加盛会的时候，选一件黑丝绒的小礼服，雅雅致致地配条黑领带，比最会打扮的女士们都抢眼。白天有较正式的场合，穿套名师剪裁的便服，浅灰或咖啡色系统，衣领或袖口上很俏皮地来点小小花饰，使整个人如同一件美术品，配上前所未有的男式高跟皮鞋，走起路来，顾盼生姿，也足以使人目夺神移。

最近在一个隆重的聚会里，冠盖云集，却是漂亮的男士们抢去了漂亮女士的风头。尽管美丽的女士照样是那么美丽，却就是敌不过会场中那几位有名男士的俊美姿仪与朗朗风神。

奇怪！好像世界突然变了，难道真是"江山代有才人出，各领风骚五百年"，这一世纪轮到男人来树立"美"的典范了吗？

大家的注意力显然集中于那几位既有名、又抢眼的男士。在场绝大多数是在社会上活跃奔忙着的女性，而她们在这里却成了绿叶，衬托出来的是那几位异性的"红花"！

女人们曾多少年独占"花"的地位，没想到在这80年代却出现了男性之花。只是这花与那花仍然有所不同。女人可以像牡丹、像桃花以至像百合、康乃馨或荷花，其美轻盈柔软。男人的"如花之美"却很像郁金香，美得厚实凝炼，傲岸庄严。这种美已成为80年代的时尚，人们会不约而同地倾向于对这种美的崇服与欣赏。

很奇怪，男人不再像树那般地以潇洒自然取胜，而开始用昂贵的修饰，把自己整理成一种具有挺秀凝聚之美的花。而这种美，很显然的，由于它史无前例的"时髦感"，而压倒了"群芳"，当场使那些娟秀的女士们"六宫粉黛无颜色"了。

从前，也有美男人受人注意，但不像现在。现在的男人不必是"美男子"而就可以不知不觉地具有了"美"的姿仪与吸力。正如同历来的女人，不一定是美女，也可凭她的女性之美而成为引人欣赏的对象。现在的女人在众人的场合，已经很难和男人"竞艳"了！

我觉得，这是"流行"所产生的魅力。你没有办法抗拒"流行"，正如你没有办法抗拒由迷你裙变成中庸装，由宽脚裤变成细腿裤。"流行"是对旧的东西看厌之后，大家一致希望换换欣赏的角度，以解除"视觉疲劳"的一种趋势。多少年来，我们已经归纳出一些为"解除视觉疲劳"而产生的"流行"。灰色系统的流行消失之后，会有咖啡色系统来取代。冷色与暖色的转换，中间色的缓冲，会使人得到视觉上的愉快。女性的粉红色世纪已经太久了，男性的"赭色世纪"正在开始。人们的"视觉疲劳"是因为看轻盈之美看得太久了，不由地想要转而去欣赏厚实之美。

这一世纪的男士们真是"亮丽"啊！

尤其是台湾的男士，他们得天独厚，先天有东方人的俊美，后天有受西方影响而形成的挺拔，生活在没有冬天的亚热带，消耗体内能量的机会少。而同时，也是最重要的，女人们又替他们分担了"主外"的许多任务，使他们既不必像女人那么为"主内"而操劳，也不必像过去男人那么必须独力支撑养家活口的重担。这年头的女人们不甘埋没，多数都在外面工作，即使不帮他们上班赚钱，也帮他们跑跑房地产，做做股票，至少，女人们已经多数都在"自食其力"，不需要男人供养。而"主内"之责却仍然"很传统"地由女人在负。为男人所减少的二分之一的家计负担，加在既忙于主内又担着主外的女人们的身上，相形之下，这时代的女士们所负担的是至少一又二分之一的生活重量，男人却只需负

新男性美如郁金香

担二分之一即可"过关"。他们又如何不越来越年轻，越来越迷人抢眼呢？

在女人们都为了便于奔波、利于工作而无暇也无心打扮的情形之下，你放眼看看那仕女云集的盛会里，女人怎么看，怎么黯然无光。不知因为什么缘故，连那些理应最时髦、最漂亮的女士们，也显出一份力不从心的疲态，而只衬托出那些风姿俊爽的男士们，个个神闲气定，对自己的男性魅力信心十足。偶尔周旋在女士与贵宾之间，握手寒暄之际，使人总像是能感觉到他们那来自先天的优越。但见他们昂然屹立在奔忙张罗、负有各种任务的、各行各业的女性"成功者"之间，冷眼旁观，不动声色，却仿佛是说：

"无论你们争取到的是什么，世界总是站在我们这一边。"

也仿佛是说：

"且让你们发挥绵薄微力，去张罗一阵吧！好在目前天下无事，我们乐得清闲，正可保持青春长驻！"

唉！女人们怎么都这么憔悴呀！

她们是在用怎样一种纳闷的心情，在讨论着那些连恋爱都不屑恋爱、连结婚都懒得结婚的、郁金香一般的现代男性啊！

散步最乐

初冬的一个夜晚,独自散步时,被摩托车撞伤,住进医院。这是第6天了。

早上6点起来,推窗外望,只见淡淡的一个假日清晨,车辆稀少,空气新鲜,院外行道树青葱一片。刚好自己的伤处已接近痊愈,于是,迫不及待地换上便装,到外面散步去。

清晨的台北市,本来就减少了尘嚣,这一带新发展的住宅区,尤其显得宁静。红砖铺砌的人行道,宽敞整洁,衬着四季长青的行道树,对喜欢散步的人来说,实在是绝大的诱惑。那么,就趁着太阳尚未全部照临,先出去走走吧!

能像日常一样地在路上踱步,使我觉得非常快乐。试想,如果这次车祸情况严重,很可能再也无法走路,那对我就将是最残酷的剥夺了。

我不知别人所谓的"好动"是何所指。我个人的好动,实在应该是指的喜欢走路。小时候,天天在外面玩,而最令我感觉愉快的,却是独自沿着大路、小路及人家的围墙,慢慢地走着去上学、访友或回家。那一份宁适与丰富,似乎包含了人间所有的快乐。在自己慢慢走着的时候,可以随意看看花木昆虫,可以随意欣赏白云长天,可以随意对某一个深闭的宅门与寂静的院墙加以童稚的想象。可以一路温习自己喜爱的课文,或吟唱自己喜爱的歌曲,可以慢、可以快、可以跳跃、可以奔跑。去上学的途中,会高兴路遇同学友伴,交换着书包里的零食,或跳房子用的瓷瓦。彼此欣赏近来所搜集的彩色珠串或香烟画片。一路走,一路玩,觉得那才是生活中重要的项目。

到了中学，开始住读。中学那广大而多树的校园，立刻成了我散步的胜地。无论是下课 10 分钟，还是早晚课前课后，无论春夏秋冬，不但我的运动与娱乐和交友都取自散步，即连读书，也多半是手握书本，边走边读，认为这样才是读书的最高境界。和好朋友边走边谈心，或边走边唱歌的乐趣，至今想来，犹觉快乐无比。

离开学校之后，战争爆发，生活内容被迫改变，贫困颠沛随之而来。能够使我在 8 年艰苦无望的岁月中，维持一份不需一点物质安慰的乐观心情的，却是住处附近那几条修筑整齐、树木成荫的道路。在那些道路上，我可以经常抛开生活的烦累与压力，利用上下班的途中，安享我无人干扰的、悠闲的、丰富的踱步。我常有意选择较远的路，只为多有一点属于自己的时间，来品尝走路的快乐。

胜利之后，考入大学，学校与住处相距遥远，几乎是在市区的两头。而当时公车稀少，我更是借此大享走路之乐。提早一小时起床，走路到有电车的地方，不但在晴和的天气，可以享尽清晨朝气；即使在寒冬，北风凛冽，大雪纷飞的日子，仍可由于能够独自与雪地冰天奋斗，而感到无限的生趣。

更何况，当无课的时候，当悠闲的下午，自己可以毫无牵绊地从市区最北，漫步到市区最南。途中如想找个落脚处，那么书店、乐器行与敞亮的咖啡厅，可容纳我逍遥自在的心情。而使我觉得自己是实实在在地在生活、在活动、在思想和品尝。

那一阵，白天上课，晚上去广播电台上班。午夜回家，用一小时的时间走路，享尽了都市夜色的宁谧。那渺小的自己享有着广大的空间的感觉，不是孤寂，而是逍遥。

我的朋友几乎没有一个不是喜欢散步的。读书时，固然有天天和我在校园中散步、背书、吃零食、唱歌、谈天的同学；走入社会之后，所交的朋友也尽是可以和我不倦地从黄昏直走到夜深的同道。我们不想看电影,不想逛百货公司,不想跳舞,也不想到谁的家中枯坐,我们的一切乐趣都从散步中得来。在一面散步、一面谈天之中,我们享受了友谊,讨论了人生,体尝了生活,勾绘了对前途的梦想。而且由于我们是在活动,我们年轻的生命力是在充分地发挥。

男性朋友也是如此,如果他不喜欢散步,我们就不会成为朋友,更不会继续往来。与谈得来的男友散步谈天,可以使短暂的友谊由于加入了散步的时间而延长,也可以使稍纵即逝的爱情由于加入了散步时的诗意而变为恒久。

散步可以使平凡的聚晤变为风雅,可以使平淡的感情变为知音,它可以避开一切琐事俗务的滋扰,甩脱一切世俗功利的评价,使相知的两个人摆脱环境的因素而成为全然独立的个体,在这个时候,彼此都最天然、最单纯、最真挚,最是自己的本色,最敢倾诉自己的好恶,也最敢大胆堂皇地对前途寄予狷狂的梦想。

有同伴的散步是人生的欢歌,嘹朗奔放,没有一点羁绊;没有同伴的散步是人生的小诗,淡雅轻灵,极其闲适与天然。

不管日子里有多少苦涩,不管人间对生活增添了多少规范,我要把握每一分秒可以让我享有走路之乐的时间与机缘。当我能走,我不停留,当我能享有活动的生命之力,我不错过。

在我准备暂时离开病房出去散步片刻而向医生请假时,那位拥有最新西方外科医术,而以极具中国传统读书人风范的现代"儒医",站在窗前,轻描淡写地说:

"外面又有摩托车哦!"

言外之意是"你还敢再去冒险吗?"

我原是个最会接受教训的人,自从酒醉一次之后,再也不去醉酒。但我也是最不肯接受教训的人,散步遭车祸,在备尝痛苦、余悸犹存之时,却仍对散步之乐念念不忘,梦绕情牵,体力刚一恢复,就又散步去了。

风与微云

这是暮春的某个星期一。天气微昙,有4级风。

上午录音,访问作曲家,介绍戏曲音乐,工作告一段落,时间才10点半。

今天下午不用开会,原来有个茶叙也临时取消了。时间忽然变得很可爱,于是决定到历史博物馆去坐坐。

经常到历史博物馆不是为了参观文物或书展,而是为了旁边那游廊茶座所面对的植物园,更为了中山南路那一段绿绿的车程。

今天尤其是,计程车一转入中山南路,风就从车窗畅快地吹过来,把我短短的头发吹得飞着。那感觉,就立刻让我回到了少年时候的春天。北方的春暮,柳树、榆树、各种小叶的乔木纷纷着上细碎的绿叶,婆娑着,在春风里,在蓝天下,那么无忧,那么怡悦,谁还比那些叶子更漂亮?那来到人间的,不只是一个春天,而是无数个春天,在每一株树上,欢唱着。

而现在,我也化作了这个春天,如此的无忧,如此的不羁,像我短短的头发,那么不会附着在任何外力下地飘飞着,不被胶在一起地那么各自分散着,被风吹起的感觉是这样的飘潇与透彻。

我说,就让自己这么游离一刻吧!

车子飞驰,风拂掠,这感觉,就是"我欲乘风归去"的感觉吧?

而我不是"归去",我是在奔赴与逃离。

奔赴一个想象中远远、远远的、陌生的天边,逃离一些生活中的窒闷与铅压。为什么生活总是那么沉重呢?那么密云不雨呢?为什么琐事要那么剥夺时间与生活的欢乐呢?为什么天天做着同样的事情而忘了抬头看看天外呢？

风如此清爽，天这么平静，路这么平坦，我该去旅行了吧？趁着那要痛的地方还未开始痛；趁着那晦暗的日子尚未来临；趁我还活着，还未十分老去；趁我还有为这风吹短发而亟想飞奔的心情。

是啊！我这样地想要飞奔，像前些时的那个梦，在无阻挡的蓝天下，海滩边，在没人可以干扰我的处所。

唉！你说这太不实际呀！

唉！实际又是什么呢？

什么比生命与活力更实际呢？

当我有这心情，这是最真实的实际。

有一天，我会完全失去这心情。

有一天，我会真正老去。老到对风、云、花朵、树叶，一概消失了赞颂与欢歌，老到会对自己说："那是多么不实际呀。"

而我会走向另一个"实际"，去死亡。

为什么要为别人的一个意见而自责不已呢？

为什么总要等到自己连一分活力都没有的时候，再去惋惜那失去的活力呢？为什么不在想要飞奔的时候就飞奔？

我的假期近了，我的一切旅行手续齐全了。

我的病已经离开我了，或许只是暂时，即使只是暂时也好。

谁又永远不会病与死？总有一天会。

所以我要抓紧这"暂时"。

这最不虚伪的"暂时"。

唉！你说，你会后悔吧？

是呀！我总难免会后悔。如果不是后悔我去"飞奔"，就是要去后悔我"没去飞奔"，有过的就是有过了，我要拥有的或许不是你要拥有的，我所爱的或许不是你所爱的，我的实际，当然不是你的实际。

你还是觉得我很不实际。是不是？

你从来不赞成我在该回家擦抹桌椅的时候，来坐到这游廊前享受暮春的4级风和微昙的早晨，以及密密层层的那春树，你觉得我真是偷懒！

　　我是实际而又不实际的。我的实际是知道生命如此短促，而且它永不复返。而桌上地上的灰尘却是永恒的，它们是拂去了又再聚回来的。它们比我有福多了！当我死去，它们绝不消失，它们不会为我的永别而惋惜。

　　所以我说，风和微云也是另一种实际，而它们可能会为我的死去而感伤一些，因为少一个爱它们的人了。

　　唉！我岂是到这里来想生与死的？

　　我岂是那么意识到末日？

　　我的短发灌满着春天的风与畅快的凉意，和少年时在春风中飞奔欢歌的感觉没有丝毫的两样。

　　末日不是一定跟着年龄才逼近的，有人很年轻就不爱春风了，他们很实际，我也很实际。我爱另一种永恒。

　　风就这样从我左边的窗口扑进来。何等的温柔！那远处池边的半排垂杨柳，密得使我想起北平，那写着年轻岁月的风城、古城、树之城、宫墙柳之城。回首时，已是大半生了。但我还是那么有心情去感伤与感动，为那些逝去而又长存在心底的年轻时的心情。

　　鸟声随着风飘过来。它们在这世界上飞着、跳跃着、唱着、玩着、觅食着、避雨着。我也是这样地活着，比它们更长久一些，觅食与避雨的循环也多一些。它们会有时羡慕我——的安全，我也有时也羡慕它们——的自在。但我们也都是过客，唱过、玩过之后，离去。

　　我工作过了，我也游玩过了，我很尽责也很自如地活过了——在这1985年4月里的一个早晨，在太平洋与祖国大陆之间的这个翠绿翠绿、润泽润泽的岛上。

何必中秋

如果你问我"最怕什么",我的答案是"最怕挤"。

只要人多的地方,我就尽可能地不去。

需要排队挨号的地方,如果非去不可,我选别人都不喜欢的时间去。例如去银行或邮局,我选烈日炎炎的下午、大家吃饭或午睡的时间,或选大雨天,大家想等雨小一点再去的时间。附近的邮局生意太好,我就情愿多走20分钟的路,专程去那处人少的邮局。

看名家画展,请帖上邀的预展酒会,我大半是不去,而要在展出之后,选个清晨(最好是下雨)自己去,那时,画廊无人,可以清清静静、专心地看画。

有时不为看画,而为着那家画廊外面的花,更要选个下雨的、非周末假日的大家都还在忙"正事"的清晨去。

坐火车也一样。

幸而我不必为工作或上学赴火车,可以选大家都不必出门的日子,选大家都不热衷的车次。

谈到工作,我想,或许正是因为我这怕挤的天性,才不计待遇的菲薄,不论工作量的多少,而只尽量选那上下班时间不必和太多人去挤抢的。

台北市的西门闹区我尽可能地不去,如果真有好电影要看,多年来的习惯,我看早场。早上空气清洁、人少,虽然时间宝贵一些,但人总不能天天都在严肃地工作。花个清静的早晨,安享一场清静的电影,也是一大乐事。

花季，我选下雨天、非周末，清清静静地上山，满心绿意地回来，所谓"山"，也不必非阳明山不可。

赏月，何必中秋？每月有望日，或中秋节前后一两天，都有最好的月色，不必挤车水马龙，去增加一份油烟火气。

怕挤，所以不赴热门，大家都攘臂而先的事，我就不做了。等大家抢腻了的时候，我才试试看，往往"旁观者清"，收获与心得也不同一些。

旅行，我喜欢独游，也是为了可以选择"不挤"的时间。参加团体的话，你就不能做什么选择，多挤也得去了；独自旅行，可以自己决定行止，选不挤的时间动身。

为躲避菜市场的挤，如果我不能很早去，就情愿晚一点去，忍受一些买不齐全的缺憾。现在有了超级市场或电话叫货的方便，可以拯救我。当然，我要把因此所必须多花的钱，在其他方面节省下来——例如少买几件衣服，不买任何首饰，更不打牌，或多写一点文章。

我想，如果我生在现代，考大学的话，我一定不去挤热门科系，也避免去读以升学率为号召的学校，以避免和"人"发生"冲突"。事实上，我对子女的建议也是如此，他们在我的影响之下，没有一个人读热门学校，抢热门科系，也没有一个人"争"什么第一。反而当女儿同时考取了以升学率知名的学校和另一所明言"不在乎升学率"的学校时，在我喜欢清静的原则下，放弃了升学率。留下空位给喜欢挤热门的人去挤，也是一件功德。这个孩子后来从这所"以不在乎升学率为荣"的学校毕业，考大学填志愿时，把清静的东海填到热门大学的前面，在大度山下，好好地清静了几年。

挤的地方或许是康庄道，但为了怕挤，我宁取两旁那不设道路的旷野。它可以允许我横冲直闯，也更可以允许我逍遥徜徉，反正天广地阔，"路"可以由我"走出来"。这样的路，无论通往何方，至少是自己走出来的路。它的好处即使不多，但至少是避开了亲历人与人间无情挤抢的悲哀。

秋 颂

秋天的美，美在一份明彻。

有人的眸子像秋，有人的风神像秋。

代表秋天的枫树之美，并不仅在那经霜的素红，而更在那临风的飒爽。

当叶子逐渐萧疏，秋林显出了它们的秀逸，那是一份不需任何的点缀的洒脱与不在意俗世繁华的孤傲。

最动人是秋林映着落日。那酡红如醉，衬托着天边加深的暮色。晚风带着清彻的凉意，随着暮色浸染，那是一种十分艳丽的凄楚之美，让你想流几行感怀身世之泪，却又被那逐渐淡去的醉红所慑住，而情愿把奔放的情感凝结。

曾有一位画家画过一幅霜染枫林的"秋院"。高高的枫树，静静掩住一园幽寂，树后重门深掩，看不尽的寂寥，好像我曾生活其中，品尝过秋之清寂，而我仍想悄悄步入画里，问讯那深掩的重门，看其中有多少灰尘，封存着多少生活的足迹。

最耐寻味是秋日天宇的闲云。那么淡淡然、悠悠然，悄悄远离尘间，对俗世悲欢扰攘，不再有动于衷。

秋天的风不带一点修饰，是最纯净的风。那么爽利地轻轻掠过园林，对萧萧落叶不必有所眷顾——季节就是季节，代谢就是代谢，生死就是生死，悲欢就是悲欢。无需参与，不必留连。

秋水和风一样的明彻。"点秋江，白鹭沙鸥"，就画出了这份明彻。

没有什么可忧心、可紧张、可执著。"傲杀人间万户侯,不识字烟波钓叟"。秋就是如此的一尘不染。

"闲云野鹤"是秋的题目,只有秋日明净的天宇间,那一抹白云,当得起一个"闲"字。野鹤的美,澹如秋水,远如秋山,无法捉摸的那么一份飘潇,当得起一个"逸"字。"闲"与"逸",正是秋的本色。

也有某些人,具有这份秋之美。也必须是这样的人,才会有这样的美。这样的美来自内在,他拥有一切,却并不想拥有任何。那是由极深的认知与感悟所形成的一种透彻与洒脱。

秋是成熟的季节,是收获的季节,是充实的季节,却也是澹泊的季节。它饱经了春之蓬勃与夏之繁盛,不再以受赞美、被宠爱为荣。它把一切的赞美与宠爱都隔离在澹澹的秋光外,而只愿做一个闲闲的,远远的,可望而不可即的,秋。

收 藏

　　植物园的树都有"门牌",高大的印度紫檀,门牌②号。漂亮的㊣号是美国梧桐,和它的同乡美国榆,隔得远远的。㊣号的孟加拉松最神气,叶宽圆圆,色湛绿,高可参天,傲视群伦,它的叶形最富自信,有图案意味,使人想到"孟加拉虎"的不凡。菩提树住㊣号,树干高大,叶尖细长,万分的灵秀。它的隔壁正是也来自印度的"密梭伦榕",这种榕盛产于印度、缅甸,可做园景和行道树,树干巨大高壮,叶子茂密,湛绿透明,十分耐看。

　　㊣号是澳洲大叶榕,叶子会变红,园中松鼠似乎最喜欢这一区。从㊣号树的"山羊耳"上跳过来,跑到㊣号树"杜仲"那边去,兴高采烈,旁若无人。

　　㉔号树叫"台东黍",叶大丛生,翁郁异常,树干浓褐色,会结绿色的圆豆。不知会不会变红,因为牌子上写的是"台湾红豆树"。

　　因为专心注意那矮矮小小的树丛,名字却叫"十大功劳",而忘了看它有没有门牌,只觉得不解,为什么大树不叫"功劳",而它却有那么多"功劳"。

　　㊣号的"无忧树"也不高,只是叶子非常繁茂,又绿得那么深浓。4寸大的巨叶密密层层,是因为"无忧"才如此茂密吧?

　　㊣号的"白千层"才奇怪哩!树皮一层一层,像纸页一样,它很高大,叶像柳树,不知那树皮会不会时常被风吹散?觉得十分好奇。

　　我去植物园总会检查一下树的门牌,认认它们的名字以便往后再去拜访时,会成为它们的朋友。

宝岛深秋，还是有许多落叶乔木会掉下一些叶子来。像那棵菲律宾紫檀，高大苍劲，落叶却最多，密密层层铺满四周地面。

很容易吸引我的是那叶形很别致的"羊蹄甲叶"，它是两个椭圆形拼成的。所以叶尖不但不朝外伸出，反而向内凹入，成为很漂亮的圆形，它绿得很清湛，常使我忍不住捡回去几片来把玩。

"菲律宾紫檀"也有个同乡，站在它不远的地方，名叫"菲律宾香椿"。高大碧绿，绿叶羽生，比凤凰木叶大而壮实。

刺桐的叶形更美，宽圆形，带个小小的叶尖，好像一个天真可亲的小孩，叶面带蓄一点漆光，亮亮的。使你觉得它即使放得再久，也不会褪色，我把它捡回来，和一枚已略微变黄的吉纳檀和羊蹄甲叶放在一起，准备贴在卡纸上做成卡片。

自从发现了这名牌和树号之后，我开始围着一区一区的树木去查对。于是，知道了那高壮苍老的树叫"黄采蒲桃"，觉得做梦也想不到有这样一种树名。那另外一株有枝无叶，树枝却湛碧如绿珊瑚的叫"南洋合欢"。

最不能令我释然的，是㊸号和㊹号这两个邻居。㊸号树劲健而纠结，有力而苍老，叶子衡疏，叶形平凡，却叫它"胭脂树"。那边㊹号，叶子茂密，壮大均匀，却叫它"鹰爪花"，而它并没有花，或许因为现在不是它的花季，却仍觉得应该把它们两个的名字互换一下。

我时常这样独自在植物园转来转去地看树。往往原来只打算待半小时的，却留连了两个小时，回来时，口袋里就装了一堆叶子和零星潦草的笔记。

那天清晨出去复印文稿，经过一家院落墙外，看见好几朵九重葛花落下来。九重葛通常是紫色居多，而这家的九重葛却是鲜艳的丹红。于是把它们捡回来，和植物园的叶子放在一起，找出一些空白的卡纸，把它们用胶水细心地黏上去，用塑料纸隔开，压在几本厚书的下面。

过了几天，再拿出来看的时候，欣喜地发现，它们都已经和卡纸合而为一，变成了一张一张的天然图画。

　　这个工作使我非常快乐，计划以后再去植物园的时候，专心做这件收集树叶、查对树名、保存标本的工作，加上随处可见的一些落花，会成为最美的一份收藏。

烟　尘

朋友都知道我喜欢趁偶然的闲情，独自去阳明山或台北故宫博物院走走，看看山和山上的树。

但是，朋友不知道，我近一两年来，是很少去了。

很少去的原因是怕那沿途的车阵与烟尘。

以前去台北故宫，可以从中山北路走圆山，只要一过圆山，立刻就见天朗气清，视野辽阔。后来，开了自强隧道，我仍每次特别嘱咐司机，要走圆山而不走隧道，为的是能多看一些风景。

圆山沿路都很美，那种看不出人工的平坦的道路，给山景增加了魅力，不必一定要抵达台北故宫博物院才可以看山。

阳明山沿途更是山路清幽。所付的车资不是为达目的地，而是为了沿途的游览，因此很能值回票价。

近一两年来，情形已经不同。不但去台北故宫博物院的路上，无论早晚，都已车声不断；即连去阳明山，也无法避开沿途大小车辆的烟尘。这我才憬悟，如果去掉了沿途的赏心悦目，那目的地实在也并不是我真正要去的地方。

既然是为了山和树，那么不得已而求其次，近在市区的植物园至少还有树，而我也只须忍受 20 分钟的车程，即可进入树群去领受一下人间仙景的清幽了。

有时，植物园人少，我就到园中椅子上坐坐，无人扰我，可以静听树的低语，叙述它们所见到过的人海沧桑。有时植物园人多，而画廊人少，我会留在画廊，凭窗看看风荷、雨荷或枯荷，以及树群与长天，也是一种灵魂的解救。

　　自从环境越来越都市化和商业化，我发现，自己是越来越"恋家"。非不得已，足不出户。必要时，把需办的事情速战速决，办完立刻回家。并非我忽然如此地喜欢寂寞，而是我怕外面匆匆的人潮，无情的车海，奔忙紧张无暇他顾的人间万象，浇冷了我对这世界的热情。我不敢看到那连路旁行道树与花坛都在急匆匆的马达声中惊惧不已的模样，于是，开始满足于自己这微不足道的小小"家园"。庆幸自己当年的"顽固"，不肯把它改建，留住了30几坪小小园地，也留住了构树的葱茏，凤尾棕的潇洒，老榕树的龙钟。还有那被大厦挡去了阳光而难得开花的桂树、珠兰和西洋樱，以及令我惊喜的、会结甜美果实的芒果树，表达了多少生命的无形之力。至于说，那些低矮的七里香，繁盛的杜鹃，永远不肯停止蔓延的九重葛，以及我零星买来、也不知其名的许多盆栽，尽管因园中阳光稀少而常年是"绿肥红瘦"，但就单是这片绿，已经给我带来无限的宁静。何况我总可以随缘在路过花圃时，买回一两盆开花的海棠之类，点缀单调。过年时，风雅的朋友，送来一盆兰花。开放时，倒也幽香阵阵，使我认真体会到"花气袭人知昼暖"的闲情。

　　我只惭愧自己没有办法不卷入尘间忙碌，因此，我的日子经常如我自己所形容的"过得四分五裂"。一日三餐的烦琐，无法全部推却的各种集会，因固执己见而要自己印书所带来的杂务，和每天固定要写的播稿、要听的唱片、要复的信件、要上的班，还有自己一直想写而常被琐事打断的、不知何年何月才可完成的长稿，顾此失彼、疲于奔命之余，使我常觉愧对园中花木，时常忘了浇水，更想不起来施肥。偶然照顾一下，却见他们都颇能自强自立，似是体恤我这可怜主人的辛劳与力不从心。

　　而我也为了无法再常去阳明山与台北故宫博物院，而不得不多用点音乐来治疗我的疲倦与紧张，却又无暇把我的音响与唱片柜的环境好好整理与布置，因而每当朋友要来参观我的庭园与音响时，就难免令他们失望。他们不会想到我是怎样在堆积如山的稿件与信件中拨出一小方空间来写稿,也不能想象我的唱片室是经常被巷子里川流不息的车辆扬来满桌满室的灰尘。而我如果想要把它们擦拭清洁之后再来享用,那保准是只有擦拭而不再有享用的闲空与闲情。

这样的生活,你说是不是也叫一种"情趣"?

我想,它仍然是的,尽管这情趣是如此的纷乱而又匆匆。

桃源依旧在

当生活琐事纷繁或自己忽然惑于荣利，卷入凡尘，因而感到心情窘迫，看不见天光云影之时，我就让自己做一次愉快的逃离。

逃离的办法是坐车。

有时，一趟外双溪即已足够。车行快速，带着你的身体与灵魂，一同驰过一个个与你无涉的处所，于是，你可以开始看见天广地阔，云淡风清。

当然最好是坐火车，可以享有五六小时的车行纵目之乐。让火车的最快速度帮你甩脱一切来自外界的纠缠和来自内心的牵绊。

于是，当火车越过市区，奔向原野，你可以放开一切顾虑与杂念，在这段时间里，没有人自作灵通地向你报导今天股市如何，油价几许；没有人杞人忧天地向你嘀咕这边房价又涨，那边地在增值；没有人问你今天因何还穿去年的时装；更没有人提醒你已"年过半百"，"应怀"千岁忧，要经营再经营，积蓄再积蓄。

在这样的旅途之中，你完全是孤立的个体，没有任何事务与你有任何关联，因此你可以不理会一切，专心欣赏车窗外闪过的远山近树，绿野平畴。

那天我乘山线去，看青山翠谷；这天我乘海线归，看未被俗世沾染的人间仙园；下次我将乘最早班车去，专为欣赏晨雾；再乘夕暮车归，可以看到晚霞。

铁路沿线，越是小站，越是文雅，越是保存着未被现代文明污染的安闲。

想象铁路员工如何把他们的小站细心点缀,把花圃围上多色的篱栏。有时红白相间,有时加些蓝和绿,润饰其间,里面盛开着美人蕉、野菊花或剑兰。有些小站不仅有花圃,且种着修剪得宜的灌木,或排列着漂亮的盆栽。有时火车开出车站以后很久,还可看见夹竹桃给铁路沿着红边,山坡上也多有粉红色或黄色的野花,点缀其间。

海线小站连地名都安闲。追分、清水、南日、苑祖、通霄……它们不在意快车肯不肯在这里停站,或许它们更应当欣幸快车不在这里停站,好使它们的站上与站旁,多有一些种植花木的空间,也免得嚣张的都市人去踩坏了它们的稻田。

通霄站一闪而过,那蓝白相间的墙垣,衬着彩色缤纷的花圃,使人疑为谁家别墅,连墙仁漆着的"通霄"二字,也像旧时大户人家的堂名,透着不随流俗的悠远。

白沙屯地名潇洒,圃中有美人蕉竞艳,恰似要给这素淡的地名加上最出色的点染。

有时可见公路旁侧,木麻黄夹道,令人神驰。但最夺目还是那大片的稻田,匀净澄碧,稻浪如海,极目稻田尽处,才隐隐看到线条利落的农舍,清爽整洁,如同天天用水洗过一般。偶有不知谁家的红砖小筑,沿着白边的屋顶,安谧清幽,极富画意,远远地隐在丛树之间。

在这样的安闲与清幽里,我摆脱了那被金钱追赶、被荣利纠缠的窘迫;找回的是,当年千里独行,到这青翠之乡来追寻的那无需奔名逐利的处所,耕田而食、凿井而饮的世外桃源。

生命之歌

一 夜的告退

仿佛是很久以前,在某一次的病中,又仿佛是我刚刚从溟茫中降生,地球不知为什么要用那么凄清的调子,艰难地转到黎明。

总觉得记忆中有一个声音,说:"天亮了!"但又一点也想不起是什么时候听到的这样一个声音。这声音,竟然也是那么凄清。像是好不容易熬过了一个长夜,看到曙光渐渐浸透浓密的黑暗,纸窗上现出了几分淡白的清冷。倦旅的夜,喘息着生途的艰辛,那苍白的面容!

黎明前的长夜,是如此的沉重与无奈,宇宙是漆黑一片的静场。一切无声,像是被一个庞然的巨灵掌遮住、压抑了一切。幸福的人可以闭上眼睛去寻梦,而醒着熬过长夜的人,一直听着夜的脚步,缓慢而狰狞,沉重又无声,直到鸡鸣,增加了破晓时分的寒冷,揭示出这宇宙第一个声音,你才感到,自己从一个不可知的世界,惶恐地张开眼睛,迎向黎明。是你的降生,也是一个日子的苏醒。

这时,才逐渐有管弦试探的、轻轻的起奏。天上的朝臣们已经端正了衣冠,准备迎接太阳这君王的升殿,天地间才霍然地亮了。

黑夜告退,你觉得世界像是沉静了千古的大海,忽然,波涛粼粼地展开了无边的活动。

人们欣喜着夜的告退,不知为了什么而彻夜未眠的人们,也松下了一口气——唉!终于见到了黎明!

二 清 晨

清晨是一首明朗嘹亮的歌，伴奏着清越的双簧管。鸟鸣是短笛的跳音，弦乐部分是欣然的行板。

一切都现出了颜色。

被浓黑掩盖了一夜的这世界，又一次展现了树群的婆娑浓绿，花朵的红紫缤纷。草叶上闪亮的露珠，是清晨带给世界的最佳献礼，鸟儿们欢唱着"黑夜远去，白日降临"。

人们开始活跃。那些摸黑赶早市的豆浆贩和鱼贩、菜贩们，也解除了一脸隔夜的慵倦，振作起来了。

做早操或做早课的人们为自己曾经不怕黑夜的尾声而自豪着，忘记了起床时勉力奋起的心情。

宇宙换了一个勤奋的调子，像那一队队如同麻雀一般跳跃着奔往校门的小孩，意气昂扬，齐步堂堂，告诉你，生命是何等的活跃又欢畅。

空气由夜的冷峻到晨的沁凉，在阳光的浸浴下，越来越温暖，天也越来越高、越蓝、越亮。

车辆与行人汇成了人间长河，尘沙渐渐飞扬起来的时候，阳光由清亮变为刺目，那就是中午来临了。

三 日 午

日午是工作的稍歇。

尘沙在直射的阳光下，由奔逐变为凝聚。像那令你辨不清个体的群众，盲目地聚散着，旋转着，你不知道尘沙们是否也有事情在忙。你只觉得它们如此的浮游旋转，没有根，聚拢又流散，是一种不可解的奔逐，于是，你像置身在宇宙之外，冷眼旁观着另一个世界。"尘沙们也觉得自己被一个不得不奔忙的力量在催迫着吗？"你这样问。

于是,你羡慕菜贩们在收拾残梗断叶之后,来到了生之旅的中途站,他们一天的辛苦在这时可以略作结束——实在是很累了!收拾起那些箩筐,回到简陋的家里去赶个午睡,留下一点睡起的时间,和同一市场的竞争者们,放下恩怨,赌赌纸牌,或摆开象棋,认真地下它几盘。

卖便当的也忙过了,回去把这半日的辛劳,慢慢结算。

办公室的窗子开着或密闭着。一上午的电话与帐目,在短暂的闭目养神中,很快地变成了一些蒙眬的梦。暂时推开那急于挤向前来的下午,在速成的梦里,去探寻那迢遥的生之旅途。唉!何等的缈远辽阔又荒凉!未知的旅途上,点缀着一些不可捉摸的假象,是海市蜃楼吧?是自己那不可解的脑波,在无意中接收到世界某一个陌生角落所传来的陌生讯息吧?别人也在接收我们吧?

人的灵心是如此的神奇又恍惚!说不定这才是另一个醒着的你,在溟茫之中漫游。

被上午的难题困扰着的你,或许正希望自己回到那在溟茫之中漫游的本真。希望忽然间给你一个证明,证明那一上午在现实尘沙中奔劳的自己,是在一个梦境中暂时的登场。

四 午 后

当然,你会被一个电话铃声、一位同事或同业的招呼、一阵脚步声音、一声笑语、一串摩托车的马达而惊醒。你没有办法停留在那溟茫之中,你回到一个充满公事与私事,充满问题与答案的日常。于是,下午用闷怏怏的脚步,沉缓地开始。主调在低音大提琴上进行,管弦成为遥远的回应。

最好一切已在上午做了决定。

还有新的问题在发生吗?必须解决吗?留到明天,怎么样?让它是明天的课题吧!太阳已经有些倦意,浮尘在斜下去的阳光里开始慢慢地沉淀。它们倦了吧？还是那不知来自何处的无形之力渐渐放松了它们。你觉得有些浮尘已经离去，所以那还在游动着的就显得松散多了。

阳光斜斜地照在西窗上，却预期着那窗外的鸟儿是在归巢。空气里剩下的，是春之慵懒或秋之凄清，是夏之闷热或冬之寂冷。办公桌上各式文件暂时的收敛，就是黄昏的前奏了。

五 昏 夜

都市黄昏的街道上，车子汇成长河，马达声喧，夜迅速地把照明之责交给了各色的车灯、路灯、门灯与霓虹。家是每一个人急于回去的地方，却也是每一个人迎向另一串问题与负担的地方。你整日的奔忙与焦虑是因为有了它，而你却觉得你的奔忙与焦虑可以因为有它而消失。都市的夜街并不因为有那么多的灯光而显得明亮。你看得见的只是你车灯照到的一小片、一小段；而夜已在你奔赴那另一串问题的时候，迅速地涂黑了每一个角落。

乡间的黄昏倒是广阔得多了。

太阳斜下去之后，是整个淡灰浅紫的宇宙幕落，归鸦点点，农夫荷锄走过田埂时，到处已经有了蛙鼓虫鸣。远处清冷的灯火，一个一个地亮起，点染出零星孤寂的人间村落。

有灯的地方写着温暖，也写着艰辛。

奔忙的白日过去，清点这一天奋战的伤痕，灶边有和这伤痕一起得来的饭菜，全家聚在一起的时候，是稚子无邪的笑闹，和家长苦乐交织着的、疲惫的心，与在温慰中，隐隐泛起的那一丝怜悯——"当你们也像我一样的长大成人……"

窗外迅速地落下了夜的黑色大幕。星星们孤寂地在天上俯望这天黑之后的人间。灯火如此零落，不久更会暗去。人们在被褥的温暖中，卸下一天的风尘，叹息和着打鼾的声音。

海在黑暗中大幅地、悄悄地摆荡着、叹息着、宣叙着宇宙洪荒，生命的开始与终结，存在与凋落。悲欢如尘沙，得失如草芥。

造物者说："你们要借着光的照耀去奔忙，帮助别人，也得到别人的帮助而生存。你们可以在那光暂时隐去的时候歇息，容许你忘记日间的奔劳，在各样的梦境中，去缥缈虚无的地方游历。白天的伤痕会在睡梦中消隐，而睡梦中的恐惧会在白天来临的时候褪去。你奉我的差遣，有3万多个这样的日子，给你生存。如果你记着白日的光华，这光华也会点亮你黑夜中的梦境。总会有星的寒光，伴你黑夜。你也不必害怕知道，有更长的黑夜是你人生的终站。它让你那长途奔劳，暂时止歇。而在这样的长夜之后，你将再从溟茫中苏醒，张开惶恐的眼睛，迎向冷冽的黎明，成为另一形态的生命。你会再度为自己可以奔波忙碌而感到欢乐与欢腾。"

往日情怀

微雨的冬日下午,独自散步归来。经过桥畔那家电器行,远远看见一只方方胖胖的大冰箱,似曾相识,心上立刻升起一阵喜悦。加紧脚步,走近一看,可不是嘛!那正是我曾共患难的老友旧伴——那只过时的老冰箱啊!

那过时的圆角单门的旧式冰箱,在台北,似乎只有它一个。虽然加了喷漆,仍掩不住它下角剥蚀的铁皮。那旧式的弹簧把手,已经修复,门旁的隔热海绵已经填齐。我走近它,按下把手,熟悉地打开那单扇的门,那上面似仍留着我无数重叠的手印。向里面望去,宽朗的铁架,仍然那么匀整,上层冷冻柜的弹簧也已经修好,打开时,似可见到它那经常厚厚的结冰。

啊!亲爱的老冰箱!别来无恙?我们分手已经一年半了,你可知道,自从我在那样黯淡的心情下,将你以600元的廉价,卖给了这家电器行以后,我是没有一天,没有一天,不在思念你,更没有一次经过这家电器行时,不想见到你啊!

一年半以前,我带着满心未曾预期的冷淡情怀,旅行归来,一进家门,就看到它拦腰被一根破烂的带子缠住,地上都是水渍。佣人说:"这冰箱,修了两次都修不好,不能再用了!"

家中每一个人也都说:"它太老旧。现在外面又是GE又是惠而浦,又是国际又是大同,为什么非将就这只老冰箱不可呢?"

我那一阵子正很消沉,消沉到不再有心情坚持挽留我自己的"情之所钟"。现在轮到用了20年的老冰箱。既然大家都如此喜新厌旧,我又何能独挽狂澜？我已经挽留它好几年了。修了又修，补丁再补，喷漆又喷漆，没有人认为我应该再坚持要保存它了！何况我又是那样的不想再保有任何属于自己的意见偏好或权益！

去吧！那么就不再留恋它吧！

于是，简简单单的一通电话，叫来了时髦的"惠而浦"，就把这老冰箱淘汰到院子里，走廊下。家里人们还在计议如何把它卖掉，卖一个较好的价钱，我却不忍再多看它在院里忍受风霜，立刻叫附近的电器行，把它搬走，随便他们付不付钱，有邻居之谊的老板，主动地付了600元，表示权利义务的分明。

600元，人人都说太少了。

我却觉得人们好奇怪。既然众口一辞，认为它不再有使用的价值，而坚持要把它淘汰，这时又为什么忽然希望它多值几文呢？

电器行把它搬走的时候，我抚着它那熟悉的外壁，嘱咐他们"善待之"。"修好一点，再找个爱它的主人吧！"

惠而浦取代了老冰箱的位置，接替了老冰箱的工作。它自动化冰，不用除霜，因此我不必经常接近它。在我感觉上，惠而浦是个新式的仆人，全用时髦的方法做事，所缺少的却是那份感情。不像那老冰箱，曾和我共度艰困的岁月，让我尝到在拮据的生活之中，初次拥有一只忠勤的老旧冰箱的温暖。老冰箱的容量大，性能好，当我太忙或太懒，而没有为它清洗或化冰的时候，它从不找我一点麻烦。当我把一切可以堆放在内的东西，统统推给它去承担的时候，它也原谅我的忙累，而一律接纳。当我深宵不眠，独坐客厅，等待黎明的时候，它那马达的轻声就很体贴地伴我寂寥。

多少次，家人嫌它老旧，朋友笑它落伍，而我却把它看作一个鞠躬尽瘁的忠实朋友，曾替我分忧，为我劳累，伴我走过坎坷生途，送我度过凄凉的岁月。我不忍弃它于不顾。直到这次带着感情上的创伤与沮丧旅行归来，我觉得连自己都不想要，又要一个老旧冰箱何为？不如各奔前程去吧！是这样的心情，使我放弃了它。也是这样的心情，使我每经过那家电器行，都愧悔交集，想再见它，怕再见它。直到今天，一年半以后，我真的与它重逢……

啊！我亲爱的、忠实的朋友！你仍然健在，你仍健在啊！当我上前去与你把晤时，相信你一定也可以感到我满腔的悲喜交集之情。

电器行老板走来向我寒暄，我仿佛是一个忍心把孩子卖给别人抚养，而又恋恋不舍、怕别人将他虐待的、无义的、矛盾的母亲。口中说的是"你们把它整修得很漂亮！"心中想的是，"我何忍将它弃置不顾！"然后，当听到说："我们已把它卖给了某某人"的时候，心中不由自主地交织着惋惜留恋与无可奈何的祝福。

"希望新主人对它好，它实在是一个最好的冰箱。它比任何新牌子都坚固、可靠，而且它马达的声音最小，比自动除霜的清静多了……"

我这样由衷地推许着，希望借此使它的新主人对它多有几分关心。

然后，我惆怅地回来，决心让自己尽快地培养出一份属于现代的、喜新厌旧之情。

挥手自兹去

在台大医院那迷宫似的走廊上东问西问，上了二楼，左转弯，经过一列病房，尽头处，有人站在一间病房的门口，再走近一点，看清楚了那是张任飞先生的夫人、男女公子和几位亲友。

张太太和公子眼眶红红地迎上来招呼，大家心情沉重，连问候和安慰的话也无从出口了。

病房的门敞着，张先生安静地躺在病床上，臂上插着一个一个的针管，张太太说，只希望医生尽量维持他到次日早晨，还有一个女儿正从美国兼程赶来，要见父亲最后一面。

弥留中的张先生，看来十分平静，像是沉沉地睡着了。

我和外子刚刚才得到张先生病危的消息，立刻赶来的。一路上责备着自己："平常为什么不多看看这位老友！为什么总以为还有的是时间！"

"我们是30多年的朋友了！"外子逢人便感慨地说。

30多年，在我们这一代的朋友们来说，是一部历史，是一套书，是写着国事沧桑、民族血泪的一本帐。那时候，这些新闻界的尖兵，先先后后，从祖国大陆渡海来到这新收复的一片国土，各就各位，跑新闻。

20多岁的这群人，每个都充满活力，每个都赤手空拳，每个都生龙活虎，肩负着民族的悲欢，单枪匹马地在基隆离船登岸；而那留在记忆深处，随着岁月逐渐模糊的是自己那古老的家园。

跑长官公署的日子，随魏道明出巡澎湖的日子，台湾博览会的时候……"阎锡山来了，你知不知道？""陈诚的消息不要漏掉！""太平轮事件真是震撼"……

隔海的新闻异样的凄凉。枪林弹雨中的记者们，永远在最前面，风暴日晒雨淋，大家穿的是最简单的服装，吃的是陌生的餐点，也接触到前所未见的酒家，和战前遗留下来的日式舞场。大家把一切晴雨苦乐，照单全收。记者生涯，就是如此的不能迟疑，无从选择；不必咀嚼，无暇回味。每一刻的过去，就得让它完完全全地过去。生活是分秒不停地向前，眼睛看着的是四面八方的未来，记者们的手稿是瞬间的完成，又在瞬间成为过去，岁月在他们奔跑追逐中很难留痕，这是拒绝留痕的一群。他们要始终让自己的步履迅捷，反应机敏。他们始终是抓住一个最新，又立刻听任它成为过去、毫无留恋、绝不感伤的一群。

但是，外子在他的老友张任飞的病房外面哭了。

这些强人！这些病了也不停顿、咬紧牙关不服输的强人；这些中国近代冲风破浪、戴月披星，在警报中发稿、炮声中抢新闻的强人；这些少小离家、老大也未曾回去，提起家园只剩一片茫然的人们。做记者这一行，习惯了不动感情。这些昔日少年今白头，仍不让自己留恋友情于茶烟里略事喘息的人们，是要一路加速跑到终点，绝不停留的一群。

张先生！你跑得好壮烈啊！

你就这样的不服输吗？

4个月前见你，笑容满面，谈起手头的杂志和丛书，"我要做的事还多着哩！"问起你的身体，"你看我不是很好吗？"

连外型都不允许它憔悴，强人不许生病的吧？自少至长，凭胆量、凭动力、凭速度与担当，追求更新与创造的强人，只许简简短短的挥别。去就去了，如此便如此，不必哭泣！

可是，我们都在哭。哭的是30多年的岁月，一代的奔驰，我们终于要分手了！这一群，终于有人先跑完全程，挥手扬鞭而去，在那落日余晖中消隐了。你可知道我们看着你那在晚霞满天中逐渐远去的背影，有多少惆怅?! 30多年前那个年轻人走了！30多年来，总觉自己做的事还不够多、总觉自己还不该感到那么累的那个不服老的年轻人，走了！留下的是我们看得见的你的履痕，和属于这一代的、每一个人的、错杂而坚定的脚步。从没有一代人像我们这一代这么壮丽地生活过吧？也从没有一代人像我们这么明显地、具体地、赤手空拳而来，留下无限的回响余音而去吧？

  病房的门敞着，强人不肯回首说声再见。只因他总觉得还有太多的事没有做完。我们也是如此，总觉得那么多家国的责任都压在我们的肩上。那么，就让老友们再替你多跑上一程吧！你看！电报机和印刷机还都是不舍昼夜地在转，却比以前效率高得多了！这一切的更新，一切的丰富与繁华，不也有你的一份心愿在其中吗？

风雨归舟

那一阵，天气初凉，秋雨时至，一种飘潇飒爽的适意感，使人常觉置身水天一色的江上，很想就这样驾一叶扁舟，向着水雾迷离的远方隐去。

古人对"隐"的神往实在也令人羡慕。在过去的时代，有"归隐"；有"退隐"，所"隐"的地方多半是指田园与山林。此外还有这样一种不知所终的"飘然远隐"，范蠡是这样的远隐，而且驾着小舟。老子也是远隐，他是骑青牛，过函谷关而去。

寒山子，传说是隐入了寒岩。

远离尘间名利的约束与牵绊，让自己飘向无边的广远，是烟水迷离也好，是云深不知处也好，这大概是诗人哲士的中国人所喜爱的一种自由了吧？

过去有一段说书用的单弦岔曲，叫《风雨归舟》，写的是文士们对退休生涯的向往。中年以上的北方人大都听过。其中有句云："卸职入深山，隐云峰，受享清闲。闷来时，抚琴饮酒，山崖以前。"然后是描写忽然风雨骤至，去草亭避雨，一面赏雨。这一场夏天的急雨使"山崖积水满，涧下似深潭"，但很快的就又"天晴雨过，风消云散"。于是，这位退休者再度把船靠向岸边，"唤童儿，挽花篮，收拾蓑衣和鱼竿，一半鱼儿和水煮，一半在长街换酒钱。"

"卸职入深山"的生涯，原来是如此的逍遥适意啊！

而这就是中国式的、如诗如画、归返自然的退隐。

去年，公元1984年，65岁的人们该退隐了。他们却不是去"隐云峰，受享清闲"的那种退隐。

他们是民国八年出生的，赶搭上这一班历史的列车，被比他们年长一二十岁的人们，不由分说地纳入了这时代的洪流。

民国八年，是史无前例的一年。

那年，有如火如荼的"五四"运动，从学生到工商农各界，一致对外的全国人心大团结，把清末以来的内忧外患，种种积郁，一口气发泄出来，掀起了遍及全国的巨大浪潮。

民国八年，是旭日初升的一年。上一代有理想的人们逐渐地把理想绘出了蓝图，正在促其实现。自由学风从这一年建立，新思想从这一年快速而具体地传播，政治和社会的总变动都从这一年开始，波涛汹涌地展开。

妇女们的觉醒也在这一年有了具体的表现。

杜威的教育思想也在这一年传入了中国。

"外抗强权，内除国贼"的口号是在这一年响遍了全国。

民国八年出生的这一代，是随着这样的浪潮走过来的。如今，他们65岁，公元1984年，他们也该退休了。

对于以前，他们所钦仰的开国元勋，披荆斩棘的那更勇敢的一代，他们是更进一步地了解与钦仰了，因为他们亦步亦趋地踩着上一代的脚印，走过了这65年。不用翻阅历史，他们的脚印就是历史。

不用问他们此生的苦乐，历史记录了他们每一个人的苦乐。

民国十四年，他们6岁，国民政府在广州成立。

民国十五年，他们7岁，革命军誓师北伐。

民国十六年，他们8岁，北伐成功的日子逐渐接近。

民国十七年，他们9岁，北伐成功，他们在小学唱"打倒列强"的歌。

民国二十年，他们12岁，在"九·一八"事变声中，他们读初中，跟着各种学生运动罢课、游行、抵制日货。

民国二十一年,"一·二八"事变,他们的学业断断续续;"满洲国"在这年3月9日成立。

民国二十二年,他们14岁,热河宣布归顺"满洲国",日军出兵攻打山海关,并进兵热河,订《塘沽协定》,冀东特殊化,划为非武装区。他们唱"你看,那词句阴险的塘沽协定!你看,那遍地异国的旗帜,令人心惊!"的愤慨的歌;他们也唱"九·一八,血迹尚未干"的悲壮的歌。

民国二十四年,他们16岁。日军进兵冀东,欲使河北及热察地区全被日军控制,威胁平津,滦榆区行政督察委员降日,在通县成立冀东防共自治委员会,宣布脱离中央。学生群中喊出"一九三六"的口号,祝祷这未来的一年能扭转危局,积极抗日。发起献机祝祷,全国每人一元,四万万同胞四万万元,为当时50岁的蒋委员长祝寿,希望应可购买飞机,借增军力,以抗强敌,不再妥协。

民国二十五年,他们读高二。西安事变。

民国二十六年,"七七"事变,他们刚刚高中毕业,大多数随政府参加抗战,有人不得已,随着家庭沦陷。不同的命运,同样的艰苦挫折,却也同样的坚定勇敢,斗志昂扬。

这8年抗战开始时,他们刚刚成年,如其所愿地正式冒险犯难,与侵略者浴血抗争,在炮火中出生入死,奋斗挣扎,战争剥夺他们,也磨练他们。这一代,从降生就随着上一代纳入了时代的洪流,就有了与生俱来的救国使命,一直随着长辈救到抗战胜利,他们27岁。这一段轰轰烈烈的岁月,所付出的是热血与热泪,是幼年、童年、少年与青春,还更有学业、爱情与婚姻。他们无怨,他们自豪。因为他们亲沐大时代的风雨,在狂风巨浪中,自己的岗位上,掌过舵,划过桨,抛过救生圈,赤手空拳,出生入死。他们在各种内战中从看着上一代从军、跟着上一代"逃难",到随着上一代从军,到和上一代一起听着军歌与炮声,唱着军歌与高呼口号声,用各种力量抗敌,用各种方式救亡与图存。

他们说:"我们从小就救国,一直救到现在。"

幼小的他们,在北伐成功之后,"双十节"提灯游行的记忆,一直那么鲜活。各村镇入夜的灯光,是孩子们手中的各式纸灯,写着标语和口号。他们幢幢的小小身影,"打倒列强"的歌声,稚嫩得那么沉雄,那么令人感动!他们是由衷地、热血沸腾地踊跃加入这洪流,这行列。他们就那样,毫不迟疑、义无返顾地接下了救国的使命。

他们有许多年龄相近的友伴,随着比他们年长的那一代,在陆陆续续的战役播迁中,悲壮地殒落了,带着为国家付出一切在所不惜的誓言。他们从未怀疑过,从未退缩过,更从未后悔过。

没有另一个时代比民国前后以来的这时代更与国家的命运如此的密切相关,没有另一个国家的人们有像近百年来的中国人这样,对国家有如此锥心刺骨的挚爱。

河山是每一个中国人的。为了保护它,洒得遍地都是鲜血,遍地都是热泪。为这河山所立的誓言如此地密集又恒久。你从未见过有这么多人为这么大的土地立下过这么令人震慑、充满血泪的誓言,而又这么不朽!

至今,没有人忘记过为救国所唱过的任何一首歌,而且至今唱起来,仍然那么激动。

民国三十四年的胜利是一次总胜利,是全民、全国、全部历史的胜利。

百年来的中国人,从未放弃披荆斩棘的探寻与开拓。

面对一切的险恶艰辛,他们自出生便接受训练与使命,他们不懂什么叫绝望与灰心。他们最习惯的是奋斗,赤手空拳,到处去重起炉灶。然后,当下一个灾难来临的时候,他们慷慨地承当,毁掉的就让它毁掉,悲壮地再向前去追寻。这不是苟存,这是对自己每一步脚印由衷的认可与坚信,到过的地方就不会忘记,暂时的走开,说明的是,我们一定会回来。

65岁的这一代,退休了。跟着前辈的脚步,跋涉了这样的一生。一生肩负着历史的使命,扛着鲜明的旗帜,奔波。从未想到停止奔波的这一瞬间,是什么况味。这不得不然的停歇,在他们心中,似仍像当年在誓言与热泪、爱的狂潮、枪林弹雨中,杀敌的激动里,有时遭逢的那不得不然的停歇。那只是暂时的密云不雨,心情的沉雄;不怕死、不投降的壮烈;以热血换热血,以生命换生命的决绝;毁家纾难时的一跺脚,掉头而去,没有什么可儿女情长的。骨肉离散是这一代人的命运,他们有充分的准备。不为别的,只为的是,他们坚信,这样的河山,不该褪色。这一代的生命如果有意义,那么,为它付出,就是意义。他们知道,上一代曾这样把担子交给他们;他们也知道,下一代能见到他们奠好了路基的大道,继续去把这大道筑成。

公元1984年,65岁的这一代中国人,退休的时候,心上是轰轰烈烈的一份复杂的感情。他们没有去想"卸职入深山,隐云峰,受享清闲"的逍遥。他们奔波惯了,不知道怎样使自己歇下来。他们永远觉得有使命,永远觉得还不够安全。

"快成功了!"他们用一生习惯了的信心对着后来者,那也逐渐走向退休的年轻一辈的伙伴,极端相信,自己仍能参加他们的行列,再往前跑上一程。

话来生

依照我虚无缥缈、没有科学根据的想法,我觉得每个人都会有"下一辈子可活",而且这个灵魂是不变的,只是所"住进去"的躯壳会有所不同而已。

这想法,也许和佛教的轮回之说不谋而合,其实它也是道家的想法,庄子就认为生死不过是"以不同形相禅"。这一辈子活完了,下一辈子变成了蝴蝶或老鼠,或虫蚁,都无关宏旨,反正"物质不灭",一切还都是在这个世界上以不同的姿态"活"着。如果认真分析一下的话,可能庄子的说法是比较偏重"物质"的。各种元素的分裂组合,形成了这世界上万物的生灭与演变。而佛家的说法是偏重"灵魂"的。一个人或动物,甚至植物,都拥有一个灵魂。当这个躯壳死了之后,那灵魂就好像要换个新房子一样的,另找一个躯壳"住进去",这就叫"投胎"。不过,据各种传奇神话中的故事看来,这"投胎"大概是不能自作主张,而要看"阴司"里怎样裁判的。大体说来,如果这一生做的好事不少,下辈子就很有机会仍然投胎做人;如果做了坏事,那就可能投胎做牛马或猪了。只是一时不太记得在什么情形之下,会去变成植物。如果以现在世界大同、加入了西洋的看法来说,大概做植物也不是一种奖赏。因为西方人很怕自己会变成 vegetable。我也很同意他们的想法,长在地上不能动,当然是很急人的。不过,无论如何,依照佛家的说法,世上的灵魂似乎不会随便增多或减少,他们只不过是忙着换房子,一次又一次地住进新的环境而已,所以才有人投胎之后,一睁眼,就大惊地叫道:"哎呀!我的手怎么这么小呀!"因为他已变成一个婴儿了,语言却还没有忘记。据说这是因为通过阴曹地府的时候，曾经抑制自己的口渴，而未喝"迷魂汤"的缘故。

我也常常怀疑那些特别聪明的小孩，是不是前辈子的事情没有忘记。譬如说，有个小娃娃才几个月，见了生人就懂得把小手很优雅地伸过来，让人必须弯下腰来亲吻她的手背。那种高贵的仪态是非得受过欧洲上流社会的教导不可的。所以我就很怀疑她那小小的身躯里面，是住进了一个欧洲皇族的灵魂。也有很小的婴儿一开始学吃饭就会用筷子，她一定是容纳了一个中国人的灵魂。

这种无边无际却又相当的有事实为证的想法，常常使我觉得很快乐，因为无论根据庄子的形体演化说或佛家的"灵魂搬家说"，都为我证明人死并不等于全然的消失，甚至于根本并不消失。他的形体可以化做人类或其他生物的一部或全部，而他的灵魂可以在人类或其他生物的躯体中继续生存而且活跃。基于这个信念，我常会看着一条活泼的小鱼或一只漂亮的小鸡出神，也曾对着一头被人当作最佳品种的、关在牛牢里受"优待"的"种牛"谈心，小声地问它们"是不是前辈子是人啊？"，"你们快乐不快乐啊？"，"想不想下辈子再回去做人啊？"。虽然它们不会用言语回答我，但我总可以从它们聪明的眼神里猜到"肯定"、"否定"或"无奈"的答案。而我常觉得每一种动物的眼神都和人非常的相像，大概那就真正是一切的"灵魂之窗"吧？无论这灵魂住在什么样的躯体里，透过那明亮的眼睛，也仍然能传达出一切灵魂们所共有的语言和感情。

也许正因为我常有这样不着边际、但并非完全幻想的想法，所以我觉得生死是不那么"幽明异路"的。也正因为这些想法，所以我对许多生物都会在某些瞬间，产生一种交通或共鸣，在它们那非常"通灵"的眼神里，常能读到许多的倾诉。不过，很奇怪的是，有时小孩的眼神反而不如有些动物那么充满了由衷要表达的意见与感情。有些小孩的眼神是很呆钝的，好像那个住在里面的灵魂不怎么灵光的样子，不知是什么缘故。

　　我没有把握自己下辈子会住进一个什么样的躯壳。只是以我这一刻的想法，与其住进一个眼神钝钝的小孩子的躯壳，不如住进一只会唱歌的鸟的躯壳。虽然生物学家说，鸟的鸣唤不一定是在唱歌，而很可能是在吵架骂人，但至少，透过它们那两只圆滚滚、亮闪闪的"灵魂之窗"，我可以多看见一些绿叶，而且有机会住在树上，比什么人都早看见晨曦。又可以说启程就启程，振翅高飞，享受一些海阔天空之乐。

　　不过，话又说回来，万一下辈子我仍然住进了一个"人"的躯壳，我倒愿意"它"还是我现在这个自己，能出生在一个像"五四"那样崭新的年代，却住在充满传统古意的、接近田园的大家庭，亲尝农业社会的舒徐、广缓与踏实。然后在童年就随父母进入工业世界，提早受到现代文明的薰陶。晚年又能躬逢商业社会的丰富繁荣之盛。一甲子亲见各种战乱，却终能在它们的缝隙间图存。且由于常处困境，对人生乃多所了悟，也学到了旷达。知道钱财生不带来，死不带去，以拥有眼前这50坪绿色小园的私产为已足，自己从事广播与写作，不必面对群众而能交游广远。外子做世界性的通讯社记者，不必出门而能比别人早知天下事。使我的一生能从比我早的时代遗痕延伸到天天有源头活水般不断涌来最新讯息的"明日世界"。

　　这样的一生，如能 encore 一次，应当也是不错的了。说不定因为驾轻就熟，还可以多有一点余情，体会一下这一生所来不及体会的苦乐悲欢，也欣赏一下这一生所来不及欣赏的良辰美景呢！

罗兰经典散文

（上）

罗 兰 著

当代世界出版社

图书在版编目（CIP）数据

罗兰经典散文（上下）/罗兰著． —北京：当代世界出版社，2013.1
　　ISBN 978-7-5090-0880-5

　　Ⅰ.①罗…　Ⅱ.①罗…　Ⅲ.①散文集－中国－当代　Ⅳ.①I267

中国版本图书馆CIP数据核字（2013）第004656号

著作权登记号　　图字：01－2013－0655

出版发行：	当代世界出版社
地　　址：	北京市复兴路4号（100860）
网　　址：	http://www.worldpress.org.cn
编务电话：	(010) 83907332
发行电话：	(010) 83908409
	(010) 83908455
	(010) 83908377
	(010) 83908423（邮购）
	(010) 83908410（传真）
经　　销：	全国新华书店
印　　刷：	北京欣睿虹彩印刷有限公司
开　　本：	700毫米×960毫米　1/16
印　　张：	30
字　　数：	386千字
版　　次：	2013年6月第1版
印　　次：	2013年6月第1次
书　　号：	ISBN 978-7-5090-0880-5
定　　价：	44.80元（上下册）

如发现印装质量问题，请与承印厂联系调换。
版权所有，翻印必究，未经许可，不得转载！

目　录

寂寞的感觉 ………………………………………… (1)
窗的情调 …………………………………………… (3)
给"那云" …………………………………………… (5)
雨丝·绿海 ………………………………………… (7)
小　画 ……………………………………………… (9)
雨　伴 ……………………………………………… (11)
虚　空 ……………………………………………… (14)
为了寂寞 …………………………………………… (16)
彩色的联想 ………………………………………… (19)
声音的联想 ………………………………………… (22)
累赘的东西 ………………………………………… (24)
倦　旅 ……………………………………………… (27)
雾濛濛的松山 ……………………………………… (30)
写给秋天 …………………………………………… (33)
孩子的祈祷 ………………………………………… (35)
那岂是乡愁 ………………………………………… (44)
生活的滋味 ………………………………………… (52)
由冷说起 …………………………………………… (59)
秋园即事 …………………………………………… (63)

速成的青叶 …………………………………… (69)

生活散曲 ……………………………………… (74)

数字游戏 ……………………………………… (79)

春节小集追记 ………………………………… (83)

天上人间 ……………………………………… (87)

风之恋 ………………………………………… (91)

唱一首简单的歌 ……………………………… (93)

散步随想曲 …………………………………… (96)

沉樱的手帕 …………………………………… (102)

悠然的感觉 …………………………………… (105)

山上去来 ……………………………………… (109)

寄给飘落 ……………………………………… (116)

无私的情谊 …………………………………… (121)

烛光夜话 ……………………………………… (126)

那南风吹来清凉 ……………………………… (131)

幽林一夜雨 …………………………………… (136)

雨中的紫丁香 ………………………………… (141)

那银海千秋的夜晚 …………………………… (146)

春夜闻笛 ……………………………………… (152)

海滨三题 ……………………………………… (159)

寄给梦想 ……………………………………… (164)

当阳光照临 …………………………………… (168)

多色的灯海 …………………………………… (170)

飘飞的云 ……………………………………… (172)

小　路 ………………………………………… (175)

生活的脚步 …………………………………… (177)

一种颂赞 …………………………………………… (179)

绿 梦 ……………………………………………… (181)

桃 源 ……………………………………………… (183)

国画的境界 ………………………………………… (187)

我们的蓝天堂 ……………………………………… (190)

闲 适 ……………………………………………… (193)

几种友谊 …………………………………………… (197)

静 赏 ……………………………………………… (201)

锁住这个早晨 ……………………………………… (204)

生活的浪花 ………………………………………… (208)

时代的节奏 ………………………………………… (214)

现代的图腾 ………………………………………… (219)

人间能得几回闻 …………………………………… (223)

逍遥的年龄 ………………………………………… (227)

寂寞的感觉

你一定也有过这种感觉的。

当你心事重重，渴望找个人谈一谈的时候，那个人来是来了，但你们却并没有谈什么。当然，谈是谈了，可是他谈他的，你——开始你也试着谈谈你的，可是后来，你放弃了。

于是，你们的谈话成了两条七扭八歪的曲线，就那么凄凉地、乏力地延伸下去。

你敷衍着、笑着，假装做很投机的样子。但是，你心里渴望他离去，让你静下来，静下来啃啮那属于你自己的寂寞。

"倒不如自己闷着的好！"这是你的结论。

"希望别人来分担你的心事是多么愚蠢！别人不会了解你的，人人都只关心他们自己。"

于是，你领悟到，有些事情是不能告诉别人的，有些事情是不必告诉别人的，有些事情是根本没有办法告诉别人的，而且有些事情是：即使告诉了别人，你也马上会后悔的。

所以，假使你够聪明，那么，最后的办法就是静下来，啃啮自己的寂寞——或者反过来说，让寂寞来吞噬你。

于是，你慢慢可以感觉到，午后的日影怎样拖着黯淡的步子西斜，屋角的浮尘怎样在溟茫里毫无目的游动，檐前的蜘蛛怎样结那囚禁自己的网，暮色又怎样默默地爬上你的书桌，而那寂寞的感觉又是怎样越来越沉重地在你心上压下，压下……直到你呼吸困难，心跳迟滞，像一辆超重的车，在上坡时气力不济地渐渐地慢，渐渐地停下……

于是,你觉得自己涨得无限的大,大得填满了整个宇宙的空间,而这无限大的你的里面所涨满的,只是寂寞,寂寞,无边的寂寞!

没有一声呼叫,没有一滴眼泪,没有一丝情感。没有一线希望,没有一点欲求;没有动,没有静,只有一种向下沉落的感觉,沉落……沉落……向着那无底的黝暗之中沉落。

于是,夜色密密地涂满了宇宙,在上下前后左右都是墨一般的黝暗里,你不再知道自己是否仍在继续地沉落,你所知道的只是——

那沉重的、无边的、墨染的、死一般的寂寞!

窗的情调

我喜欢窗。

它可以把我引往有花鸟林木的地方,有蓝天白云的地方,有繁星明月的地方。

它带来风的舒畅,光的明亮。它更是生活中的一首诗,一幅画,一段遐想,一片心境,一点慰安,或一些希望。

透过那方方的窗格,你也许看到对面人家围墙上有早起的牵牛花,那娴雅紫色的花瓣,带着被露水滋润过的清新。你也许看到电线那儿有一两只麻雀在跳上跳下,也许是三只四只,恰像一小串轻盈俏皮的音符;你也许看见一株芭蕉,舒展着它肥大的绿叶,悠闲地在微风里轻荡。或者是一株朴实的木瓜树,那直直的树干,把大片大片的叶子高高地举向天空。也许,你看到的只是一段淡灰色的围墙,下面是深红或浅绿油漆的门顶,而那淡蓝色匀净的天空,就轻轻地填满了剩余的空间。

无论你所看到的是什么,你都会觉得这是一幅画,一幅生动而又宁静的画,而那均匀的窗格,就是当初构图时所画的虚线。

有风的时候,那拂动的枝,抖颤的叶,加上那飒飒的声音,那不只是一幅画,而是一首歌。

下雨的时候,你可以欣赏窗外那斜斜的雨丝,那如珠串般晶莹的檐溜,以及那朵朵的花,片片的叶,都怎样由于雨水的湿润而加深了颜色。

当夜晚来临的时候,先不要急于拉拢窗帘,因为窗帘会阻隔了那满天繁星和如银的月色,更会抹去了那由月光映照而印在地板上的斜斜的窗格和疏落有致的花影。

每一面窗都有它不同的画面，每一面不同画面的窗在不同的时刻、不同的天气，都有它不同的姿态。

当你去旅行的时候，你更要感谢那舟车的窗，它可以使你欣赏到一路变换不停的景物。那通过车窗所呈现给你的无数画幅，会成为你旅途中最大的享受。

如果你真正懂得欣赏窗的情调，你会间接地喜欢一切带有方格图案的东西，方格的衬衫，方格的手帕，方格的桌巾或床单，因为它们会使你联想到那透过窗格映进来的日光或月影。在早晨，它们象征明朗与健旺；在夜晚，它们涂染神秘与安详。

现在，我在小窗旁的书桌上写这篇短文。小窗外，是一段匀净澄蓝的天。没有一丝云，没有一点阻障。就是这样一段素净澄蓝的天，它让我的心慢慢地升起，慢慢地飘去，随着无尽的蓝空，飘向远远的地方。

给"那云"

你说读了沙牧的诗集之后，心里总想着他那首《我是那云》，说你欣赏那"来自无穷，飘向无限"的悠然和"我是如此之不羁，而自由自在地飘着"的洒脱。

你说你喜欢那"太空之海的浮萍，宇宙的吉普赛"，让我把这首诗抄给你。

其实，你不知道我想对你说什么。我想说：

"不用抄了，因为你也是'那云'。"

不是吗？你一个人，在外面飘泊着，"春天的风景和牧羊女的眸子"从未使你停留，"任何女孩长长的发丝"也会被你挣断。你不要根，不要家，你要的是那样自由自在地飘着，像那云。

你说，读了沙牧临行的短简上，那"只有夜港的灯影为我送行"，因而觉得惆怅，其实，你的一生中，不正是也无数次只让夜港的灯影送你？不是没有人要送你，是你不要他们送。你谁也不要，连你自己，你也不要。你总是那样不羁，那样自由自在地飘着。

那晚，在雨声中看你走出大门。在雨声中，看你没入黑暗的巷口。你说，你不怕，因为你喜爱那荒凉，那静，和那辽阔无人的空茫。

你不要我送，因为你是那云！

知道吗？因为你是那云，所以你飞得起，丢得下，摆得脱。不牵绊别人，也不受别人牵绊。软得像棉，空得像梦，轻得可以浮到太空，悠闲到不管自己的方向，洒脱到不理会任何天候的变幻。多情而不牵恋，友善而又淡然。那，就是你。

也许一阵风来,你走了,你化了。但人们相信,你仍在太空的一方飘着。也许不知哪一刻,悄悄地,你来了。你还是你,悠然地,含蓄地,渺远不可企及地,无言地停留在我的窗外,给我默默的一刻凝注。是那样深远的、在一切语言所能表达之外的,那一刻凝注。于是,随着如絮的云层(你的伙伴),随着如锦的晚霞(你的幻梦),或随着那如丝的雨,你无声地隐去了。但我仍相信,你就在宇宙的随便哪一带空间流浪着,飘着……

多好!能使自己是那云!

还记得徐志摩的那首《偶然》?

真正的诗人都是"那云"。当他们来的时候,你要接稳那片刻的凝伫;当他们走的时候——

你就该记起,你们各有各的方向。与其相忆,不如相忘;与其相忘,不如仰起你的头,望望那浩阔无极的太空,那里总会有,那"来自无穷,飘向无限"的,那云!

雨丝·绿海

下雨天,我的窗外真美!那一片绿绿的稻田,好大的一片,像一片海。而我这小楼就像一只船。远远那两丛树林掩映的村舍和稍近一点的那长着芒蒿的小丘,是这绿海上的岛屿;那环抱着我们的群山,在有雾的时候就不是山,而是云,是灰色、紫色、深蓝、淡青的云;而那些挺秀的电杆呢?那是帆樯,悠然地点缀在这绿绿的海上。

雨,静静地落着,落在稻浪上。深深密密地溶入那无边的绿海里。于是,你禁不住要俯在窗口,向那如丝的雨凝望。你是多么想,想自己变成那只在绿海上翩跹着的白鹭,扑在那柔细清凉的雨丝里,让它冲刷抚慰着你的头颈和你赤裸的背。你是多么想,想投身到那被雨水淋湿的稻浪里,泳着,拍打着雨水的花朵和稻浪的波痕,让你莹洁纤细的身体,没入那深深沉沉的绿海,去捕捉那柔柔细细的雨丝!

而当有风的时候,雨丝如珠帘般的,在淡灰的天幕前畅快地斜斜地扫过去,扫过那波涛汹涌的稻浪,在那波峰上激起一片白濛濛的雾,给稻浪涂染上一抹梦痕。

你更会爱那不知什么时候出现的两朵深红的伞花,持伞的人没在深深的稻浪里,只有那两朵圆圆的深红,在浅绿的海面上飘着、飘着,慢慢地,不像是要到哪里去,而只是无目的地那么飘着,在斜风细雨里。

你能不想到"青箬笠,绿蓑衣,斜风细雨不须归"的诗句吗?

爱雨的人是不想躲开雨的。让那雨丝的清凉,洗去你心灵上的尘;让那雨丝的安闲,抹去你思想上的俗;让那无声的、从渺远不可知的云中来，落入深深沉沉的绿海中去的雨丝告诉你，那些躲在房中、关紧了门窗的人们，所永远不会了解的，雨丝和绿海那心底的爱和永恒的诗。

多希望你来！来看看我未关的窗，来看看我被雨丝沾湿了的窗帘，来看看为爱那如丝的雨而不肯关窗的我。

小　画

　　我喜欢小孩，但不是那种穿戴得像个公主或王子、干净得一丝尘土都没有、见了人懂事得让你自愧不如的那种小孩。我所喜欢的，是那些穿着不合身的衣裳、玩得脏兮兮、见了人傻乎乎的那种小孩。

　　以前，我有个邻居，这个邻居，先生和太太都为生活奔忙，孩子就成天在门口玩。那个最小的男孩，黑黑胖胖的，打着赤脚，玩得好野。成天像从土里刨出来的一般，从头到脚，每一根毛发都沾着尘土。但是，他那一对小眼睛里面却发着真正清洁纯净的光。他什么也不懂，心中没有一点人情世故和虚情假意的礼貌。见了我，咧着嘴笑笑，对我做个鬼脸，叫我一声"喂"，就继续再去玩他的。让人的心都不由得跟着他去接近泥土了！那感觉，就像你跑了一天，热得要命之后，喝下一大杯水果汁似的，从里到外，都清新起来。

　　我时常为这个一身是土的小男孩伫足留恋，不忍遽去！想陪他一起玩玩才好。

　　有一天，我坐三轮车回家，车子经过一个小男孩的身侧，这小男孩背着个书包，穿着一身卡基制服，不知在哪里玩了一身泥土。小小的身材，一看就是一年级的新生。车子离他太近，车夫怕撞到他，用手把他往旁边拦了拦，他抬头看了看我们，对我做个鬼脸。我对他笑笑，他呆了呆，然后也对我笑了。车子向前走，我回头向他招手，他也向我招手。那一脸淘气的笑和那一双对世界充满了爱心与信任的眼睛，让我好久都不忍回过头来。

　　昨天，我在22路车站等车，那一大片草地上，有一个小女孩，好小的一个。穿着一件红洋装,外面罩了一件红外套。红外套又宽又大,把洋装裙子遮住了大半,像一件大衣。一头短短的黑发,像东洋来的蜡笔画。红衣服,映着大片的绿草地,她站在一个抽水机旁,用力去压那抽水机。因为人小,用力气的时候,全身就都悬在那抽水机的杠杆上。那边水龙头旁有一个大铁桶,她每压一下,就跳下来,探过头去,望望那铁桶,看水满了没有。当然水不会一下子就满的,于是她就再去压。那动作,真是逗人笑。许多等车的人都忘了等车的不耐,而转过身来,远远地看着她笑。但是,她一点也没有留意我们。她只专心地打水,仿佛她是一幅画里的一部分,而并不属于这个世界。

旁边有一个中学女生说:"我真希望她是我妹妹!"

我对这女生笑了笑,心里却在想,假如她真成了你妹妹,说不定第一件事,你就要帮她换一套合身而时髦的小洋装,穿上洁白的袜子和美丽的皮鞋。说不定你要给她买个漂亮的洋娃娃玩,而不让她赤着脚去草地上打水。那时候,草地上将失去这幅小画的主题,22路车站候车的乘客就失去了再看到这幅小画的机会了。

孩子们是属于自然的,他们对泥土草木的感情远比对成人社会的感情深挚。因此,他们在泥土中打滚之后,会成为一幅令人爱怜的小画;而他们受到文明的照顾之后就失去天真了!

该多留住几幅小画——在孩子们身上,在成人们心里……

雨 伴

雨天。我又想起了那爱雨的你。那一片水溶溶淡灰色的空间，衬着树木那加深了的浓绿，那被雨脚冲激着的发亮的马路，那隐在雾里的群山，以及那扑打在脸上的雨丝，好凉！好畅快！尤其是雨给人们带来的那份静，在四面八方扩散着，灰与绿，绿与灰；水和云，云和水；只有一两个不怕雨的人，披着发亮的雨衣，拉低了雨帽，在发亮的柏油路上踩着水花散步。

你和我不只一次地互相笑着问：

"为什么不怕雨？"

"为什么要怕雨？"

"可不是？只要你有一件雨衣或一把雨伞。"

"只要你有一双不怕糟蹋的鞋。"

"只要你穿的不是昂贵的衣服。"

"只要你有一颗豁达的心。"

"是的！只要你有一颗豁达的心。"

你侧过头来望我，那一对黑眼睛比晴天的时候黑亮得多，仿佛那瞳仁也沾了雨水，正像那绿叶和青草，在雨水中，总会格外深浓些。一点也不错，你那从帽沿下挤出来的几绺黑发，也加深了颜色。

朋友有好几种，要找能陪我在雨中散步的朋友，只有去找你，只有你有这份逸致，有这份豪情。

昨晚，我从市内回来，天晚了，又在下雨，路上行人稀少，只有那潇潇的雨声，和远远近近的灯影。

我没有坐车,独自慢慢地走着,走上了那条长桥。像一个逃学的孩子,我慢慢地走着,为爱这一份雨中的静,为享受这一刻不受干扰的属于自己的时间。

雨,像许多排密密的珠帘,一落到身上,那珠串就散落了,散落在我帽檐上、我肩上、我鞋尖上,散落在水花中,随着那弯曲的灯影,流开着,扩散着,消失着,新的珠串又散落在我帽檐上……

桥两旁那些建筑,沉落在黑暗里,只有那一方方的灯光,有蓝、有黄、有绿、有红,珠串也散落在那些方格上,也散落在偶尔驶过的车顶上,滑落在积水里,车轮挤过。它们跳跃着,笑着……

我在想,想那些属于雨的日子。

有一个9月,我冒着雨到山上去找你。

山上的雨落在深谷里,没有一点声音,你的竹篱被雨洗得一片金黄。那红色的灯笼花,带着一脸的雨珠,朝着我笑。

"到外面走走吧!山上的雨比灯笼花好看。"你说。

那天,我们满身湿透,回来,在你客厅里烤火,喝你自制的葡萄酒。

"不会受凉吧?"你问。

我摇摇头,不会的!

永远也忘不了你那一脸明朗的笑!在你的笑脸背后,衬着的是那无尽头的竹林,绿濛濛的群山,带雨的冬青……

还有大溪山中的雨呢?别人都在看操练,你和我跑到山谷边去看雨。那山谷好深,满铺着绒毯般的青草,一片翠绿,雨落着,不知掉到谷底没有,好像半途就消失了。

你说,这简直像梦,梦才没有声音。

其实,雨在你的伞顶上喧哗,你却没有听见!

回来的时候,车子开得好慢!雨刷不停地晃仍扫不完那成片的雨珠。整个的山谷里,只有那两只小雨刷的——"咔、嗒,咔、嗒……"

"路滑,担心会翻下山谷去。"你说。

"不要紧!那里面软得很,不会跌痛的。"我望着车窗,车窗上涂着雨水,一片一片,流下来,又流下来……

粗糙的现实,需要一点润饰。

俗世的尘土,需要冲刷。

接受了太多说教而变得拘谨萎缩了的心灵,需要在大自然的灵泉中浸一浸。

让我们忘记车顶上雨珠的喧哗,拥住山谷间那一片幽静。

让我们卸下成人的伪装,重拾回一刻孩子们的天真!

让我们在雨水中走过,寻觅一下那清凉、那静、那整个宇宙的谐和,那属于生命的、属于造物主的意旨的、那快乐欢畅的声音……

虚 空

这无法形容的，心灵的虚空！

外界一切都与我远离，一切都只接触浮浅的感官，感到声音，感到热度，感到雨落，感到天晴，感到头脑的昏涨，感到心灵的尘封；而刚一感到，那感觉就此逸去，飘渺地逸去。拉不住，抓不到；不想去拉住，不想去抓到；就那样听任感觉掠过，而就那样逸去。

日子由一个早晨滑到一个夜晚，又滑到一个早晨。窗帘拉开，又拉拢，再拉开。

同样的那一方淡然的天空，同样的那一列寂然的屋顶，同样的那零零落落，似在另一世界的生活的足音。

一切不属于我，我不属于一切。我被遗忘在这暗灰的一角，我在这暗灰的一角遗忘了世界。我也不属于我。

邮差也不来按铃。没有一本可读的东西，可读的东西不属于我。友情也远离。

我跑去深深的山上，山上竟也是一片更广漠的虚空！

湿雨冷雾，笼罩着群山。

哦！那山，那水，那雾，那推不开的虚空！

我走上那长长的桥，群山在雾里隐去，远天在雾里隐去，大科坎溪的水在雾里隐去，左右的谷涧在雾里隐去。

桥在雾里隐去，只有脚下一小段淋湿的道路，沾着淋湿的黄泥和我淋湿的足迹。我问自己：

"这一片无边的空茫，可就是无穷与无限？"

"生命真的就如此空茫，而不知通往何方？"

一切可以回答我的声音都隐在雾中。

我回首四顾，我在无穷的虚空里，一切都隐在雾中。

我试着在雾中举步，淋湿的长桥在我脚下，慢慢地延伸，慢慢地延伸……

人们说，桥的那一端有一只画舫，可以载我遨游在世外的一泓碧水之中。而那碧水，将沿群山的曲涧而下，直放无穷的海洋。

我钻进云雾，迈向虚空，我不知桥将在何时消隐，我不知我脚步将在何处留停，我不知我是否将看到那只画舫，让我隐身其中，浴永恒的湿雨，裹无垠的冷雾，越空茫的群山，游无穷的碧海！

我不知这桥通往何方，我不知画舫将载我游于云？游于海？抑游于一无所有的虚空！

为了寂寞

在电话里，我就说，要好好地回你这封信。

你问我，因为什么？

我说，因为你这封信写得有味道。

写一封有味道的信不难，只要其中有你真实的情感，和你真实的感觉。你这封信写得坦率而真挚，它真真正正引起了我内心的共鸣。

你说：

"寂寞之余，就写信，写给朋友，说一说心中的抑郁。然后放进抽屉，锁上，成为一封不会寄达的信。我写，只是为了寂寞。"

好一句"我写，只是为了寂寞"。

你说出了我要说的话，你做着我经常在做的事。

和你一样，我写信，写给朋友。说一说心中抑郁，然后，把它放进抽屉，锁上，成为一封不会寄达的信。

我抽屉里，有上百封"不会寄达的信"。

朋友总怪我不给她写信，她不知道，我写了，只是不曾寄出。

为什么写了而不寄出？

也许你现在还不十分知道，但我知道了。是读了你的信之后，突然知道了的。

我知道，信上那寂寞的感觉，那古怪激动的情感，那牢骚，那梦呓，事实上是只能写给自己看看，说给自己听听的。寄给朋友之后，朋友也不见得了解你，即使了解，也不见得能安慰你，即使能，也许你那时已经不需了解和安慰了，或者你本来就不曾需要过了解与安慰，因为，事实上，你很少可能由别人那里得到安慰。

这就是为什么我说，"人，本来就是很寂寞的。"

现在，你不再以为我"没尝过寂寞"了吧？

我相信，每一个人都很寂寞，只不过有人不注意自己的寂寞，或有人没有明白他是在寂寞而已。

"寂寞的时候，就坐下来写，写一些不会寄达的信。"

这就是排遣寂寞的最好的办法，你可以在信上发疯、发傻，你可以在信上横冲直闯，你可以在信上粉碎一切，塑造一切。那时，你就是一个最自由、最任性、最率真的你。还有什么地方允许你那样任性和率真呢？

每一个人都必须忍受现实的枷锁。每一个人都必须顾到责任与义务，都必须在拥挤的人潮中做一个安分的角色。每一个人都必须容忍、退让、谦和、顺受。如果不那样，生活的秩序就会大乱，没有多少人能在痛苦的时候放声大哭，在忿怒的时候捣毁一切，除非他是小孩，或除非他是疯子。假如他不是，他就必须压抑与克制。而唯有在这不想寄出的信里面，他才可以哭喊，才可以发狂，才可以不必担心会影响到别人。

等到你写完了，你冷静下来了，你不再那样痛苦、激怒或疯狂了。于是，你觉得，事实上，你用不着把它寄出，或者，你也许不得不承认，你觉得朋友和你之间，仍然有着一段距离。你们只是朋友而已，他并不会真的为你分担什么的。

我不否定人间的情谊，但我不敢苛求人间的情谊，我发现人们有时是太复杂，人们的情绪与反应太不容易捉摸。你无法预期自己寄出的信会换来什么样的回音。而且我发现，快乐的情绪永远比痛苦的情绪易于被别人接受。因此，我把快乐的信寄出，把痛苦的信埋葬。

当一个人必须独自埋葬掉自己满心的痛苦激怒之情的时候，他是多么寂寞！

不要以为寂寞是你独有的东西，它像空气一样的无孔不入。

也不要以为它是可怕的东西。这世界上，唯有它，具有足够的力量，逼迫人去找到世界上唯一不会背弃你，不会轻蔑你，不会嘲笑你的东西。在那里，有你用你的心灵所写下的那些"永不寄出的信"。

不要小看那些信，它们是你生命中的火花，是一些最真挚的诗歌。

你该欢喜，因为寂寞把你逼向稿纸。

勇敢地、认真地去写吧！即使是锁在抽屉里也好。至少，它容纳了你的寂寞，拭去了你的眼泪，抚平了你的心伤，保存了你喜怒哀乐的印记。

而且，它磨利了你的笔，使你可能将来有一天，用它去写一些可以寄出的东西。

彩色的联想

时常有些颜色以惊异兴奋的姿态跳进我的眼睛。那颜色与视觉接触的一刹那，就立时激起一种甜蜜欲醉的情绪——它使我联想到一些生命中美好的事物和快乐的记忆。像一张张抽象的朦胧的画幅，以不可捉摸、无法言传，而又异常强烈的力量，激起心情的一片回荡。

比如说，在浅灰色的柏油路上，忽然驶过一辆深粉红色的小轿车。那粉红色深得好鲜艳，就正像我小时候吃过的一种圆形的糖球。深粉红色和白色交缠着，绕着那糖球，含在嘴里，甜甜的，硬硬的，好久才能化完。而那深深的粉红又是多么像我小时候用过的一种"电光"手工纸！那种纸，闪亮的，深粉红的，又平，又光。放在课桌上，像一方缎子。老师让我们做剪贴。于是，我把它剪成一朵朵笨拙的桃花，贴在记忆的白纸上。

它又好像我在乡下看见邻家姑娘用来绣枕头的一种丝线。那么柔，那么细，那么一种深得乡气的粉红。她把它剪开，用一个纸捻扎在中间，小心地把它夹在《鼓儿词》的唱本里，一绺一绺的。然后，她再慢慢地把它绣在白府绸上，绣一朵牡丹或是荷花。

又有时，我看见那么一种深深苍苍带蓝带黑的绿。这绿，很少见，就因为它很少见，我才在每次见它的时候，都回想到小时候用过的那一种深深苍苍的绿色的电光纸。我用它剪树干，做树叶；也用它铺在我记忆的底层，用小刀在上面划些经线，然后再用另一些彩色发光的手工纸，剪成缤纷的彩条，用一片细细的竹篾，引着它们，穿过深苍的记忆，编织成一些花草房屋的图案。一张又一张的，悬挂在生命的成绩栏里。

还有一种流行的漂亮的浅蓝，闪着一层珠光，晶莹如锦缎般的浅蓝。这浅蓝，每一触目，我都立时联想到小时候玩过的那些珠串。

那时候，有那么一种外皮既脆且薄的彩色珠子。它们的颜色很多，有白、有绿、有红、有黄。但在我记忆中存留得最久、最清晰的，却是这种浅蓝。那时，班上的女孩子们每人都有一大串一大串的这种珠子，把它们依照颜色穿成各种色调不同的彩线，拿在手上抖着，发着闪亮。跳着彩色，流动着欢乐，闪烁着幻想。而那蓝色的部分总是格外鲜明。它们像一些水滴，一串雨点，一排檐溜，一泓笑出来的泪珠，推挤着，追逐着，嬉笑着，流动着。那光滑，那晶莹，那透明的如天空般的蓝，如小女孩眼眸般的蓝，永远那么愉悦、鲜亮、宁静，而又清纯。

我又喜欢凝神搜索记忆中那一段嫩绿和鲜红丝线织成的"华丝葛"衣料。母亲用它给我做了一件过年穿的棉袍，那年，我8岁。

在多少新衣之中，我唯记得这一件软软的、红绿相间的"华丝葛"。尽管它红得艳、绿得俗，但就是那俗与艳，才画得出那个时代的童年，和那个时代除夕的欢娱，那个小女孩，头上梳着发辫，扎着新的红色头绳，脸上拍着红胭脂，穿着红红绿绿的"华丝葛"棉袍。桌上燃着红蜡烛，屋子里烧着炭火盆，火盆的铜边擦得雪亮。

那红和绿，是第一等的温馨和欢跃。

还有一种红，那是一种深暗的，属于秋天的红。那是北方秋天爬山虎的掌叶。

在那一串宁静的秋天里，我们只爱校园墙上那越来越多的红叶。在散步的时候，把它摘一些下来，夹在书页里，留住一个年轻的秋天。或把它画在纸上，做书本或笔记的封面。配一片银色的底子，像一袭银色软缎的衣裳，饰一朵深红的襟花。忧郁中带着希望。

还有一种青莲紫。由很多的蓝，极少的红，配成的那么一种蓝紫。没有多少人敢穿这种紫，但我记忆中有一个画面——那也是秋天。

萧索的秋。云浅淡，叶枯黄。而素淡的街道上，飘过来那么一个穿青莲紫色旗袍的女人。她个子高，还穿了三寸高的高跟鞋。那鞋，竟也是青莲紫。她的步子好长、好快、好轻盈。那两条腿好美、好有力地在长旗袍的开叉下闪过。她是一个舞女。

很少有那样够资格的舞女，能在秋天午后的街道上，给人如此强烈而恒久的印象。她给人的印象是：

世界在她的步履下显示出韵律与生命。

你如问我："在众多的颜色中，你最喜欢哪一种？"

我却忽然想到，我只喜欢灰。

我之喜欢灰，是因为它不会干扰其他的颜色，它可以接纳粉红、苍绿、深红、明蓝以及青莲紫。

灰是一种没有成见的颜色。它和平、安静、冲淡，带着一点不侵犯别人的沉郁去包容别人。

教绘画的老师曾告诉我们："试着把各种颜色混在一起，它们会变成一种或深或浅的灰。"

是的，灰是所有，灰也是虚无。它容纳一切，但它不显示任何。它是静观，是默察，在众多彩色的汇集下，灰色最为永恒。

因此，无论多少种强烈鲜明的颜色闪过，在我看来，它们只是一些泡沫，一些点缀，一些偶然。当我静下来时，我只爱那注满宇宙的，那一片水溶溶的，淡漠而充盈的灰色。

声音的联想

入春以来，在静寂的清晨或午后，常有一大群麻雀，聚集在后院的尤加利树巅。那轻俏的哨音，时而一点一点，时而一串一串，时而独吟，时而合鸣，玲珑剔透；如水晶，如银铃，如雨点，如珠串，流利晶莹，在树梢的谱表上，点着音符；小小的，加着装饰音与弧线的，那么活泼俏俐地跳过来，滑过去；又跳过来，又滑过去。这一串串的音符，就织成了一片蕴藏着生机的宁静。在这样的宁静里，一切的俗世纷争、名心利欲、得失忧患，都如旧梦般地淡去。只觉置身在简单淳朴的大自然，回返无知无识的天真。那一刻的宁静，不知胜读多少修身养性的书篇。

多年来，在都市里奔忙，都市是属于"人"的世界，是属于"机器"的世界。这世界的一切音响——包括音乐会的音乐在内，都毫无美感可言。它们嘈杂、吵闹、拘束、紧张、虚伪、造作。因此，我常捕捉远处偶尔传来的一声鸡啼。有时是在清晨，有时却在阴雨未晴的午后。但不管是在清晨，或在午后，那一声孤独而悠然的长鸣都可以给我带来很久很久的宁静，很多很多的对田园生活的怀念和向往。那生活——缓慢的拍子，低舒的节奏，宽敞的空间，辽阔的视野，多量而简朴的食粮。淡泊的襟怀，飘逸的想象。在那样的生活里，人属于自然。在那样的生活里，才能触摸到生命的真谛。在那样的生活里，人们才不至把自己逼得那么高，那么尖锐；才不至把渺小的自己吹胀到使自己无法负荷的那么夸大与狂妄。在那样的生活里，人们才可以了解到"降落"的安稳与舒泰，才可以找回自己，返璞归真，在那亲切的泥土、葱茏的绿野、清洁的泉水、简单的衣着上去发现与世无争的安闲，去发现"人生不满百，常怀千岁忧"的可笑和愚昧。

真正可喜的静,并不是全无声息的静,而是当有一种声音使你发现自然的时候,你所感到的那种亲切安详的静。鸟语、鸡鸣都象征着不受市声干扰的那难得的时刻,远人为、近自然,丢弃物质的争逐,发现精神和性灵,这时候,你就会觉得宁静。这宁静,事实上是一种抛开争逐之后的安闲,放下贪欲之后的怡然。

我曾在关子岭度过两个极其宁静的夜晚。而造成那宁静的是山上的流泉。那泉水琤琤琜琜,似在我枕上流过。在梦的边缘,我觉得自己像是枕着青石,身上覆的是坠叶与落花,一切尘间扰攘都随着清泉流远;一切烦愁忧虑,也随着清泉流远;一切名心利欲、得失恐惧,也随着清泉流远……在那样的怡然中,仿佛我自己也随着清泉流远,而入梦。迎接我的是山中带雾的清晨与承载我流到这里来的清泉。我所置身的地方,恍如真正的世外桃源。

海潮的声音也曾带我入梦。在海滨那小楼上,在夏夜,我打开面海的窗子,睡在床上,听海浪拍岸的声音,那么宏壮而深沉的,带着远古的荒凉与寂寥的声音,述说着天地创造,人海沧桑的那声音,低沉的、感慨的、雄浑的,那述说,使你不得不放弃你所执著、所迷惑、所恼怒、所牵恋的一切。你必须在海的沉雄的低语中睡去,把你渺小如尘芥的喜怒悲欢轻轻放手,在海流中。

自从我发现我是何等地喜爱这些属于自然的声音,我顿悟我近来为什么很少去听音乐会。我厌烦音乐会场的闷热,音乐听众的嚣杂;我厌烦音乐的沉闷,演奏者的造作;我也厌烦正襟危坐的约束和强作欣赏的虚伪。世间不是没有好的音乐,但好的太少。当做商品来传播的音乐和当做冠冕来装饰高贵的音乐,同样的是只相当于叫卖的市声和物质享受盖过精神文明的那机器齿轮与马达的交响。

累赘的东西

时常觉得身体是一个累赘的东西。一年到头，为这无用的身体，不知要消耗掉多少宝贵的时间和精力。

第一样，它要吃喝，而且要种种花样的吃喝。每天开门7件事，柴米油盐酱醋茶，竟无一件不是为了吃喝而设。自从燧人氏钻木取火，发明了熟食之后，人们就让自己做了吃喝的奴隶。天天一大早就开始忙升火、烧茶、煮稀饭或烤面包；忙买菜、择菜、洗菜、炒菜、吃饭，吃完了，还得洗碗。然后，好容易把这贪婪的身体打发去午睡，一瞬间，就又到了4点，于是茶茶点点，它的要求又重新开始。跟着就又到了晚饭的时间。桌上各种各样的菜式，并不能使这身体真正的满足，它总在批评、在抱怨、在希望下一顿有较为新颖可口出色的菜肴，希望书摊上多有几本食谱，好使你更多花点时间和精神去满足它的贪婪。

更不要说隔邻烤箱中烤蛋糕的香味对它是多么大的诱惑，它天天在对你下令——去看看！去学学！至少你也该买本点心谱，用量杯、茶匙之类的工具，做出世界另一角的人们所享受的东西。

人从有生以来，就是这贪得无厌的身体的奴隶。而且，你越是忠心，它越是不满足。它可以从一个便当盒的要求，慢慢增长到燕窝鱼翅。它可以从家乡小炒的口味，进步到美式西餐或法国大菜。它可以从一日三餐的食量，进步到一日五餐。

而且当它在吃的方面变够了花样之后，它会在喝的方面去麻烦你。从香片、龙井、铁观音，到咖啡、可可、巧克力；从柠檬水、桔子汁、各式冷饮，到饭前饭后的种种样样的酒类。

自从人们发现了维他命以来，身体就更有了充足的理由来奴役你。尽管它吃饱了饭，喝足了汤，也吃了各色的水果，但是除了饭菜和水果中的维他命 ABC 之外，它们还听说有维他命 D、维他命 H 之类的东西，所以它们要吃钙片，要打肝精和"乐补宝"。如果你偶尔省略了一样，它们就立刻现出一副懒洋洋的神色。无精打采，脚步沉重，毫无生气，那拖不动拉不起的样子，可就够你负担的！

即使你这样曲意逢迎，它也还免不了种种病痛：头痛、眼痛、牙齿痛、腹泻、胃痛、伤风、咳嗽……搅得你六神无主，害得你为它找医生吃药打针；否则，你就休想摆脱它的唠叨与纠缠。

而这还都是小事。令你不胜其烦的事还多得很，多得很。

比如说，你要为赤裸裸的它穿戴。假如它是男人，它要背心、短裤、衬衫、长裤、领带或领结，再加上外衣、袜子、皮鞋，冬天的大衣、围巾、帽子，夏天的太阳镜；此外还有香烟、打火机、钢笔、戒指、手表等等道具。然后，它要去理发刮脸，要去洗澡搓背，要去健身房，羽球馆锻炼身体，以保持它的健壮。

假如它是女人，那就更够你麻烦！花样翻新的松松紧紧的内衣，各色各样土产或来路货的时装，高高矮矮尖尖圆圆的皮鞋，奇形怪状的手袋，里面装着许多莫名其妙的东西。它们总是要你把一些玻璃片、金属串、动物的骨骸或牙齿之类的种种叫做"首饰"的东西，套在它们的脖子上、手臂上、手指上、脚踝上、耳朵上、头顶上。而且，它们从生下就让你为它的头发忙碌，从"立天椎"到小发辫，到学生头、少女头；什么赫本式、乐蒂式、贵妃式、鸟巢式、鸡窝式、马尾式……跑到美容院去电、去烤、去扭、去束。它又让你一天到晚为它外面那层皮肤奔忙，一会儿按摩，一会儿漂白，一会儿涂一层粉，一会儿抹一层红，再刷上一些蓝或绿。

它还不放心那 20 个指甲和趾甲，把它们剪得怪模怪样，然后涂上红红绿绿、金金银银。

它们又要为保持身段去做种种体操或接受电疗；它们总也不满意上天赋给它们的这个体型，一会儿去隆隆鼻，一会儿去改改眼，一会儿去隆隆乳，一会儿去束束腰。它们又为了所谓的仪态，千方百计地去折磨自己，使自己坐立不安。

无论是男人还是女人，它们总要为设计、购置、洗烫、整理它们用来蔽体的那些植物、动物或人工纤维的布，费上许许多多的精神。为了所谓的"流行"或"时尚"，它们把那些布块或布条缝成各种奇怪的样式，套在身上，注意着宽窄长短的变化。为了追求"时尚"，它们都在标新立异，又都在互相模仿。

当然，它们还要有个房子。不但为了要遮风蔽日，而且它还要挖空心思、费尽精神，去把地球上可以搬到它们房子中的东西，都尽量搬进来。它们似乎什么都喜欢，却又不懂得欣赏那些东西的天然姿态。它们千方百计、勾心斗角地把地球上奇奇怪怪的东西搬进自己的房子，这些东西包括有花枝、草茎、树干、石头、铁块之类，而它们把这些东西叫做家具、古董或珠宝金银。它们永远也不明白，它们和这些东西都是地球的产物，并没有什么价值上的差别，而且事实上，它们谁也不能真正把谁掠夺，谁也不能真正把谁据为己有。

人们这样忙着，只因为它们有一个叫做"自己"的身体。它们想要操纵世界，傲视同侪，而且想要长生不死。所以，它们一刻不停地驱使你为它们奔走营求，而你就成了它的永远不能获释的奴隶。

不知有没有那么一天，你能说服这贪婪的身体，让它明白一下自己在这地球上所占的渺小的位置，让它允许你把忙那些无益的事情的时间拿来看看真正的世界。希望到了那天，你能告诉我，你是多么的自由自在，海阔天空！

倦 旅

最后一班公共汽车尚未开过,候车亭上,还有两个和我一样迟归的人,都是女的。

一个把裙子卷在膝前,蹲在候车亭的水泥站台上,年纪很轻,脸上带着对人生懵然无知的疲累,看模样是个女工。

另一个倚着铁柱,茫然地望着右面天空中的一个大大的缺月。她的脸上,化妆的痕迹很明显,岁月的痕迹也很明显,在眉上,在眼上,在鼻子两侧,在下巴颏上。她的倦怠在心里,而没有在身上,她保持着良好的姿态,倚着那根铁柱。

车子还没有来,天空中,气流里,柏油路上,注满着溶溶的加入了水分的暗灰色。只有候车亭的光管和天上的缺月,一个发青,一个发黄,带着朦胧的光晕。

左边慢慢地滑来了一辆人力的三轮货车,那方方的白漆木箱在夜色中很突出,是个卖甘蔗汁的。白色木箱上面坐着与他同甘共苦的妻子,她端端正正地坐在那木箱的顶端,垂着双腿,闭着眼睛,让丈夫拉着她,和他们谋生的工具,回家。

快近午夜了,这一天够多辛苦!这辛苦的感觉在她心里浮沉。

生活的压力一如压甘蔗汁的轮轴之对待甘蔗。它们在巨大的压力之下挣扎着,挤出那一点点不属于自己的甘甜……

车子不知什么时候才来,倚在铁柱上的女人看了看表。她的深浓的眉毛和发青的眼盖迫不及待地想要休息。她的身体在剪裁入时的旗袍里忍耐,她的脚在尖窄的高跟鞋里忍耐。它们渴想恢复到它们所该有的本来面目——疲乏、酸痛，并不想保持什么姿态，而只想松弛下来，畅快地显现出它们的皱纹，喊叫出它们的痛楚。

蹲在地上的女工开始站了起来，掸着裙子上的皱折。左脚从那胶制的拖鞋里缩出来，靠在右腿上，屈伸着她的脚趾。她的太深的口红和太黑的脸在那烫得卷曲而缺少整理的硬硬的发梢下扭曲着，打着呵欠。

一个踩着三轮车的年轻车夫把背心卷得高高的，露出他细瘦的腰和结实的胸。两条腿懒洋洋地踩着车子。车轮的钢圈"刷刷"地发着银光，在柏油路面划着几条无形的轨迹。

涂着眼盖膏的女人向他招了招手，告诉他一个路名。他回头向她望了望，摇了摇头，径直地过去了。他已经结束了奔忙的一天，他要把自己投掷在那硬板的床上或光滑的"榻榻米"上，闭上眼睛，去忘记世界。忘记那日间炽热的太阳，那肮脏的零钞和冒出煤焦油的马路。

车子"哗啦哗啦"地来了，里面零零落落地坐着一些沉默的人。

新的乘客上了车，服务员按铃关门之后，把手臂搭扶在车门的横杠上，闭上眼睛，任黑色的夜风拂进车窗，抚弄着她沾满灰尘的短发。不变的旅程在她朦胧的意识中隐现。

"马上就要收班了！"她在梦的边缘想。

一个头发蓬乱的男子，穿着咖啡色的敝旧的长裤，茫然地坐着。他脚下的黑鞋布满泥痕。跋涉了一天，不知他是否找到了他该携回的东西，可以让他满足地随着车子"哗啦哗啦"地奔向终站。

一对夫妇，带着一个孩子。孩子早就睡了，躺在那长长的座位上。小脚底上沾着灰土，这双稚嫩的脚，早被注定了要负载着今后几十年的生命的重量，去奔波，在远远近近的路途上。

车子经过那条窄窄的热闹的街。现在，这条街上的店铺都已打烊。人们从忙碌的银货往来中解脱出来，在路边的藤椅或草席上，乘着晚风，让生活的轮子逐渐静止。

那家理发店，每一只椅子都空下来，椅背上覆盖着烘洗过的毛巾。那些穿白衣服的站酸了脚、洗麻了手的师傅与伙计们，从生活的烘烤中暂时退隐了。

睡一睡吧！在生活与生活的夹缝里找回一点梦中的自己！

真的要睡了！那个涂着眼盖膏的女人，她把巨大的新型手袋放在膝上，又开着双腿，闭上了眼睛。她忘记了胸围与腰围的比例，忘记了显示高贵的仪态。她的多粉的脸容松弛下来，嘴角下垂着，下巴颏的线条更加无力了！

哦！她那挺累了的胸，缩倦了的腰，挤痛了的脚，现在是多么感谢而欣慰！让你们一同忘记生活的约束，让你们一同返璞归真吧！在这清凉如水的夏夜微风里！

那个女工该在哪一站下车呢？她睡得那样甜稳！

窗外逐渐空旷，风中倏地带上了野草的清香。天低，地阔，灯光稀少，星星渐密了！

车子奔向终点站，轮到司机和服务员去清扫他们今日生活的灰沙，卸下制服和帽子上的风尘；让车的轮子们也匍匐在钢铁的车厢下，沉埋在黑甜的夜色里，从不停的旋转晕眩中去找回片刻无声的宁静。

生命的旅途何等的漫长而又艰辛，让人们尽情地享有这短短的、属于自己的、忘记外界的、推开烦恼与辛劳、纠缠与牵绊的，这黑沉沉的夏夜吧！

雾濛濛的松山

昨天，你行色匆匆，跑来告诉我，你要走了！

看着你盈眶的眼泪，匆促的神情，我当时竟没有一点惜别的感觉。是我麻木？还是我们的友情淡了？

哦！好友！不是的！你不知道！连我自己也不知道！直到今天早晨，我一大早就睁眼起来，从窗口望见那晓雾濛濛的松山，打算提前赶完家里的工作，去给你送行的时候，我才明白，我实在是不相信你真的是要走了！是这不相信的心情，使我对你昨天的辞行无动于衷。

但是，到了今天，我望见那雾濛濛的松山，想到3个小时之后，你就将登机远行，去到那遥远的异国，去度你所并不向往的生活，而且谁也不知道，我们什么时候可以再见，这我才真的涌上来眼泪。好友！我是多么多么地舍不得你走！

你是我在台湾最亲近的一个朋友。16年前，我只身漂洋过海，到了这陌生的地方，举目无亲。第一个到电台来找到我、和我叙起同学之谊的就是你。那以后，你用那特有的爽快与热诚，给了我不知多少友情的温暖。你之于我，实在不止于是朋友，而更像姐妹。虽然我比你年长，但由于我的不娴于世故，一切生活中的琐事细节，你都曾为我策划，为我奔忙。我这里没有家，结婚的时候，你曾为我里外张罗，给了我多少照应！后来这10多年每有大事，我必找你。在我心中，只有你是那样可靠、可托、可信。而且你为我慷慨地做任何事都不会令我感到有一丝一毫的人情上的亏欠。你真的让我觉得我的事就是你的事，只要我对你说了，你就会去做，而且你做得那么周到，那么妥帖。

这些年，我的3个孩子都由你一手教大，真让我觉得是上帝安排让你来助我一臂的。他们现在健全壮大，都包含着你一点一滴心血的灌溉。我把孩子付托给你去导引，用不着有一点担心和挂虑。他们每一年的升级调班，都是你在为他们安排，而当时，我把这些事情交给你，自己是那样的心安理得，不觉得自己是多么幸运，也不觉得你的友情是何等慷慨！

直到现在，你忽然真的要走了，是真的，你要走了，我才开始觉得惘然。不！不只是惘然，我真正的感觉是失去了依傍。还再有谁能像你这样对我？当我烦恼的时候，当我困惑的时候，当我需要人来助我一臂的时候，我去找谁？

你走了！按照常情，我该为你高兴。你早就该去。沈和你分离得太久，你们的团聚是天大的喜事。但我仍在你盈眶的泪水中，读出了你的苍凉。哦！不只是你的苍凉，而是我们这整个一代人们的苍凉！

你并不喜欢异国的生活。你是个保守的人，你是个道道地地在旧式中国家庭中长大的人。你过惯了中国式的温文含蓄的生活，你比我更难适应那缺乏人情味的、忙碌而没有意义的、专重物质而缺乏精神内涵的新环境。你会寂寞，你会觉得自己失去太多，而收获太少。你会怀念这里的温馨与淳厚！但是，你仍然必须要离开我们，投身到那陌生的国度里，去学习适应另一种生活。

我们这一代，过的是一种没有根的生活。我们东漂西荡，战争把我们赶到哪里，我们就停到哪里；战争把我们怎样隔离，我们就怎样隔离。家人骨肉竟是聚散无常。说人生如萍踪浪迹，大概再没有我们所处的这个时代的人们这般的如萍踪、如浪迹了！飘泊本不是憾事，但被迫的飘泊则使我们感到自己的力量太薄弱，生命太没有凭依了！

送你走，我真的感慨万端！松山机场是那样的嚣杂忙乱。在那里，我们也只能"执手相看泪眼，竟无语凝噎"。或者，我们连这也做不到，我们多半只能忍着泪，陪着笑，在人声嘈杂中，互道珍重。在机声隆隆中，如演戏般地挥手看你起飞。在那里，没有机会流露我们真实的友情，没有机会说出我真正想说的临别赠语，我去送你，无非是尽一个做朋友的人情。而我现在，坐在晨雾弥漫的窗侧，拈笔展纸，凝望那将要长远阻隔你我的那灰色的云天，我写下这几页纸，这纸上的心声，才真正是我对你的送别，是我对你友情的真诚呼唤！

而这时，我恍惚已听到那隆隆待发的引擎在催你登机，心中尚有千言万语，此时却都已不知从何说起。那么，就让我把未尽的话一古脑儿留在这沉重的笔尖下……

好友！真的要向你道声珍重！

人生靠自己奋斗的时候多，靠朋友协助的时候少。此后，我要记住，该更坚强；而你要记住，该更珍重！

你一向为别人忘自己，今后，该享一享在你所挚爱的沈的维护中，那属于女人的幸福。把我赠给你的这声珍重，转赠给沈，愿你们在异国生活愉快，更愿有一天，我们这些苦难流离着的中国人，都能重返家园，在那古旧的四合院里，吃我们爱吃的糖炒栗子和豌豆黄；说说王诗嶷和她的张，说说我们这一生的浮沉聚散，说说我们这古老国家的兴衰与劫难，说说那灰色的古城，曾看尽了多少人海的风浪与世事的沧桑！

愿我们有那么一天，在北平去再度相见，也说一说这记载着我们半生悲欢的、雾濛濛的松山！

写给秋天

尽管这里是亚热带，但我仍从蓝天白云间读到了你的消息。那蓝天的明净高爽，白云的浅淡悠闲，依约仍有北方那金风乍起、白露初零的神韵。

一向，我欣仰你的安闲明澈，远胜过春天的浮躁喧腾。自从读小学的童年，我就深爱暑假过后，校园中野草深深的那份宁静。夏的尾声已近，你就在极度成熟蓊郁的林木间，怡然地拥有了万物。由那澄明万里的长空，到穗实累累的秋禾，就都在你那飘逸的衣襟下安详地找到了归宿。接着，你用那黄菊、红叶、征雁、秋虫，一样一样地把宇宙染上含蓄淡雅的秋色；于是木叶由绿而黄而萧萧地飘落，芦花飞白，枫林染赤，小室中枕簟生凉，再加上三日五日潇潇秋雨，那就连疏林野草间都是秋声了！

想你一定还记得你伴我度过的那些复杂多变的岁月。那两年，我在那寂寞的村学里，打发凄苦无望的时刻，是你带着哲学家的明悟，来了解慰问我深藏在内心的悲凉。你让我领略到寂寥中的宁静、无望时的安闲，于是那许多唐人诗句，都在你澄明的智慧导引之下，一一打入我稚弱善感的心扉。是你教会了我怎样去利用寂寞无厘的时刻，发掘出生命的潜能，寻找到迷失的自我。

你一定也还记得，我们为你唱"红叶为他遮烦恼，白云为他掩悲哀"的那两年苍凉的日子。情感上的磨折使我们觉察到人生中有多少幻灭、多少残忍，有多少不忍卒说的悲哀！但是，红叶白云终于为我们冲淡了那胶着沉重的烦恼和忧郁；如今时已过，境早迁，记忆中倒真的只残留着当时和我共患难的那个女孩落寞的素脸。是"白云如粉黛,红叶如胭脂",还是"粉黛如白云,胭脂如红叶"?那感伤落寞的心情如今早已消散无存。原来一切的悲愁,如加以诗情和智慧去涂染,将都成为深沉激动的美丽。你曾如此有力地启迪了我们,而在我逐渐沉稳的中年,始领悟到你真正的豁达与超然!

你接收了春的绚烂和夏的繁荣,你也接收了春的张狂和夏的任性;你接收了生命们从开始萌生到稳健成熟,这期间的种种苦恼、挣扎、失望、焦虑、怨忿和哀伤;你也容纳了它们的欢乐、得意、胜利、收获和颂赞。你告诉我:生命的过程注定是由激越到安详,由绚烂到平淡,一切情绪上的激荡终会过去,一切彩色喧哗终会消隐。如果你爱生命,你该不怕去体尝。因为到了这一天,树高千丈,叶落归根,一切终要回返大地,消溶于那一片渺远深沉的棕土。到了这一天,你将携带着丰收的生命的果粒,牢记着它们的苦涩或甘甜,随着那飘坠的落叶消隐,沉埋在秋的泥土中,去安享生命最后的胜利,去吟唱生命真实的凯歌!

生命不是虚空,它是如厚重的大地一般的真实而具体。因此,你应在执著的时候执著,沉迷的时候沉迷,清醒的时候清醒。

如今,在这亚热带的蓝天白云间,我仍读到你智慧的低语。我不但以爱和礼赞的心情来记住生命中的欢乐,也同样以爱和礼赞的心情去纪念那几年——生命中难得出现的那几年中的刻骨的悲酸与伤痛!

而今后,我更要以较为冲淡的心情去了解,了解那属于你的,冷然的清醒,超逸的豁达,不变的安闲和永恒的宁静!

孩子的祈祷

×月×日

哦，仁慈的天父！我希望我的祷词没有打扰你的睡眠。因为现在已经是夜里 11 点多了，我猜想，你一定是一个按照规矩生活的老人，每天必定在 10 点多钟的时候上床，第二天 6 点钟起来的。

但是，我每天却必须要到这么晚才有时间祷告，而我现在还没有洗澡。

我想，我一定要先祷告过，再去洗澡才对。因为，等我洗完澡之后，那就快要 12 点了。那时再把你叫醒来听我祷告，就更对不起你了。

哦，天父！今天我要告诉你的话很多，但我只能把它们说简单一点，因为时间已经太晚了。

天父！我请求你赐给我多一点力量，让我不这样容易瞌睡，好把"武明算术"做完后，还能清清楚楚地订正我的考卷。

我还请求你在我心里放一个小小的时钟，随时告诉我时间，好让我不要睡得那样舒服，到明天早晨 5 点半钟还没有起来。我不要用妈妈放在我床头的那架闹钟，它的声音太大，每天 5 点半钟，它不但吵醒了我，也吵醒了妈妈。妈妈需要睡够 8 小时，身体才会健康。

我请求你让我不再这样的笨，连前几年初中入学考试的试题都不会做。虽然我现在才五年级，但是，我知道时代是进步的，我们应该比哥哥那个时候更聪明些才对。我们必须在五年级就把初中入学考试的题目统统学会，才对得起老师。

我还请求你给我多一点孝顺的心肠，教我不使妈妈伤心。妈妈给我讲算题的时候，我不该那样的困，以至我一点也听不进5个人骑3匹马应该怎样分配的事。我只希望那两个没有马的人不要站在那里和我捣乱，他们应该先去睡觉，等明天有了马再走。而妈妈见我始终听不懂她的讲解，就难过得流起泪来了！

哦！上帝！都是我不好，害妈妈流泪。如果我不这样困，或者我聪明一点，我就可以不这样对不起妈妈了。

现在，妈妈在假装看我做过的算题，但我知道，她一直都在想要流泪，而且我知道，她早就困了，她打了好几次呵欠。

哦！亲爱的天父！你必须让我动作快一点，让我一跳进澡盆，马上就洗个干净，好早一点来睡觉。妈妈身体不好，她陪我到这样晚，那都是我的不孝。

好了，上帝！你继续睡觉吧！对不起！我在这样晚的时间来打扰你。

×月×日

亲爱的天父！今天我必须告诉你一个好消息。

我们班抽考得第一名，比仁班多0.9分。因为班上那个功课最坏的笨瓜头在考试的时候躲到厕所里去了，没有参加考试，所以我们班的分数拉上来不少。老师很高兴，一天都没有打人。

亲爱的天父！我是多么同情我们的老师！他一天到晚给我们讲那许许多多难懂的问题，他一定累得要死。所以，当他打我们手心或脑袋的时候，我真的原谅他，他一定是太伤心了。

假如我们得不到抽考第一名，我们又怎么对得起老师那一番苦心呢？

亲爱的天父！我猜想，你小时候也许没有我们现在这许多新式的学问，所以，我必须向你解释一下抽考的意义和目的。

抽考是校长考老师，老师考学生的一个办法。

校长要想知道老师教得好不好，就用这个办法来考我们。假如我们班上都是聪明而用功的小朋友，那我们得第一的希望就大些。假如班上有许多笨而不用功的，那就要时常考在后面几名，那时，校长就会不喜欢这位老师。

所以，每到抽考，我们就替老师紧张。大家又都恨那几个功课不好的同学，所以有时候，那些功课不好的同学，只好躲到厕所去。这样，大家也会原谅他们的。

我解释过了，不晓得你是不是也很同情我们的老师。假如你同情他，我请求你，让那几个功课不好的同学慢慢地变聪明一点，或者劝他们吃一点维他命，补补身体。我就是天天吃维他命的。虽然爸爸说，维他命吃多了，会得一种病，但妈妈还是偷偷地给我吃，说这样才可以跟得上时代。

那么，上帝，请你决定吧！你大概知道应该怎样做才是最好。阿门！

×月×日

仁慈的天父！感谢你又帮助我过了一天！

请你替我向妈妈说情，不要为我那满满的原封不动的便当盒而骂我。我只是不想吃饭，决不是嫌便当盒里的菜不好吃！我觉得不吃饭也仍然是可以过完这一天的。

请你告诉妈妈，不要伤心，因为那样会使我觉得不孝。阿门！

×月×日

我在天上的父！

请你给我力量，让我不要羡慕对面美国学校里的小朋友们！阿英说，他们每天4点钟就放学了。他们坐交通车回家，不用做武明算术和模拟试题。他们星期六和星期天都算周末，可以和他们的爸爸妈妈一同到海滨去游泳。

哦！我不要羡慕人家！因为那是不守本分的表现。

所以，我也请求你让我不要去想念爸爸和妈妈。他们今天和朋友一同到福隆海滨去了，明天才能回来。我知道，他们不是不想带我去，实在是，谁让我功课那样多。他们不带我去，实在是为了我好。

亲爱的上帝！请帮助我做一个不随便羡慕别人，也不喜欢到海滨去玩的乖孩子！阿门！

×月×日

哦！天父！

我百分之百地相信，我们要吃得苦中苦，才会成为人上人。

爸爸、妈妈、老师、校长，以及那些许许多多出题给我们做、把我们难倒的那些人们，一定是早已吃过了苦中苦，所以他们现在可以管教我们！

当我把一题不会做的算术去问爸爸的时候，他说，这是几何里面的。我把另一题去问妈妈的时候，她说，那是代数里面的。他们真的是太有学问了！我一点也不懂什么叫几何，什么叫代数。

所以，当爸爸和妈妈都不会讲解我们那些试题的时候，我一点也不惊奇，因为我不懂得几何和代数，他们说，要教也无从教起。

所以，想来想去，还是我们这些小孩子的错。我们实在太笨太笨！

我亲爱的天父！请求你快一点让我们长大吧！阿门！

×月×日

仁慈的天父！

请你给我力量，让我不要再去同情那些坏学生！

请你给我力量，让我不再怕听那些坏学生挨教鞭的声音！

今天，吕小英挨完了打，坐在位子上，一直在摇头，她的眼睛直直地瞪着黑板。我想她一定快要得一种病了。

当然，那是她自己不好，谁让她不用功的！如果我同情她，那我不是也赞成不用功吗？

所以，我今天一回到房间，就开始向你祷告。哦！天父！给我力量，让我不要同情那些坏学生吧！阿门！

×月×日

亲爱的上帝！今天幼稚园的孙老师到我家来。她说她不认识我了。因为我太瘦了，而且有点驼背。

孙老师对妈妈说，要给孩子喝牛奶啊！吃鸡蛋啊！吃牛肉和鱼啊！吃水果啊！要注意营养啊！

妈妈说："她一点也不听话！给她什么也不吃，挑嘴哟！"

亲爱的上帝，请你替我对妈妈说，我是真的吃不下。你说，假如一个人，一年到头也不跑跑跳跳，只坐在凳子上做算术题，一天做100多题。而且她一年到头都是每天只睡五六个小时的觉，她还吃得下什么牛奶和鸡蛋呢？

我并不是贪玩贪睡的孩子，我只是不要吃那些东西，我吃不下！请你让我妈妈相信，我并不是不乖。阿门！

×月×日

亲爱的天父！你还肯原谅我一次吗？

我说谎了，我现在才知道我今天是在逃学。

今天早上，一睁开眼睛我就想哭。我对妈妈说："我肚子痛。"

妈妈睁开眼睛，看了看我。说：

"肚子痛，请一天假吧！"

我就又倒回床上去睡了。

其实，我并没有肚子痛，我只是很怕去上学。因为昨天晚上，我做到 11 点半，那些算术习题还没有做完，不知怎的，我就伏在书桌上睡着了。

所以，今天，我不敢去上学，我害怕挨打。

上帝！请你原谅我这坏行为，并且请你原谅我昨晚忘记向你祷告。希望你没有忍着困在天上等我。

×月×日

仁慈的天父！请求你不要再让我做那样可怕的梦！

我梦见一个人，拿着一个多角形的怪物，死命地要塞到我的嘴里去。那个多角形的东西有篮球那么大，每一面都是一个多角形的平面。我的嘴没有那么大，而那个人拼命地把我的嘴掰开，让我把那个怪物吞下去。

我怕死了，就拼命地叫。

刚一叫出声音，我就被自己的声音吓醒了！

我觉得满身是汗，屋子里没有灯光，我直僵僵地躺在床上，动也不敢动，我的耳边听见那个人的声音在喊叫：

"斜线部分的面积！斜线部分的面积！……"

天父！我知道那只是一个梦，可是，我怕得发抖，一直不敢再让自己睡去。

亲爱的上帝！假如你认识那使人做梦的神或魔鬼，请你替我求求他们，不要再到我的梦里来吧！谢谢你。阿门！

×月×日

今天，在公共汽车上，一个强壮的大人把我从位子上拉起来，他自己坐在我的位子上了。我在心里骂了他一句"王八蛋"！

请原谅我吧！上帝！我不应该骂人的，尤其不应该骂这种粗话，更不应该骂比我们年长的人。

我以后决定自动地把位子让给大人，那样才是个好孩子。阿门！

×月×日

算术习题实在太多了！那些选择题，事实上也是计算题。我把计算题和应用题都做完了，时间已经是 11 点，所以，那些选择题，我只好"用猜"的。

请原谅我这投机取巧的行为吧！下次我决心不让自己那样的困。阿门！

×月×日

今天老师让我们做初中入学的模拟考试。

考卷发下之后，老师说：

"这和真的联考的情形是一样的，所以，试题很多。试题这样多，你们当然做不完。所以，除了'计算'和'应用'要认真地做之外，假如时间不够，选择题你们可以用猜的。你们可以都选①或都选②③，结果总会碰对一部分，那就可以拿分了！"

我亲爱的上帝！我是多么地同情我们的老师！为了让我们考取中学，他也只好主张用猜了！

虽然，这实在是一种欺骗，但我还是替我们老师向你祈求，原谅他吧！阿门！

×月×日

今天督学来视察。所以，在上课以前，老师就叫我们把补充教材图解算术等等都收到放扫把的三角橱里去了。

老师说："假如督学问你们，回家都做什么功课，你们只能说课内的，不要说课外的。"

果然，督学来了。

老师很客气地把我们称做"小朋友"，而且一次也没有打人，连骂也没有骂一句，我很喜欢今天的老师。督学走了一圈，走到我面前，问我说：

"你们每天回家做什么功课？"

我说："我们回家做图……"

我刚想说做图解算术，幸亏我一下子想起老师的话，于是，我改嘴说："做算术练习和国语生字。"

督学就没有再问了。

我真的吓出了一身汗，假如我说错了话，那是多么对不起老师和学校！老师和学校还不是为了我们好，才这样补习我们！

仁慈的天父！请帮助我和我们的老师，以后可以不要再说谎话欺骗督学！阿门！

×月×日

今天，六年级的大哥哥大姐姐们开始报名，准备参加联考了！

有些人是不必参加集体报名的，老师说，那些成绩坏的，可以暗示他们去考县立或分部，那样，升学率就不会拉得太低了。

亲爱的天父，你也许又不懂得什么叫升学率了吧？

你不知道，现在每年联考一发榜，记者先生们就要抢着先找出哪个学校的毕业生考取的最多，最多就是升学率最高。当然，最多的就最光荣。而且，以后就一定会有许多别的学区的学生抢着往这个升学率最高的学校挤，这是学校与学校之间的竞争。

至于一个学校里面，班与班之间也要争升学率的。比如去年，仁班考取联考的最多，仁班的老师就成了模范老师，校长会喜欢他，学生家长也尊敬他,以后,班上的学生就会多得不得了,大家都愿意给他教。

其实,义班的老师也很好,只不过,他那一年分过来的学生笨的多,聪明的少,所以,他就教不好了!

这样一来,老师们为了自己的光荣,只好尽力地想办法在编班的时候多分几个聪明学生在自己班上。那些笨瓜头就全被踢来踢去的,没有人要了。

假如不是因为有这么个"升学率"在那里害人,老师又何必这样紧张,那些笨瓜头又怎么会这样倒霉呢?

我仁慈的天父!现在我开始替六年级的老师和我们五年级的老师祈祷!希望我们学校今年和明年的升学率都最高,大家都考取联考,就不枉费老师们的一片苦心了!阿门!

那岂是乡愁

台北的雨季,湿漉漉、冷凄凄、灰暗暗的。

满街都裹着一层黄色的胶泥,马路上、车轮上、行人的鞋上、腿上、裤子上、雨衣雨伞上。

我屏住一口气,上了37路车。车上人不多,疏疏落落地坐下两排。所以,我可以看得见人们的脚和脚下的泥泞——车里与车外一样的泥泞。

人们瑟缩地坐着,不只是因为冷,而是因为湿。这里冬季这"湿"的感觉,比冷更令人瑟缩。这种冷,像是浸在凉水里,那样沉默专注而又毫不放松地浸透着人的身体。

这冷,不像北方的那种冷。北方的冷,是呼啸着扑来,鞭打着、撕裂着、呼喊着的那么一种冷。冷得你不只是瑟缩,而且冷得你打战,冷得你连思想都无法集中,像那呼啸着席卷荒原的北风,那么疾迅迷离而捉不住踪影。

对面坐着几个乡下来的。他们穿着尼龙夹克,脚下放着篮子,手边竖着扁担。他们穿的是胶鞋。胶鞋在北方是不行的。在北方,要穿"毡窝"。尼龙夹克,即使那时候有,也不能阻挡那西北风,他们是非要穿大棉袄或老羊皮袍子不可的,头上不能不戴一顶毡帽或棉风帽。旁边有一个人擤了一筒鼻涕在车板上。在北方,冬天里,人们是常常流鼻涕的,那是因为风太凛冽。那让人喘不过气来的猛扑着的风,总是催出人们的鼻涕和眼泪。

车子一站一站地开行着。外面是灰蒙蒙的阴天,覆盖着黄湿湿的泥地。北方的冬天不是这样的。它要么就是一片金闪闪的晴朗,要么就是一片白晃晃的冰雪。这里的冷，其实是最容易挨过去的，在这里，人们即使贫苦一点，也不妨事的，不像北方……

车子在平交道前刹住，我突然意识到，我从一上了车子，就一直在想着北方。

那已经不是乡愁，我早已没有那种近于诗意的乡愁，那只是一种很动心的回忆。回忆的不是那金色年代的种种苦乐，而是那茫茫的雪、猎猎的风和那穿老羊皮袍、戴旧毡帽、穿"老头乐毡窝"的乡下老人，躬着身子，对抗着呼啸猛扑的风雪，在"高处不胜寒"的小镇车站的天桥上。

那老人，我叫他"大爹"，他是父亲的堂兄。那年，他已经50多了。晒黑的、风尘仆仆的脸，朴实的五官，光头上戴顶土黄色的老毡帽。在那五进的宅院里，他辛辛苦苦地支撑着那个老旧家庭的生计。对外，他要照管田庄；对内，他要照管四代同堂的30多口家族的婚丧嫁娶和日常生活。而他，总是那么慢吞吞地，手揣在袖子里，微躬着背，迈着一定大小的方步。他说话的时候，总是那么把声音拖得长长的，仿佛字斟句酌，唯恐说走了嘴似的。其实，他只是习惯那么慢吞吞，好像任何重大的突发事件，都不会使他震惊似的。

我从小随父母在都市谋生，偶尔才回一趟老家。在老家的人们的眼里，我们已经是"化外之民"。而我对"大爹"的行动，也只觉得陌生而不惯。我不喜欢大爹，因为在他面前，使我拘谨不安，而且动辄得咎。所以，如无必要，我几乎是不理他的。他似乎也不喜欢我们这几个在都市里学了新派的晚辈。我们有时无意中唱唱歌，或大笑几声，或说说从外面学来的国语，他都会一字一板地训我们几句，说我们粗野、忘本、没有一点书香人家的规矩，然后甩甩袖子，迈过门槛走开。

我每次回家，总是情愿耽在祖母房里。祖母是大爹的姊姊，大爹是长房里的。祖母似乎也不喜欢大爹。她总是责怪父亲，不该放下家当，赤手空拳地跑到外面去给工厂里做事。"这个家应该有你们一份的。"祖母叼着旱烟袋说,"你们倒慷慨!一家子到外面过去了。这家里的产业,可不就都给大房里占了去?看你大爹不声不响,老好人似的,岂不知庄上缴的、地里收的,都到了他手里。听他口口声声说穷,其实,谁有钱谁知道!只有我穷是真的。"祖母把旱烟袋里的烟灰磕掉,再去装烟,那烟叶是装在一个小小的蓝布口袋里的,发着呛人的气味。"我早就说,你们不在家里吃,这几年,省下来的,也够买几亩地的了。这还不都是入了你大爹的腰包?"祖母时常这样絮絮叨叨地说着。"将来分家的时候,说什么也不能马马虎虎的。你祖父弟兄3个,我们三一三十一,有钱分钱,有地分地。"

我不知道家里有多少可分的东西。除了我自幼在里面长大的这五进房子之外,我只听大爹跟父亲说过,有两个田庄,押给别人了;有多少芦苇地,也当给别人了。只剩下一个"靳庄子",现在家里的进项,只是靠"靳庄"的收成。家里经常吃得很节省,我们每次回家,第一顿饭,大半是在外面叫的饺子,只有我们这几个从外面回来的人吃。以后,我们就跟着全家一同吃大锅饭。那菜多半是咸鱼、虾酱、小干鱼炒白菜、虾酱炖豆腐、咸菜拌豆腐。夏天的时候,后园里有自己种的茄子、南瓜和豆角。粮食多半是高粱、小米和棒子面。只有过年才吃米饭、馒头和猪肉。打仗的时候,家里吃一种面条,硬硬滑滑的,人们说,那根本不是粮食,不知是用什么做的。吃多了,胃会胀痛。

家里自己养鸡,反正一切自给自足。好像人们从来也不花钱似的。据说,只有我们回家的时候,才从外面买一点东西来吃,那是拿我们当客人招待的。

"别以为他对你们好。"祖母说,"你们几年不吃家里,省下的钱,够他招待你们的了!"

大爹的太太,我们的伯母,我们叫她"大妈"。大妈是家里的"心脏"。她永远是天不亮就起床。起床之后，她把自己打扮整齐，抱柴，烧水，把头天晚上浸好的秫米放在锅里煮粥。高粱米最难煮，要费很长时间，才可以煮稠。等我们起来的时候，红红的秫米粥已经盛在乌亮的瓦盆里，炕桌上摆好自家腌的酱菜和咸鱼，等着我们吃早饭了。

大妈和大爹不同，她总是笑脸迎人的。冬天，早上起来，她总是先问我们"夜里冷不冷"，然后舀热水，让我们洗脸。我常常注意着她那鹅蛋形的素脸，梳着光洁的发髻，她的眼睛很美，流溢着柔和的光。而她里里外外地张罗着全家的琐事，决定着每天膳食的分配，四季衣裳的添制，记着每一房大人孩子的生日，到了那天，一大早，就有烧饼油条和鸡蛋，表示庆祝。她把那一大堆煮熟的圆溜溜的鸡蛋放在过生日的孩子的炕上滚着，使人觉得那真是一种快活健朗的祝福。她说烧饼和油条是象征着腿的健康的。我很欣赏她这种祝福。她那明快、肯定而柔和的动作使我对她有无限好感。我还敬佩她每天早晚必定按规矩到祖母房里来问问安，点烟倒茶，整理被褥，在门旁侍立一刻，闲谈几句，然后退出房门的那番礼法——那已经被我们这维新的一代弃之如遗的礼法。而祖母却说："你大妈当这个家，只会苦我们；她自己房里是富裕的，我才不稀罕她装模作样地来讨好我们！"

我不知道是否真的如此，我也不喜欢去深究这些。我并不关心老家财产的多少。自幼，我就受了父亲的影响。他常说："一个人靠祖产是没有出息的。我不在乎家里的财产，人人都该自立谋生。"

正是那样一个转变的时代，许多读"洋学堂"的青年都丢下那旧得霉腐的老家，去外面自立谋生。他们投入一种新的、工业化的生活里。他们用时钟代替了太阳。他们过着连吃一根葱也要去买的日子。他们按月领薪水，而薪水总是不够开支。但是，他们穿得一天比一天考究，妇女们慢慢地讲求时髦，而且学会了打牌。当我们隔几年回一次老家时，老家的人们都带着惊羡的眼光看我们，而我们也为自己能够自立谋生和接触新的东西，学来新的"派头"而有点自豪。

但是，有一年，我们忽然不能自立谋生了！

那年，战争爆发，父亲忽然失业。小家庭的生活，怕的就是失业，我们没有积蓄，兄弟姊妹又多。正在彷徨无主，忽然接到大爹的信。我们拆开那旧式的印着红框的中国信封，看见大爹那朴拙的毛笔字。他写道："……小难逃城，大难逃乡。如在外生活不易，可随时返家团聚。家中虽清苦，然粗茶淡饭，尚可无缺……"

父亲一生好强，说："如果我发财还乡，还有脸回去。如今落魄，情愿在外面流落，也不回去丢脸。"倒是母亲看出家里实在无法维持，暗中写了一封信回家，说，决定先让我带着两个妹妹回家，可以减轻一点负担，母亲和父亲带着弟弟则暂时在外面看看情形。

不两日，大爹来了回信，信中详细说明火车开到的时刻，让我们务必搭某日某班的火车回去。

那天，天气奇寒，风雪交加。18岁的我，带着两个不满10岁的妹妹上了火车。

火车在冰天雪地中奔驰。我们三人紧紧地挤在三等车厢里的一张椅子上坐着，茫然地望着外面的风雪。那平原真是荒凉，火车奔驰好几里也看不到一户人家。只有冻僵的寒天、冻僵的河水、冻僵的平原、冻僵的枯树和抖颤的电线。那火车窗棂上积着高高的、层雪。车中的暖气驱不走那从四面八方袭来的严寒。我们的手和脚都冻得发痛。

那天，因为对面来的火车在路上出事误点，我们这班车在一个小站等着"错车"，等了好久，到达老家那小站时，已比平时晚了半小时余。冬天日短，车进站时，但见暮色苍茫。我们三个提着简单的行囊下了火车，那狂风吹得我们站不住脚。正在彷徨无主，却见大爹从那个写着站名的白色木牌后面跑过来。他脚下穿着大毡窝，身上穿着羊皮袍，头上戴着老毡帽。他跑的时候，那毡窝就陷在深深的雪里，使他举步维艰。

他跑得那样吃力，而又那样快，使我们几乎不相信那就是大爹。我们从来也未见大爹跑过，他总是四平八稳地踱着方步的。而这次，他吃力地跑到我们面前，嘴唇"嗦嗦"地抖着，用他冻僵的手把两个妹妹搂在他怀里，说：

"好孩子！好孩子！冻坏了吧？孩子！"

两个妹妹被西北风夹着鹅毛大雪灌得喘不过气，扑在大爹怀里，一句话也说不出来。我在旁边把背对着风，满眼都是冰凉的泪，顾不得寒暄，只见大爹伸手接过我的箱子，说了一声："走吧！还得过天桥。"

小站的天桥是露天的，很简陋。高处风欺雪虐，我们又是逆风，大爹走在最前面，吩咐两个妹妹说："拉紧我的袍子！别抬头！我给你们挡着风！"两个妹妹紧紧抓住大爹的羊皮袍子后摆。我跟在最后，把围巾紧紧地裹住头和嘴。而那大片的雪和大股的风，"呼呼"地把我们一直往后推。我们连眼睛都睁不开，模模糊糊地只见大爹在前面躬着身子和寒风抵抗。走到天桥中间，忽然一阵疾风，把三妹的围巾吹飞，三妹被风吹得一个踉跄，险些从那稀疏简陋的栏杆下面掉下天桥去，大爹回身一把拉住了三妹，把他自己的围巾解下来，给三妹系在头上，又返过手来紧紧地拉住她们，踩着天桥上冻硬溜滑的积雪，步履蹒跚地走过了这惊险的一段。当我们下了天桥，走出站台之后，我才看见大爹的脸上冻得发紫，他嘴上花白的短须，沾着白白亮亮的冰花。他的嘴里呵着白气，哆嗦地说："来来！我已经雇好了'刘把式'的车。""刘把式"的车在车站转角的地方等着，他是镇上一个熟识的马轿车夫，乡下称赶车的叫"车把式"。

上了那挂着棉篷的马轿车，我们并没有停止抖颤。车被棉篷紧紧地围住，里面黑洞洞的。风雪被阻挡在棉篷之外，而大爹却跨坐在外面的车辕上。旧时的规矩，妇女才盘膝坐在车里，男子是要"跨辕"的。

我们不知道大爹有多冷。从车站到家，还有三里路，又是逆风。当

那岂是乡愁

我们好容易到家时，已经掌灯了。

老家还是那样，天已全黑，只有有煤油灯的地方是红红亮亮的。大爹把我们带到祖母房里，祖母房里升着炭火盆。大妈带着怜惜的笑容走过来，给我们打热水洗脸，给我们用开水冲茶汤喝了，我们渐渐暖上来。大妈让我们坐在烧热的炕头上，一面张罗给我们端饭，一面抱过簇新的棉被和枕头，问祖母是让我们睡祖母的套间，还是睡大妈的套间。"他二婶（指我母亲）那东厢房太冷了，还是让孩子们和我们住在一起吧！"她建议着。祖母带着欣慰的心情答应着，一面向我们问长问短。而大爹早又恢复了他那慢吞吞的步发，和那慢吞吞说话的腔调。当我们一面吃饭，一面激动地讨论着外面的风雪时，他只"嗯嗯"地答应着，仿佛那是一件很平常的事。

而一直到后来，我们才想起，那天火车误点，他在风雪中更多等了我们半个钟头。老天！那样的风雪！

许多事都是这样的，在当时，觉得很平淡，也不知道究竟有多艰难，也不知道究竟有多温暖，也不知道究竟有多感激。我只记得从那以后，祖母没有再提大爹独享我们财产的事，也不再提分家的事。

过了几年，战争完了，苦日子也过去了，我们才听说，大爹那些年省吃俭用，把押给人家的庄子已经赎了回来。芦苇地也差不多都赎回来了。镇上以前一共有4个有名的大户，后来都破落了。我们是其中之一。我们也是唯一留住祖产房屋，而且赎回祖产田庄的一户。

我想，假如从那时候不再荒乱该多好！努力和节俭本来是最真实、最不会被否定的东西。亲情也是最真实、最不会被否定的东西。而我们这一代就缺少那种福分，家里刚刚振作，就又被变乱席卷了！

我到了台湾，要结婚的时候，收到大爹一封信。信里附着一个红包，里面是4000万元的汇票。信上大意说："家中年景不好。我原为各侄女每人积存一份妆奁，但不幸，币值贬降，这数目大约也只能给你买双丝袜了,伯伯不才,未能恪尽家长之责,希吾侄谅之。"

我岂能不"谅之"?我岂能不感激零涕?我岂能忘记那年的风雪,那北方古老的家园!那凄寒中如爝火般的光与热,那属于中华古国传统的含敛不露而真实无比的亲情!

生活的滋味

隔邻大概是在做炸酱面。那炸酱的气味使我放下了手边的工作。一缕记忆自我心底渐渐升起，渐渐明晰，渐渐逼近，我仿佛又看见10多年前的自己在那炎阳高照的马路上，提着一点肉、一点面、一两条小黄瓜，急匆匆地往家里赶。家里孩子也许在哭，也许跌了跤，也许被小偷潜入，也许倒翻了开水，也许吞下了纽扣……而我还没有升火。我必须赶快回到家里，在他下班以前，料理好这顿在我说来是可有可无的午饭。

炸酱面是最简单快速的了！

我打开煤炉，忍着煤烟的呛，一面烧水，一面剁肉、切黄瓜。孩子在那边哭闹，我在这边速战速决地忙乱。等到忙完，自己却是一口也吃不下；孩子也已哭得声嘶力竭。

那时，我们的家未具规模，两人各凭年轻人的一股猛劲，在生活线上挣扎，孩子却又接踵而至；小家庭缺少帮手，佣人又一向难求，我又不擅理家，所以终日手忙脚乱，心急如焚。而那忙迫烦乱的感觉和那炸酱面的味道，就织成了那段生活逼人的况味。

如果说生活有具体滋味的话，那么，在我说来，炸酱面的滋味，就是忙迫与烦乱的象征了。

就因为那热辣辣的忙迫，使我至今不喜闻炸酱的气味。

我喜欢闻的是淡淡的煤油味和微微的炭香。同样是人间烟火，但它们却显示静谧、安稳与悠闲。因为它们总是给我唤回沉沉远远的温馨记忆，使我想起老家。

在老家那宁静的院子里，每天黄昏逝尽、黑暗逐渐深浓的时候，各房一个一个地点起煤油灯来。那薄薄的煤油气味，就开始弥漫在黑沉沉的空间里。而煤油灯那一点红橙橙的光晕，就把我们的影子高高大大地投射到墙上，摇曳着。于是，大家都围过来，女人们招呼孩子们上炕去睡觉，她们则在灯前盘着腿做针线。孩子们爬上那铺好被褥的砖炕，头朝外躺在绣着花朵的枕上，守着母亲的膝头，听着母亲的针线穿过布料那单调而亲切的声音。而年幼的我，总是在那单调而亲切的针线声中，慢慢地合上眼睛。于是，那昏黄的灯光，就在我蒙眬的睡意中，幻化做无数细细小小的深红色的星点，无边无际地散布在黑沉沉的空间。在这无边无际的黑沉沉的空间与深红的星点之中，我渐渐浮起、渐渐消失在甜甜的梦里。我知道，母亲就在身边，我也从不担忧醒来时会找不到母亲。那时代的母亲永远在孩子身边。

不只是母亲，还有各房的叔婶和祖母。

想到祖母，就必定想起她房中那微微的炭香。她是那样地喜欢我们，而给我们那样多的温暖与爱护。在那滴水成冰的严冬天气里，每当我们走过祖母房间外面的穿堂时，她总是隔着那厚厚的棉门帘就听出了我们的脚步，而把我们叫进去。然后，她殷勤地把铜火盆里加上一些新炭，俯下身子，偏着头，去吹那炭火，好使它快些燃旺起来。她那梳理光洁、一丝不乱的白发和吹炭火的瘪嘴，总是使我感动。我说："我们不走，奶奶房里最暖和。"

于是，老祖母高兴起来，呵呵地笑着，用她粗皱的手，拉过我们的小手，说："烤烤火！烤烤就不冷了。"

我们伸过手去，在炭火盆上烤着。那新燃的炭香就淡淡地飘散在那古老的房屋里。立柜、春凳、茶几、火盆架、炕沿、卧柜，早都被祖母擦抹得一尘不染。大片的阳光由南窗照进来，她把长长的铜"火筷子"架在火盆上，把馒头放在上面烤着。

"王顺买油条去了。"祖母说着，由那用棉"茶壶套"套着的茶壶里，倒出几杯茶。"刚泡的'素大叶'"，她把茶杯推到我们面前说，"趁热喝点。等一会儿油条买来，馒头也烤好了。"而我们爬到祖母那烧热的炕头上，沐浴在由窗格透下来的阳光里，看墙上贴的各种年画，听祖母信口给我们讲薛仁贵的故事、包拯的故事或乾隆下江南的故事。新做的棉衣软软地贴着我们的身体，我们快乐地享受着那熨贴而无忧的早晨。

而那逐渐加入到空气中来的烤馒头的香味，和素大叶的香味，和炭的香味，就织成了一片温暖。那被宠爱、被照顾的感觉，使我们小小的心里充满着安全、信赖与快乐。祖母房间那大片的明净，由纸窗直串入四合院那永不忧郁的蓝天。冬天在外面，春天在我们心里，在祖母的爱里，在炭火盆与素大叶的暖香里。

时代在变，人们的观念在变。当人们有了更多开拓的勇气与创业的雄心时，祖母房间里的暖香被遗弃，取代的是弥漫在记忆中的那带有野性的烧草的气味。

那时，我们随着年轻的父母搬离老家，来到外面独立谋生，父亲收入微薄，而我们所住的小镇又是那样的贫瘠。在大家都用秫秸、稻草等来做燃料的时候，我们只能买到野生的"蒿子"。其实，蒿子干硬易燃，倒也是很理想的燃料。只是因为它细枝丛生，往灶里填的时候，相当麻烦。所以，每当举炊的时候，"烧火"就成了我们孩子们的一项推不开的工作。那野性的烟味从孤零的泥灶窜入浅浅的院落，越过土坯做的围墙，溶入那近海的辽阔的蓝空里。在那样小的年纪，我就已模糊地体尝到"重起炉灶"自立更生的艰辛。而门外那望过去无边无际、接向地平线的草木不生的赤地，更加深了那不易扎根的孤独之感。那燃烧蒿子的气味，就深深密密地织入我的记忆里，成为那段惶恐而艰苦的生活的标志。

当小镇上工厂烟囱逐渐增多，市街渐具规模的时候，我开始冒着那没有阻挡的大风雪去工厂子弟小学读书。因为学校离家很远，冬天风雪又大，父亲教我中午不必回家，就近到他工厂的会客室去，等一位名叫刘恕的工友，给我买烧饼酱肉来做中餐。那大大的会客室里，静静地摆着一个长桌和两排木椅，一个大号的煤炉在墙角边熊熊地燃着。那映着白雪的冬午的亮光，由玻璃窗照进来，白晃晃的一片清寂。我独自在那里等着，等那个白面孔细眼睛的工友刘恕由街上给我买来中餐。他买来之后，给我倒一杯茶，退出去。留下一个小小的我，在那太大的空荡荡的会客室里，慢慢嚼我的中餐。那烧饼是刚出炉的，酱肉也很香醇，但抵不住我那彷徨无主的孤寂。于是，那酱肉烧饼的滋味，就伴随着那段白茫茫的日子，牢牢地镌刻在我记忆的深处。

这个暑假，我去关子岭，招待所供给的早餐中，有一碟清切的五香大头菜。那浅浅的棕色，那干干的风味，蓦地使我想起我6岁那年，随着全家坐夜车到天津逃内战，和我们一同去的还有父亲工厂的同人眷属。下了火车，大家坐人力车到租界里的总公司暂住。天亮之后，公司给我们开出稀饭和馒头。那大圆桌中央摆着四样小菜，其中之一就是五香大头菜。那顿早餐，因为我实在很饿，所以吃得津津有味，尤其那五香大头菜，使我齿颊生香。

"逃难"，在幼年的我看来，是平凡生活中的一个有趣的项目。那时，我们常常"逃难"。我看着大人们放下了工作，忙着收拾箱笼，把那些皮棉衣服放在下面的箱子里，把那些细软放在上面的箱子里。他们又总是牵挂着墙上那两个挂钟。一个是荷兰制的，有两个金色的钟铊。一个是八角形的，报时的时候，总是用那么性急的调子——"当当当当当"，让你来不及数它究竟报的是几点。这两个挂钟，通常要占一只箱子，在它们的周围塞满废纸和棉絮。然后把每只箱子都贴上封条，再把这只放挂钟的箱子面上另贴一张纸，用毛笔写上"此箱怕压，请放在浮面上"。这些箱笼是交工厂庶务处去装运的。而我在旁边看着，很高兴又有一次机会去旅行，到陌生的地方住住，而且又可以吃到与家里不同风味的饭菜。

我那样不把"逃难"放在心上，仿佛我知道，内战反正总是不久就会过去。林语堂博士在《吾国与吾民》一书中所说的"人们不大容易在中国目睹战争，只可耳闻战争"。这话在我记忆中仿佛真是很对。我们逃来逃去，似乎并没有看见战争。每次我们在天津租界住一段很短的时间之后，就又很安逸地回到原来的小镇。箱笼都安全无恙地运回来。挂钟也挂回原来的地方。那八角形的家伙，就又开始用它性急的脆嗓子喊叫着报时。

当然，我现在知道，大人们对逃难的感觉是完全不像我那样轻松的。那箱笼、那挂钟，都是一分一分的心血和劳力积攒起来的。人们从赤手空拳谋生，到有了许多箱笼可以携带，这过程是漫长而艰辛的。它们的意义实在不只限于它们所值的金钱。何况还有对战争延续的恐惧，对经济来源的忧虑，对日后生活的彷徨等等。而这些恐惧、忧虑和彷徨，是全不会发生在孩子们心上的。尤其是我，我太喜好变动与新奇，而太缺少对实际生活的关心，直到我自己有了家，有了孩子，而且有了可以携带的箱笼，我才恍然明白，"逃难"在父母心上是何等沉重！

直到现在，每当我走过樟脑局附近的那条多树的小路时，那飘散在空气中的高级樟脑味，仍会使我想起母亲的箱子。她那方方的樟木箱里，开始时，只是那几件她结婚时的衣裳。有两件百褶裙，一件粉红，一件银灰。还有几件圆衣襟的小袄，以及几件简单的首饰。我最喜欢看母亲的箱子，而她偏是一年才翻一两次。每当母亲拿出那一大串叮叮当当的锁匙，打开箱子上那长方形的大铜锁，再把那大锁竖着顶在箱盖与箱底之间，那樟脑味就把我吸引了来。

那箱子放在箱架上，因此，我总要踮起脚，才可以看到里面。每年，我都发现一些新的东西。它们多半是新弟弟或新妹妹过满月或周岁收到的银手钏、金锁片之类。再有就是母亲新添置的衣裳。那衣裳随着年月而改变着它们的式样，从缎面的灰鼠小袄，到不开衩的华丝葛旗袍，从缎子绣花鞋，到纹皮高跟鞋，以至于头上的饰物：先是梳发髻时用的簪子、珠花、头针，后来是剪发后用的各式发箍。

母亲的箱子尽管一年一年地从简到丰，但母亲的本身却总是布衣粗服，操劳终日。直到她生病去世，我未见她认真地穿戴与享受。而当母亲的箱子变成她的遗物时，我才深深感到生活对一个女子的重量。我们天生喜爱那些玲珑美好、新颖漂亮的衣饰，但我们无法避免，也不想避免朴素与操劳。也许女人的享受只在她得到一件漂亮事物的刹那。然后，她就把它们深锁在箱子里，做为一件永远舍不得穿用、也无机会穿用的宝藏。而她们的生命却要在不遑饰修的操劳中见出永恒。

现在，我也有了属于我的有樟脑味的箱子。那里面，也无可避免地装着我从未穿过的旗袍、很少用到的披肩，以及只有在整理箱子时，才拿出来欣赏一眼的饰物。这些东西，每一件都是一段生活的缩影，它们都纪录着一些不得已的辛劳，一些不必有的收获，以及一些穿用这些东西时的心境。那心境，是惆怅多于快乐，苦涩多于甘甜。每一件值得保存的衣物，在购买时，都曾费过一番周折，或伴随着一些懊恼。而每一次需我添置新衣去参加的活动，所存留在记忆里的，总是一些不情愿、不得已、勉强与无奈。我想，或许这也是女人们不愿轻易启开她们箱子的内在原因之一吧？

远处传来烤白薯小贩那竹筒的声音，"哗啦哗啦"地由远而近，空气中倏地填满了烤白薯的浓香。我忽然想起，在高中读书的老大快要放学了，他最喜欢吃烤白薯，入秋以来，这是第一次有卖呢！

我隔着窗口叫住那带来冬之寒意的老人。能为上学的孩子做点事情的感觉，使我轻快起来。

我不知我的孩子是否如他们祖父一代那样向往开拓与创业，或如我年轻时那般的喜欢变动与新奇。而我却是越来越梦想一所静沉沉的宅院，那里有足够的空间，可以容纳我的亲属；有足够的时间，可以让我安享有天伦之乐的余年。并让我有机会帮助毫无生活经验的子孙，使他们有幸享一享我幼年时所享过的宠爱、照顾、安全与信赖；而不要使那些年轻的母亲再像我当初那样忙迫与烦乱；也不要使那些幼小的孩子忍受这一代孩子所忍受过来的委屈、寂寞、缺少照料，与过早的忧烦。

由冷说起

每当我对朋友说我最怕冷的时候,朋友总会带着不相信的样子,问我:"你从北方来的,怎么还怕冷?"

其实,朋友有所不知。从北方来的人,固然可能不怕冷,但也可能怕冷。不怕冷的原因是因为他冻"惯"了;怕冷的原因则是他冻"怕"了。我是属于后者,我真的是冻"怕"了!

小时候,冒着大风雪去上学。身上穿着家里做的棉斗篷,戴着连在斗篷上的棉帽子。那斗篷又长又大,把一个人整个地裹在里面。出门时,父亲总不忘嘱咐我,当心跌跤。因为穿着那种斗篷,如果跌倒了的话,真是爬不起来。斗篷之外,还有一条大围巾。那围巾不只是围住脖子,而是连嘴也要围上,只留两只眼睛在外面。但就是那两只眼睛,还被大风吹得张不开,吹得流眼泪。那眼泪还未流出眼眶,就已被冻得冰凉。待流出之后,贴在脸上,手又裹在斗篷里,不能去擦抹,其难受的程度,真是无法形容。

嘴和鼻子在围巾里呼吸,那呼出的气体遇到冷,立刻变成水,凉冰冰地贴在围巾的里层上。而围巾的外层就冻上了细细的冰花。

手上戴着手套。那时候,刚时兴毛线,第一次赶时髦,戴毛线手套,不知道它竟是那么不济事!风一吹就透,而且由于每个手指分别套在手套里,彼此无法照应,就更冻得彻底。先是冻得痛,后是冻得麻木。等到了学校,把手套由那冻僵的手指上摘下来,就又由麻木回到了痛。我总是因为手冻得太痛而大哭。后来母亲知道毛线手套无用,就仍给我戴棉的手套。那棉手套只有一个大指和掌心分开,其余四指都合并套在一起，暖是暖得多了，但是其不便利也就可想而知。有时需拿细巧一点的东西，就要把手套摘掉，忍受那凛冽寒风的凌虐。

脚上照例是穿棉鞋。那棉鞋是布面、棉心、绒里、布底，里面加上毛线袜，走起路来踢踢拖拖，跑的时候，那样子就更滑稽。而即使如此，脚仍是最不易温暖的部位，经常冻得发痛。

而且试想这一身装备——从贴身的棉毛衫裤、棉背心或棉袄、毛线裤或棉裤，外面的棉袍、罩衫，还有斗篷、帽子、围巾、手套……这许多东西加在一个读小学的孩子身上，还要顶着那七八级的大西北风，够多么辛苦！有时为了使自己不和大风做"正面冲突"，我们常要背转身子，"以退为进"。有时大雪纷飞，小镇路上人烟稀少，举目茫茫，只偶尔有一辆拉着柴草的骡车，在那没有道路的旷野里经过。赶车的把手揣在袖子里，抱着鞭子，也是一身的厚棉装备，脸上冻得发紫，胡子上沾着由呼出来的气变成的冰花，一副自顾不暇的样子，只能使我们由同情他的冷而更加倍地感到自己的冷。

小学里，大家都是走读，镇上谈不到交通工具，出门都是走路。同学中有姊弟两人，天天坐家里的包车上下学。当我们全副冬装，在雪地上与强风挣扎时，他们却坐在车子上，脚铃"叮铃铃"地响着，昂然地、无情地，越过我们这徒步的行列。其苦乐对比是那样的鲜明，反映在孩子们心中的那种被摒弃的感觉也就格外强烈。

我想，这也是我不喜欢冷天的一大原因，"冷"就是那么容易给人间划出明显的距离，使本来同等的人们变为特殊，使本来可以同行的友伴为了自己的安逸而掉头不顾地放弃友情。

走读生活之使我痛恨，也由于幼时那6年与风雪对抗而总是流泪败北的经验。所幸，到了中学，我便住读了。

住读，首先免去了往返跋涉之苦，而且有了围炉取暖的自由。于是，教室里的火炉、钢琴室的火炉、体育馆的火炉，以至于寝室的火炉，就成了我冬天不愿或离的友伴。一到冬天，我就不打球、不散步、不玩，而尽量守着火炉。下课10分钟，那些"有理智"的同学们都去外面"换空气"，"活动产生热能"去了。我则和几个与我同样怕冷的同学往火炉旁挤。把火炉里添几铲煤，把早上由饮食店买来的面包、鸡肠等等放在炉子上烤着、吃着，熏得满教室的面包味和鸡肠味。

由于可以烤火，我得以尽量不穿那些厚重臃肿的冬装，而只穿夹袍和毛衣。出去时，才加一件大衣。也不再穿棉鞋，而可以使自己看来灵便一点。但也许就因为穿得少，所以才格外不愿出去，而只愿躲在室内烤火吧。因此所有属于北方冬天的乐趣，如打雪仗、堆雪人、溜冰之类，一概与我无缘。我虽在体育教师逼迫之下，学会了溜冰，但那不是出于自愿，站在冰上，穿着大衣溜方步，只有越溜越冷，乐不抵苦。

当时，只有在一种情形之下，我会放弃烤火，而自愿跑到教室外面走廊上去挨冻。那是为了应付考试，而自己发明的"苦肉计"。逼自己在最痛苦的情形之下把书背会，往往为了早一点解脱那挨冻的痛苦，而全神贯注地一口气把书背完。

受寒冷威胁最厉害的是北方沦陷的那几年。

那时候我们全家在天津做难民，我则在一所小学教书。战争使物资奇缺，煤都被敌人运走了。大家只能买到一点烧过的煤核或索性烧煤球。家中是室内结冰，学校更是无煤可烧。校长就教全体师生每天早晨利用晨操时间，去外面做半小时的越野跑步。借运动取暖，并锻炼身体，让大家与寒冷对抗，他的口号是"要坚忍！别投降！"那口号却真的给了我们一种激励奋发的力量，使我们感到"抵抗"的快意，与发挥潜力的振奋。然而，冷仍然是无情的。那是一种"空手入白刃"式的锻炼。那一段无处躲藏的寒冷的日子，织在我生命里，使我深深体尝到生活艰辛的滋味。"冷"常使人付出太多无谓的耗损；"冷"使人凝固收缩，而使大好的时间成为无情的空白。

南方朋友常说:"好羡慕你看过大雪!"

他们不知道,我一向不欣赏雪。

也许,假如我一直养尊处优,而未经过战乱与困苦,那么,我或者可以在室暖如春的住处围炉饮酒,隔窗看大雪纷飞,会觉得诗意无穷。但不幸,我自幼年即亲身体尝过风欺雪虐的滋味,而对冰雪失去了赞美的心情。

小学时有一首歌,是由"平安夜"的调子改写的。歌词是:

"平原寂寂,雪花纷纷。野无游兽,路断行人。天赐软棉怎能温身,地堆白银怎能救贫……"

这首歌正写出了我对雪的感受。生长在苦寒地带的人,对琼花玉树很难有心情去欣赏。这大概也合乎美学上"距离"的原则吧!

"冷"对我来说,就是这样毫无美感,切身而又现实的。

我在寒冷地带长大,生命中织着冰和雪。它给我的影响是深沉而久远的。它使我知道人间真正的艰苦,也给了我一些必要的坚忍。

"冷"真的使人坚忍。否则,我们无法熬过每年的严寒。冷也使人固执。当刚刚冷的时候,我们情愿捱一捱,也不愿先加衣服使自己暖一暖。因为我们知道,如非使自己忍一忍目前初步的苦,就无法抵御日后那可以预见的更甚的苦。

我想,这也许是为什么我直到如今,仍然遇事缺少如水的柔顺与机敏,而总带着几分固执与迟滞的最大原因吧!

秋园即事

门·灯

下晚班回来，常在 11 点以后，独自走过夜晚寂静的巷弄，我总禁不住留神体味两旁人家那深扃的门和低暗的灯影。

多年以前，我在一个陌生的城市谋生，形单影只。下了晚班，独自回那陌生的同事家住宿。一路上，只有疏朗的星斗和断续的蛙鸣伴我。而那些陌生人家的深扃的门，暗沉沉的庭园中的树木和灯影，交织成大片的怅惘，在我心头。

人们需要有个家，在凄寒的夜里，在倦乏的时刻，在受挫的时候，在有病痛的时候，那家，就是一个人最安稳的栖息处所。人们把自己隐藏在小小的院落里，温暖的房间里，深垂的寝帐内，幽暗的灯影下，度过寒冷与倦乏的黑夜。我常想，在那帘幕深垂的家里的人们，也想到外面有未归的人吗？他们肯接纳无家可归的人吗？即使他们肯，那无家可归的人会真正分享他们的温暖吗？

我走着，数着那一个一个深扃着的门，数着那一扇一扇的透着昏黄灯光的窗，数着一家一家的温暖的帘帏，数着空寂马路上一盏一盏的清冷的街灯。我回想着自己曾度过的那长时期无家可归的日子。那日子过去了，但它们每每浮现在我心头。当我走过夜街，想到自己不属于那一个个的门，一扇扇的窗，一盏盏的灯影的时候，我仍有那份被温暖摒弃的感觉。

秋夜好眠

秋夜新凉，取出夏初时拆洗过的棉被，躺在枕上，我把头埋向那新鲜香味的棉被里,我迅速地把自己周围的大小事物在脑中检点一遍,我发现,这晚竟没有一点悬心的事情。于是,我对自己说:"你会有一夜好睡!"

因为:

明天是星期日,不用早起照料家人上班或上学。

住校的孩子都在家,不用担心他们的寒暖。

孩子学业虽非个个名列前茅,但他们却都颇知自励奋发。

没有下雨,没有刮风,不必半夜起来关窗。

明天虽是星期日,但我没有请客,因此,我不必担心菜单及室内室外的布置。

明天没有外出的应酬,因此我不必担心明天的发型或穿戴。

朋友要办刊物,催写的稿子已交去,我不必再去想那女主角的身世。

长篇小说已改到最后一章,一切情节都已定局。

我要到星期一早上才去想"你怎么办有奖征答"的问题。

我没有负债。薪水刚发,还足够应用。

家中大小都很健康。

我没有得罪人,也没有人得罪我。

佣人没有闹情绪。

邻居没有打牌。

哦,真难得有这么一天!我相信,任何人如有这样轻松舒适、毫无挂虑的时刻,他也一定会有一夜好眠。

虚 惊

夜里 3 点半钟,被看更人的哨子声吵醒,起来一问,说是有小偷潜入院内。于是,把门灯、走廊灯一齐打开,前后左右巡查一遍。大概小偷早已闻声惊跑,没有什么损失。但这一吵,睡意却已全消,在床上转侧良久，无法入睡。

因想到郑板桥家书中，曾有一段谈他愿在郊外筑一宅，那里是"一片荒地，半堤衰柳，断桥流水，破屋丛花"，只为了可以欣赏"东海红霞、斜阳满树"的幽趣，他情愿远离市区，甚至不怕盗贼骚扰。他说："盗贼亦穷民耳，开门延入，商量分惠，有什么便拿什么去，若一无所有，便王献之青毡，亦可携取质百余钱救急也。"

当然，人如想到"盗贼亦穷民耳"，而肯把财物"略予分惠"，就不必怕盗贼了。所怪的是，人们怕小偷似乎并不单纯是怕财物损失。现代有些盗贼并不是"穷民"，但却穷凶极恶，所以才对他们格外戒惧起来。

记得多年以前，在内地有一位女同事，独自住一幢宿舍，夜晚听见小偷启门而入，她用被把头一蒙，说道：

"小偷：你拿东西尽管拿，可别让我看见你！"

那小偷倒也听话，果然只悄悄地把一些值钱的东西拿走，离去时，并且替她把门拉上。

像那样好心肠的小偷，大概不但可以"开门延入，商量分惠"，甚至可以趁此施以机会教育，劝他把所分财物作为资本，做做小本营生，从此改邪归正，亦未可知。

泥土芬芳

亚热带虽是四季难分，但入秋以来，云淡风清，也照样有秋高气爽的感觉。只是木叶不凋，且可照常移植花木，这是台湾宝岛的迷人之处。

早晨起来，推窗外望，但见薄雾笼罩群山，远处景物，一片迷濛。园中"太阳花"带着娇慵，尚未开透。玫瑰却开了四五朵。前天买的黄菊也十分挺秀。还有一种白色的花，不知其名，也开得很盛。

略事梳洗之后，携小锄把园中空地翻松，加上基肥，准备一星期后，移植点圣诞红和杜鹃，预计圣诞红开花过后不久，杜鹃即可接上，那小园就不会寂寞了。

翻土时，看见许多蚯蚓，我小心地把它们拨开，唯恐伤了它们。它们似乎是最没有欲望的生物。终生盲目地在土中钻动，看来却仍闲逸安适。人类活动范围大，见的东西多，欲求也就多了。欲求一多，苦恼也随之增加，即使想和蚯蚓一样地安于泥土，也不容易做到了。

以前，总觉泥土是肮脏的东西，不但手上不肯轻沾泥土，即连鞋底，也希望经常保持一尘不染，自从关心园艺之后，才发现泥土之芬芳可亲。特别是刚翻过之后的泥土，宽松润泽。想想植物们的根部，在松过的泥土中是何等的舒畅！自己的心也觉安逸起来。

这几天，虽已秋凉，但玫瑰仍是发了许多新叶，九重葛也长了不少细藤，墙边那一排七里香，整整齐齐的一片油绿。泥土无言，但它孕育一切。它并不以为自己有无穷的智慧与才能而沾沾自喜；它是何等的谦卑与缄默！

催租者

接文友电话，说是新办了一份杂志，嘱写万字左右的小说一篇给他的创刊号。正好前两天和朋友闲谈时，谈出一篇小说题材，于是，慷慨答允。回到书房，埋头疾写。写到2000字左右时，阿美忽推门进来，说："热水炉好几天前就坏了，需换过，否则无法烧水。"

"职责所在"，我只得放下笔，去打电话找水电行。问了几处，各家货品价码不一，有人劝我换个电热器，省事又干净；有人劝我用煤气的，用电比较经济些；有人劝我仍用这种老式烧煤炭的，听来各有道理。于是，我一面计算荷包，一面权衡利害，脑子里挤满了"加仑"、"电表"、"水管"、"黑铁"、"钢板"等等。写小说的心情就此烟消云散。

因想到古时潘大临复谢无逸说："昨日提笔，得'满城风雨近重阳'之句，忽催租人至，令人意败，辄以此一句奉寄。"我也真希望能就把那

2000字未完成的短篇寄奉文友，去做补白算了。

一切生活琐事，也都相当于"催租者"。文章完成于"幻想的境界"，凡现实中一切琐务都与幻想境界冲突也。

一烦之下，把纸笔一同塞进抽屉，索性到附近苗圃闲荡一圈，顺路看看热水炉，选购一个，以偿俗债。

鸡尾酒会

好朋友不去拜访，应酬却必须参加，这就是现代人的现代生活。

今天这个酒会，外子嘱我务必"拨冗"参加。无奈，只得打扮整齐，匆匆赶去。

在路上，他忽然想起，这请帖上的主人是 Mr. & Mrs. Dean。我们原在另一酒会上认识一位 Dean 先生，说是最近要结婚。想来这是他婚后招待朋友的酒会，所以，顺路买了一点小礼物带去。哪知按址找到之后，却见男女主人都不认识，而手上请帖与现址又无错误，只得进去。男女主人照例热诚招待，我们也依礼自我介绍姓名及身份。寒暄已毕，走入大厅，看见几个熟人，打听之下，才知道这是另外一位 Dean 先生。他是最近刚到此地履新的一位官员，为联络新闻界而举行酒会。

酒会上，宾客之间互不相识，多赖自我介绍，随意交谈，有时竟连主人也素不相识，这大概是现代应酬的最大特色了。

在那里站了一小时余，告辞回来，手袋里又多了几张中西合璧的名片——非斯杰萝小姐、李普曼太太、贝尔福特先生。

我们都会很愉快地谈天。谈天内容包括：美国风物、故宫博物院、辛辛那提交响乐团、广播与电视节目、时装、女子职业等等。但是，我知道，等我们下次再见面时，仍然需要再一次自我介绍或再次换名片，而我们很快地就会把所谈过的话忘得一干二净。

酒会的时间多半在5点至7点、7点至9点这段时间。这次，我仍是喝了一杯姜汁酒，吃了几片炸薯片。出来之后，我们照例到武昌街口吃牛肉面，然后我去上班，他去俱乐部。计时3小时20分，车钱75元，牛肉面14元整。

附注：两天之后，我们又收到 Mr. & Mrs. Dean 的酒会请帖。这回当不会再弄错了。

速成的青叶

我拉拢那四幅秋香色的落地窗帘,抹去外面的星空与树影。这又是一次幕落——今天的戏演完了。

我收拾这小小人生舞台上的残局。在暗红的壁灯下,倒掉烟灰缸里那忙里偷闲的灰烬,拂去茶几上的糖纸与果壳。墙角小橱上的百合已将凋残,明天当不用再为它换水。电视机上的燕尾兰以幽幽的紫色等待独守这曲终人散的长夜。

我回顾掉落在黑暗里的客厅,突然一阵怅惘袭上心头。

我踱回来,在黑暗里,坐在沙发上,我闭上眼睛,用心灵来回顾这一天的忙碌。

这是 1968 年 3 月 26 日。

我是早上 7 点起床的,而现在是夜晚 12 点了。在这长长的一天零半夜的时间里,我仿佛看见那个匆匆得近于滑稽的自己,在这所上下 40 坪的钢筋建筑物里,片刻不停地走动着。

7 点,我被送报生按铃的声音叫醒,我穿着晨衣下楼去应门,接过今天的报纸。然后我走进来,拉开窗帘,放好沙发,烧上开水。我走上楼去漱洗,整理内务。换上家常穿的衣服。下楼,水已开了。我泡茶,装满 3 个暖瓶。我整理客厅和饭厅。洗衣妇来按铃,我去开门,把衣服拿给她去洗。我出去买菜,在菜市场的泥泞与腥膻中逡巡着,我买了各式各样的鱼肉和菜蔬。我走回来,煮咖啡、烤面包和煎蛋,我吃早点。

时间是 9 点半。

我洗鱼虾和青菜，把牛肉放在锅里去炖汤。收垃圾的工人来按铃，我把垃圾桶和字纸篓提到门外。时间是 10 点 10 分。

我看了 1 分钟报纸，电话铃响，我去接电话，谈出书的事。我放下电话，10 点 20 分，门铃响，我去开门，是收电费的，我上楼来拿钱，把钱付清，10 点 25 分。天忽然下雨，我把外面晾的衣服收进来挂在浴间里，把狗叫进来，把它身上的雨水擦干。

时间是 10 点 45 分。

门铃又响，是送挂号信的，我接过信，拿回来盖章，把回单交给信差。电话铃又在那里"豁琅琅"地叫。我拿起电话，是打错了号码的。

时间是 11 点差 3 分。

我洗米、煮饭、切肉、切菜、剥葱姜、洗砧板、炒菜、擦桌子、开饭。这其间，门铃响了 3 次，电话响了两次。孩子和老爷陆续地回来。今天的中饭是牛肉汤、虾仁炒豆腐、牛肉炒芥兰菜。

12 点半吃午饭，饭后喂狗、洗碗，清理完毕是 1 点 45 分。我脱下围裙，找今天的报纸，带到楼上，洗手、擦润肤油，我靠在临窗的长沙发上看报。

才看了一行，门铃响，是朋友小杨来聊天。我放弃了看报的心情，倒茶，拿烟和零食，把自己按在沙发里，和他聊。

3 点，小杨告辞。我收拾茶杯，清理零食的残余。

3 点半，我打算写今晚的广播稿。到书桌旁，去查写在日历上的备忘录，今天该答复士林某听友谈升学问题的来信，在备忘录上我又看见了几行小字：

一、打电话给水电行，修理水管。

二、发明天的节目消息。

三、复校收在《散文欣赏》中的那篇《兜雨》，并回信给沉樱。

四、帮小柯写信给朋友，打听出国的事。

五、打电话给印刷厂，催印《绿色小屋》封面。

另外还有"买鸡蛋、太白粉、花椒"，"叫花生油"，"续订电视周刊、看画展"……

我只好先打电话给水电行。他们说 4 点半来。

我再打电话给印刷厂，他们说晚上 8 点到电台给我看校样。

我写好节目消息的稿子，然后把它用电话发给电台。我匆匆而又仔细地校对《兜雨》，写了回信给沉樱。又帮小柯写信打听出国的事。然后我出门去寄限时信。顺路从杂货店买来鸡蛋、太白粉、花椒，并叫店伙帮我送花生油。

我回来，打电话续订电视周刊。

时间是 4 点 25 分。

门铃响，是送花生油的。我拿油罐给店伙倒油，付钱。门铃又响，是修理水管的。我看着他们搬梯子，找工具，检查和修理。修理竣事，已是 5 点。

我先到院中用木柴和煤炭升着锅炉，烧洗澡水，然后匆匆下厨去弄晚饭。

今天的晚饭是烧黄鱼、炒蒜苔和番茄蛋汤。

我吃过晚饭，时间是 6 点 40 分。

我把待洗的碗筷浸在清水里，用盖子盖好，然后到楼上去洗澡换衣。7 点 5 分，我坐计程车赶去看画展。

7 点 50 分，我离开会场，坐计程车赶到电台，印刷厂老板的车子和我同时到达。我看校样，把要改的记下，约好明天见面。时间是 8 点 20 分。我走入发音室。写今天的广播稿，找今天的音乐。我改变了原定答复来信的计划，我播"悠闲的感觉与静谧的处所"，我选的音乐是《大江东去》、《河水》、《把悲哀送走》与《当潮退的时候》。

9 点，我播"安全岛"。我亟需这 30 分钟的音乐与短语来使我感到片刻的悠然。让忙碌暂时停歇，让烦虑略作沉淀。

9点45分，我锁起音乐，踏上归途。

10点到家。我热牛奶、榨果汁。吃过晚点，然后我换上工作服，清洗晚饭的餐具。擦抹厨房的调理台和瓷砖地。我不喜欢看到一点污渍，为了使自己的辛劳不致毫无代价，我必须使我的厨房一片莹白，十分整洁。

然后，我熨明天穿用的衣服和桌巾，我整理寝具，关锁门窗，检点炉火和插头，给狗取出海棉垫，倒掉烟灰缸里的灰烬。这灰烬，是一天生命的灰烬，苦乐的灰烬，忙迫的灰烬。当然，也是收获的灰烬。或许我该说，灰烬也是一种收获，是一种硕果，是一种胜利和保存，原来那与它同在的纸和烟叶都已化为空无，而剩余存留下来的是这灰烬。

而现在，我在众人皆睡的深夜独自醒着，坐在黑暗里。我朦胧地觉得我自己也已变成一堆灰烬。

我闭着眼睛回顾这奔劳忙碌的一日，我感到幕外似有无形的观者在起身离坐，带着沉默的讥嘲和不愿形诸于外的悲悯。他知道，明天幕会再启，会有同样忙碌奔劳旋转不停的独角戏。而这幕戏的演员是个听不到掌声与喝彩而又无法辍演的演员。

我在黑暗中摸上楼梯，避开家人甜稳的鼾声，轻轻启开书房的门。我要拂拭尘封终日的书桌，亲一亲那光滑的桌面，嗅一嗅它可爱的木香，我要抽出我寂寞的钢笔，找出我清冷的稿纸。

生活的幕既已垂落，心灵的幕当已有权开启。

我轻轻旋开电晶体收音机，用最小音量吸取一点管弦的低语。播音员正以轻柔的声音报告这是3月27日凌晨1时。

我仿佛已看到另一个冷冽的黎明正远远地浸透我尚未到手的深夜。但我宁肯暂时不要那可以入眠的属于生活的深夜，而情愿撑住倦眼，抓住片刻这属于心灵的黎明。

在这里，我要提炼一些欢乐，一些鼓舞，一点欣慰，一点悠然。

虽然我深知，日间那一切忙烦均会在遥远的将来绽出迟开的繁花，但急需鼓舞与安慰的我，却不能不透支一些精神与体力，来在书桌上耕耘，希望能提前看到一二片速成的青叶。

生活散曲

一 时间之鞭

每天都听广播员报过了"现在是凌晨1时"与"今天"全天的播音节目之后，带着怅惘的心情去准备入睡。怅惘的是，我找不到夜。夜尚未到手，便已被另一个"今天"所取代。没有今夜，而只有"今天"的24小时与"明天"的24小时。今天尚未过去，次一天就已迫不及待地赶着登场。夜就在一个今天与另一个今天之间被挤扁。现代生活就是如此匆匆，匆匆到以零秒的速度跨过每一个日子，以零秒的速度去争取每一点滴的时间。

每次，我带着一整天的疲倦，好容易料理清楚种种样样的杂事，刚想舒一口气，而就被"×月×日凌晨1时"所唤醒时，我就感到一阵难言的失落。我觉得现代人真如同一个个被时间之鞭所驱策催逼着的奴隶。你无权拥有上天赐予的深夜，而只有分秒必争的白日与白日。你无权驻足喘息，随时总有人把你从蒙眬中唤醒，告诉你，你所拖挽的这列生命之车是一列从生到死的直达车，这旅程，没有中途站。

于是，在这样的匆匆里，你既无暇对你所置身的这个世界略作观赏，你也无暇对在这世界上奔劳跋涉的自己做一刻心灵的内省与感觉的回顾。

时间如同贬值的货币，它的面额愈来愈大。以前的人们活着，以"天"为单位。每一个今天，接着一个象征终结的今夜。"Tomorrow is another day."乱世佳人里的郝思嘉和过去那个年代的人们，即使在苦难中，尚有余地让他们在一个辛劳的日子过后，把自己躲进一切静止，一切消隐的黑夜。在那样的黑夜里，没有灯光的惊闪，没有机器的喧闹，没有工作数字的竞赛，没有漏夜赶工的加班，没有透支生命的游乐。夜是一道护城河，隔开白日与白日的战役，躲开另一天生命之鞭的驱使，找到一枕沉酣。在那样的时代里，人们过一天，有一天应得的休息。"明天"隔着迢迢长夜，那是一个段落，一次结算；黑夜过去之后，是另一个起点。而现在，人们活着是以"一生"为单位。你降生了，就给你上足了弦，让你"嗒嗒嗒嗒"马不停蹄地奔向终站。这世界是不舍昼夜的吵吵嚷嚷，有日校夜校在不舍昼夜地读书，有日班夜班在不舍昼夜地工作，有日场夜场在不舍昼夜地游乐。于是，生命也如不舍昼夜的江水，在喧腾澎湃中，义无反顾地流逝。不错，这是一段没有休止的奔驰，是一首"永动曲"。这一生，是一张大面额的纸币，只够你一口气把它挥霍。

我渴望一个法定的夜，赋给它应有的权威，去撑开一个又一个忙烦的白日。让这一生有较多的单位数量，使我觉得手头丰裕，而心情安闲。正如我喜欢一些不会贬值的零钞，让我可以有较从容的心情，慢慢地去选择自己微小的用项，以便多有一些收获，而不愿如同一个奢华的浪子，把仅有的一张整钞孤注一掷地花完。

二　人造雨与瀑布

后面正在兴建一栋豪华的7层高楼。

从去年7月，它就驱走了那一大片青翠的田野，锄平了长着芒蒿的小丘，强迫迁走土地公，拆除了它的小庙违建。跟着就来了一大群赤膊的工人，挥汗执锹，开始挖掘。挖走绿草与野花，挖走青蛙和蟋蟀，以及每晚为我们奏乐的各种鸣虫，露出黄湿的泥土。再向下，再向下，露出地下黄泉，还要向下……那些挑着担子的工人所经过的跳板越伸越长，人越来越显得小。于是就开始了砂石、水泥和木桩，开始了各种轧轧隆隆的机器，倒砂石的声音，卸钢筋的声音，工人吆喝的声音，叮叮敲敲、锤锤打打的声音。以后就一层一层地慢慢上升着。从地狱伸向天堂，那么虔诚而专注又充满野心地上升着。春天的时候，那里就形成了一大片高耸入云的峭壁。在浇水泥的时候，他们就从高高的7层上打开三四个水龙头，借着橡皮管的压力，斜斜地喷着，向下流泻着，飞溅着。我的后院就时常有了细霏霏的人造雨。而当我仰头上望的时候，就看见那几匹如白练般的人造瀑布，居然还带着充分的悠然，那么不为什么似的向下流泻着。而我也居然带着同样的悠然，向它仰望着，以为我是在一座无人的山后，看见了天然的流泉……我让自己迅速地捉住这点虚幻的欣喜，把这陡峭的人造山当做真山，在它尚未被灯火、家具与人类的日常喧闹所充满之前……

三 只闻鸡鸣不见天

而最近，在伐木叮叮的诸种音响里，在那7层楼的不知哪一层里，常传出一两声鸡鸣。不知是哪一个工头有此闲情，在尚未完工的建筑物里饲一只鸡。那啼声使我感到非常的留恋。是否那工头也是一个田园的留恋者呢？是否他过去也有一份田园，而那田园被迅速发展的都市所侵吞，他不得不摘下斗笠，戴上胶盔，卖去耕牛，买入"本田"，来改行经营建筑呢？是否他所赚入的庞大数字的存款，仍敌不过他对田园的恋念，而他才在新楼尚朴拙如山的时候，养一只鸡，来安慰他的思念呢？也许在公鸡那悠然的长鸣中，他会编一个梦。梦想着有一天，他将再去乡下，买上一片田，要和他原先卖去的那片一样的。要那么青青葱葱，宽宽朗朗的；要那么一眼望去，都是蓝天和绿野的；要当春耕时，陪着水牛一同踩在雨水里的；要那低矮的茅屋和许多鸡，可以看见生命的喜悦，而不去把大地掘到黄泉的……

我不知他的梦想何时成真，而只知道，在新厦落成之前，他必须离开，带着他这只长鸣的孤独的鸡。我也将不会再在这被钢筋水泥环堵着的天井里，听到那带来田园之梦的鸡啼。

四　几竿浣衣映绿荫

因为7楼浇水泥的水时常变成人造雨，夹着水泥雹，飘洒在我的小院，所以我被迫把洗晒的几竿衣裳挪到靠近落地窗的这边来，挪过来之后，我才发现，这边阳光比那边好了一些，过去是那边好的，但因为7楼的阻挡，那边已很少有阳光。倒是这边，在接近午刻的时候，便有阳光洒满，直到下午四五点钟，才慢慢退去。

这边没有晒衣架，我只好搬来一个木梯，把竹竿一端架在木梯上，另一端架在那株日渐苍郁的榕树上。

就是这几竿架在树上的衣裳，在金色的阳光和午后的和风下悠悠飘动的感觉，常使我感到一阵无端的喜悦和怡然。

我欣慰于自己尚保有一小片绿色的后院，能自由地把竹竿架在树叶间，看洗净的衣裳飘拂在阳光里。它使我感到一种属于日常生活的美好与恬适。它象征一种安定、舒徐与清爽。那枝叶婆娑的榕树绿影，衬着来自天然的竹竿，就使我的心飘回乡野，忘记近在咫尺的钢筋铁架与毫无生机的水泥。那不经修剪的榕树，上面居然还有一个蜂窝，我高兴我园中还有一些小花，可供蜂儿采蜜。

五　井·臼

后屋在建屋以前，奉令先筑了两个原子防护坑。其中之一，我把它贮上清水，做浇花之用。它的状貌也颇似旧时家宅的井。而井旁有一块尺许直径的圆形石臼，这石臼，原是前年栽圣诞树的。圣诞树枯萎之后，我就只留下这个圆圆的石臼，把它放在后院。家人几次嫌它碍路，想要把它丢弃，都被我找借口留住。其实，我只是喜欢它那形状真像老家跨院里的那只小小的石磨。时常,我独自坐在落地窗外的矮阶上,望着这井旁的石臼出神,仿佛自己又回到了那种简单朴质的好老时光,忘记周遭那飞速竞赛的无情而又惶急的现代生活,而感觉到无限的宁贴与安慰。

六 火 车

人为什么那样喜欢家乡和田园呢?

而人为什么又那么喜欢远走与流浪呢?

那天,我又说我喜欢火车。

我已经写过好多次关于火车的文章了,但今天,当我再听到火车长鸣着"喳喳"地远去,而悠然神往时,我却忽然醒悟,我那样喜欢火车,实在是因为在多年以前,它一直是既可送我远行,又可带我回家的啊!我现在如此深沉地为火车的长鸣而激动,实在是因为在内心深处,我一直相信,有一天,我只要搭上那一列长鸣着的火车,它便可以逸兴遄飞地带我回家。而那家,会是依然无恙,有父亲倚门而待,有弟弟妹妹雀跃相迎。

数字游戏

经销商来批书,又开给我一张支票。我把它连同前次皇冠开给我的两张小额支票一同交给电台的会计小姐,请她替我保管。她看看票上的日期说:"有两张已经到期了,可以存入银行。"我说:"不必麻烦了,因为不久之后我就要把它交给别人。"会计小姐对我颇不了解似的,勉强把支票收下。

当然,存入户头一半月,多少总有一点利息。如果我是商人,那更应该把它拿去做别的周转。但在我看来,即使经商,所得的仍只不过是一些数目字而已。对具体的钱,我不能说没有兴趣,但当钱以数目字的姿态出现时,我就会觉得它和我的关系极其淡薄而疏远。而在下意识里,总把它们的传换看成一种游戏。你给我一个数字,我再给你一个数字,这就是交易。

从前我以为生意上所往来的是钱,后来才慢慢了解,生意上所往来的其实只是一些数目字。我的《绿色小屋》初版出书时,书商批去一些书,签给我两张面额不同的支票,当时我颇感收获的快乐。但我又一想,排版、印费、纸张、封面、装订、封套等项还都未付,而我又没有甲种存款可开支票,难道还土兮兮地抱了一大堆现钞去付账?倒不如索性把支票留在手上,不必存入户头,到时原封不动地转手付出即可。果然此法甚为简便,半个月后,它就整张地交到了别人手上。这次书商又来批书,我仍沿用上次的办法,暂时让它在会计小姐的柜子里略作休息,静待下一版印好后,拿它付账。

由此我渐渐了悟,以后我出书的收益也无非如此,左手来,右手去,而且所来所去的都并不是金钱，而是数字。

当然，你会说，你虽未看见钱，但你却印了许多书。这话不错，但我恐怕今后我也将不会亲眼看到多少书。一来，书随印随销，不会存在手上，二来，我已决定把印好的书借个地方存放，由装订厂直接搬往存书地点就是。而且严格说来，一个作者印书的目的决不是为了让自己存着，而是为了给别人去看，那些书诞生的目的既不是为了自己，那么，不管它是否售出，它先天就不会有属于自己的感觉。当那些书都卖出之后，我势必又要把所得之款拿去再印许多书。这样循环的结果，我和书的关系，就只是数目字与数目字的传换了。

由此我想起20多年前，由于时局动乱，物价不稳，市场上盛行买空卖空，成批的交易也无非是口头上的数目字在碰来碰去。今天甲赢几个数字，明天乙赢几个数字。颇像各类球赛，所胜所负都只见于记分板上那从0至9的数字在变换。

前几天，和朋友谈起某人在国外经商，赚进不少钱。那边的经纪人就把他所赚的钱按笔存入国外的银行。然后银行给他一个通知，告诉他那边存进了若干数目，他就把这些打着数目字的通知单锁进保险柜。但是当他存单上的数字日渐加大时，他忽然迷上了赌博。于是，他就一张一张地开支票去赌。每次赌去一些数目，而他自己并不觉得。过一些时，银行忽然通知他存款所余不多，请他不要再开支票。他这才把历月收支通知单拿出核算，那些数目从二位数，到三位数，到四位数，到五位数；再从五位数退回到四位数，再退到三位数，二位数。在所有这上落的过程中，他并未经手一分钱。他曾一度成为拥有数万美元的富翁，又降回双手空空的起点。而他所经手的只是一些抽象的数目。

我发现，可能人们越是富有，越看不到具体的财富。大笔的交易都用支票，货物的提存是用栈单，上写若干吨、若干箱、若干包、若干桶……那些货物既不能用手提来提去，所经手的也只不过是一张张写着数目字的单据。

当一个人有了十万百万以上的财富时，他手头经常的现款也只是在万元上下，大数目多用支票。他经常所穿所用的东西并不会超过一定穿用的数量。他对财富的印象只是那一纸薄薄的存折，上面打着一些数字。而那些数字无论如何庞大，经常和他直接发生关系的仍只是那万元左右的现款，其余的不过是些数字。

因此我想，可能人们所真正有兴趣的并非财富，而是数字。君不见，越是有钱的人越是刻苦自己？许多富商的日常生活均极俭素。尽管他在银行存款千百万元，但他自己仍难免是港衫一件、旧裤一条、摩托车一辆，朝夕在闹市奔波，他并不在意日常生活的享用，而只满足于存折上日益增长的数字。一般人只讥笑他们孜孜为"利"，不知他们是在孜孜为"数"。一般人只诧异于他们不会享受，不知他们最大的享受就是数目字的游戏。每天，他们打开报纸，就先在经济版上搜寻，某货涨若干，跌若干，股市如何？地价怎样？在一排排的数字中去寻找自己应该开出的数字和意欲收进的数字。于是，电话号码的数字接上讨价还价的数字，货物单位的数字加上日期的数字、地点的数字、支票数字、栈单数字。他买股票，目的并不在股票；他买地产，目的也不在地产。他所要的只是一些数字。当他赚了，他赚的是数字；当他赔了，他赔的是数字。当他忙的时候，他忙的是数字；当他歇下来的时候，心中所盘算的仍是数字。

以前我常不了解为什么有人喜欢数字。现在我慢慢悟出，数目字的本身就对某些人有其不可抗拒的魅力。它对商人的魅力是支票与存折的乘除与加减；它对赌徒的魅力是轮盘、牌面和筹码上数字的猜算与传换。在这乘除加减，猜算传换的过程中，最令他们满足而沉迷的是"数和算"。在数和算的时候，他们就觉得快乐，而最后结算得数时，是他们快乐的高峰。至于这些数字会不会与他们日常生活发生关系，他们并不介

数字游戏

意。他们的日常生活可能仍在与一般人相同的轨道上，简单刻苦地蠕行，而并不一定随着数字而飞跃。人类真是奇怪的动物！蜂存蜜，蚁存粮，唯人类存的是数字。

也唯人类懂得数字的乐趣。我们几乎从一降生就与数字搭上关系——母亲待产，所住的病房号数，孩子降生，所住的婴儿室的号数，床的号数，手腕上的身份号数，出生年月的号数，身高体重的数目，以及吃奶分量的数目，几月长牙、几月断奶的数目，入幼稚园、进小学的年月数目，班级的数目，学号座号的数目。然后就是各种考卷上的得分数目、名次数目。家里门牌巷弄的数目、搭车路线的数目、便当牌的数目、考试日期毕业日期的数目、报名单的号数、试场号数、准考证号数、身份证号数、兵役号数、车票号数、电话号数、服务证号数、会员证号数；置产时的土地号数、存折号数；结婚日期、周年纪念、各种应酬、公事开会、送往迎来的日期数字；薪水的数目、日常开销的数目；再加上车辆飞机班次的号数、看病挂号、住院的号数、死亡证明书的号数……直到告别尘世，墓地里还免不了有个号数，而这许许多多千变万化的号数，其基本却只是 10 个数字——0123456789。

精于牌戏的人，往往能精确地算出别人手里的牌和将要出现的牌，别人以为玄妙，实则无非是数学之一种。命理学家常说："人生离不开一个'数'字"，所以有"定数"、"气数"、"在数难逃"等等说法。这"数"，可能也并非玄虚，它或许只是一种高深的数学而已。

"数"之一字，在人生世相中，所占地位岂不重要？

但话又说回来，存折上的数字既是生不带来、死不带去，人生一切穷通否泰，也无非一个简单数字的运转。一加一得二，一减一得零。追到极限，也只是一个"一"字在变化无穷。如果我们能"定于一"，不为外物所惑，不为外力所扰，循自己的轨道前进，心无旁骛，不做分外的奢求，则这人生必也简单极了。

春节小集追记

过春节,我总是觉得快乐。

这半生中,无论我生活是艰苦,是优裕;无论我是在家,还是在外,每一个春节,在我记忆中都是鲜明绚丽、温暖和欢跃。

几乎人人都说,童年时喜欢过年,长大后就对过年消失了兴趣,而我对过年的热忱却从未因年龄而有所改变。平时,我倒还难免厌烦日常琐务,但一到过年,我就觉得每一件微小的事务都充满了乐趣。我会很高兴地洗洗刷刷,整理环境,不厌其烦地张罗应该添置的衣物,一切平时我懒于动手的事,我都会因为过年而勤劳起来。

我相信,我之如此喜欢过年是因为幼年时那些有关过年的温馨而欢乐的记忆。幼时,父亲总是用怡悦的心情带着我们过那绚丽多彩的新年。从身上闪亮的新衣到供桌上艳红的蜡烛,以至于门上色泽鲜明的对联和火爆欢腾的鞭炮,以及雪夜守岁,在敞开的大门口看人们提着灯笼来往,从穿着新棉袄的小贩手中购买糖葫芦的轻快的心情。更不要说年夜的熊熊炉火,和全家团聚一堂,掷骰子、玩纸牌、走"升官图"的那无边的兴奋。这一切,一年又一年地在我记忆中重叠又重叠。它们是一连串红光闪烁的欢腾与喜气,照亮着我每一段过去的岁月,使它们永不会黯淡,永不会凋萎;也使它们重现在目前的每一个新年,使我觉得,只要过年,就必然欢乐。

年前的一切辛劳,都为了过年这段日子的安逸;年前的一切花费,都为了过年这段日子的绚丽。我喜欢这气氛,它使我觉得它是一项最好的明证,告诉我,为了快乐,我们一定该付出那些代价;而因为我们付出过那些代价，所以我们的快乐才是真正的酣畅饱满，而又心安理得。

　　过年，我并不拘于任何传统的形式。我只是尽量在这几天假期中，享有我最希望享有的生活项目——穿自己最喜欢的衣服（用克难方式拆旧改新的也好），梳自己最喜欢的发型，欣赏自己安排的摆设和洗换过的帘饰与椅套，放心地玩，并且借此机会招待自己最喜欢的朋友。

　　我相信，生活需要调剂，辛劳该有报偿。一年一度，让自己享有一次畅所欲为的快乐，那是对劳碌人生的一项最公平的犒赏。我们不该拒绝这项犒赏。

　　在过年以前，我就写好了一些短笺，分做两天，约不同的朋友来家聚晤。

　　我把年轻的朋友约在初二下午。因为我知道，他们没有家事牵绊，不必到处拜年，也不必在家等待人家来拜年。初二，对他们来说，是最为相宜的了。

　　那天莅临的有秋水为神、玉为骨的蒋芸，有含蓄内敛、顾盼生姿的遥遥，有风神俊爽的张静涛，有快乐如仙子的施小美姊妹，有少年老成的梁汉城，还有永远长不大的小柯……年轻人不拘形迹，大家说说笑笑，聊文章、谈抱负、玩 Bingo，用苹果、桔子或糖做奖品。最后到饭厅去玩"捉猎"。每人发 4 张扑克牌，然后叫"一、二、三！"大家把不同数字的一张换给别人，由别人那里换进另外一张。一旦发现自己手中的四张牌都已成为相同的数字时，便悄悄地摸一下自己的鼻子。这时，其余的人也都要很机警地跟着摸自己的鼻子。谁最慢，谁就被罚做猪。起初总有人只顾自己手中的牌，而不知大家都已摸过了鼻子。到后来，却变成大家都不看自己手中的牌，而只顾紧张地注意别人的鼻子。结果，大家笑做一团，笑得女孩子直喊累，也忘了究竟谁该挨罚。

　　玩到 5 点半，大家很守时地告辞，可谓十分尽兴。可惜因为年前我忙忙乱乱，延误了发信的时间，有些在学的同学因放假而未收到信，所以没有来，否则当更热闹些。

　　初三是属于中年朋友的。这中年朋友很难约。因为第一，要应酬少，可以在初三脱身的；第二，要聊天兴致高，不致中途抽签的；第三，要谈得来，不致一人向隅而举座不欢的。这聚会，除了吃饭之外，唯一的项目是聊天。既无游戏节目，也不打牌赌博。而且为了真正的不受拘束起见，我们决定不请小姐，所以那天光临的只有三位文友——道骨仙风的方先生，刚直不阿、视艺术如神明的季先生，以及被我们戏称为"问题儿童"的音乐朋友潘先生。方君如湖上清风，季君如山上神木，潘君则如无所不在、无往不适的云朵。加上外子和我，凑成5人小集。吃过晚饭，守着一炉火，几上有几色小零食。天南地北，足够那么一聊。

　　还有什么时间比过年更宜于闲闲散散地聊天，不必虑到明天的工作呢？人总得有个真正理直气壮的假期。这假期，不但要使你对公司能理直气壮地摆脱，并且要使你对私事也能理直气壮地摆脱。一切日常所谓的"正事"，在这时都可不顾，而能随自己的意，过过豪放不羁的生活。"人生贵适意耳"，但平时有种种责任，种种人与人之间的牵连。想做到"适意"二字，又谈何容易?! 多半都是为别人，紧缩自己；为公事，放下私事；为责任，丢开乐趣。而唯有这一年一度的假期，我们在无形中被允许尽量找到自己，尽量为自己，玩玩、闹闹、聊聊。

　　那天我们究竟聊了些什么？现在仿佛已经都忘了。记得住的只是那气氛——那壁灯的红光，炉火的闪亮，茶烟的温暖，零食的适宜。而我们的谈话就如一些无形的经线和纬线，轻轻地，在越来越静的夜里编织着，堆叠着。有些话是我们去年就说过的，有些话是我们来年还会再说的。话的内容已无关紧要，因为我们知道，我们早就是互相同意的。谈话进行得如平稳的小河，那么潺潺地流着，毫不沾滞，一无牵系地流着。而这小河的两岸，有时是茂林修竹，有时是连天芳草，有时是夕晖斜照，有时是新月初升，涂抹着诗情，渲染着画意。而我们就这样不倦地谈着，就这样如潺潺的河水,幽缈而壮阔,沉静而欢跃地流着。

隔着那秋香绿色的落地窗帘,外面是喧哗的夜雨。而室内温暖煦和,如阳春三月。

我们这样谈着,有浓茶和咖啡助兴,不知夜的脚步已多深,已多远。

"有什么关系呢?明天又不上班?"

而我们知道,再找这样的闲情,要到明年。

三位闲云野鹤告辞时,是凌晨3点。

我怎能不喜欢过年?有这样的聚晤,有这样的朋友,有这样的闲情逸致与豪兴,为我涂染更多的不褪色的年。我深信,即使当老年来临时,我仍能由于许多鲜活愉悦、快乐而生动的记忆,对"年"保持如现在一样的欢欣与热忱。

天上人间

最近，先后有几位同事向我宣传，某大饭店最高一层楼上，情调如何如何优美，设计如何如何别致。他们都已去过了，认为那简直是人间天上，让我也去看看。

我因晚上上班，许多应酬游宴都被我推掉，因此，去过的地方很少。我天性本不喜欢赶时髦和凑热闹，所以也并不以自己太"土"而不安。但这次他们说得实在太美，而这几位同事又素来是和我很谈得来的，相信他们所欣赏的当也是我所欣赏的。同时，也想到自己也实在太少外出而难免孤陋寡闻，该去看看才是。

我是这样一个人，什么事，不动念头则已，一动了念头，就有非达目的不休的固执。所以，自从被他们说动以后，我就天天打主意，想找个什么机会去观光观光，开开眼界。

过了几天，终于，机会来了。

那天晚上，有个应酬，地点就在那附近，而那天又刚好电台控制室有空，可以让我把节目事先录音。吃过饭出来，我就提议到那最高的楼上去坐坐。他露出一脸对我"刮目相看"的惊喜，说："居然你也想去开开眼界了！"

我和他走进那自动启合的玻璃门，钻进电梯，按了最后一个钮，扶摇直上。

上面黑洞洞的，大概那就是现代人最嗜爱的情调——幽暗，窒闷，红橙橙的，蓝森森的。定神望了望，这边是餐厅，拐了个弯，摸索到另一通道，上了两步台阶，脚下软绵绵的是地毯，耳边冷凄凄的是音乐，眼前影绰绰的是来这里享受情调的"雅客"。抬眼望，但见落地窗外一片灯海，那便是被我们遗留在下界的台北市了！

我们找了一个靠窗的座位坐下，侍者一派造作地过来招呼，我们要了两杯咖啡。我故意问了问多少钱，答称30元一杯。

他在一旁笑我，说这又不是买青菜萝卜，要问多少钱一斤。

其实，我倒还不至于"一土至此"，连这点排场都不懂。我知道，人们一向是这么矛盾，上菜场买菜尽可掂斤较两，为一两毛钱而争执不休，最后还得饶上一把葱。但到了这种地方，百十元也随它去了。我已入世颇深，这点道理我是早就懂的。但也就因为我早就懂，所以才不惜"土"它一次，到底要知道这里的最低消费额若干，才好对这被朋友大力推荐的地方有个深切的认识。

其实，究竟是30元？还是32元？33元？我并没有弄得十分清楚。反正后来他又叫了一杯，临出来时，付账100元，没有找零的。据同事说，到这里来是向来不找零的。不过，依我之见，那必是有人故作挥金如土状，才从不找零，我不相信如果只要了一杯咖啡，你给他100元，他也不找钱给你，只是人们有时太喜欢咬紧牙关撑面子就是了。

我看着眼前那一小杯咖啡，不是舍不得喝，而是想到那是两三块钱一口（以每杯10口至15口计算）的东西，就觉它溢满着钞票气味。钞票气味是什么气味，你打开钱包闻闻即可知道。咖啡而有钞票气味，那就令人饮不甘味了。我反正也不是喝咖啡来的，没有人是为喝咖啡来的。这一点，谁都知道。不过，有人是来开开眼界，有人是来享受情调，有人是来充充豪华而已。

厅内光线黝暗，好像在做防空演习。

吸引我的只是下界那一片灯海。灯海，如你不用心去体会，倒是十分灿烂绚丽。但我偏偏凡事喜欢顶真，我在那闪烁变化的远远的角落，找到了西门町。在想到西门町的繁华之前，我毫无办法地想到了康定路那一带公车站前，地上的桔子皮、甘蔗渣，没有盖的臭阴沟，凹凸不平的多灰尘的马路，一团乱糟糟令人提心吊胆的交通，缺少安全感的戏院，以及戏院后门外被弃置的砖石废木和每一拐弯就可以看见的低矮破陋、挂着半截布帘的公共茶室。灯海盖不住我心中那恶心的感觉。

把眼光向周围推动，在灯光较为稀落的地方，我知道，那是住宅区。住宅的灯光尚未完全熄灭，我想到每一家每一家为生活奔忙焦虑的人们。很少人是完全无忧无虑的。即使不愁柴米，也必愁无钱点缀奢华。而大多数人们，总是为赚得少花得多而心情紧张。人生原就是如此放松不下来的。钞票总是不敷应用。那不是贫穷，那是一种吊在半空下不来的悬虚。都市人的生活，多半都是那么悬虚的。在那消耗电费的灯光之下，很少人的心情是不悬虚的。

我把眼光收近，紧靠着这豪华建筑的邻居，被挤得抬不起头，直不起腰。他们怎么办呢？他的家宅被楼上的人们一览无遗。他们失去了保有私生活的权利，而决不会有人同情他们——假如你不喜欢这样，你为什么不也盖一幢高楼，和别人并驾齐驱呢？

他们的生活也同样悬虚。如果他舍不得把住宅卖掉，那就只有拼命设法弄钱，也去盖一座高楼，以维护自己的私生活。如果他舍不得把以前那宽敞平稳而舒适的旧宅拆掉，他就只有继续匍伏在高楼脚下，抬不起头，直不起腰。他们的灯光在高楼那串连闪耀的灯光下，黯然失色。

我无法不把眼光从灯海收回到咖啡了。因为右边不远处有个富婆在用英文大声夸耀她在意大利时如何如何，她在西班牙时如何如何。那声音像一只鸭子。

一个人，能走遍天下，确实值得夸耀。但走遍天下而尚未学到一点在公共场所应有的礼貌，就未免暴露自己的低能和伧俗。我听她刺刺不休地说着，咕咕地笑着。

她们一大桌人，每人都叫了酒。我不知这里的酒多少钱一杯，以 40

元一杯计算，要两三百元了。花了那么多钱，而只喝一小杯掺着水的洋酒，当然可以有权自由地高谈阔论。

那么，这被朋友大力推荐的"情调优美"的去处，对我来说，也就不过如此了。这里并不是天上，仍是人间。

其实，我当初就可以想到它给我的感觉是如此的。我是乡下人，从小在阳光充足而人烟稀少的原野上长大。我看惯了大自然的充实丰盈而宁静谦冲，因此，对一切人工的设备，总觉它未能巧夺天工。虽然说，人的智慧终究是值得夸耀的，但那是另一种看法。我想，还是让适合这豪华环境的人来消费吧！我生来注定是那么"土"，让我还是安心地降落到离土地近的地方，去欣赏那辽阔的原野、天然的光线！

假如我需要登高而望远，我想，台湾总不缺少山吧？

我剩下那钞票气味的咖啡，付账100元，降下云头，来到平地，吁一口气。

我并不心痛那100元，我原是打定主意来"观光"的，我已经观光过了，而且真正地观过，我颇有心得，至少在这一方面，我不必自惭孤陋寡闻了！

世间事，原没有什么是真正不公平的。100元换这心得，似也正是很公平的交易。

于是，我也开始了解那些拼着悬虚也要去豪华一番的人们了。

风之恋

今天有 6 级风，是个属于春的晴天。

我穿上新买的那套深深的蓝色春衫，走出家门，雇一辆计程车，我说："快！到阳明山！"

我把两面车窗统统摇下，让风灌满整个车厢。车子开得够快！我把头仰向车座靠背，任那风挟带着满窗尘沙，挟带着一城春暖，扑打着我的头发、我的脸。

这才像！

这才像！

这才像北方的春天。

车子弯过圆山，掠过树的葱茏、水的清亮、云的淡远。我闭上眼睛，我只要感觉那在此地少有的春风，感觉那如剪的料峭，那难得的因春风而飞扬的尘沙。

哦，那尘沙！那就是我所爱的春天！

假如没有严寒空寂冰封雪冻的冬，就不会显出轻灵鲜活桃红柳绿的春。假如没有可怕的凋落，就不会有可喜的新生。北方的冬格外凌厉，而春就十分夸张。它等不及让原野慢慢绿透，它要呼啸着狂吹着，横扫冬的冰冷严肃的道貌，把春意扫进每一个冬眠的洞穴，扫进每一扇紧闭的户牖、每一颗僵冷的心，让它们在颤栗中觉醒，在猝不及防中惊悟到狂喜的春讯，错愕于原野上倏然的新绿，枝头上无端的轻红，吹透人们那太薄的春衫，不怕你耐不住如剪的春寒，只怕你心深处绽不出那一丝丝一缕缕属于春的绿。那在无可抵御的寒意中绽放出的濛濛的绿意，才使你从冬的禁闭中觉醒。抖落一身凝固的庄肃,随着那舒冰解冻的河水,开始活动,开始回荡,开始流奔。

必须有那狂扫任性的风,必须有那肆无忌惮揭开一切的风,必须有那肯掀起塞外大漠尘沙的风,才能绿遍那广漠的黄色冻原,把春讯透进每个属于北方的那最固执、最冷峻的角落。

当你感觉那如剪的春寒、那凌厉的风沙时,你无法抗拒,你必须承认——春天来了!

于是,在人们那太薄的、涨满了春寒的夹衫里,在涨满了东风的纱巾里,在不知为什么而欣喜感动着的心里,就都灌满了属于春天的绿意。

那时候,我们穿浅灰或浅蓝的衣衫,我们系浅紫或浅黄的纱巾,我们穿软软的白色的郊游的鞋,我们三三五五,出城到那大得无边的原野上,去寻访那大得无边的春。我们带回的是满头的尘沙,一身的慵倦,和几枝秾秾的桃,艳艳的李,上面绽着含羞的红与隐约的绿。

那是北方的春,那是北方的春风,刚毅劲拔,坚决彻底,粗犷豪纵——既然是春了,那么就发动一切、集中一切、横扫一切、绝无顾忌地扫给你一个彻头彻尾的春。

我闭着眼睛,感觉着那由四面敞开的车窗灌进来的风与沙。

不知开到什么地方了?

车子飞驰,缩回空间,追回时间。

我知道,我知道,那沉默冷寂的荒原已经解冻。

唱一首简单的歌

我好闷！我想唱个歌给你听听。

我要唱一首简单的歌、快乐的歌、自然的歌、天真的歌，像清溪的水或山上的泉，像一只麻雀随意的啁啾，或一只燕子无忧的呢喃。

哦！不，它应该什么也不像，它只是一首简单的歌。

我从前常常唱歌，但后来就很少唱。好像起先是我发现没有人要听我的歌，后来我就没有心情再去唱，到现在，我觉得好像自己早已哑了。

我从前一直很不喜欢那些只念书而不唱歌的人。他们那么郑重其事地、勇往直前地求学问，他们从来不觉得唱歌有什么意思，而我只是喜欢歌唱。我在不得已的时候才念书，而我一天到晚都在唱歌，所以我常常都很快乐。

不知从什么时候起，我就很少唱歌了。我想，那大概是因为我最想唱歌给他听的人，不喜欢听我唱；而且他笑我不会唱他所喜欢听的歌。我想，一定是因为这个缘故，我才没有心情唱歌的。

不唱歌，我的生活就只剩下了呆板冷硬的工作。我看了好几本书，每本书都充满着道貌岸然、自命不凡、打算一手遮天的这思想、那思想，这哲学、那哲学。每本书中都充满着看似意义严格，实际上是含混不清、毫无意义的抽象字句。那些写书的人把自己提出生活之外，提出常识之外，在那里说着一些他自己发明的话。因为他是疯子，所以他希望全世界的人都变成疯子；因为他是被亏待者，所以他希望全世界的人都感到自己被亏待；因为他狂妄，所以他希望全世界的人都做他的臣民。他们每个人都希望自己的思想是全世界的人们的先知——知道宇宙的奥秘、生死的真义，却没有一个人开颜笑笑，来唱一首歌；也没有一个人开颜笑笑，来画一幅画；也没有一个人颂赞他们所置身的这个大地与头上的天空。没有一个人告诉我，他身边有一朵娇羞的小花或一只活泼的小鸟。他们都拼命地把自己逼出这世界，都愚不可及地在那里问："我们为什么生？""我们从何处来？""我们往何处去？"他们相信"吃穿生育、勤劳奋斗都是荒谬"而又不肯自杀。只是瞪着痴愚的白眼，怀疑阳光和空气，割裂小鸟与花朵。他们有人说"这都是毫无意义的元素的组合"，有人说"这都是人类被欺骗的幻觉"，有人说要"反抗"，反抗生命，也反抗死亡，而他却从未逃出生命和死亡。

他们找出一些最冷僻的词句来试图解释或剖析这个世界，其实，他们不知道，假使世界无意义，那字句也就根本不会有意义。假使世界需待解释，他的那些字句就更需待解释。他们不想自己是这宇宙中一个小小的微粒，微粒不可能控制宇宙或扭转宇宙。

我多希望那些人们把他们自命不凡的僵直的头颈转动一下，把他们高傲不屑的眼光低垂一下，醒悟到自己是活在这个地球上。我们由土地喂养，被大气包含，我们何不把分析解剖否定这世界的心情，用来爱和建设并肯定这世界？

我们生而为这世界的一个微粒，一切我们对这世界的反应皆是自然而且必然。我们由这片大地滋生，我们必然适合而且适应这片大地。个体的生命既由大地赋予，个体的死亡也只不过是归返本真。

人生是真实，理论才最荒谬！

所以，我要用这首简单的歌来赞颂我的世界。它是这样欢跃而又静默，这样丰富而又单纯，这样从不夸大，而却真正辽阔无边、亘古长存。

我快乐，我这样唱。

我愁苦，我也这样唱。

我爱这世界，但我不必反抗死亡。因我知道，我死后，我的世界还活着，我只是回到那滋生喂养我的可亲的泥土。

要慎防那些把世界切片，放在显微镜下，端给你看的人，要了解他们是何居心！

要了解，当他用郑重夸大而冷酷的办法，冰冻了你的爱心，吓退了你的胆气之后，他自己却正好可以跨大一步，去享受他脚下的世界——吃美味、饮佳酿、穿华服、享盛誉，并且恋爱，并且结婚，然后志得意满地庆贺自己因狂妄浮夸而将会史册留名。

散步随想曲

一　秋晨·雨·落叶

早上，我起床之后一直没有下楼，也未吃早点，就坐在桌前随手写了一篇短文，又写了两封信。把这一切整理清爽，看看表，差10分10点。我下楼喝下了一杯牛奶，为了使它好喝一点，我把里面加了一点点咖啡，这使它既有了香味，又不那么白得单调。然后，我带了一把伞，走出大门去寄信。

已经下了好几天的雨，还在下着。灰濛濛的路上，一片清静。远远的山隐在云雾里，雨丝细细地洒在我红黑格子的伞顶上，一种属于秋天的温柔弥漫在空间里，使我觉得十分喜悦。于是，我临时决定，不只是寄信，而且要散一散步。

这个早上过得最自在。我不知自己何时起床的，我不知自己怎么会忽然写了一篇短文，不知自己怎么会未吃早点就到了10点，也不知怎么就会有偶然的兴致在这秋雨里散步。这种种，都使我有一种自由自在的感觉。

这秋天的微雨和因几日强风而落下来的一地黄叶，显得如此宁静而安逸。秋的凋落正是一种肯"放开手，随它去"的洒脱。而那黄叶离开树枝，飘然下坠的感觉，是那样轻松、稳妥而又宁适。为什么人们要为黄叶兴悲呢？在黄叶本身来说，它的飘落正是它的归宿。当它在绿色的盛年，它曾积极而热切地取得；而当它到了黄色的晚年，它正该潇洒而飘逸地舍弃。

我在伞下慢慢地走着，踩过积水与黄叶。

能顺其自然地飘落的感觉是多么好！

能毫无牵绊地散散步的感觉是多么好！

能不固执、不牵恋、委心任运的感觉是多么好！

能有一柄自己心爱的伞，陪我在雨中散步是多么好！

二 黄色的油纸伞

我的这把伞是最近才买的。它是红黑相间的格子尼龙做的，十分轻便，而且正好可以配上我红黑格子的雨衣。为这把伞，我一直在高兴着。

但我仍怀念10多年前那把黄色的油纸伞。

10多年前的那天，我独自去中和乡，途中遇雨，我顺手在路边的小店买了一把黄色的油纸伞。我好爱那竹子做的素净的伞架和那朴拙的伞顶，尤其喜欢听雨点打在油纸上的那清脆的"叮咚"。我撑着它，继续走路。雨不会阻住我，因为我可以顺手买一把便宜的纸伞。那感觉，至今使我觉得快乐。那是一种不虞匮乏的感觉，一种不固执的感觉，一种随心所欲而又随遇而安的圆通的感觉。那柄属于过去的日子的、很不现代的油纸伞，曾伴我去过许多正式的场合。曾有人问我："你怎么用这样一把伞呢？"我答说："为什么不能用这样一把伞呢？"

它是多么朴素！多么天然！多么古雅！多么适合这里的雨季！而它又能告诉我多少多少失落年代的旧事！

三 冬之芬芳

路旁卖烤白薯的香味，实在是很像糖炒栗子！

在久远以前，在那些飘雪的日子，我出门的时候，总是喜欢买一包糖炒栗子，放在大衣口袋里暖手。那暖热的感觉，那浓馥的香味，以及那有一点属于自己的钱和属于自己的时间，可以让我自由支配的感觉，就使我觉得自己是无比的快乐与幸福。

那时候,我有一份收入不坏的工作,还有一份愉快的兼差。我已经长大,但还没有结婚。我住在公家的宿舍里,没有内务的牵绊。我完完全全地属于我自己。

每到周末,中午下了班,我就去一间漂亮的小西餐馆,吃一顿最适合自己胃口的午餐。然后,我顺便在楼下买包糖炒栗子。

如果有朋友,我就和朋友散步;如果没有朋友,我就自己走走。那一阵,我最逍遥。人生很难得有那样逍遥的时刻。我用不着牵挂升学的事、考试的事、经济来源的事、恋爱的事……一切都很妥贴,但一切又都离得我很远。生活仿佛是一个知趣的舞伴,它轻轻松松地揽着你、随着你,不把你搂得那么紧,贴得那么近,也不强迫你跟随他的花步。它和你保持一个刚好够亲切而又不致使你受干扰的距离,在舒适稳妥的节拍中从容地闲步。

我也不必关心风度仪态的事。在那些周末里,我有时去图书馆,有时去电影院,有时在街上闲逛。在那个宽朗的大都市里,我只是我自己,像一缕风,一片云朵,没有人关心我怎样行动,所以我可以随自己喜欢地装一包糖炒栗子在衣袋里,然后随心所欲地飘着,也可以随心所欲地停着,在那不受牵惹的咖啡店里。

……

四　咖啡·冬日

咖啡的浓香令我欣悦,实在是由于记忆中那几间宽敞宁静的咖啡店。它们有整面墙的大大的窗子,只用一层薄薄的窗纱隔开外面近在身边的人行道。人行道也那么宽阔与宁谧。不只是人行道,那快车道上也同样的安详。

卡座有宽大的沙发,很开朗地对着大大的茶几。座位很多,你可以任选靠窗的、靠墙的、角落里的、离暖气近的、离柜台远的。去那里喝咖啡的人都很安详,看不出谁和谁是情侣,即使是情侣,也不那么甜得发腻,单身人也并不苦闷或寂寞,也没有人格外注意单身的女人。

所以,我可以在那里消磨属于我的冬日。那里有上好的咖啡与西点,有精选的轻轻的音乐,有从一整排窗子透进来的冬日的阳光。

那光明坦荡的感觉,使我至今喜爱咖啡。

所以,一到冷天,我还是喜欢去咖啡店坐坐,要一壶好咖啡,享受它一份浓浓的温暖。那温暖,伴随许多失去的日子以俱来,使那些长长的冬日午后变得充盈而欢跃。

……

五 人行道

我这样想着,走着,雨丝细细地在我伞上洒着。我选些清静的巷弄去走。这里有一处安静的住宅区。深深的院落,里面种着花木,门旁有些草坪——

如果有人行道,就更好了。

这里只是缺少可供散步的人行道。

所以,我每晚去上班时,总喜欢绕一段路,从立法院那边兜过去,因为那边新近铺了一小段人行道。虽然它很窄,又只是用水泥铺的,很简陋,灰黯黯地延伸着,没有什么情趣,但它总归是一段人行道。不会有车子走来干扰,不会溅来满身的泥浆,也没有高低不平的骑楼或凌乱的摊贩。而且它旁边那段矮墙也较为从容地延伸着,使你有机会静下心来,想到自己是在散步。何况矮墙内还有不少树木,还有一个水池,可以点缀一下人行道的单调。

散步也需要适当的环境。如果不是住在乡间,而是在都市,那么,至低限度,得有一条不须躲躲闪闪的道路,可以使你的思路有机会集中,去想起一些诗句，一些往事，或编织一些梦，或想出一些道理。

所以，我总怀念天津租界里的人行道。那跨越三个租界，宽坦笔直的中街。你在人行道上尽管慢慢地走，你可以在走路的时候编无数的梦，抓住无数灵感。更不要说假如你有情侣或好友，在那静谧的人行道上，你们的心灵就自然会互相了解而接近。

六　鞋的联想

为了喜欢散步，所以我时常放弃坐车，而把时间消磨在路上。

是不是因为我喜欢走路，所以我才那么喜欢鞋呢？

我是如此地喜欢买鞋，而且喜欢在鞋店橱窗前驻足留连。

我欣赏高跟鞋的玲珑，平跟鞋的俏丽，黑鞋的高雅，黄鞋的别致，白鞋的轻盈，纹皮的隽永，漆皮的锋芒，薄底的灵便，厚底的温柔。我欣赏鞋子，就如欣赏一件一件的艺术品，它们的质料必须是够好的，式样必须是单纯、漂亮而又高雅的。我不喜欢廉价的鞋子，因为它们太容易变样，而使我气恼，就像那些用了廉价颜料的画，挂不了多久就褪色，而使我惋惜。

买鞋是我一项最大的癖好，自从我开始可以自己赚钱的时候起，我就尽量把钱在其他方面节省下来，而专为买鞋。

在我看来，一件朴素的布料衣衫，配上一双高贵雅致的鞋，是最能强调一个人的气质的了。

何况当你独自散步的时候，你总不免要看看自己的鞋。好看而合脚的鞋，就会使你舒适而恰悦。

七　安逸的想望

我这样走着，不为什么地、无边无际地、这样想着。

朋友责我近来似乎越来越喜欢自由与安逸。

我却说，人奔波久了，就自然希望安逸些，即使实际生活不能给你这份安逸，想些安逸的事情也是好的。

何况，我总觉得，人们刻苦是出于理智，安逸是出于感情。谁不希求自由与安逸呢？人们刻苦也是为了希求自由与安逸。如果没有这点自由与安逸的想望，那刻苦就是永劫不复的炼狱了！

说不定我这一早晨的安逸，就是来自那篇无意中完成的短文。

我想着，从那长着九重葛的院落旁边兜回来，往右走，经过一座小桥，就可到那家花圃。我要去看看那几盆菊花还在不在。我总是这样。如没有一点差堪告慰的成绩，我就没有心情犒赏自己。所以，我要趁今晨这安逸的感觉尚未消失的时候，把那几盆菊花买来，点缀园中秋意。

沉樱的手帕

我认识沉樱才是最近的事,到现在为止,我们也不过只见过3次面。但是,她的平易轻松而又精明慧黠的性格,正如她所选择的小说一样,对我产生莫大的吸力。

那天下午,沉樱约我到她小楼上去聊天。一进门,看见她几上自己手插的花,她就指着那白色有香气的野花说:"这就是屈原诗里的杜若,俗名姜花,因为它的根很像姜。"她真不愧是北一女的国文老师,处处不忘机会教育。

接着,她倒茶、拿瓜子,我们就谈起文章来。她先问我是否写得很快,怕不怕打扰等等,又谈她自己写文章,总是写一句两句就起来走走,或吃点东西,喝点茶,做点其他的事,再坐回去写,或一面玩一面写。而我却与她恰恰相反,我写东西要先使自己进入"催眠状态",然后埋头疾写,中间不能停,不能受干扰。一停,一受干扰,就恰如一个人从催眠术中醒过来,一切思路、灵感、素材,就此统统烟消云散,追不回来。所以我写东西很累。写较长的东西尤其辛苦,因为每次继续,都要重新培养情绪,否则就无法下笔,以致不少作品都因此半途而废。

谈了一些正经,她忽然问我:"你知不知道水塘里长的一种紫色花,叶子像小薄扇似的?"我说:"我知道,但不知名字。"她说:"那叫风信子。"于是,我们轻松下来谈花木,谈盆景和庭园布置。

然后,我们到她的卧室兼书房去。她的书桌临落地窗,外面阳台上种了许多小花,红紫缤纷,显得爽亮愉快,满是生机。

我们聊了一些出书的事,她给我看一看印书的账目,然后,指着她书桌上那本厚厚的英文小说道:"《新生报》要我一篇稿子,说好月底开始连载,我到现在还未动笔。昨天想写,坐在这里,文章没写成,却做了一条手帕。"说着,她由抽屉里取出一条花绸做的手帕,笑着道:"你看,很漂亮吧?我自己做好了,很开心。我啊,就喜欢找这种容易找到的小快乐。大快乐太难找,我不喜欢费力气去找那难得的大快乐,我只喜欢找这些容易的小快乐。"

我看着她那漂亮的花手帕,正想表示赞同时,她却又接下去说:"我啊,就是喜欢玩,懒做正经。这就叫玩物丧志。"她把手帕拿在手上指指点点地笑着说:"我这就是玩物丧志……"

她说这些话时,那发自内心的嘻笑的样子真绝!看着她那像孩子似的天真无邪的表情,我觉得自己整个被她吸引了去。

她说自己玩物丧志,而她却译出了那么些可爱的小书。她选译的材料都是那种晶莹剔透、充满灵性的作品。她那游戏似的工作态度,那孩童似的天真与坦诚,或许就正是她看中《阿婷》、《奇遇》、《一位陌生女子的来信》这些故事的最大原因。《阿婷》的主角是个一尘不染的水神,而其他故事的主角都极具丰富的智慧与高度的幽默感。她似乎不喜欢笨拙的事物,好像也不喜欢发愁和固执。

我一生向往这一份轻松俏皮的跃动感与闪烁感,所以我一遇到这样的人就着迷。这样的人不是油滑,不是虚伪,更不是佻跶,而是一种由诚朴忠厚和善良的内涵,凝聚到表面上来的那一份智慧与仁慈。华特·狄斯耐就是这一类型人物的一个代表,林语堂博士出现在电视荧光幕上时,也给人这一份晶莹剔透而又坦率亲切的印象。

我好喜欢抓住这一份如水珠般的晶莹!轻松的、平易的、宽朗舒坦的,能放得开、定得下、会享受生活中的小趣味,像沉樱的手帕,像沉樱笑哈哈地指着自制的手帕说自己"玩物丧志"。

那一份聪明,那一份能把世事拉得近,而又能把世事推得开的洒脱,正是人生所应追求而不易追求得到的最高境界。

人生的大趣味是小趣味的累积，只知紧张地去追求大趣味，而看不出身边小趣味的人，他的生活不但遗憾，而且苦恼，这样的人似乎在智慧上总嫌略逊一筹。

"玩物"不一定就会"丧志"。以沉樱的手帕来说，她那能把自己沉潜在小小工艺品中，尝到真正快乐的那一份童心，正是一般人所最不知珍惜，而最易于失去的。那是生命旅途中开在道旁的花朵，是笑哈哈聚在荷叶上的水珠。它们是由真正智慧与善良内在凝聚而成的结晶，所以才那么圆莹，那么玲珑，那么能给旁边的人带来无法抗拒的喜悦！

悠然的感觉

最近，我觉得自己仿佛每天都有一千件事情要办，从早上 7 点或 6 点半开始，我便如一只上足了弦的秒表，"嗒嗒嗒嗒"，一拍赶着一拍，没有一个休止符，像那首《永动曲》，弓不离弦，从早晨 7 点拉到夜晚 9 点，这时，我才走进发音室，抓住自己，把她从奔忙旋转中拍醒，"喂，你这是在做什么啊！"

我经常是在节目开始之后的第一首音乐声中醒过来，抛开奔忙和焦灼，找到云影与天光。

音乐中，最能给人悠然的感觉的，莫过于那首《当潮退的时候》了。《当潮退的时候》原名 Ebb Tide。应译为《退潮》，我把它增加了几个字，是因为我发现这首音乐的时候，正在读沙牧的诗集，其中他有一首《当潮退的时候》，我好喜欢那首诗的沉雄与苍凉——

  当潮退走，沙滩拉着海的衣角哭着

  那不知驶向何处去的斜斜的小帆也逝去

  啊！海面上浮满了我心的破片

  当潮退远，沙滩的眼泪已流尽

  海天的剪刀剪断了我凝望的视线

  不，那不是海的声音，是我沉重的叹息

这首诗，我在广播中朗诵过，配乐就是这首 Ebb Tide。

当那水鸟的群鸣伴随着壮阔的潮声响起，带出一片急管繁弦，跟着潮声退远的几小节前奏响过之后，我打开麦克风，报一句"当潮退的时候"。然后，在那意境辽阔的音乐声中，我感觉着海浪、海风、远天，以及沙牧那首诗——那不知驶向何处去的斜斜的小帆也逝去……

于是，我的心就静下来了。

在壮阔沉雄的海声中，还有什么是值得执著的呢？

这首音乐之外，在我倦去的时候，我喜欢播《大江东去》（River of No Return），而我特别喜欢播幸福男声合唱团的，因为我喜欢他们把握住了这首歌的单调与苍凉，只用一个手风琴伴奏，而他们的歌声极其悠然，使那部影片里的画面在你记忆中重现。那闪亮的江水，载着一叶孤舟，顺流而下，配上这首感慨万千的歌调，就那么令你感到悠然，那是一种"放开手，随它去"的悠然，"看流水悠悠，看那大江东去不回头……"

流水总是那么悠悠的，总是那么不固执的，那么不停留的。当你听着那"No return! No return!"的歌调时，你的烦虑就会渐渐流逝。时间不回，爱情不回，而忧烦或许也可不回吧？或许你不该回顾吧？人们如能对错失、遗恨、忧烦都不回顾，则生命的重量必定减轻多了！人们如能有时感悟到生命也只是一场单程的 no return，那执迷的心情必定会减少了。不是吗？你能抓得住有形，却抓不住无限。如那随着江水奔流而去的浮木、水草、坠叶、落花……它们在飘去的时候没有执著，不必牵恋，无须回顾，没有遗恨。

我也喜欢播幸福男声合唱团所唱的《河水》，和用流行歌改编的《把悲哀送走》。《把悲哀送走》是我给这首歌改了名字，它原来叫《我在你左右》，因为开头第一句的歌词是"把我们的悲哀送走"，而我觉得这句话比"我在你左右"美得多，而又恰当得多，而且它是多么容易给人带来"悠然的感觉"。所以我每播这首歌时，就把它报做"把悲哀送走"。能让一首小歌把我们的悲哀送走，而找回怡然自得的心境，不是很好的吗？

在音乐与音乐之间，我向听众介绍我最近收到的一本小小画册。这本画册是在美国教哲学的朋友云梦寄来给我的。我才一看它封面上那片绿濛濛的幽林，便觉心情迅速地平静下来。那一片幽林与半泓溪水，溪水在幽林环抱中隐住去路，树木高可参天，枝叶交错，十分茂密。只在左上角微露一点天光，而溪水深碧，平静无波。小册上面横写着 In quiet places（在静谧的处所）。

翻开第一页，是深紫色曙光初露的山巅与赭绿相间的林木，上面写着"早安"二字，并附有一首小诗——

愿此新来的曙光

带给你恬静与怡然

而你发现——

一切忧思挂虑均已去远

诗句与画面，使人感到大自然那只温和的手，轻轻地就可以抚平人们满心的焦灼与匆忙，而感觉到远离尘世的宁静。

这本小册连封面封底一共是 36 页。每一页上都有一幅画。这些画，有山、有水、有林木、有云朵。仅有的生物是一只圆眼睛的小松鼠和一只小鹿。没有一个人，更没有车辆和机器，这里所有的只是未经蹂躏过的大自然。

封面上的森林与小河在书页中重现，并附有丁尼生的诗《小河之歌》——

人生如过客

唯小河长流

"过客"的感觉，是一副清凉剂，一切攘夺纷争均系庸人自扰，看看与世无争的小河，你会感到安恬与宁静。

前天，收到最近一期的《青溪》，惊喜地发现它的封面竟也是一片幽深的林木与静静流去的小河，我谛视这一片青绿的封面好久好久，我舍不得放下这份与世无争的悠然。

山上去来

一 观光号列车

　　直到我坐上观光号，车子在音乐声中，以觉不出来的速度，无声地"滑"出台北车站时，我才相信，我真的是摆脱开那各式各样的牵绊，而实实在在地去旅行了！

　　我常自命喜欢旅行，而且也常以为自己能够很洒脱地随时去旅行，但直到我要托人去买车票的时候，我才蓦然醒悟，我在近5年之中，除随朋友坐东线车去过一趟大里、一趟福隆之外，只偶尔在台北近郊走走。我实在是太少旅行了！

　　我让自己靠向椅背，眼睛望向车窗。车窗外虽仍是高耸的建筑，但再一转瞬，就是林野与田园。而我知道，这趟旅程，要有五六个小时之久，我舒一口气，日常生活中的琐琐屑屑，就像退潮般地远远地去了。

　　曾有人劝我坐光华号，说可以快些到达，而我说："为什么要那么匆匆呢？"我并不希望快些到达，我要的是旅途中那份怡然，那份安闲，那份摆脱。

　　我喜欢坐火车，尤其喜欢观光号的舒适雅洁。我喜欢车中那薄薄的冷气，喜欢新浆洗过的白白的椅套、发亮的扶手和脚蹬，喜欢香片茶的清新和车窗的宽朗。观光号有它一份独有的宁适与悠闲。它不以喧腾的速度取胜，像出世的隐者，在青山翠林间慢悠悠地徜徉，但是它并未浪费你的时间，正如飞鸟，尽管它展翅千里，但给你的感觉却是那么从容与安恬。

火车抛下密林与浅谷，掠过小河与群山。我常说，我喜欢坐火车，是因为它可以带我"逃开"，逃开那忙不完的琐事，逃开那些越缠越紧、越系越牢的利锁名缰，逃开对那越来越复杂越宽广的人事关系的忧心，逃开被俗念挤得越来越狭小越拘谨的爱恶恩怨，逃开自己寻来的苦、虚幻无聊的乐，逃开悲喜得失的回旋。冲出层层密密的烦恼迷惑的重围，让自己的灵心奔向澄明，让那些烦虑慢慢沉淀。

我静下来，在淡远的蓝空下，在慢悠悠的观光号里。

二　啊！关子岭！

啊！关子岭！

它像一瓢甘冽新鲜的泉水，给在暑热中奔波的、风尘仆仆的劳人以如此清凉舒畅的浸润！

几乎人人都说，关子岭没有什么好玩。

我却说，关子岭的好处就在它没有什么好玩。

假如它好玩，它就难免车水马龙，它就难免店铺林立；再被好事者盖上几座雕梁画栋的楼阁，再在客运车停车站处装上招呼游客的喇叭；还会被人订出一些什么花季、鸟季、风季、雪季、游泳季、听泉季、这季、那季的游览项目；最后把风景变成商业，把宁静变成喧哗；惊走了林中群鸟，搅污了涧底清泉。

而关子岭上，除一个水火同源、一个好汉坡外，只是一个长满林木的山坡，一个薄雾氤氲的山顶。对喜欢热热闹闹去观光的人们来说，它实在是什么也没有。何况它又是那么远，坐客运车要爬40分钟，到达之后，便觉山穷水尽。因此，它始终繁荣不起来。

就因为它繁荣不起来，所以它好清静！所以那几户山村人家还能那么安然地存在！所以对面那座山上仍然万树千林，一片幽寂，只凭鸟语，点缀天然！所以才成为我爱去而留恋不舍的地方。

5年前,我到过一次关子岭,住在招待所里,夜晚凭一枕清凉入梦,清晨在满山鸟语中醒来,那白日闪亮的阳光,在林叶间洒满生机,夜晚就只剩下淙淙流去的清泉,诉说着逝者如斯,生命如斯;给你宁静,给你感喟,给你怡然。

5年后的今天,我重游关子岭,欣幸它清幽依旧,翠绿依旧,凉爽纯朴依旧。只招待所的日式房子因前几年地震损毁,新盖了一幢雅舍,题名"吉庐"。"吉庐"里,特别辟一间小小书斋,里面设一桌、一椅。书桌临窗,正对着那座空山。满山原始的青翠,直渗入书斋的碧纱窗,涂印在我带去的《郑板桥全集》那古旧的纸页上。我支颐坐在那里,好久好久好久。我把自己浸沉在这满山的浓绿、满山的幽寂、满室的清凉、满耳的鸟语、满心的生机里……而我的灵心开始对平时的我哗笑——哦!那些沉迷,那些沾滞,那些困扰,那些惶惑;那患得的心情,那患失的心情,那无益的执著,那多余的焦虑,那自苦的奔忙,那无目的无终点的旋转……

而现在,我从回旋中静下来,听着那奔忙紧张的心情由喧腾澎湃而退远,而沉寂。我清醒而欣悦。鸟语在对面山上林木深处,我不干扰它们,它们也不干扰我,我们都栖息在天地创造的大自然。板桥道人说得对:

"名利竟如何?岁月蹉跎,几番风雨几晴和?愁水愁风愁不尽,总是南柯。"

我守着诗页,坐在窗前,望青山,听鸟语,看日影渲染那一大片闪金的树林,无边,无边的绿,向上追寻,追寻,最后才接向蓝蓝的天际。

我并不想游,不想览,我只要找到这一片幽寂,面对真我,回到天然。

山上去来

三　好汉坡上

> 日落万山巅，一片云烟，望中楼阁有天边，唯有钟声拦不住，飞满江天。
>
> ——板桥烟寺晚钟

黄昏时分，我慢慢地走上了好汉坡，来到那无声的峰顶。小路尽头处，林木萧森。国校门口那株海树别来无恙。里面那株苍老的龙眼，却更显龙钟了。学校正在放假，校园内杳无人踪。古朴的教室，静寂如寺宇。只有几只鸡雏，在土地上追逐觅食。这里的孩子是不用恶补，不用关心是否免试升学的。他们在山间长大，将在山间谋生。假如他们不沾染凡尘的名心利欲，他们尽可在山上终老，而不会觉得遗憾。生命原是如此单纯的事，一切的复杂均属人为，你觉得重要，于是一切就都重要；你曾介入凡尘，你就如滚雪球般地越滚越厚，裹满了种种征逐与纷扰、种种忧患与负担。而最后，你仍将丢下无法带走的利、抽象空洞的名，归于你所轻贱的尘土。

那株银桦树，高耸笔直，非常秀逸，不知是否比前几年更高了些，只觉它在暮色中格外苍劲。桦是冷地方的产物，所以特别有一种孤绝冷傲之感。我仰望它上接昏茫的枝叶，轻抚它坚硬致密的树干，再一次默读它离尘绝俗的无言的哲理。

下山时，迎面上来几位老农和一位白发萧萧的神父，一望而知，他们不是游客，而是这里的居民。我俯瞰那陡直的200级石阶，他们向我报以会心的微笑，仿佛说，"爬这么高，不容易啊！"又仿佛说，"我们天天要爬呢！"

望着他们的背影慢慢消失在暮霭沉沉的林子里，山上雾气渐浓，远处天边一片迷濛。我回身举起照相机，把那株银桦摄入镜头，然后慢慢地走下山坡。

四　客运车上

我提着简便的行箧，戴着草帽，道别"吉庐"，走向客运车站。车站的售票小姐正在专心一意地看一本旧小说。我问她，下山的车子几点钟开？她笑指旁边车库里停着的车子，对我说："还有10分钟，你到车上等好了。"

我走上客运车，把行箧放在架子上，选了一个座位坐定。另一边的座位上有几位中年男客，闲散地坐在那里聊天。

他们聊的是什么呢？

——我养的鸡已生蛋。

——我种的花已经结子。

——我的土狗真听话。

——我下山去给我的老猫买一点猫鱼。

……

他们的对话在鸡、花、狗、猫之间回旋。

而我在一旁听着，时而隔窗眺望一下山坡上的竹篱茅舍。听他们的口音并不全是本地人，而他们却同样地选择了这与世远离的山上落户。看他们那满面的风霜，不难想象他们过去曾怎样认真地在生活中打滚，而现在他们抛弃了绚烂，归于平淡。

司机走上来，服务员开始慢慢地售票，那几个聊天的人中下去了两个。原来他们并不全是要下山去的，他们只是到客运车上来聊聊家常。

车子载着我们这寥寥的三数乘客，弯过山路"哗啦哗啦"地下山。

青翠的山谷接着青翠的山谷，雅致的小桥接着雅致的小桥。待转过山脚，开上那两旁长着芒果林的公路，房屋渐稠，空气渐浊，人烟渐密；小镇风光比起山上已是逊色，不复有那飘然出尘的韵致了。

五　又是一番悟境

从一走出台北车站，我就倏地被卷入了那人潮车海挤满了的空间。那水泥与水泥，霓虹与霓虹，招贴与招贴，那21世纪的人为驱走天然的匆忙与造作，那挤在钢筋水泥夹缝里的贫血的花草，那隆隆然如置身战场的各种车辆的引擎、各种机器的马达、各种抽紧人类神经的喇叭所织成的繁华热闹的经纬，就像一个使你无法腾身的巨大的网，从四面八方地兜过来，空气中充满了汽油味、烟味、血汗味与尘砂味。计程车司机一语不发地猛踩油门，冲入绵延不断的车河。抬眼前望，只见无数红、黄、蓝、黑的车顶，近午的阳光射下来，在车顶上反射着刺眼的光亮。而车子们流着，永无止息似的，在高楼与高楼的夹缝里。

我挥去那始料不及的不习惯，告诉自己，你原来就是这匆匆中的一粒尘砂，你应惯于这无情的驰逐，惯于这一语不发的追赶。

我回到家里。

在那小别两日的书桌上，堆着有催稿的信，有电话留言，有商量出书的信，有催缴地价税的税单，有稿费单，有为孩子们索取的学校简章，有结婚喜帖，有喜欢谈风花雪月的老友来信。

我把这老友来信拆开，他在西门町闹区的办公室里，冒暑挥汗写这封信来，向我发表"人性本苦"的谬论，问我是否同意，并问我这几天"逃"到哪里去了，难道不想回来了吗？

老友这一问，却使我另有一番悟境。

我"逃开"过，但我终须回来。

对我们这些尚有许多未了责任的俗人来说，林泉之乐，多半只能想想，而实际上却不能不在琐事俗务中讨生活。平常我们一心想要逃开，其实我们所要逃开的，可能只是这个自己。如果我们能保持灵心的那点澄明，则即使在尘俗中，也并不会改变心中那点莹澈；而如果我们沉迷执著，则即使逃往深山，也并不能真正挥去那缠绕心头的迷惑与忧烦。

于是，我在周遭的喧嚣中静下来，整理那一桌积下来的琐事——

该做的必须做，该推的必须推；当接受的接受，当拒绝的拒绝。属于自己的不妨留住，与自己无关的大可丢开。

在现代生活的诸般诡谲纷繁的复杂关系纠缠之中，我已不必再怕迷失，因为我已冲出回旋，洗净灵心，找回起点。

寄给飘落

好友：

结果你还是决定留在那边了！我想不到你最后还是这样决定，这么一来，我们就不知哪年哪月才能见面了！

本来，七八月那一阵，我时常想，说不定哪一刻，门铃一响，你就会笑嘻嘻地出现在我的面前。还是那么方方胖胖的，也许更胖一点，还是那么爽爽直直的，也许更爽直一点，然后，我让你看看我们的新房子，比以前大一些了，不那么直通通地一览无余了。而且还有个小花园，我种了扶桑、玫瑰、杜鹃，还有一棵大构树，大得遮住了整面的院墙。

然后，我要给你泡一杯最好的香片，或榨一杯新鲜的果汁招待你，你一定第一件事就是问我这几年的成绩。那时候，我们几个"吉普赛"在一起，总是说，谁也不许没有成绩！那么，我也只好把"小语"、"散文"、"花晨"等等不成格局的产品拿出来，向你搪塞一下。你反正会夸奖我的，因为你常说，每一个人都需要鼓励，哪怕他本来做得不好，你一夸奖他，他也会好起来的。那时候，我们几个就时常这样彼此说些使对方高兴的话，好让我们活得更勇敢些。

当然，还要请你看看"社长"的"小王国"——他发稿的办公室，办公室就在家里，有个大大的办公桌。那时候，我们开玩笑，叫他"社长"，因为他一直梦想编个报，而他现在真的在独当广面地发新闻稿了。你也许还记得你的预言，你说，他的梦一定是最早实现的，因为他最勇往直前了。

还有三个长得高高的，比我们还要高的孩子。看见他们，你会张大了你的黑黑圆圆的眼，惊叹地说："好快呀！不相信啊！""他们都上中学，我们也老啦！"而你笑得脸上发着红光，舒舒坦坦地靠在沙发上，一点也没有老的样子。——你还穿紫红色的香港衫吗？我总记得你穿紫红色的。

想来想去，没想到你真不回来了。该为你在那边的成绩庆贺，还是该为你不回来怅惘？也许两者都有。不过，总觉怅惘的成分多些。朋友们一个一个地散了，相聚可难啊！

你的房子和新车，想想，就知道够豪华！无论怎么说，新大陆是"豪华"的。"××真有办法！"不是我说，是别人听了会说。我呢？我不是不想说，而是想说的比这还多，多得不知从何说起。

岂止是"有办法"而已？我们这一代，从小在忧患中打滚，跌跌撞撞地长大，赤手空拳、单枪匹马地出来。你更是，你到台湾来的那年是十几岁？你说过，我不记得了。反正你后来才读高中。我不知道你小时候像什么样子，不过，我可以想象，你一定也是和长大之后差不多，那么虎虎有生气的，时常张大你圆圆的黑眼，好奇的、坚决的、强硬的，但同时也是彷徨的、孤寂的、无助的。每一个流浪的孩子都会是那样的，当有人欺侮你的时候、生病的时候、没钱的时候、有问题想不通而又没有人可以商量的时候，你就只好张大你黑黑圆圆的眼睛，那样才可以镇定自己、逼出力量。你不能不张大你的眼睛，因为世道艰辛，你怕自己跌倒而又没有人来扶助啊！

你说，你自己也不知是怎样长大起来的，仿佛那从基隆下船、举目无亲、坐在行李卷上发呆的日子还在眼前，而你已让自己"拼"进大学了！你说，"我在追梦，明知那梦已飞得远了，但我还是要追一追看。"

我到现在还清楚地记得你说这话时的神情。那天，我们下了班，在夜晚清静的青岛东路上走着。你买了一包花生，我们一边走，一边吃，一边聊。你望着那旁边的一面高高的墙，你说，想起从前在大学的日子，

寄给飘落

时常几个同学翻过墙头，去河堤上聊天，谈些虚无缥缈，谈些梦话。说将来要去罗马、米兰、维也纳、萨尔茨堡。不是为去"学"音乐，而是为去"看"音乐。你说，战争把一切都扭曲了。我们这些"半路出家"学音乐的人，到了那些音乐之都，就没有资格"学"音乐，而只能"看"音乐了！其实，就是看看，也是好的，看看那瓦格纳的遗迹、莫扎特的老家。还要去波恩，看看贝多芬的故居。你说，那时候还很快乐，有梦可追，不管追不追得到，也是快乐的。

你说，"欧洲不是赚钱的地方，我不要钱，我只要一点心爱的东西。"我知道，你那时在电台，拿500元一月的微薄的待遇来主持音乐节目，也无非为了那一点"心爱的东西"。

我总不会忘记你有一次在山里租了一幢小小的房屋。那地方真美！你很得意地把我们大家请去看你自己布置的"家"，看你自己手制的茶几和台灯，提早吃过晚饭，你带我们去欣赏那笼着雾的青山翠谷。你问，"这是不是世外桃源？"

真是世外桃源！那山，无边无际的像是铺着一层软软厚厚的翠绿色的绒毯，我觉得那好像金凯利演的那部电影——Brigadoon，那梦一般的地方。

可惜你并没有在那里住得很久。房租和交通费使你不胜负荷，在你搬下山来的时候，你用你惯有的那无可奈何的表情对我说：

"大自然也很昂贵！"

那以后，你就一直没有固定的住处。在闹市中租间房子住俩月，朋友家借住几天，左右是定不下来。也许是你厌倦了在一个固定的地方飘荡，所以才决定到远一点的地方去飘荡吧？你说，你有机会去美国读书，美国就美国吧！你说，既然教会肯帮忙，为什么不去呢？

于是，你开始了那一连串的忙碌。你没有一点犹豫地抓住了每一个可能的机会。忙了一年，终于你走了。你似乎并未向我告辞，也许你告辞过，而我忘了。那时，不知我在忙些什么。也许，我就是那么怪癖，对要离去的朋友，就让自己尽力漠不关心。反正我也帮不了忙，也留不住，也无法劝慰人家的离愁。所以，我经常是不记得朋友怎样告辞、怎样去飞机场、怎样走的。直到你们来信，说那些千篇一律的话：忙啊！陌生啊！乡愁啊！家国的感慨啊……我一向不去体味那些话。反正你们是去了，无论外面是好，是坏，你们至少在短时间内是无法后悔的了！

在外面的心情，我所想象到的，比你们写出来的多。当然，你们所真正感受的，又比我所想象到的多。左右是飘荡而已。人们离了自己的老家，虽然到处都可落脚，但也到处都是飘泊。那一份苍凉，早已深深地织入我们的生命。特别是像你、像我，还有一些你我都认识的那些只身出来的朋友。也就因为我们是自动情愿这样出来的，所以，那份苍凉也就更加无处申说。那么，就让我们安于这份苍凉吧！

你说，你不是不想回来，只是那边坚决地留你，而工作又是那样的好，于是，你决定留在那边了。你在信上嘲笑地说："这也是命里注定我该飘到这边来落脚吧？"

你说，你最近买了房子（在山上），买了车（分期付款的）。你说，"你不要以为这山上像你所说的 Brigadoon，即使像，我也没有时间和心情去欣赏。我忙得像机器。在这里，赚钱是生活的最大目的。不管你愿意不愿意，这里的生活就是这个样子的——先赚了再说！或先花了再说！"你又说，"这半生，我从未为朋友做点什么，只是别人帮我，现在我有了一点余力，那么，你说吧！我能为你做点什么？你说吧！我定尽力办到。"

你多豪爽！豪爽得令我真想流泪。我让你做什么呢？给我买一套真正原装的"密斯佛陀"吧！你一定会大笑。那么，说得认真一点，寄我一卷你自己做节目的录音带吧！让我们听听你那低沉沉的声音，听听你选的音乐背景。或者，加上你那部新福特车子的发动机的声音！使它

"现代"一点……

我们这里刚听过《辛辛那提》。中山堂使《辛辛那提》有直不起腰来的感觉。不是中山堂不好，是音乐不适于中山堂。但我们仍是多么欣赏啊！还有那个拉"巴尔托克"的瑞琪（Ricci），在两个乐章之间，我简直闹不清他是在调弦还是在拉"巴尔托克"！"现代"就是那么多噪音的吧？而又那么艰深！制造噪音还得花那么多年的苦功呢！老巴赫的音乐在现代人耳朵里，几乎变成幼稚园的玩艺了！人们追求艰深，追求得近于发狂。为什么一定要艰深呢？"美好"难道不够吗？

我一直这样怀疑。直到你的信来到我手上，告诉我，你决定选择那忙碌紧张、席不暇暖、坐在车上也无暇留连风景、自己做了节目"还未及欣赏就已觉得陈旧"的那超速度的生活，我才明白，"艰深"二字对现代人的意义。

那么，就"巴尔托克"吧！就匹兹堡的 TV 公司吧！就抹去那请你喝杯香片或新鲜果汁的梦吧！

我迟延到这么久才给你回信，是因为我简直不想给你回信了。虽然我写了这么一大篇，但这实在不能算是回信，而是一大堆未说尽的感慨。

我们距离这么远，寄信也并不能把我们拉近。多数的朋友到了国外，就一年比一年地陌生了。生活方式和所接触的事物使人们各自向不同的方向改变，拉也拉不拢了！

我只要想到你在蓝色小福特里，开过山路去上班，而竟没有一丝悠然，就觉得你真真正正的是走了！你不再敢说你不要钱、而只要一点心爱的东西了！

好吧！祝你快乐吧！飘泊了这许多地方，你也该落一落了，不管落在地球的哪一方，也不管能落多久吧！

门铃在响，我该向你说"再见"了。但我实在仍是多么希望，那按铃的是穿着紫红色衬衫的你啊！

无私的情谊

蕙友：

这几天天气真好。白天，太阳金晃晃的，晚上就剩下那匀净的似蓝如灰的缎子般的天宇。都市的夜本来就亮，再加上月色，就更织出那缀珠镶钻般的闪烁。

我下了班，在走出发音室的时候，就又禁不住想，你会不会在外面那长椅上坐着等我呢？会不会接到你的电话呢？但我立刻就省悟，你怎么会在这里呢？你已经走了！已经到了那隔着好多的海洋、陆地和岛屿的棕色的地方了。

于是，我又一次尝到了怅惘的滋味。

在烛光前和你话别时，以及在机场为你送行时，我都很爽朗。是我鼓励你去的，所以我不能流露一丝惆怅。但事实上，自我知道你将远行后，对这份友情的留恋，就总是在无意之中突然袭来。我知道，友情是何等难得。培养一份友情，真如培养一颗珍珠。不但要有那份巧遇（包括时间上的与心灵上的），而且要双方都有那些耐性去培护。我的朋友本来不多，何况年龄与阅历也使我越来越趋向孤独，而不易再去结交新友。你走后，我就确确实实是少掉了一个可以谈心的友伴。那种失落的感觉，也是别人所不易了解的。

我只是不愿使你知道我的那份怅惘，而徒增你的离愁罢了。

桌上放着你刚从泰国寄来的明信片，我把那张你由香港寄的也找出来和它放在一起。香港明信片上的浅水湾风景和泰国明信片上的曼谷寺宇，都因你那几行匆匆的字而增加了许多意义。我反复看着那几行字，香港那张上的字多些。你说你在帝国大酒店18层楼上写的。说你遵守我的约言，一直到了香港才拆阅我送别的信。而即使那样，你还是直想流泪。你又说香港街道很宽，很繁华热闹，但你在18层楼上仍感觉自己像在飞机上似的，仿佛仍有朵朵白云在你们脚下飘浮，那么如梦似的，一点也不真实的……

可不是，怎么会真实呢？头一天，我们还在松山机场外边的草坪旁边照像，你还因旅行社把那边的入境手续弄错，不能搭乘预定的班机而沮丧。第二天，你却就在你所从未梦见过的东方之珠的酒店里了。而当我读你自香港寄来的这信时，你已到了曼谷。

明信片上那曼谷寺院的尖顶好像一个一个的螺蛳壳。各式各样、各形各色的，那么精致、那么尖尖地指向蓝天与白云，而你就在那块土地上走过了。你的信极其匆忙，所以连署名和日期都省掉了。但正因为如此，我才是多么感谢你的这份友情。在那样匆忙短促而心情浮动的航程中途站上，你仍不忘赶着写几个字给我。我连那印着泰王肖像和泰国文字的两张邮票都读过了，连那泰国地名的英文拼音也一个字一个字地看了，仿佛这样就又和你在一起似的。

和你在一起，常令我觉得无比的安心与愉快。你的聪明善良与温顺，以及那并不因温顺而趋于妥协或安于现状的内在的坚强，就正是我喜欢的那种典型。而你的安详简短的谈话，总是那么深获我心。所以，当我空闲时，我总是希望你来。其实，就连我忙碌时，你来了，我也乐于暂时推开工作。你常以你护士的职业上的习惯，来责我太刻苦自己，说我工作太多，不懂得休息。经常不是催我打针，就是催我多睡。其实，打针和睡眠并不是我真正需要的。我需要的就是一种真正的轻松，一种推开工作、冲破孤独、投向友情的心情上的安逸。而你就正能把这些自自然然地赐予我。你来了，我就不做事，就不想事，就可以像个"人"似的安心地坐下来，聊聊天、喝喝咖啡、吃点零食。

我不是不喜欢咖啡的悠闲，我只是缺少那份力量，把自己从忙迫中拉出来。其实，说穿了，我有什么可忙呢？一切忙都是自己找的，但也正由于它是自己找的，所以才无法推托、不能抵赖、无处逃躲吧！

所以我总是欢迎你来，尤其是在我晚上下班之后，那时间，已是人们睡眠的时间。而我就愿透支那点睡眠的时间来享受我们的友情，那时间不会影响到和我有关的任何事务，我可以心安理得地把它拿来，划归已有。为这，你也曾叹着气笑我说："你实在太刻苦自己！"

不是我喜欢太刻苦自己，而是我太喜欢良心上的平安。为自己影响别人，我总觉得心上有个负担，因此就玩不痛快了。朋友Ｃ君不是常骂我"牵牵绊绊的不洒脱"！其实，我何尝不愿洒脱？又何尝不曾洒脱过呢？当你独身一人时，自然大可如闲云野鹤，想到哪里就哪里，想怎样生活就怎样生活。有了家，如再那样，就不是洒脱，而是自私了！

只有晚上下班以后的时间属于我。因此，我们可以到那家"纯"咖啡馆去坐坐，要杯咖啡，不为喝，只为感觉它那份浓郁，配上那烛光摇曳的各色灯罩和一点音乐，渲染那份属于我们的画意与诗情。你常说，在这种情调的夜晚，就最适合听"幸福合唱团"，我也十分有同感。他们那受过训练的抒情歌声，轻轻柔柔的，那伴奏，温温存存的。而最令人喜爱的是他们把西方歌曲中加入的那点中国味和把中国歌曲中加入的那点西方味，那么一种巧妙地融汇，适当地消化与吸收，就正象征现今这越来越靠近的世界。

那来自东方的大红明柱与彩绘浮雕的九龙壁和五福捧寿的椅子，以及烛光的情调和那来自西方的咖啡与西点，都现出意外的一种调和。而我又是多么高兴你能和我一样地欣赏！每当我又说起我们北方老家大厅里的黑漆明柱和北平那真正的九龙壁时，你就一定会非常神往地说："将来我一定要去看看！"而我就一定很认真地说："将来我一定请你到我们老家去做客。"于是，我们就慢慢地谈起来，从我所住的那条街，说到我们北方的"炕",说到北平的城门楼和那静沉沉的故宫,又说到天津唱杂耍的小梨园,和有人行道的宽宽的马路。最后我们就一同感动,一同叹息,说:"做中国人真骄傲!我们有那么大的国土,那么久的历史,真骄傲!"

而真骄傲的还有你我的友情。我很意外地在这里得到你这样一位好友。你大概更从未想到我从遥远的北方跑到这儿来,认识生长在屏东那青翠之乡的你。你说你要到我的老家去看看,因为你爱雪;我却说,将来我还是会从北方回到这里来,可能就住在屏东,因为我怕冷。于是你就说:"南方人总是向往北方的冰雪,北方人却又喜欢南方的青翠。"而我说:"我的祖先就是从南方到北方去闯荡而落户的,所以,谁也说不准自己究竟是哪一方的人。"

你常说受我的影响很多,你说,这次远行也是受了我的影响。我总是这样的,平常一直喜欢劝人找机会到远方走走,去看看广大的世界,无论你去的地方是否艰苦,你的生命总会远较以前充实。既然我们降生在这地球上,我们总该在有生之年,认识认识这个滋生养育我们的世界吧!

于是,你就真的走了!高高兴兴地,虽然也闪着眼泪,但那绝不是恋恋不舍或怯懦的眼泪。那只是因友情亲情而感动的眼泪。你看,还未离开机场,你已经就和平时不同了。你已经比一般人更了解去那边的航线,路上所将经过地方的概况,各处不同的天候;当你说那边和上海在同一个纬度上时,我忽然觉得你已经开始站在较高的位置在看世界了。当你坐在飞机上时,你一定会更加了解,地球只是个一昼夜即可旋转一周的星体,它上面的陆地、海洋与山川,都可相通,而且基本上相连。当初你在自己家园里觉得广大而重要的,现在会开始变为渺小而轻微。你可还会重视这里某些人与人之间的纠葛?某些金钱的盈亏?某些事务的纠缠?你可还以为我们和非洲真是那么遥远?你可还以为肤色的不同真是人们永恒不可超越的界限？以前三家村时代，村与村间都可能老死不相往来，现在想想，国与国之间都如此靠近，星与星之间都将在瞬息之间可以到达。你当欣慰，我们和陌生的国度之间，有这份值得存续的互助与亲善。

所以我说，人们应该出去走走，广广眼界，见见世面。不只是为个人的事业，就全人类来说，大家也更该向青天碧海学学豁达，去掉偏私、孤陋与浅见。

让我为你祝福，也让我分享你展翅高飞的快慰，更让我期待你以后一封比一封更练达、更深沉的来信。我虽为眼前少了一位好友而惆怅，但我知道，在并不遥远的另一块陆地上，有我的好友在那里采撷生命中更鲜丽的花与果，并会随时托青鸟越过几片水、几朵云、几簇岛屿，将那些花果寄一些来，让我分享生命的另一种丰硕；并让我相信，我们确有更广义、更无私的情谊，在这需要互助与互爱的人间。

烛光夜话

难得和你见面,我把手边的工作匆匆结束,邀你到那家有烛光伴清夜的地方,去消磨两三小时。还记得你曾怪我不愿邀你来我家玩,其实,你现在该明白,在家里招待朋友,怎如这里来得安闲宁适?在家里,我是主人,我要烹茶备酒,招呼家常琐务;门铃响,电话来,孩子们问东问西,或有其他客人不速而至,都难免分心分神,使谈话中断。哪及这里,一厅幽暗,十数盏烛光,荧荧莹莹,疏疏落落,点缀其间。而来这里宵夜的多非俗客,三两人据一席,轻声低语,音乐只在似有如无之间。一杯咖啡,或半盏清茶,再加一碟细点,就足可安心细谈,直到午夜或凌晨了。难道不好吗?

而你也说:深爱那烛光诗意,喜欢那单纯而幻丽的灯罩的色调,说要照样买一个松绿色的,带回家去。其实,那山楂红的也极美艳,那芒果黄的美得像秋。你也说喜欢那一首幽幽细细的萨克斯风吹奏的曲子 As Time Goes by,我把它翻成《似水流年》或《逝者如斯》。流光逝去的声音不就是那样带着凄伤与无奈的吗?而你说,既知无奈,就不必再去凄伤吧!

于是,我们谈着。你总是先问我,最近在看什么书?

"在看什么书呢?我在翻来覆去地看《吾国与吾民》。"

"还有呢?"

"昨天,我想再看看《葛莱齐拉》。"

"'再'看看?"

"因为我已看过,只觉味同嚼蜡。"

"那么，这次呢？"你抱着希望地问。

"我看了一页，就骂自己何必装模作样。"

"唔，结果呢？"

"结果，我看《郑板桥全集》。"我说，"是真迹影印的。那笔古拙苍劲的字，就让你回到老家。中国啊，中国！四合院，纸窗，冬天升炭火盆取暖的日子，用毛笔在宣纸上写字的日子，读线装诗集和章回小说的日子，'骑驴过小桥，独叹梅花瘦'的日子，温厚有人情味的大家族的日子，有了钱也不炫耀、以朴素为荣的日子……那长天，那平野，那小桥流水，那古屋丛花……那才叫渊深，才叫博大，才叫宁静，才叫谦冲，才叫悠然，才叫中国！"

"你在开倒车！"你的眼睛对我责备。

"不是，我是被移植的花茎，我是从中途生长，我深知，我要先扎根，才能再向上。"

"《葛莱齐拉》不是根？"

"离我太远。莎士比亚也一样。"

"别人为什么不？"

"人和人不必一定相同。"

"你不喜欢泰戈尔？"

"喜欢，但我更喜欢陶渊明。"

"你有偏见。"

"当然是偏见，因为陶渊明是中国的。"

于是，你下结论说："你该放弃一部分成见。"

每次说到这里，我们就该改变一下话题了，否则，我们会各执一词地去争论。其实，我们知道，一切的争论都是不公正的。只是人们一开始争论，就必须先把自己局限在一个偏狭的论点，固执着不肯去正视对方的理由。而事实上，天下没有绝对的是非，争论的双方都该采纳对方一点意见，放弃自己一点意见，修正一下自己的偏执。然后，两方截长补短，握手言和，大家都可获益。又何必偏执一词，坚持不肯接纳对方的见解呢？

我不和你争论，因为我知道你比我聪明，比我渊博，比我用功，比我更肯接纳不同性质的东西。许多书都是你逼着我看的，我口头反对，但看了之后，终能获益。只是，我不管看了谁的书，到头来，我还是我。这或许是我真正固执的地方。口头上，我是不和你辩的。

其实，你的想法又何尝不是"中国的"？你看，说着说着，你就又提起要到山上造一间小木屋去隐居的话了，你就又说要买一个放大镜，专为欣赏我那套花了3600元买来的故宫名画了。

提起那套故宫名画，我们真是兴致盎然。你还记得我买那套画的时候，多少人说我发神经！那么贵！还是打了6折优待的呢！买它做甚！我说，留着到老了的时候看的。于是，你就先来加入同盟，说，老了的时候，和我一起看。买个放大镜留着，以备老眼昏花的时候，拿来应用。

其实，我们现在已经时常在翻看了。你还记得那幅《泼墨仙人》吗？那仙人，真可爱透顶！我把乾隆题的那首诗谱上了黄梅调。

那首乾隆题诗，我们都会唱，因为那就是梁山伯刚见祝英台时所唱的那首"天生男女本公平"的调子：

  地行不识名和姓，
  大似高阳一酒徒，
  应是瑶台仙宴罢，
  淋漓襟袖尚模糊。

你小声地唱了一遍，笑得把眼镜也摘了，说：
"真帅！画得帅，乾隆题诗尤帅，而你的黄梅调更帅！"

画册上印有另一首题诗,其中两句是:

> 画法始从梁楷变,
> 观图犹喜墨如新。

一点也不夸张,那幅《泼墨仙人》就是那么"墨如新"。好像是刚刚才画好的,其实已经是7个世纪以前的东西了。

我们总是很谈得来的。你说你还喜欢南宋马远的那幅《秋江渔隐图》。

嗯,那幅真好!我也喜欢!那幅画,寥寥几茎芦苇,一叶孤舟,老渔翁宽袍大袖,抱着单桨,沉沉睡了。那旷逸,那淡泊,在扰攘的现代世界,还到哪里去找?

而乾隆也在上面题了诗。那诗是:

> 叶落江天罢钓鱼,
> 倚柳坐睡梦华胥,
> 芦丛何必扁舟系,
> 波漾风吹任所如。

记得曾有人抱怨乾隆忒爱题字,把好好的画都破坏了。不过,有时乾隆的才情也并不玷辱那些画。而乾隆的字又是多么的漂亮!我好喜欢他的字!

他设想老渔翁是在那里梦见"华胥"——那无为而治的理想国。做为一个帝王,那胸襟又是何等超逸!

从秋江渔隐,我们又谈到清静无为的老庄。你说,"真希望有人把《庄子》翻成白话。可并不是市上出售的白话《庄子》。该有个'通人'

而非'腐儒'去翻。"

我说,"读《庄子》如同你所说的读莎士比亚,要读就读原文。"

但是,你说,原文的《庄子》实在比外文更难了解。英文还可以查查字典,而《庄子》是查也查不明白。

我说,读一切哲学都好比做四则算题,如不是有兴趣,才不要去读它。既要读它,就别怕难吧!

我们就这么无边无际无拘无束地谈着。松绿色灯罩中的蜡烛越来越短,大概一支烛刚够点到凌晨一时打烊。

人总得有点属于自己的时间,总得有点和好友任意闲谈的时间。

你说,这年头,交朋友也奢侈。烛光夜话的茶资数十元,迟归无公车,计程车到郊外寓所又数十元。但是,这总比跳舞、逛夜总会、打麻将经济多了,且清谈足以启发灵心,砥砺志气,又何乐而不为呢?

我说,隔一半月再来,不但无伤预算,而且也是培养友情之道。君子之交应淡淡如水。日夕相处,反难免因厮熟而忘却敬意,吵架拌嘴的机会就比启发灵心的机会多了。

你笑我,说,"你总是这么'中庸'。"

时已午夜,两人下楼雇车,挥手再见,分道赋归。

附记:次日收你来信,抄赐联语一副:

　　竹因虚受益
　　松因静延年

我要反省自己是否"欠虚","静"是够静的了。

你又说,"独学无友,会成井蛙"。话很有理,让我俩共勉之。

那南风吹来清凉

今天在公共汽车上,忽然遇到多年不见的陈。

你还记得他吧?你一定记得的。他还是像以前那么文文静静的,带着三分女性气质,那么整洁文雅,彬彬有礼,说话的时候字斟句酌的,从不让声音超过"款谈"的限度。只是比以前略胖了些,到底是中年人了!

他站在我面前,对我望了一眼,就立刻现出他那从不夸张的笑,好像他老早就知道会遇到我似的说:

"嗳呀!真是你啊!"

当然真是我,他也真是他。

老实说,我真想表示一下我的惊喜,但只因他太含蓄了,所以我反而不能不也随着他含蓄起来。

于是,他就那样吊着车上的皮套,站在我面前,摇摇晃晃地讲了一些话。他在一家民营企业公司做事,还没有结婚。他给了我地址和电话号码,说希望经常联络。

他在博物馆下车,我在剩下的路程中,就一直在想你。我曾问了他一句,"还记得钟小姐吗?"他那尖尖的嘴角往两旁牵开,露出他特别整齐的牙齿,笑着点头说,"怎么不记得?可惜她没出来,否则……"我看着他笑容里的那一丝怅惘,蓦地一惊,难道说……

我回想起那一段黑浊阴沉的日子。在那黑浊阴沉的日子里,曾有过一缕南风吹来的清凉,有过一脉浓郁的花香,虽然它们是那样短暂,只一瞬,便再无从捕捉,但它们却清晰地印在我的记忆深处。当我再有机会回想它们的时候,它是如此鲜明而生动,就像发生在昨天一样。

你当然还记得那一段艰苦岁月。那几年,在异族的侵凌下,日子被压榨得越来越贫穷,越来越黯淡。我们忙于度命,忙于苟延残喘。冬天里,是寒冷与饥饿;夏天里,是闷热与厌烦。我们都那样年轻,而我们却都那样无爱也无诗。我们肩负着生活的枷锁,让沉重的步履践踏北国的尘沙,把青春深深地沉埋在地层中。

尤其是那年夏天,生活格外的苦,格外的无望。我们为衣食压缩着自己。白天,顶着太阳和灰沙;夜晚,被浓密的黑暗与沉重的闷热紧紧地拥挤着,在蚊虫的侵扰中,挨过难以入梦的黑夜。

也有花在开,也有树在绿,也有歌,但那与我们无关。我们的世界只是黑浊与阴沉。在那样的黑浊与阴沉之中,我们看不见自己的青春,感不到自己的渴望。我们的日子被黑暗与阴沉涂满。

忽然,有一天,陈送我两张入场券,让我听歌去,说李香兰在他们公司唱《夜来香》和《海燕》。我约了你。

你问我,何来这一份闲情?当然,那种兴致岂是属于我的?又岂是属于你的?我们白天上课,晚上做家教,还要把仅有的剩余时间交给油烟与煤炭。我们同样是负担沉重的骆驼,生活对我们只是长途跋涉。我们心中实在没有多余的空间去容纳听歌的闲情。而我们只是想暂时放开那为生活攀援挣扎的双手,来一次什么也不想的降落。

尽管"听歌"不是我们那一阶层的事,但我们还是去了。

那晚,我们扔开一切的牵绊,像梦游似的,一同走过夜街,一同搭那久已不搭的电车,一同挤过人潮,到那灯光闪烁的世界。

你穿的是一件白底子、蓝绿色叶形图案的旗袍,我穿的是粉红小花的,我们下决心要打扮一下。那清爽的感觉,使我们一路上都在想着——

我们还很年轻!

我们还很年轻!

电车"叮叮当当"地穿过灯火闪烁的夜街,穿过夏夜的南风,穿过一段无梦的年代,把我们送向一个春天,一个失去的春天。

你绿色图案的旗袍,在灯光中涂着梦幻。

陈穿着浅灰色派力斯的西装,在他公司门口和我们招呼,我介绍你和他认识。

于是,我们坐在那飘着花香的接待室里,听李香兰那受过声乐训练的婉媚而嘹亮的歌声:

那南风吹来清凉,那夜莺啼声凄怆……

歌声把我们带回一个失去的年代。我们仿佛又回到那弥漫着夜的香气的校园,那里回荡着我们年轻的歌声。我们原是不知愁的。

月下的花儿都入梦,只有那夜来香……

夜的香气在我们周围氤氲着,带来心情上的清凉与难得的迷惘。

我爱那夜色茫茫,也爱那夜莺歌唱,更爱那花一般的梦,……

李香兰那闪着银亮的声音窜入黑沉沉的夜空,而我们的心随着那歌声向远远的地方飘着。

什么也不要想!

让我们拥住这短暂的"花一般的梦"……

那天的晚会,除了李香兰唱的两首歌之外,还有其他节目。陈也唱了一首《钟山春》。然后,他送我们回家。

那天,我们像梦游一般地去,又像梦游一般地回,回来再任一切跌碎在乌烟瘴气的现实里。

我们无权拥住任何"花一般的梦",我们只能接受那必然的幻灭,必然的失落。

尤其是我,我本来就已失落得太多,放弃得太多。我去,只为了我忽然不想一口气也不喘的挣扎。对辛苦而无望的人来说,颓废正是一种凄楚的美丽。我们不去过问歌者的身份来历,与那歌的时代背景——有什么可追问的呢?连我们自己也是那时代的产物。

第二天,我就彻头彻尾地抛开了那不属于我们的辉煌。我回到有形的汗,与无形的泪;回到有形的忙碌,与无形的忧烦。

而你却兴趣盎然地抄录起《夜来香》的歌词和《海燕》的曲谱。你苍白的颊上多了一层红润,你的眼中多了一份光辉。

你不只一次地谈起陈的歌声。你说,"他的歌声是那样的厚,那样的充满了感情。"

你托我去向陈要一些歌谱,并且托我转请陈把《钟山春》的歌词抄给你。

我都照做了。

你向我打听陈的学历和身世。陈是我表哥的同学,他的一切,我原很熟悉,所以,我也一一地告诉你了。

你每次夸赞陈的歌声,我也都很认真地记住,而且同意了。

但只有一件事是我所没有做到,而且是我直到现在才明白我是那样愚蠢的——我没有把你的心事告诉陈。

不是我不告诉他,是我想不到。

我想不到你为什么不像我一样地把那有"南风吹来清凉"的夜晚,当成一次梦游。

我想不到在我眼中与我们隔得远远的陈，会在你心中那样明晰而接近。

我从未觉得陈对我有什么意义，因此，我就再也想不到他对你会有那样大的意义。

而更重要的是，你一向那么沉默、那么隐忍、那么冷静、那么保守。你使我想不到你也是和我一样的在一个已逝的春天和将逝的夏天里的多情的女孩。

你从未爱过。哦不，我该说，我从未觉察你爱过，包括曾以那样出乎意料的姿态闯入你心中的陈。

直到多年后的今天，当我意外地遇到陈，当我在这静谧的夏夜，在夜来香那幽幽的芬芳里，再想起那曾使我们梦游的歌，我才突然醒悟——你曾以何等虔诚的心情在期待、在渴求、在盼望，渴求陈知道你的爱情，盼望我为你传一点信息，给那与你气质十分接近的陈。

我对你好负歉！

当我们音讯断绝时，你仍那样听天由命地囚禁着你自己，冻结着你自己。一个战争早已过去了，你未抓住任何；另一个战争又在延续，你可能——哦，好友！你可能永不再抓住任何。

你也许想不到陈至今尚未结婚，陈也可能从未想到你曾对他有过一份可贵的情意。

我决定把那多年以前被我疏忽了的告诉陈。我希望，尽管关山阻隔，岁月迢远，但有些爱情，仍能在形迹之外，超越时空而相遇。

幽林一夜雨

我们散步的途中,你又哼起那首老歌——

幽林一夜雨
洗出万山青
四边静
只闻得流水声
朝雾刚消散
云中唱天鞦
不与黄莺争在花里鸣
上天唱,众仙人都来临
……

那歌声,瞬时间化成了许多长着羽翼的回忆之鸟,飞越过淡淡的空间,茫茫的时间,停落在那一台年轻的爱歌的学生身上。那一台年轻的男生和女生正在北平中南海怀仁堂那敞亮的大厅里,唱着,唱这首清越的《天鹅之歌》。他们的声音是那样的清亮、那样的纯,而又那样的装满了梦。那歌声,在4月的新暖里,带着属于生命、属于青春的一片盎然的绿意。

你那时是歌者之一,你唱Soprano。

而我在台下听着,被你们的歌声一下子带到了天空,翱翔在无边的欣悦里。

你的声音多美！你知道吗？

哦，你当然知道。而最能证明你声音之美的，大概就是那在你面前挥着指挥棒的张了。

提到张，你的笑容渗入了低回。

唉！那时候，怎么那么不懂事呢？

不过，假使是现在，你会比那时好一点吗？

你摇头，加一声叹息在无奈的笑容里。但那时就是不觉得自己有罪，你说。

你沉默下来，低着头，在我旁边慢慢地走着。你也许后悔唱那首《天鹅之歌》了，也许不。久远以前的爱情使你觉得悔，但也未尝不使你觉得醉。

有那种心情总是好的。我说。

不是吗？那时候，我们像一群小鸟似的，只要聚在一起，就吱吱喳喳个不停。不说话的时候，我们就唱；不唱的时候，我们就说话。而我们说什么呢？除了说那虚无缥缈的梦，就是说爱。说那我们不想说出口，而又那么想要说出口的爱。说那虽想拒绝但仍沉醉的爱，说那明明早就知道，却偏偏装作懵懂的爱。而你和我说得最多的就是张，别人也说他，但那语调不同，她们比我们更爽直些，她们就是那样很直率地说，"他真丑得可怜啊！"

就因为他的丑，所以他对你献上的那份爱也就显得愚蠢起来。

尤其那时候，我们都年轻，因为年轻，所以我们不注意所谓的厚道。我们只管把我们的嘲笑大大方方地交换着。

只有你，每当你拒绝他一次之后，都会带着满心忧郁跑来找我，你会久久地沉默着，然后说："假如我能不看他的脸，那就好了！"

真的，你说得真对！还记不记得他第一次来给我们做音乐指导的时候，背向着我们坐在钢琴前面，用他灵活而有力的手指，弹奏那首 Echo

（回声）的前奏。弹得真好真好！那活泼而婉媚的前奏曲简直就像一脉清泉，那么流利、那么晶莹、那么俏。于是，我们就跟着他的琴声唱会了那首玲珑的小歌。

到现在，我才想到，他仿佛特别喜欢流利轻盈的鸟儿们的歌。那首Echo的歌词就是一只鸟向另一只鸟要求共同筑巢，那是一首三拍子的轻妙乐曲，加上回声应答的伴奏，真是一首美丽的诗，我们一下子就迷上了那首歌。

而他唱歌的声音和说话的声音，又是何等令人沉迷。他的声音低低的、厚厚的；说话慢慢的、柔柔的；唱起歌来，一点也不费力。你曾不止一次地说，那是世界上最令人沉醉的声音！

但是，伴随着这沉醉的，是我们无奈的叹息，他怎么那样丑呢？当他从钢琴旁回过身来，朝向我们的时候，我们是怎样地不忍看他，而又无法避开那可悲的失望啊！

他给我们这群爱做梦的女孩带来那么强烈的矛盾！他有那么令人着迷的声音，会弹奏和歌唱那么美丽的乐曲，而他的面貌却又那样地令我们不忍卒睹！

于是，我们想，世上总有一个人会爱上他的，但不是我们，虽然他的音乐那么令人沉醉。

就是因为他的音乐令人沉醉，所以他还是成了我们那一段日子生活的重心，尽管也许我们谁也不肯那样承认。但是，无疑的，那掩映着一排槐树的音乐练习室突然像一幅画了。校园里歌声多起来了。连校外的音乐活动，我们也比以往更加关心了。而且还有人肯在课外找他个别教琴呢！你就是其中之一。

你一定也还记得那时候，你穿着短短的月白色的衣服，挟着红色封面的琴谱，在暮色中，从那枝叶掩映的音乐练习室踱回来，带着你惯有的那文静的笑。你照例来到我房间等晚饭铃响，然后我们一同穿过回廊去吃饭。你常是在走过回廊时，叹一口气说："你不知道，当你只是闭起眼睛听他声音的时候，那多美！那声音是音乐、是诗、是幅画。"

而我总是一半嘲笑、一半关心地逗你说："只要你敢闭起眼睛去听他，你就闭起眼睛去听吧！"

你一边笑、一边气、一边要打我、一边叹气，最后你还是妥协地告诉我，他今天对你说过的话：说北平的风光，说他小时候在教会唱诗班的日子，说他的孤独，说他的感触，说他所学过的音乐……

你慢慢地说着，从回廊说到饭厅，说到吃过晚饭，再说回寝室。而我也像从不厌倦似的听着。最后，我们停下来，低回着。然后到那多树的校园去，在树的黑影下徘徊，徘徊，徘徊……而我们坚决地不走那去音乐练习室的方向。虽然，我们看见那边隐约的灯光。

我知道，你不是不爱他。你爱得十分沉迷。

但我也知道，你不是爱他，你不爱得十分冷酷。

我知道，当毕业的骊歌唱完之时，也就是你面临决断之日。而我已预料，你不会有那种近于圣者的精神，去抛开那世俗的观念。不，或者我应该说，你不会有那种足够的决心，让自己一直闭着眼睛，只享受他的声音，而无视他的面容。

而我们又都太年轻，年轻到不知怎样避免去伤害一个善良而懂爱的人。所以，你对他的拒绝也太欠委婉，太天真。你真是说了令他伤心的话，我知道。

但是，我直到现在才明白，你对他的拒绝不仅说明了你对他的不公平，而且使他觉得世界对他不公平。你使他觉得，一个人外在的缺点，无法由内在去补救。我相信，他后来的消沉不仅是由于失恋，而更是由于失望，对自己的失望，对生命的失望。他本来一定还有些许自信的，至少他本来还是追求美与艺术的。但后来，从他娶了那样伧俗的一位太太而隐居到乡间去，我知道，你把他否定得是何等的彻底。

而你呢？20多年了！你这样东飘西荡的。你说，"我不知自己要寻找的是什么。"你一直在寻觅，一直在放弃。到近来，你说，你连寻觅的劲头都没有了。你曾找到过漂亮的外在，但你从未再找到过如张那么令你沉醉的内在。

你说，生命本来一直是多么空虚！似乎只有那一段有树、有琴韵、有歌、有回声的日子是充实的。令生命充实的是艺术、是灵魂，那不是外表的美丽，而是内涵的深沉。20多年之后，当你揽镜自照，虽美艳如你，又何尝还有昔日的半点风华？而我遥想那隐居在林间，有我们认为伧俗的妻和乡气的子为伴的张，或许反而避过了岁月的侵蚀，抓住了生命的真义。

难怪你最近常来找我。尤其在枝头长满新叶，鸟儿开始啁啾的日子，你让我陪你散步，因为那首《天鹅之歌》仍如往日一样鲜活地生存在你的心中。

......
不与黄莺争在花里鸣
上天唱，众仙人都来临
......

那时，哦！那时？那年轻的时候，我们又何曾懂得"不与黄莺争在花里鸣"的清高，与"上天唱，众仙人都来临"的绝俗？我们都只是那样幼稚，那样低俗，那样不懂得音乐，也不懂得爱人……

雨中的紫丁香

好友：

你信上说，让我在这春意深浓的季节，多播放几次《雨中的紫丁香》，因为单是那曲名，就足够使你回到十几年前那个多雨的春天。

你提到 T 市城郊那所宁静的学府，提到那年春天的雨，提到那雨中的紫丁香，我的心就整个一下子被你拉回了那个年轻而多情的春天。

那年春天怎么会有那么诗意的雨呢？在我的记忆中，北方的春天总是刮风。而只是那年，我们同在×大学生活的那年，那个春天，涂满着浓浓的雨意。就因为那雨，我们的日子就忽然显得那么轻柔，那么朦胧，那么在如醉的沉酣中带着泼墨画一般的慵懒。而点缀那有雨的春天的，是喜欢在雨中漫步的你。

我总记得你喜欢穿一件蓝白相间方格子的短旗袍。那蓝，是一种旧旧的蓝。你说那叫"褪色蓝"（faded blue）。那褪色蓝与"褪色白"交织成的格子，正好衬出你短发的浓黑和你纯净的素脸。尤其令我永不淡忘的是你那双鹅黄色的轻俏的平底皮鞋。我不知道是否因为雨天，你才选择这两个对比的颜色。但是，我知道，你的黄皮鞋沾了雨水，那黄色是格外的鲜明，而你旗袍上的褪色蓝，在细雨里，正像被泪滴沾湿了的墨水，那么渐渐地散开，渐渐地淡去，带着浓浓的忧郁和深深的感伤。

你也许到现在还不知道，就是因为那黄色的鲜明与蓝色的感伤，以及你那一脸的纯净，使我成了你的朋友。还有我们初见面时，你那句自嘲的话，你说，"别人看我们天天在这所有名的大学出入，一定以为我们是这里的学生。没有人知道我们只是在这所大学附设的教员子弟幼稚园里教小孩子。"

其实，教小孩子有什么不好？何况我们还可以随自己高兴去选读几堂可听的课。

我不会忘记那个雨天的中午，暮春的校园，在浓浓的雨意中，形成好大的一片空寂。我坐在小教室的藤椅上看小说。你站在廊前，不知是在看雨，还是在想事，也说不定你就是在等待，等待你生命中那首属于春天的诗。因为就是那天，你和"黎"开始熟悉起来。我总记得他绕过那一排掩映着丁香枝叶的宿舍，用他那特有的悠闲的步子，穿过如尘的细雨，慢慢走来时的神情。他穿黑色的长衫，撑黑色的布伞，伞下是他整齐的浓发与深沉的黑眸。我总觉得他那天是特意来找你的。我记得他在你面前停下来问你："在做什么？"我只听你淡淡地说："很闷，在看雨。"你总是那么淡淡的，好像什么也提不起你的兴致。我不知道他是怎样邀请你的，我没有听见他说什么，只看见他轻轻移过他的黑伞，你们就穿入了那被雨丝网着的空寂的校园。

上课以前，他陪你在细雨中慢慢地踱回来。你手上捧着好大的一把紫丁香。那细碎的紫色花瓣，簇拥着细碎的新叶。你从办公室找了一个大大的玻璃瓶，把它们插在里面，带到教室。那浓郁的花香，好几天都不曾散去。

他就是刚从法国回来，在哲学系执教的黎未明。

你也许早已和我们一样听到不少关于他的故事。两年前，他的美丽的学文学的太太在国外病故，而他则带着灰颓的心情回国。他是个惹人注意的人物，他那悼亡的忧郁，他那沉静的仪表，以及他所教的那探讨生命真谛的课程，都是他的标识。那标识，却正好让女孩子们寄放她们多彩的梦。你大概不知道，在那宁静的校园里，有多少女孩子羡慕着在他黑色伞下漫步的你。

从那以后，我没再听你说闷。他天天撑着他的黑伞，穿过那一大片校园到我们这小小的角落里来。我们这幼稚园是一幢木造的小房子，漆着白色的油漆，墙壁上画着彩色的卡通画。有时，他邀你去散步；有时，他走进来，淡淡地笑着向我们点头为礼，然后到你的教室去给孩子们讲《爱丽思漫游奇境》或《木偶奇遇记》的故事。你一定也还记得，那天他说到有仙女来了的时候，用他那深沉的黑眼注视着你，说："那个仙女喜欢穿蓝色的衣裳，因为蓝是天的颜色。"于是，你在一旁含蓄地笑着，你的嘴唇弯成美丽的弧，扫去了你脸上不少的忧郁。

你说，他和你在一起，谈的多半是诗、画和风景。那都是你所喜欢的。他给你看他从瑞士带回来的风景画。他宿舍的玻璃门上挂的是丁香紫色的帘饰。他把风景片对着光，你就看见那原来是白色的云变成了紫色，很美。他又给你朗诵雨果那首题名《春天》的小诗，用法文念过之后，再把它翻成美丽的中文。他同你谈那蓝色的莱蒙湖——真真实实的莱蒙湖。他到过，在那湖边的椅子上坐着消磨夏日的永昼。他又同你谈巴尔扎克、谈小仲马、谈莫泊桑……你说，他餍足了你所追慕的一切的美，尤其是你们那雨中的散步和时常带回来的那些带着雨珠的浓郁的紫丁香。

直到现在，我还为你说话时那发亮的眼眸而感动。在那以前，你一直是多么落寞、多么寡欢、多么黯淡！你自己也许不清楚，但我是旁观者，我知道，你跌入了那属于春、属于雨、属于紫丁香、属于诗和梦的罗曼蒂克中去。

我如果画得出，我一定要画这样一幅画：春雨、黑伞下的他和你、紫丁香。

我不记得紫丁香什么时候落的，也不记得雨什么时候停的。我只记得那个夏天的早晨，你和他从你们常走的那片空地上走来。刚到半路，你们就分手了。他撑着黑布伞，站在榆树下，默默地望着你。而你低着头，慢慢地，一步一步走过来，经过我窗前，你没有看我，径自走进了你的教室。

那天，你没有教孩子们唱歌，你让他们自己讲故事。当我走进去看你的时候，你正站在窗口，向那绿意深浓的校园望着。发觉我站在你旁边，你只低低地说了一句："春天过去了！"

我没有问你发生了什么事。但由你的神色，我知道，你下了重大的决定。

从那以后，你们不再来往。不久，他去南方，你也离开了 T 市。

这多年来，我一直不明白你们为什么会分手。我看得出，他是那样爱你，而你也爱他。你们真真正正是诗与梦的组合。学生中，对黎倾心的不知有多少，而你却轻轻拒绝了他。直到多年后的今天，我收到你这封近在咫尺的来信，你提起那春雨、那丁香，我才恍悟，你或许从未真正放弃过这段爱情。你说：

"……我太爱那诗与梦的春天，我不要它被现实的风沙摧毁。我深知，世间有些爱情是应该止于爱情，而不必发展为婚姻。我拒绝了他，因为我知道，我不是童话中的仙女（他以前的太太才是，我看过她照片上那惊人的美丽，我也看过她写的诗。）我只是一个偶然跌入幸福里的 Cinderella。从一开始，我就知道，这段爱情不会通过现实而持久……"

好友，你让我怎么说？也许你是对的。为了真正留住那个多雨的、有紫丁香的、罗曼蒂克的春天，你的消极的放弃，或许正是积极的保存。你来信让我多为你播几次那首名叫《雨中的紫丁香》的风琴曲，我知道，你是真正留住了那个年轻而多情的春天。那雨、那紫丁香以及你们的爱情，在多年后的今天，似乎一点也没有褪色。

那么，让我为你祝福吧！当然，我会经常在有雨的日子，为你播放那首幽深缈远而又无限柔情的风琴曲：雨中的紫丁香。

罗 兰

1967年·春日·岛上

那银海千秋的夜晚

在电话里,你用那样一种激动得发抖的声音告诉我说:
"他也到台湾来了,我见到了他。"接着,在一阵凝聚一般的抑制之后,你说,"假如他找我,我会跟他去。"

挂断了电话,我竟也许久不能平静。

我不知道为什么在这许多年之后,你对他的爱情仍如过去一样迅速地感染我,也许这正如你不知道为什么在这许多年之后,他仍是这样强悍无礼地霸占住你的心一样。

我原想劝劝你的,但经过了一整夜的思索,我放弃了。因为你的痴迷使我恍悟,可能这就是爱情的真味。

于是,我沉入了久远久远的回忆里。在那样的回忆的黑色的背景里,闪动着生活的种种姿态,也回荡着当时人人会唱的《银海千秋》里的歌声。

对了,就是那天夜晚,那《银海千秋》正在上演的夜晚。在那梦一般地闪着蓝缎子色调的漂亮的街道上,我们遇见了你一直痴恋着的徐。

我还记得,你在那一瞬间,脸色突然变得何等的苍白!你的手紧紧捏住我的手,你的步子突然踟蹰不前,而你是怎样强作镇定地停下来,回答徐的招呼。

哦,好友!直到现在,我的心仍为你那天的脸色而激动,我从未见过一个人爱另一个人到你对徐的那种程度!我也从未见过一个人为爱情会如你那样锲而不舍地执迷!你确是动用了一切力量,准备了漫长的时间,在追求那个高身材、浓头发、亮眼睛、蒙迈不群的徐。

要说，你有什么可配不上他的呢？

你温柔而有魅力，你善良而勤奋，你有漂亮的外型和飘逸的风度。追求你的人真不知有多少，但都被你一概否决了。你对爱情是极其吝啬的。你说："我绝不勉强！我要爱，就爱一个百分之百令我痴迷的……"

于是，你遇到了徐。

你就那么猝不及防地为他付出了你百分之百的痴迷。

还记得那时候，你每天对我说徐的这样那样。说他会弹琴、会唱歌、会溜冰、会玩球、会讲笑话、会写诗……说他走路的步子怎样潇洒，说他对生活细节如何不羁。

你跟着他的爱好转移你的爱好，跟着他的思想调换你的思想。你说："在他面前，我简直什么也不是……我觉得自己卑微……"

但是，好友！你知道吗？爱情与卑微是不两立的，你不能卑微！任何人在爱情面前都卑微不得。而不幸，你在他面前，就这样降得太低；就这样放弃了你以往在别人面前的那一切骄傲。你未料到爱情竟是如此功利而残忍的东西……徐不是不爱你，我想，他之拒绝你，正是因为你对他倾倒得太彻底，你使他失去了爱情上所应有的冒险的机会。你使他失去了爱情上那最引人入胜的猜测、疑惑与迷茫所织成的乐趣，于是，你对他那慷慨的爱情，就成为永远无法收回的投资。大笔大笔的付出都如尘砂之投大海，轻轻地、无声地沉入，而终于淹没。

但你是那样的快乐，而又那样的容易满足。无论你受了多少期待与失望之苦，只要他来找你一次，陪你走一小段路，再送你回家，你就会非常快乐。你说：

"我只要感觉一下他在我身边的气息，就足够了！"

徐有时也对你很好。譬如他有一次出门远行，就特别把他一只小四弦琴留给你作伴，并且教你怎样弹奏，他走后，这四弦琴真的伴了你两个月的时间。这期间，你给他写很长很长的信，而他也回信给你。他的信明快而简短,你说,那是他的性格,而我却担心那是他的疏慢。

果然,就在他从外地回来的第二天,你黯然地走来告诉我,你们结束了!他明白地向你表示,他对你没有爱情。

好友!一切都是在我意料之中,几乎从你们一开始交往,我就看出了绝望,我只是不忍道破而已。

于是,我对你说:
"既然你抓不住他,那么就抓紧自己的自尊吧!"
你凄然地笑笑,走了。

从那以后,你一直很消沉,很冷淡,对什么都提不起劲。你放弃了音乐,放弃了溜冰,也放弃了读诗的兴趣。你冷冷地生活着,对一切都无动于衷。

直到那一天,在那梦一般地闪着蓝缎子色调的漂亮的街道上,我们遇见了徐。直到我看见他向你打招呼过后,你那全身的兴奋,直到我感觉到你冰冷而抖颤的手抓住我的手,而我听到你激动得发紧的声音对他说:"明天我请你看《银海千秋》好不好?"这时我才发现你是那样轻易地倏然地燃烧起来。好像他是一支火炬,而你是风季秋林的枯叶,只消他轻轻一掠,你就那么毫不抗拒、绝无迟疑地燃烧起来。

我为你紧张地带着祈求地看着那个高大而骄傲的徐。我看见他怎样把黑眸在你因激动而苍白的脸上掠过,然后,我听见他说:

"明天吗,几点?"

我觉得我都快要流泪了!我为你宽慰啊!好友!我不敢想象万一在那种情形之下,他拒绝你,你该如何自处?我不知你哪里来的那种孤注一掷的勇气!你一定天天都在等待这个机会,等待着遇到他,等待着他向你打招呼,然后,你就要这样牢牢地一把抓住他。

感谢上帝!你总算抓住他了!他答应了你的邀约。在他已经说过对你没有爱情之后,在你们已经宣布结束之后,他答应了你的邀约。我不知他怎么会答应你的，以他一贯对你的冷漠，他似乎不该答应你的。或许是基于一种高贵男性对女性的礼貌吧？或许是一时的兴致吧？或许是——最好是他忽然对你有了爱情。

那天，那个《银海千秋》的夜晚，你穿的就是一件宝蓝色锦缎的衣裳，配着一条宽宽的黑丝绒披肩和浓黑的麂皮高跟鞋。那天，你真的好漂亮！你的笑容也好灿烂！我几乎从未看过你那样百分之百毫不保留地炫耀你的美丽。我看着你风一般地旋出宿舍，仿佛你是个可以凌空的仙子。

你走后，我躺在宿舍的床上等你。

夜在慢慢地深，我打开收音机。那一阵，电台天天播《银海千秋》里的歌曲。那歌曲，包括了近20年国产影片中所有的插曲。我喜欢听"天上旭日初升，湖面好风和顺"的那首歌，我喜欢那首歌的海上情调。我也喜欢听"我是寂寞的歌人，带着嘶哑的歌喉"那首歌，我喜欢它的哀伤与苍凉。我还喜欢听"把烦恼和悲哀都抛向云霄外"那首歌，我喜欢它的爽脆与轻盈……

我听着广播里的歌，想象着宝蓝锦缎里的你和藏蓝西装里的他。想象着你说"只要感觉他在你身边的气息"时的那份回肠荡气的痴爱。我替你激动，替你欢乐。

还有什么比和自己痴爱着的人相倚傍更令人动心的呢？还有什么时刻比此刻的你更幸福的呢？

你可以一面欣赏那些轻盈的小歌，一面和他低语，或倾听他的低语。你或许会暗示他一些爱情，而他或许会靠近你，把手放在你的手上，低下头来，低低地问你"可高兴？"你也许会嗔怨他过去对你的冷落，而他或许要求你原谅他过去是何等的漫不经心！于是，一切距离都已消除，误会也已冰释。两颗相爱的心就在《银海千秋》那幻丽多彩的歌声中贴近……

我常常为爱情感动,这次尤其为你和他的爱情而感动。我像祈求自己的爱情得以如愿一样地为你祈求着、盼祷着、欢欣着、激动着。

于是,你回来了!

我一听到车子在门外停住的声音,便从床上一跃而起,跑到门口去迎你。

你已经迈下车子,我看见你把一卷钱丢在车垫上,你没有看我,低着头,匆匆地走过甬道。

当我随后走进房间时,我看见你背向着我,手肘靠在五屉柜上,面对着那面方形的镜子。镜子里是烧红的脸颊与两行泪,以及紧紧咬着的唇。

我低低地问你:"怎么了?"

你把咬着的嘴唇放开,又咬紧。许久之后,你才说:"他介绍我认识了他的未婚妻。"

我怔着。

《银海千秋》的歌声一下子变成了一团扰乱了的钢丝录音带,绞在一起。

"你是说,你们三个人在一起?"我觉得自己的声音好冷,"你为什么不马上回来?"

你紧紧地咬着自己的嘴唇,回过身来,慢慢地脱下你漂亮的宝蓝色锦缎的衣裳,你把它慢慢地折好,在把它放进抽屉的时候,你抚着它说:

"他不让我走。他说让他的未婚妻跟我学学风度。"你的声音如梦呓,仿佛你不在这个世界。你说:"他坐在我旁边。他把手放在我的衣服上,他说:'这锦缎的颜色真好!是我最喜欢的颜色。'"

你的泪滴在锦缎上,嘴唇也被泪水濡湿。你慢慢地推上抽屉,仍然那么如梦般地说:

"他握了我的手,对我很动心地说再见。我知道,他不是不爱我。我失去他了,但我并不难过……"

而你的泪在你莹洁的脸颊上流着。

我大概就那样呆呆地不知注视了你多久,我觉得不了解你,但我也觉得了解你。我以为该为你难过,但事实上,我却为你这份痴迷而放下了心。

你看!现在 20 年都已过去了!我们各自在崎岖的生途上奔波了多少道路!尝过了多少艰辛!你早已不是当年的你,我也早非当年的我,他当然也不会是当年的他。我以为,一切都早该平淡了!凋萎了!不存在了!

谁知道爱情究竟是多么暴虐呢?

谁知道它在痴情人的心上植根得多深多牢呢?

我恨你的痴迷。你在电话里说:

"假如他找我,我会跟他去。"

但我也爱你的痴迷。当一切已随着年华老去之后,你独保存了这份应只属于年轻人的执迷。

是什么力量使你的心停留在 20 年前的蓝色的夜里,不曾凋残和老去呢?

而我是如此地为你的痴迷而激动,仿佛我也回到了 20 年前那歌声轻飏的年龄。

我恍悟,这就是爱情,这就是它的深及它的牢固。

我不再责你痴迷。

经过 20 年迢遥岁月的冲刷涤荡,我发现,你那份痴迷愚昧也已变成了坚贞的珠颗。

不必问他是否值得你爱吧!

因为我已明白,这执迷、这痴爱、这愚昧、这坚贞,这不是别的,这是爱情!

春夜闻笛

蓝辉，我去听了你的演奏。使我惊奇的是，在3首 encore 的曲子中，你演奏了那首《春夜闻笛》。那本是你在多年前的一首试作，是合唱曲，用笛子助奏、钢琴伴奏的。现在你把它改成钢琴曲。那高音部键板摹拟笛子的声音，是那样的清越而苍凉！我突然明白了为什么陶珊让我来听听你的演奏，替她看看你。

你的演奏一向是非常成功，但成功二字在你来说，已经是不重要。你有千百次的登台经验，得到的是毫无疑问的掌声，你不再觉得那有什么值得兴奋，也不再觉得它有什么特别的意义。相反的，在连续几场演奏之后，你一定是觉得平淡而倦怠，那是一种属于成功者的平淡与倦怠。你略显苍白的脸上，特别给人印象深刻的是你那淡漠的眼神。是年龄？还是人生的风霜？还是什么？我在你的脸上寻觅着，寻觅着昔日那一脉热切的光流。那光流，总是从你的眼睛和脸颊流过短短的空间，流到我们的眼里，流到我们的心里，令我们激动，令我们喜悦，令我们眩迷。但是今天，我看不到那热切的光流。它散去了，它淡去了，它黯下去了。这使我想到，一个登山者在攀登过程中的奋发，与到达了峰顶之后的茫然。峰顶上，或许真是一大片寂寞吧？

到现在，我还叫你蓝辉，似乎不像一个学生对她的老师的称谓。但事实上，在大学里又有多少学生不是在背后直呼老师的名字呢？那时候教钢琴的李一善，教声乐的魏宇清，教音乐史的史文明，以至于教理论作曲的韩肃，我们都是这样直呼其名的。虽然我们知道那真不够礼貌，但是，我们都习惯这样，而且也喜欢这样。因为这使我们觉得亲切而轻松,使我们觉得你们更像与我们志同道合的朋友,而并不是凛然不可侵犯的严师。更何况你们有一两位实在是太年轻,年轻得完全可以做我们的朋友。

你和教理论作曲的韩肃是同时应聘到我们系里来的。还记得你们第一天到校,从教务处出来,我和陶珊正从那里经过。我们和你们同时在阶前停下来,互相让路。你和韩肃对我们笑着,让我们先走。那天,你穿的是蓝呢西装,韩肃穿的是灰的。那西装的样式有点太时髦,而你们的头发似乎也过分光亮,你们两人手中都拿着香烟,你并且把一只手插在上装的口袋里。

我们走过去之后,陶珊又回过头来,用一种很好奇的眼神去看你们的背影,然后她幽默地说,"这两个流氓,从哪里来的?"

我笑着说,"别是刚招进来的男生吧?"

那一阵,学校正酝酿招收男生,有人赞成,有人却反对。于是,我说:

"假如男生都像他们两人这样流气,那就情愿不招男生。"

陶珊也点头同意我的话。我们绝未想到,你们并不是新招来的男生,而是新聘来的教授。

第一次上你们的课,同学都非常之不情愿。认为你们给人的印象太轻浮,不配来教我们。但等到课程开始之后,大家才知道,你们完全不同于以前我们所熟悉的那些老师。你们的新颖与锋芒,你们的天分与造诣,你们那属于音乐家的高傲与不拘小节的气质,都令我们眩迷。几乎只一瞬间,全体学生就卷入了以你们为中心的音乐的漩涡。

以前,我们也爱音乐,但那只是冷冷静静的以一种消闲的心情在爱。自从你们来了之后,我们才体尝到音乐本身那种属于"合群"的激动。韩肃在教理论作曲之外,兼任指挥。由他带头组成的百人大合唱团,几乎网罗了全校各系的爱好音乐的同学。而你就很破例地来为我们伴奏。

过去的合唱团，一向都是学生伴奏，从没有教授伴奏的。你们使音乐成为更博大的东西，冲破了系的小圈子，冲破了师生的隔阂，唤来了各个角落里年轻的心的共鸣。许多合唱都因韩肃的指挥与你的伴奏而增加了魅力。

于是，课外活动突然多起来了，经常"闭关自守"的我们，也参加了校外的音乐活动。而且由于我们节目的丰富与新颖而"霸占"了当地电台的青年音乐时间，以致整个城市都受了我们的感染。几乎每一首新歌都是由我们传播给全市的。你们从南方带来了新的声音和新的观念，使古老保守的北方城市变得年轻而活跃起来了。

从那时，我们才真正了解了音乐的美与魅力，才真正感受到音乐的合群性与煽动性，也才真正发现我们那年轻的灵魂是怎样容易为新的、有创造性的东西所眩惑。

记得你和韩肃教我们自己作词和配曲去取代旧的校歌和毕业歌时，曾引起校中其他老师的激烈反对，但我们还是胜利了。还记得我们那一阵把许多大家认为有意境的古诗词都搜罗了来，热衷地为它们配上合唱或独唱的曲谱。我们试着唱柳永那首"杨柳岸，晓风残月"的词，在结尾的地方，就是你用钢琴弹奏感伤的尾声，还有那首《枫桥夜泊》的二部合唱，"姑苏城外寒山寺，夜半钟声到客船"，你用钢琴摹拟那沉沉的钟声，真动人！还有，我们把李白那首《春夜洛城闻笛》的诗试着用昆曲的调子作成歌，唱唱改改，最后还是决定加上中国笛子的助奏，才算有了韵味。

说到笛子助奏，我觉得你应该想起陶珊来了。那时候，陶珊留着一头齐肩的黑发，一张瓜子脸，配着一张小小的嘴，美得真够古典！而她那一对隐在黑睫毛后面的眼睛，又是多么清澈！平常她很少炫耀她的眼睛，只有当她为什么事情兴奋的时候，那睫毛一启，才豁地显出那一对闪亮的眼瞳。比如那天，她看着你和韩肃的背影，说你们是两个流氓的时候，以及我们发现《春夜洛城闻笛》要有一支笛子助奏，而你突然说你听到陶珊吹过笛子的时候，陶珊的眼睛就那么豁然地闪出兴奋的亮。

在你，也许这一切都是无意的，都是很平淡而不值得记忆的。所以，我说这些往事时，你也许要费一番功夫才会追回一些影子。但是，只因为你至今仍在演奏那首《春夜闻笛》，我相信，这些往事在你心中不会完全淡去。

那时，你说是头一天晚上从音乐馆练琴出来，无意中听到笛子的声音。你说那声音好清越，于是你停下来静静地听。发现那是由一间自修教室的窗口传出来的，你就往那边走去，想发现那个吹笛子的人。就在你走近那窗口的时候，你看见陶珊也正由窗口伸出头来向外面和一个同学招呼，而她的手里就拿着笛子。从那时，你知道陶珊的笛子吹得好，因此决定把那首曲子加上笛子助奏，并且把原诗的题目减去了两个字，变成《春夜闻笛》。

那以后，你就常叫陶珊到大钢琴室去和你一同练习，而《春夜闻笛》就成了那一阵风行全校的一首新歌。

陶珊不只会吹笛子，而且会吹箫，还会拉一手好南胡。你似乎很注意陶珊的才华，时常很用心地听陶珊吹奏。一面赞赏，一面和韩肃两个人兴致勃勃地说要把中国乐器的音色的长处好好地运用，来创造属于我们自己的风格。而我们是多么意外地发现，你们这两位从南方来的"流氓"竟是那样热衷于古老的乐器！

那一阵，日子过得像阳光照耀下的海浪，尽兴的、欢跃的、闪着光辉与希望。我们的理想好多啊！希望好大啊！梦好华丽啊！

但是，有一件事情就在那极端欢畅的日子里发生了！我至今仍不曾忘记那件事情，也不曾忘记引发那件事情的你。

暑假快到的时候，全系各班的同学组织了一个旅行团，要去S城演唱。我和陶珊都参加了，你和韩肃也参加了。我们坐火车去的。一路上，我们都在唱歌和说笑，只有陶珊有点忧郁。她本来和几个同学和你在一组，后来你走过来，参加了我们，并且借了一个口琴吹着。陶珊就自己在那个角落的座位上坐着。我不知她为什么不快乐，我曾远远地叫她来参加我们，但是她拒绝了。我想，也许是车窗外那一大片无边的北国旷原和林野在吸引她吧？而我们把许多新新旧旧的歌统统搜罗来唱着，一直唱到了S城，也就未去注意陶珊的忧郁。

下火车时，天已黄昏，S城古朴、辽阔，而又带点荒凉。但这种情调，却更吸引了久居繁华都市的我们。我们徒步走过3条短街，到了预先接洽好的省立师范，去在那里借住。该校特别腾出一个小小的四合院来借给我们。同学们及女老师分占了正房和东厢房，男老师就住在西厢房。里面有预先排好的木板床和清洁的被褥，倒也足可使我们宾至如归。

沐浴更衣之后，吃过晚饭，我就和几个闲不住的同学跑到街上"认识环境"去了。我们看了一些庙宇，逛了几间店铺，连野外那几堆黄土坟茔旁边的白杨树也去欣赏过了，这才兴尽归来。一进那四合院的小木门，就看见两三个同学在窃窃私语。见我们进来，同学便告诉我们说："陶珊回去了！"

我吃了一惊，为什么呢，发生了什么事情呢？同学们也不知道，她们只说："陶珊哭了，说她不大舒服，要回去，所以'生活指导组'的秦老师陪她赶晚车回去了。"

大家都感到事情有些异样，但没有人知道发生了什么事，演唱的日程照常进行，该参观访问的地方也都去了，只是团里似乎失去了一份无邪的喜悦与由衷的欢欣。归途的车上，也不再有来时的歌声。

蓝辉！记得这件事吗？也许你忘了，也许你不曾忘记。只是即使你不曾忘记，我也不知道你以什么样的心情记着这件事就是了。

回到学校，陶珊已经请假回家，她留给我一封简短的信，信上说：

"……我决心要退学了。因为我犯了错误，而无法悔改。你知道吗？

我这些天一直都在被痛苦煎熬。我在爱他，你知道是谁吧？我不该爱他的，我无权爱他的，但我又无法制止自己对他这份狂热。这次旅行途中，他坐在我旁边，离我那么近，而事实上，我和他又隔得那么远。几次，我要冲破这距离，但我终于克制住了。好可怕！我不愿再见他，我必须趁他尚未觉察时，离开这里。否则，我说不定会做出什么傻事，那我就完了！让我趁着一切还来得及的时候，锁住这一份爱情吧……"

蓝辉！你想得到吗？你一定想不到。因为那以后，你除了有两次以师长的口气惋叹陶珊不该轻易退学之外，你的行动一切如常。你照常给我们上课，为我们伴奏，帮我们选词配曲。直到第二年的暑假，你和韩肃一同离开学校，出国去了。你好像根本忘记了那个喜欢吹笛的女孩，至少你从未发现她对你有那样一份灼热的爱情。

你们离去之后，学校中那新的声音、热烈的气氛、生动的心情，以及向外拓展的年轻的热情，也就慢慢地沉寂了。你和韩肃好像是被一只无形的造化之手在我们的上空施放的两朵烟火，那缤纷璀灿的火花，曾倏地照亮了肃穆冷寂的蓝空，投掷给我们许多兴奋、许多欢跃、许多梦幻与鼓舞，使我们每人都突然升起了捉住一把繁星的奢望，都觉得自己周身飘起了灿丽的彩带，可以随时飞越蓝空、遨游四海。

多少年来，每当我忆起陶珊的事，都止不住心情的激动。我不惊奇陶珊的爱情，因为你那时实在和她太接近，而你又太好，更重要的是，她太爱音乐，而你正是音乐的化身。

你回国演奏的消息刊出时，在山上埋头研究中国古乐的陶珊写信来，让我替她去听一听你的演奏，看一看你。"不知他现在怎样了？"她在信上说，"想想年轻时的痴狂，现在觉得傻，但也觉得珍惜。人生难得一度拥有那份自己无能为力的执迷。是不是？而现在，经过这多年对人生百事的体察，我已逐渐明白，一个女人，常会在下意识里，把自己对艺术或学问的爱直截了当地寄放在一个具有这份才华的男人身上，以为通过爱情这条捷径，可以简易地取得自己所追慕的东西。其实，那只是一种心理上的错觉和本能上的鼓励而已。虽然说，那也是一份纯情，但它实在另有对象。他的音乐不可能经由那种途径而变成我的，除非我另下功夫，我不可能拥有属于自己的这一份……"

陶珊的话当然是对的。但是，她还是让我来替她看看你。我不知她究意是什么心情。

她还爱你吗？我不知道。

你还记得她吗？我也不知道。

在你繁忙的日程中，我不想打扰你。我只是将记下你那倦怠的脸色与冷漠的神情。我会去告诉她你的倦怠、你的冷漠，与你在钢琴上所弹奏的《春夜闻笛》。那倦怠和冷漠是成功者久后必有的倦怠和冷漠。唯有那首《春夜闻笛》隐约地寄放了一份未逝的春天。而你或许永不会知道，那春天里有一份你所未曾发现的狂热而痛苦的爱情。

海滨三题

一 赏 水

生活像是被一双无形的造化之手牵着线，以这线为半径，把你甩向那固定的圆周上，身不由己地转着。你觉得自己旋转疲累，但离不开那固定的轮回。直到忽然有那么一点外力来把你由那固定的圆周上拉开，你这才有机会由旋转中挣脱，站稳脚步，抓住自己。你恍然忆起：

"哦，还有山哪！还有海哪！还有落日与晨星哪！"

但这"挣脱"实在谈何容易！

如果不是那好心的朋友函电交催，如果不是她"先斩后奏"，把日程、别墅、车票，统统帮你订好；如果不是她戏以"你不干脆，我就上吊"相胁迫，单凭我这易于妥协的性格，如何能挣脱缠缠绊绊的琐事？但在好友善意的催逼下，我终于有了足够的理由毅然成行了——我总不能真的让她去"上吊"啊！

目的地是福隆。

以前我去海水浴场，常觉乐不抵苦，原因是我并不爱游泳。炎暑天气，沙滩下恰如蒙古烤肉的大铁秤，下水泡泡，等于把自己加上一层盐，然后在"大铁秤"上面那么一烤，等游罢归来，就真的成了红炙的蒙古烤肉。

但这并不是说我不爱海。我非常爱海，爱它清晨时的澹荡，日暮后的沉雄，我也爱它在晴空丽日下的金光潋滟，更爱它在细雨微云时的苍茫空濛。以前我也曾讥笑那些去海滨而不爱游泳的人，说他们虚此一行。

但现在我已悟出,去海滨原不必一定为了游泳。专为游泳而去海滨,在欣赏的意义上来说,或许正是买椟而还珠。能避开炙晒,而欣赏海的雄姿,才能有静观的收获。游泳是把自己投身其中,所得是动的乐趣;静观则是把自己提出界外,能俯览全貌,所得是静的体悟与从容的品尝。两者所抱目的不同。重点在"游"或"赏",原可任你抉择。

去福隆,不是去"游"水,而是去"赏"水。所以,我一定要在海滨过夜。因为唯有那样,我才真正有"赏"水的时间。

朋友答应听我自便。到了福隆,时间是下午3时。我们先到事先订好的别墅洗换一番之后,她穿泳装去游水,我则穿便服躲在房间里独自看书,静待日落。

当黄昏时分,烈日西沉,海风渐起,暑气全消。这时,我才陪她到餐厅那宽敞的游廊上去吃晚饭。去外海的长桥已经拉开,但见远远海天一片,灰澹澹的色调先就涂染出辽阔与苍茫。沙滩在暮色下已不闪金,而变为沉静含蓄的浅褐。泳客均已离去,沙滩毫无阻挡地平平地伸展,接向无人惊扰的万顷苍波。这一段暮色渐深渐凉、海风渐浸渐凉的时刻,最是令人感到宇宙的无涯和自身的渺小。

我常说,到山上、林间与海上去的目的,是为了尝一尝那"觉得自己渺小"的感觉,这常使我非常感动。仿佛自己是一个常会迷失于红尘中的浪子,难得有机会投入母亲的怀抱,在母亲的抚慰与善意的责备之下,愧悔着自己的狂妄与孟浪;痛定思痛地抚摸着自己在世间游泳时的种种伤痕,而醒悟到自己原来仍只是一个无知无识的稚子。那种因真正受到保护,而完全解除了伪装坚强的踏实之感与痛定思痛的心情,总是在这样的海上黄昏时分笼罩而紧拥着我。在这时,我才真正得到了度假所应有的心情上的安闲。

到夜幕低垂,海天相接处逐渐亮起了点点渔火,海的声音开始真正沉雄的时候,在这里过夜的游客都早已入睡。我和朋友坐在内海的沙滩上，听着涛声谈心。我们那零星片段的无甚意义的谈话，随说就随着静静的海风飘逝。疏落的星点，在天上远远的，静静的；夜晚的云也远远的，静静的。只有涛声，一排排的自地平线的那一端轰隆隆奔腾而来，又一排排地消失在沉睡的沙滩上。多半的时间，我们谁也不想说话，只专心倾听着海的声音。那是一页最沉雄的大乐章，世间任何乐器也无法模拟的、最谐和、最丰美的声音。

沙滩被海水轻轻地抚平，我们在日常生活中的一切琐碎烦杂，忧伤焦虑的心情，也如这沉睡的沙滩，被海水轻轻地抚平。

二 我们的太阳

临睡前，我们相约明晨起大早去看日出。

4点50分，我和朋友披着晨衣，便轻轻地跑上那栋二层楼上，去接我们的太阳。

远远的东方，宇宙之王的帘幕深垂，呈深深厚厚的灰色。渐渐地，我们看到帘幕内层的紫红纱帐，我们仿佛听到君王升殿时那庄严的号角，也逐渐看见了随着它缓缓升起的金色的宝座。那宝座，壮丽辉煌地在海天之际展现。而我们的太阳正在帘幕后面以君临天下的雄姿和令人震慑的威仪，慢慢地上升，慢慢地上升。那深垂的帷幕挡不住她的威仪，透过那帷幕，我们看到她的金冠华冕与绣金镶钻的龙袍。而她金色的宝座在远远的海上，恰如一溜熔岩，把海与天的交界处染得金红一片，灿烂光华，令人不敢逼视。

我低声赞叹地对旁边的朋友说："我好感动，这种威仪真令人感动！"

朋友无言地点头。过了好一会儿，她才说：

"这景象，令天下画家相顾失色，文人闭口无言。"

真的，没有任何一支彩笔，任何一组文字，能描绘出宇宙之王升殿、君临万方时的赫赫威仪。

当她以光华耀目的雄姿升起在蓝天碧海之上时，我们只能想象，那堂皇的号角与海天的交响，所奏出的万方颂赞的乐章。

人类能做什么呢？

在这宇宙之王的威仪之下，怕只有承认自己的渺小而剩下虔诚的膜拜吧？

三　小　屋

朋友一路都在赞赏海滨的小屋。

并非那小屋有何特色，而只因为它是筑在海滨。

筑在海滨的小屋，可以听风，可以听雨。当然，主要的是可以听潮。其实，更主要的是，它远远离开人间烦嚣，建在这与海天为邻的岸滩。它可以除去风声、雨声、潮声之外，别无其他声音。

难得的是，它周围有些低矮的树木与小花。

朋友一路都在说，我们下次要在秋季和冬季来。那时，这里不会再有游客，将会更静。

秋天来临时，这里日午的阳光将很柔和，沙滩将很温暖。我们可以不必一定要等到夜晚才去赏水，而可以在和煦的秋阳下，安闲地将赤脚埋入温暖的沙滩上，看秋季澄蓝的长天与大海。

冬天时，海风将很强劲，你将欣赏到一片雨意深浓的灰色云天与怒涛汹涌、激荡心弦的海面。那时，你将更体尝到那份对庄严宇宙的惊服与震慑，而挥离那与日俱增的属于人类的浅薄与狂妄。挥离了那份浅薄与狂妄，你才可以找到心境的澄明和与世无争的恬淡。

朋友说，假如你要安心写稿，这海滨小屋也正是理想的处所。你不一定要煞费心思地去拥有一幢属于自己的海滨小屋或山上的茅舍。人生本来如寄，到头来一切均不会真的属于自己。与其为琐事营营，不如让我们更自如些。当有现成的小屋可以暂时寄居时，又何必关心它是否属于自己？

乘车赋归途中，时见山间村落升起袅袅炊烟，融入苍茫暮色里。那些山村人家，在天地间也无非寄居一时，人们寄于此或寄于彼，原不必认真执著。能洒脱些，何不洒脱些呢？

车行平稳，暮色渐浓。

在些微倦意笼罩之下，我闭上眼睛，耳边但闻车声隆隆。经常萦怀的那些得失荣利，不觉淡焉若忘。

寄给梦想

这些天，你一直心神不宁，一会儿说要去山上，一会儿说要去海滨。你天天细读报纸上的房地产广告，一遍又一遍地计算你并不丰裕的荷包。你说要买一块小小的地，在上面搭一间小小的房子。要旧式的，要石头砖瓦盖的或木料的。你说，你不要豪华，只要轩敞；你不要漂亮，只要静寂。

于是，有一天，你说你看中了一块小小的地，在远远的山上。那里真是很远，要翻过一个高高的山峰，折向一个低低的深谷，再攀上另一带幽寂的峰峦。那里只有一个通路，通往一个长着茅草和少数琉球松的山头。那里山高、风劲，琉球松吹着哨子般的音响。在那山头的西侧，临着深深的谷涧，对着陡峭的空山，有一片小小的可以属于你的地。你说，那里地价便宜，适合你的荷包；而那里杳无人踪，适合你的梦想。

你三番四次地冒着烈日，攀过山头，去看那可以属于你的小地。你兴高采烈地四处筹措可以属于你的款项，以便在买地之外尚有余资，可将你梦中的小屋兴建。

在一切买卖立约、过户、鸠工等等手续尚未开始之前，你已无数次在你心中绘出小屋的蓝图和将来隐居其中的美丽远景。你说，"将来，一旦有空，我就将跑去那幽寂的山上，投进我无人的小屋。"在那里，有一床、一桌、一椅，一点简单的器物和一个可燃木柴的壁炉。夏天里，让满山绿意和一涧泉声伴你。而你可以效古人"山间偃仰无不至"，可以效古人去听"石泉淙淙若风雨"，看"桂花松子常满地"，可以"云深不知处"，可以"终年无客长关闭，终日无心长自闲"。

冬天里，你可以升一炉柴火，燃松枝以取暖。然后，你将写短笺，约好友,说"君但能来相往还"。你们可以在那里谈古论今,读旧书,赏古画。你们也可以竟日高卧,不问世事。你们也可以"弹琴复长啸",一享豪纵之乐。住三数日、五六日、九十日,全随你意。

当然,你更要在那里写稿,携一二十本稿纸上山,埋头推敲琢磨章句,编织梦想。你相信,那时你文章产量当可丰饶,内容当较飘逸……

这梦——山居之梦,独处之梦,逃世之梦,自由自在之梦,日以继夜在你心中鼓荡。为它欣喜,为它着迷,为它奔走——在崎岖盘折的山道之上。

于是,价钱谈妥,地界分割谈妥,草约随时可签,你随时可拥有那块小地,而建立你梦想于那块小地之上了。你忽然从梦中醒了过来;你忽然问自己——你什么时候去住呢?

你不上班了吗?周末?周末孩子都在家。你不陪孩子了吗?带着孩子?他们并不爱那无人的空山。而且,你必须承认,你要那间小屋的目的正是不打算带着孩子。

那么,在休假的时候?当然,你一年可以有一二次休假。但只这一二次,其工作的时间你就让它空着?你说可以雇个人去看守和打扫。雇谁呢?谁愿如你一样地去那深山独处呢?

那么,你说,到你退休之后。你什么时候退休呢?退休之后,你是否还有足够的健康,使你仍具有这份逸兴豪情呢?而且,你去山上时,谁来照管你现在的家呢?你怕不怕那时忽然生病?山间多雨的气候会不会为你的风湿助虐?你不知道,你不能肯定。你并不愿花了不少的钱,盖了一个房子,而让它常年空着。

或许你根本就不必盖那样的一个房子。你所要的并不真正是那样一个房子。你只是想要逃开,想有一个时间让你逃开,逃开生活的诸种牵绊。

最近这些年,我不只一次听你诉说被生活牵缠的苦。你说你心理上有一种病态,你好怕绳子、铁丝和电线。因为它们象征纠缠与牵绊。你说，当你看见一团乱糟糟、纠缠不清的绳子、铁丝或电线的时候，你便迫不及待地把它们一下子扔出去，扔得远远的。那样，你就会有一种挣脱的快感。你厌恨一日三餐的烦琐。你说，即使全家都不想吃饭，你也必须下厨。因为你是主妇，而那正是主妇的职责——宁可下厨忙二三小时之后，饭菜只在桌上摆一摆，便即撤下，你也不能因大家并不想吃而在厨房缺席。你说你不知道那是为了什么，你只是必须那样去做而已。你也厌恨越来越复杂的生活内容。有一天，你把好几架电扇都卖了，把好几箱衣服都送人了，把好几大篓书都扔了。你说，那些都是牵绊，都令你烦累，消耗你的精神，剥夺你的时间。但是隔不多久，你又买了三架新的电扇，你皮包里又有了一叠新的发票——布店的、鞋店的、家具店的、百货店的……你说家里人要用，你没有办法不买。

你讥笑洋人喝酒，每一种酒有每一种的杯子，而他们把能拥有许多整套的"玻璃器皿"引以为荣。你说，他们那是"大狗钻大洞，小狗钻小洞"，香槟酒杯为什么不能喝白兰地，啤酒杯也不妨喝马田尼。当然，最好是既无香槟、白兰地，也不要啤酒、马田尼。如爱喝酒，只要是"酒"也就行了。但是，你的架子上，仍是有越来越多的各式酒瓶，有越来越多的各式杯盏。你厌恨它们，但你必须照料它们，去洗、去擦，去把它们排列得整整齐齐，而你几乎从来不动用它们。正如你所说，人们买许多东西，似乎只是为了让自己去照料它们。

当然，对许多人来说，拥有许多东西正是他们人生的目的。那是"丰裕"、"富足"、"豪华"、"气派"所代表的真义，而对你来说，那却只是累赘与牵绊。你厌恨这些，却无法摆脱这些。因此，你总向往那深山里的一间小屋。

我听你说过不知多少次了，只是这一次比较具体而已。

我不是不同情你，我每次都非常同意你有梦想。只是，我知道，到了最后，你仍会妥协，仍会放弃，因为你摆不脱那些牵绊。

当然，你之所以摆不脱，并非你不够潇洒，而只是因为那些你所谓的牵绊并非来自身外。它们是你的一部分,它们织在你的生命里。你和你的家,正如蜗牛和它的外壳。不是先有了家,而你才住进去的;而是先有了你,由你体内分泌结构而形成了那个家。你正如一只蜗牛,驮着你自己造成的壳。你想摆脱它吗?你能想象蜗牛摆脱了它的壳,而住进一个原不属于它的洞穴吗?

而你的孩子与丈夫是你的影子。你不会傻到想逃开自己的影子吧?你不会那么可笑吧?

当然,当然,(你不要生气!)我不是有意戳穿你的梦想,更不是有意伤害你的自尊。我只是,哦,我只是如此地对你无限同情与悲悯。你是既无勇气拒绝,又无力量摆脱!你是灵魂向往飘逸,而形体留恋凡庸!

我不忍点破你山居的梦。因此,我仍以我一向对你的宠惯,对着你,在咖啡桌与冷气机前坐下来,微笑地听听你说你的梦。说那空山的幽寂,云雾的迷濛;远望海面的空灵,以及涧底流泉的淙淙。说你那即使盖成了也无缘去住的小屋,说你那即使实现也不能真正令你快乐的摆脱,说你那原不属于女人的幽居独处的梦。

我微笑地看着你用你挺秀的笔迹画着小屋的蓝图——这边是门,那边是窗,还有一个依山面海的平台和一个可以围坐取暖的壁炉。这里放我的唐诗,那里放我的古画,最要紧的是一个书桌,一把靠椅和一张藤榻……

你真的要去吗?

你真的能去吗?

你真的不觉得当你真正拥有了一幢山上的房子时,怕牵绊的你,反而更多了一项需你照料的牵绊吗?

还是?还是?只让我们暂用一片玻璃长窗,隔开楼下的车水马龙与软红十丈,凭一杯咖啡、满室冷气,来说一下午不必实现的梦,让我们"虽不能至,心向往之"地幻想一番而已呢?

当阳光照临

当阳光照临,帘隙间首先闪进来那一脉金熔熔的亮,于是一切就都跟着加快了节奏。

你说,阳光是什么颜色呢?我们总说它是金色的。其实,认真说来,它并不像金。如说它是白色,它也不是白,也不是红,更不是无色。它只是那么一种无所不包的太阳色。在林叶间,它闪现深绿与浅绿,深赭或浅黄;在空阶上,它涂抹黑与白,青或灰;在各色花朵上,它强调红紫粉蓝的缤纷。

太阳不只布施光线,而更涂抹阴影。当花木有阴影在墙边或地上颤动时,才格外有了扶疏婆娑之感,也才显出了这世界的活跃与繁华。

园中那些盆花,因为天寒下雨,我就懒得去照顾,但心中一直觉得有一份歉疚。今天阳光照临,我向它们悄悄窥视,却惊奇它们不但并未在寒雨中冻僵,反而绽出许多青枝与绿叶。连娇弱的茉莉和玫瑰,也返老还童地换上新装。我的那一份歉疚便为惊喜与崇服所取代。于是,我就又开始计算着什么时候可以赏到新花,闻到清香了。

杜鹃在春雨中寂寞地开了许久,现在轮到叶子们以清新之姿来歌颂晴天。新叶子总是不知在什么时候长起的,一下就那么多,而且那么茁壮。风兰的花苞也一簇一簇的,今年比往年更多。我一直最喜欢风兰的花,它们长得就像是一只一只的彩蝶——白色和紫色相间的彩蝶。一大早起来,就可以看见它轻轻盈盈地站在那细长的叶尖上,在微风中颤着。如果你不知道那是花,一定会相信那是世上最漂亮的一种蝴蝶。所以难怪真蝴蝶也会把它认错,也会围着它飞绕,最后才轻俏地停在那薄薄软软的花瓣上。

至于说蝴蝶，那一定是上帝在一种游戏心情之下的小工艺。它一定是先做了各色各样的花，这儿一枝，那儿一簇地布置了一阵之后，发现手中还剩了许多零碎的彩纸，于是，它顺手拈两片白色的，拼成白蝴蝶；拈两片黄色的，拼成黄蝴蝶；拈几片杂色的，拼成花蝴蝶。不然的话，那翩翩而来的蝴蝶怎么那么像一片薄薄软软的花瓣？怎么会懂得寻找花朵？一定它们和花朵是同一原料做成的。你看，它们在微风中像无目的似的飞着，珠兰叶上停停，海棠叶上停停，又绕过那些带刺的九重葛的粗藤，轻飘飘，像被风拂过来似的，就停在那朵粉红色的杜鹃上。蝴蝶一定是认识彩色的。记得有一次去垦丁公园，那一只特大号的黑蝴蝶就认真地盯住一个穿鲜红运动衫的游客飞绕。它一定是喜欢鲜红的颜色，或许它以为那是一朵如它一般特大号的鲜红色的花。

去年冬天，我院中的构树被笨拙的园丁剪坏了。剪成一种很难看的畸形，使我非常伤心。从那天起，我就天天拉紧百页窗，不敢再去看它。后来，寒冷的雨季来临，它又落叶，许多花木也都冬眠，我就更让自己把它关牢在窗外。为怕自己再为它流泪，而坚决地让自己把它忘记。

而今天，在觉醒的阳光下，我拉开了百页窗，才一抬头，便蓦地发现，它长了好多的新叶，掩住了那被砍断而畸形的枝柯。它在自动地修补，把缺短的地方发荣，让过多的地方停止。我心中暗自欣慰，相信当盛夏时，它会再把自己整理成一株雄姿英发的漂亮而有神采的大树。它一定早就向我们保证，它永不会丑陋。上帝给它的是雄奇魁伟，无论外力如何对它施以砍斫。

我开始愿意把百页窗拉开，让崭绿的新叶伴随那欢乐的阳光，渗许多绿意到我书斋，让我品尝又一个新来的春天，迎接更繁荣的夏日。

多色的灯海

晚上出去，坐在计程车上，我总是不由自主地被那色彩绚丽的灯所吸引。那是现代的灯，是巧夺天工的灯。任何天然彩色都无此绚丽，无此坚实，无此具体。因此，我悟出，人力的可贵处在于能把虚幻变为具体到可以触摸，能把游移变为凝定到可以控制，能把混沌剖析提炼而分出条理。彩色原是存在于天然，电子也原是存在于空间，但唯有通过人为，它们始能显现，始能作用，始能成为一颗颗、一盏盏、一簇簇、一片片的灯、灯光、灯海，成为一些跃动奔流着的彩色的精灵，使你由衷地赞叹。

夜晚街上的灯究竟有多少彩色、多少形貌呢？

每次最先吸引我的，总是路口上的红灯或绿灯，你不要笑我说"我爱红灯"。当红灯以愉快的彩色阻我去路，我实在由衷地愿意停下来欣赏，欣赏它那动人的红。它是红得那么艳艳、那么融融，那么像一块红玉，而比红玉更像红玉。

那绿灯，在有些路口并不是绿的，而是非常漂亮的一种宝石蓝。而任何宝石的蓝也不会有那么明媚、那么深邃，那完全是属于人为的一种绝妙而又有深度的蓝。在那样的"绿"灯前面通过或远远地驰向那样一个悬在深蓝夜空前的"绿"灯，那是一种极度的赏心乐事！仿佛我在驰向一双诱人的眸子或一个深浓的蓝色的梦。

而我的车子是滑动在一大片灯海里，海的底色是郁郁的蓝。在这郁郁的蓝海里升沉着的是多色的灯。我深爱前面车辆的尾灯。那尾灯有的是深红一色的，有的分做一半深红、一半橙色。当停住或进行时，那长方形的艳红就倏然亮起又倏然暗去。拐弯的时候，橙色的一半就和善地向我们眨眼。前面的计程车背后有3个灯——艳红的两个指示灯，淡黄的是车牌灯。在下雨的时候，它们就极幻丽地映在闪亮的路面上，成为3条耐人寻味的彩带，含着那么浓浓的水分，很像一些水彩画。

我曾试着数公共汽车上的灯，它们有多少灯呢？车头上写路线号数的灯是白色的，车顶两旁的前灯是深黄的，车顶两旁那后亮着的锥形的灯是红色的。还有下面两旁的头灯、方向灯，后面的尾灯、方向灯，车牌灯，路线号数灯……多少了？数来数去，又闹不清究竟后面车腰是否还有两个灯。每一部公车车灯的颜色究竟是否都是这样安排的呢？我还未数清，视线就又被一部豪华的轿车吸引了去。它的尾灯是3个长长的横条，也许是6个。当它要拐弯的时候，车尾有一半都亮起了艳红。那种长条形而又匀整坚实的、世间挖掘不到的、最上等的红玉，你拿去做什么装饰呢？它太豪华了！没有人配拿它来作为饰物。

方形的、圆形的、椭圆的、筒状的、锥形的车灯，成簇、成串、成群地闪着、流着。它们比任何饰物都更艳，它们来自人工，但它们却是用来点缀天然。它们另有一种骄傲与名贵，它们是夜的饰物，不是给任何爱修饰的女人来配戴的。

何况还有路旁那许多霓虹。有一种霓虹是一大片比碎金更光灿的灯管缀成的，世间没有那么足色的金，任何金也不会闪动得令你如此之目夺神移；还有一种是银色的，但世间也没有那么漂亮的银；还有一种是翠绿色的，世间也没有那么湛绿而厚实的翠。

现代的灯已不只是为了照明，也不只是为了装饰，它们已成为一种语言，一种标示或一些诗句。那是一种很美艳的翠、很鲜明的标示与很动人而很现代的诗句。它们在深浓的蓝夜里，明丽而正确地传达一脉怡悦、一点关心、一些指引或一些感悟。像你梦想中的某一个人那璀璨生光而深湛无比的眼睛，当他用眼睛传达，你会觉得那实在比任何语言都更能直接而愉快地打动你的灵魂，渗入你的心底。

当然，你知道，世间也很难有如此动人而又如此肯忠忱确切地为你传达讯息的眼睛。

飘飞的云

那天晚上，忙完了许多琐事，心情十分烦倦。匆匆出了家门，赶往车站，打算搭公共汽车去上班。走到巷口，偶一抬头，忽然看见远处那一大片湛蓝的夜空。那夜空，是异样的光洁莹澈，衬在闪烁的灯光与房屋的黑影背后，远远地伸展出去带着一种非常的宁静与高贵，像一个大手笔的布景师，不惜工本地用了一大幅光滑无比的软缎来做都市之夜的背景。

我蓦地觉得自己由烦倦的现实飞升到一个幻想的世界——

怎么会有如此辽阔、莹澈、光洁、湛蓝的夜空呢？而那一大把撒出去的星粒，就像无数闪耀的碎钻，散落在无限大的宝石蓝色的软缎上。

那夜空怎么那样蓝得发亮，亮得像是镀上了一层丝光呢？

哦，原来那边镶着一个圆圆的月。这我才想起，假如不是闰月，今天该是中秋节了。

难怪有月色如银！

那格外明净的天宇，不仅是因为月色，而更是因为风。

今天有4级风。台风范迪尚未完全逸去。她扫出了一大片晴空，而且余兴未尽地继续扫着那聚在东南方的一堆云絮。那一堆云絮簇拥在许多屋宇背后，从远远的地平线彼端冉冉地浮升上来，就被4级风轻轻地、一簇一簇地卷向天宇，慢悠悠地上升着，慢悠悠地变形。由一堆云絮变成一个老人，又变成一只绵羊，再变成一只由背后被风牵曳着的鸡，然后鸡的形貌轻轻地幻散，你再也说不出它像什么。它继续地游动，继续地幻散，变成两朵或三朵，分头飘去。你不知道追随哪一朵才是，你觉得自己也已幻散。

于是，你再想去追住另一簇云絮，它们开始从屋宇背后浮升时，总是很大的一簇。这一簇，飘飞得十分迅速，直向那轮圆月飞升而去，仿佛要奔向月宫。于是，月光把云朵染上一圈金黄，又染上一圈浅紫。云朵再向上飘飞了一半旅程，渐渐变成了一个大大的烟圈。透过烟圈的环形，月亮的银盘在上方静静地端庄地照临。云朵距离它还好远好远，我看得到那距离，那是十分有立体感的一段距离。云并不想追上月，云只是无心地飘飞，无心地幻散。那烟圈就也这样地幻散，成为许多小小碎碎的白絮，轻轻地飘飞，轻轻地消失。于是，就又升上来另一簇云。

我看着这簇云，它悠然地延伸、延伸，变成长长的一带，像一只橡皮艇，然后以迅捷的姿态飘飞而来。看着它，我忽然想起幼时唱的一首歌：

　　如果我能飞升
　　如云能堪承载
　　我便入云驾驶
　　多么自在
　　……

真的，如果我乘云朵飘飞，将如何呢？

云一定不问我要到何处去，云一定不问我自何处来，云也一定不问我可曾向谁请假，也一定不问我可有什么未了之责，云甚至不会感到有我在它上面乘载，它仍只是那么无意地飘飞，无意地幻散。

那么，我也将随着它无意地飘飞，无意地幻散，飘飞、幻散，飘飞、幻散，终而至于消失。

曾有诗人歌颂过消失之美，那种不经意的消失，那种完全"放开手，随它去的"的消失，那种悠悠然、毫不牵恋的消失，那种飞向无穷，飘向无限的消失。让你的灵魂就那样摆脱开一切牵绊，轻轻地浮起，悠悠地远去，毫无重量地幻散，毫不沾惹地消失。

生活的烦倦在何处呢？如果你是一朵云。

小 路

纵贯公路上，永远是不断的车流，无休止的匆匆。上面是炎天烈日，左右前后是机车马达的急响，下面是被无情辗轧着的路面。我近来就经常在这人生的急流里奔驰。我并不想这样奔驰，我渴想宁静，于是，我就常被那些不知通往何方的小路所吸引。

当车子经过那些树林、那些田畴、那些野地，我总喜欢隔着车窗去捕捉那些偶尔出现，又随即隐去的小路。它们有时是林荫夹道，有时沿着低矮灌木的绿边，有时隐在莽莽野草之间，有时迂回于粼粼的稻浪里，有时依傍着半边人家，而它们又总是寂寞无人行。

它们在无边的旷野里，在你不会想到这里会有小路的地方，无意地向你展现，又迅速地消失在新来的绿野里。它们不告诉你它将通往何方，它们只是一些小路。

我喜欢小路，喜欢它那份清幽，那份安闲，那份一瞬即逝的飘逸，那份惹你留恋而又留它不住的洒脱。或还因为它总会引起你一阵"逃离"的喜悦，从人生大道上逃离，从俗务奔忙，琐事牵绊中逃离，从感情的漩涡中逃离。

公路上，是不舍昼夜的奔逐熙攘，是无暇旁顾的匆匆。每一个乘车奔波着的人有每一个人的心事，有每一个人欲达到的目的，有每一个人精神上所承受着的压力与负担。心上纠缠着的是商场竞争、银钱得失、产业权益、私人恩仇及种种感情上的困扰。我也是其中的一个。带着满心的负担奔向一地，又带着另一些负担奔回。人生的奔劳永不会是对所有问题的解决，而却是更多问题的累积。你所做的越多，产生的问题越多，困扰越多，只因你所奔驰着的这条路是一条不停息地飞扬着、洒落着凡尘的路。它从充满着是非恩怨的一处，通往充满着是非恩怨的另一处，从名心利欲的这一端，通往名心利欲的那一端。沿途所见，俱是紧张奔劳而又徒然无功的人们；沿途所闻，俱是机车马达的噪音，间杂着那被凡尘裹满的急切的心的鼓动。每个人都想拥有，因此没有人想要付出；每个人都想争先，因此没有人甘于落后。但每人也都发现，总有人比你更强。车辆不耐烦它们既有的速度，大家都随时准备超越，而大家又随时发现，前面永远有车。只因人们都奔逐于这铺设好了的供人们奔逐的道路，这条路本来是只为给你奔逐，因此，你永不会真的超越，而你也没有办法在你达到的某一点上长远地留停。

所以我才总向往那些小路，就在这永无休止的奔劳的旁侧，你就可看到有些小路。你知道，在那里，立刻就消失了马达的催迫，消失了紧张奔劳的烟尘。在那里，你可以让耳朵静下来，听听田间的鸟语虫鸣；让眼睛静下来，看看远天边的晚霞落日；让心静下来，想想童年时的村舍茅屋；让脚步静下来，在田埂上亲近一下泥土；在老树旁坐下来，看看那静默的绿草，体味一下风怎样慢慢地吹……

总想，有条小路通往无人的海滩，也有一条小路通往一个失去的年代或幽寂的寺宇。无人能留住它们那迤逦而去的挥别，如同一位飘逸的隐士，意态悠闲，神情淡远。

生活的脚步

　　生活有时是一个大乐章，有时是一首组曲，有时是一支短歌。但更多的时候，它是慢吞吞、犹豫不决的咏叹调。

　　当它是一个大乐章的时候最宏壮。你先已搜集了该用的音符，想好了主题，加上了调号，决定了节拍及表情。然后你投入那如海的音浪与声涛里，去体尝并提供一份繁华、一份热烈、一份奔腾活跃的哀乐悲欢。于是，你每分每秒都在生活，都在呼吸，都在感受，也都在发挥。你没有犹豫等待、彷徨无措的时刻，它是一个大浪推动一连串的日子，拥起一个有力的高峰。在这一连串水花四溅的日子里，包含着雄壮的主题及变奏。当时，你没有功夫去回顾它的苦乐，过后你才听到它的回响——那也许是良辰美景的欢歌，也许是艰苦辛劳的悲叹，也许是一场动心不已的恋情，也许是一幕伤心悲泣的爱的失落。主调也许是长征的号角，也许是郊野的牧笛。无论它是哀乐悲欢，它总是掌握了你生命的一大段落。它是一整章的大曲，曾经长时间地充满了你的每一个时辰。

　　当它是一首组曲的时候也很怡悦，你虽没有整年的奔忙，但不缺少小小的事情可做。每一天有不同的色调，有时它是一片蓝蓝的宁静，那是和知友品茗闲谈的时候；有时它是一片绿绿的安恬，那是到乡间欣赏野趣的时候；也有时它是一片白白的辽阔，那是闲坐阶前，仰望浮云，任灵思驰骋的时刻；还有时它是一抹淡淡粉红色的甜润，有一首爱的诗歌唤醒你，抚慰你，给你一点如同夏季饮料般的清新；也有时它是一片艳红与宝蓝的浓浓的繁华，你暂时卷入小喇叭或萨克斯风的嘶喊里，让鼓声与吉他的"听嗵"推拥起大半个颓废的夜；或者还有时它是一片土棕色的辛勤，让你支付一份生存的攀援，一份无从预测收获的耕耘。或者你说那是一段令你感到严肃的生之奋斗。在这里，你听到号角担任了生命的主题。当然，又有时它是一串轻盈的笛舞，像胡桃钳组曲里的那些短短俏俐的舞，生活的调子带着孩童式的纯稚与天真。这都不错，组曲式的日子总是闲适而丰富，多变而流畅。它们不属于一个主调，但它们织成一段千花百卉的繁华，给岁月涂上了彩色，缀上了歌声。

短歌也好，至少它是一串浪花，在沉闷空白的日子里，能偶尔吹来一阵细雨，偶尔飘过一阵轻风，尽管打不破冗长的沉闷，但至少，它是一阵歌声，好像在无风的夏午，能听到恢恢的蝉声也好。

最无奈是慢吞吞、犹豫不决的咏叹调。那无聊的拖延，等待下一折似乎永不来临的欢歌。日子里没有一点高潮，一切被抑制，一切闷热，一切密云不雨，一切议而未决，无法行动，不知如何行动。于是，天天的早晨不像早晨，黄昏不似黄昏。夜来时，不知有什么理由去休息；日出后，不知有什么理由要起床。生活的脚步是如此的零散不成段落，乐器们都等待，听不到半个嘹亮的音符。有时你觉得那拖延的低音像是有了一点起色，但立刻你就发现它又降回低潮。于是，当你该起床的时候，你睡着；当你该休息的时候，你醒着。案上的书卷尘封，墙角的弦琴喑哑。风在林后迟疑，雨在天外等待；春的花期已过，秋的花期未来。而你又无心去园中照顾那干裂的泥土——今天又没有主调，你天天都懒洋洋地告诉自己。

一个无聊的约会也好，想到吃什么，去一趟嘈杂油腻的菜馆也好，收到随便什么信件也好，生活的脚步不能踩在空白的谱表上，它需要一件小事接着另一件小事——像淹水时那零星的垫脚的砖头。

于是，我想到某一个人的日历。那上面一连串地写着：×月×日，去服装店；×月×日，去美容院；×月×日，给X太太庆生；×月×日，请Y先生打牌；×月×日，赴Z小姐喜筵……

一种颂赞

我坐在计程车上，打算绕道景美区，接朋友 A 一同到朋友 B 家里去聊天。我心情十分愉快，恰如这初夏傍晚的天色，淡远而又点缀着片片的彩霞。

朋友 B 潇洒如秋云。对世俗，常持淡漠与不屑的态度。她不大在意人情往还，也很少研究仪节礼法，衣着也只求称心而已。在行动上，我喜欢她那份不羁；在思想上，我喜欢她那份丰富；在为人上，我喜欢她那份纯朴。我去她那里，没有一点外在目的，没有一点价值上的问题，朋友 A 也是一样，我们只是拿出最单纯、最原始的自己，随心所欲地聊聊。

你说，在这时间即金钱的年代，花整整七八个小时，而不想得到什么，不是很傻吗？我却常常做这种傻事。而当我回来时，常常觉得自己是满载而归——载着快乐、安逸、清新，以及灵魂上的充实。

不像我每次自酒会、舞会、"宾果"或其他宵夜的节目归来，载着满心的空虚。在那里，人们交换的是最考究的礼貌，接受最高级的招待。出席人士直接、间接都可能会对你的事业、地位、收入……有所帮助。那里真是多数人所求之不得一去的地方，而我却饮饱了寂寞，浸透了孤零。每在夜静酒阑人散后，闷对孤灯，好久好久，以无形的眼泪痛哭那份流失，而夜的尾声就格外地死寂与寥落，只因我觉得自己花了整晚的时间去辨认浓脂厚粉下面的真面目而不可得，只因我觉得自己花了整晚的时间去辨认各色晚服里面的真心肠而不可得。那里没有心与心的照面，而只有涂在眼角的虚情、挂在唇边的假意；那里没有对别人的关切与了解，而只有对自己的炫耀与矜夸。每一个人都想做光，而没有人愿意被照。在那样五色灯光的场合里，浮着的，尽是一些互相排拒的光。因此，最可爱的光也因彼此排拒而刺目，而我对人间的爱与赞美就都随着那刺目的光流失，就都在太多的光所造成的太多的黑影里黯然地淹没而死亡。我常要透支剩下来的后半夜去痛哭那流失在光与影里的爱与赞美，又常加倍地为自己必须继续付出更多的透支而惋惜。

因此，每一件为去矜夸自己而购置的新装都是一项虚矫的象征。每一件要使自己做光而拒绝被照的首饰都十分的冰冷。因为全世界的新装与首饰都难逃失败与屈辱的命运，它们永远是冀求"最好"而不可得——世界上总有比它更好的。即使一个小小的晚会上也难免如此。

人们说，一切的酬酢都有一个目的，你不可无视这个目的——它是人们另一方式的互助。每个人都需要一些提携，但可惜的是，你所冀求的提携带给你的，常正相当于你所失去的或敌不过你所失去的。在你求得金钱之后你必付出更多的金钱。而这些酬酢霸占了你充实灵性的时间，霸占了你认识真理的心情；实质上的所得，永远抵不过心灵上的所失。

因此，我常想逃躲。逃躲开那些无意义的矜夸，而驰向一点真诚与淳朴，一点忠厚与恳挚。那里没有一点点、一丝丝功与利的交换。在那里，人们既不想抢先发光，也不必拒绝被照；人们既不想彼此利用，也不想互相竞争。在那里，人生回到一杯淡茶、一餐薄粥的单纯与亲切。在那里，我们才有机会重拾点自然界的清新，惊喜地发现一朵好花，一枚青叶和些许天上星辰；才有机会沐满室来自天然的晚风，嗅一脉来自天然的花木的清芬；才有机会重拾那份不须多少金钱和物质的人生信念。这信念，常使我怡然地抛下日积月累的对生活的紧张与烦虑，而重新领悟自己原是宽朗天地的子民。

当我满载空气的清新，花朵的清芬，茶的清醇，驰过星夜归来时，尽管天将破晓，我仍可心安理得地一枕沉酣，梦中也仍是花繁叶茂，而清晨的鸟声将替我唱许多首短小而精致的歌。每一首歌都是对属于另一种美的真诚的颂赞。

绿 梦

那晚，我严重失眠。

起先以为两点钟可以入睡，后来以为3点，再后来睁着眼睛数电钟的分针，看着它大步地迈过半个圆周，3点半，再一大步，就跨到了4点。

这我才知道，"长夜漫漫何时旦"似可修正。所谓长夜，或许只是1点到3点这段时间长些，后来就会很快。你越是害怕天亮，它就越亮得快。远远的鸡啼首先令你痛惜夜的逝去。你失去了这个夜，它本来只是你一生几十年中的几万分之一的夜，但你却觉得它是前所未有的重要、重大，先是迟滞缓慢地拖曳，后是暴戾无情地跨越，把你弃置不顾地扬长而去。于是就甩给你一个冷酷无色而冰冻的黎明。

当那无边的曙色初透，你不知这是大地的苏醒，还是它的死亡。你不知鸟儿们唱的是生之颂赞，还是死之悼伤。它们是4点3刻起来的。你嫉妒它们睡了一整夜，而留下你去替它们看守沉睡的大地；你嫉妒它们有清爽的心情唱歌，而你却昏昏沉沉，不知如何来迎接倒垃圾的门铃、送报生的门铃、收水电费的门铃；你嫉妒鸟儿们不用提着菜篮去向死猪死鱼问价，也不用为煤气的无疾而终去气恼；你嫉妒鸟儿们不用请客，也不用照应诸般家具与衣裳，也不用忧心事业成败和收支是否平衡。你不知鸟儿们是否也如自己这样容易气恼而不太惯于抑制，因而使自己像一只胀饱了的气球，只待找机会爆炸而又不能。于是，你只好在你手边的什物上去寻求爆炸。你撕毁最心爱的杂志，摔碎你本来就讨厌的器皿；你把不识趣的蟑螂打得稀烂，把所有碍眼的东西都甩得好远。而你依然是那只胀饱了的气球,你依然是觉得想把自己摔破。于是,你就看见电灯失去了光亮,而帘隙里闪进来冷淡的黎明,你听见鸟儿们在一夜酣眠之后,那精神饱满的合唱与轮唱。

你不得不放弃,放弃睡眠的打算,也放弃把自己爆破的打算。你拉开那无用的窗帘,觉得昨夜一切为睡眠而做的准备都十分可笑而愚蠢。你看到清冷的曙色,无声无息地向你渗透,向你逼近。

你不得不降服,不得不就范,你坐下来,坐在那长长的沙发上,看着夜来被你撕碎捣毁的一切,你觉得自己已不再有捣毁与撕碎的心情,也不再有气恼与嫉妒的心情。你放弃了睡眠的打算,仿佛就放弃了一切。你的心空下来,而在这片空着的心里,你听到外面在潇潇地下雨,鸟儿们的轮唱合唱也渐渐地濡湿。你想,不知它们可怕雨淋?不知那株构树的大叶可否做它们的小伞?……于是,你觉得鸟儿们与叶子们交织成一幅雨中清晨的大大的画,朦胧的画;于是,你觉得鸟儿的歌声带着浓浓的绿意,变成一支绿色的歌;于是,你觉得每一片叶子都是一句歌词,而树枝是谱表,鸟儿是错落的音符。

那音符断续升沉,"吱,吱,吱,吱……"

你觉得鸟儿们在濡湿的歌声中跳上跳下,"吱,吱,吱,吱,吱……"

有一只鸟儿的声音特别响亮些,"唧,唧,唧唧……"

有一只鸟儿的声音特别调皮些,"啾,啾,啾啾……"

许多鸟儿在应和,"喳,喳,喳喳,喳喳……"

绿色的歌中,有独唱,有重唱,有轮唱,有合唱。

那只调皮的鸟儿最喜欢在谱表上做装饰音,一小串一小串的。

……

你觉得自己也被绿色和潇潇的雨濡湿,你的心渐渐朦胧。于是,你梦见鸟儿们为你守着白日,守着门铃,向淋着雨的菜贩们去唱调皮的歌。而你却飘飘纱纱地走入鸟儿们留在巢里的,那绿色的梦。

桃 源

一

那天，因偶然的念头，和朋友跑了一趟乡下。他是为了办事，而我是为了寻访一下绿野，希望让一些鲜绿滋润一下生活的枯黄。

在下雨。

我穿一套旧衣裙，一双旧鞋，带一把绿色方格的伞，就去了。

雨意会使心情滋润些，特别是当你驰向雨中绿野的时候，那滋润之感就像那愈来愈多的水田，漾起闪亮的青翠。而那灰澹澹的天，就会使你感觉到真正的无涯与真正的宁适。

我告诉朋友，我们别说话，让一切的话都留在市廛，而当它们要追上来时，我们要把它们挥去，不要来干扰这一片灰与绿的澹荡，不要来干扰这一刻甩脱一切的逍遥。

于是，朋友抹去又抹去那挂在他口边的什么"某某同事的家庭纠纷"、"某某朋友的升级困扰"、"房租的负担"、"子女升学联考的忧虑"、"小菜的价格"、"佣人的难求"……

我比较善于摆脱，因此，我根本不用挥开。每接近田野，我就会立刻忘记市廛，忘记属于那里的一切。那忘记的感觉使我飘浮游离在绝不回顾的奔驰里，随着车行的速度，一切都很轻易地远远地抛开，我就是如此之容易摆脱牵系。也许是因为我太迷恋自然，任何迷恋都会使人忘记一切。

其实，那也并不是一种迷恋，是一种激动而患得患失的心情。而绿野对我只产生一种安逸之感，使我毫不迟疑地投向它，而它毫无迟疑地接纳我。那心情，或许只有稚子投向母亲时的心情略有几分相似。

我总喜欢夏日旅程中涂上一点雨，雨使一切的绿都更舒畅，而那灰澹澹的天空也更宁静。如果雨声喧哗，那就更适于让你排开其他的干扰，而走入属于自己的沉思。

这种逃离与摆脱的心情，是否证明我对现实生活厌倦或缺少责任感呢？或许只是由于平时我有太多的责任感，而才格外需要片刻的逃离吧？

我不裁定我自己，由你来裁定，你说什么，我都不辩，我只是想抓住这一刻的逃离，只这"一刻"。

二

我到了一个地方。

我完全没有想到那个地方有如此之美，如此之静，如此之淳朴与清洁。

那里有一带非常非常美的山脉，面对着一片绿得发亮的平原。在那平原上，有些小巧的村舍，在那山腰间，有疏落的几户人家。事实上，你并不真正觉得那是村舍或人家，你只觉得那是这片仙境天然的点缀。就如那在溪边洗竹叶的少女，轻抬头，对我们笑问何处来，那么自然而轻淡，那么属于绿野，你觉得那样的少女才真像一朵白色的睡莲。她是从那闪亮清澈的盈盈流水中生长出来的，她就是从那绿草与清水之间生长出来的。

还有那份静，属于天然的静。当你走过那条一尘不染的路，当你忽然感到耳边消失了一切的声音，那是一种极端的静，静得使你直想向那葱翠的山岭膜拜。哦，怎么会有这样的静呢？

我走过一座小桥。小桥下是潺潺的涧水，桥那边是山坡，我和同伴走上几步山路，就到了那两椽小小的屋宇。那里有几个孩子在玩。"大人呢?""只在此山中,云深不知处。"门都是洞开的."没有小偷。"他们说。

人们活得如此宁静、安闲与怡然。同伴倒了一杯现成的热茶,与我坐在那黑漆的长凳上。如同一切有长凳的地方一样,那长凳边就是黑漆的八仙桌。那靠墙的地方就供着神像。加上那几个坐在门槛上向我们笑望着的小孩,犹如回到了几十年以前,回到了一个失去的年代,只有那年代才有这份朴雅、这份纯真、这份忠实与安逸。

喝完茶,同伴带我出来走过小桥,来到绿野。那里有个小店,在小店里找到屋子的主人。他在那里与乡人闲话家常。于是,他带我去巡礼那无人的竹林。在竹林旁,我邂逅老友与乡亲,他们对我礼貌而亲切。说这里欢迎我来,但只怕我嫌简慢。那份诚恳与不设防的朴实,直使我觉得自惭形秽。我只庆幸我未穿任何鲜衣华服,庆幸我只梳了一个简单的髻,未动用一点铅华,也未架上什么太阳镜。这样我才略为及得上他们的清洁与真纯,才不致被他们讥笑我的浅薄与污秽。但尽管如此,我仍觉我心里存满了城市的烟尘,脑中装满了功利的杂念。我有多少年月未曾以毫不设防的心肠对人了?我有多少年月未曾以真我示人了?我有多少年月妄以为知识与世故即是高级了?

我习惯了紧闭门扉,拒陌生人于千里之外的"正当防卫",而忘记了人与人间尚有这样来自天然的信心。

他们以那样毫无城府的语气说欢迎我来与他们为邻,使我受宠若惊,使我直怕我的介入会玷污了他们的清纯。

我说,如果我来,我保证不干扰你们。我一定先把自己洗净——洗去城市的烟尘与功利的病菌,洗去自命不凡的狂妄与知识分子的骄矜。虽然我知道,尽管我如此谦虚,我仍怕我会如同一棵杂树,破坏了这与世无争的绿乡的谐合与宁静。

我说,如果住进这绿乡,我将百分之百地检点自己。使自己如一竿竹、一枚叶、一滴水，溶入这里，让自己消隐。只因我是如此之珍爱这一片人间仙境，我不忍它由任何一人的介入而改变了它原有的清纯。

乡人不知道我的惶恐与虔敬。他们不介意任何未曾表达的心情，他们从不猜疑与揣测。那一份对人间善意由衷的信赖，就正如这绿乡中的清泉与林木，来自自然。

我本也是来自自然，只不过，我的自然不是这么青翠而是苍莽。青翠与苍莽却都是自然。在这青翠里，我正寻访到我生命的所自来。

我想，也许我是一片飘泊得太远的落叶。由苍莽的旷原，飘来这青翠的绿野，却重温到那久违了的熟悉与亲切。

我不想告诉你何处是这世外的桃源，我只能对你说：

"当我再回去寻访时，已失其所。"

国画的境界

我闲时喜欢看国画，但却不喜欢参观国画展览，原因是——在展览场中，我静不下来。

古人作画是为了悦性怡情，赏画也是为了让自己神游其境。所以，看画的第一个条件是要能静。先让自己的心静下来，然后才能逐渐使自己溶入画中，领略其中真味。走马观花式的观赏，国画便及不上西画之能令人一目了然和直接感受。这正如中国的音乐，它们的长处和短处都在"静"与"淡"二字。中国画色彩淡，画面静；中国音乐韵味淡，声调静。这"静"与"淡"或许正是我们民族的特质。我们喜欢一种雅致与含蓄，喜欢一种近于孤独的冷傲。

事实上，国画所画的并不只是表面上那一些形象，而是作画者心中的一些思想和诗意。好的国画，几乎都包涵着人生的悟境，一种对理想人生的向往。而中国文人画家的理想人生，大多是道家的。我们向往一种纯朴自然、幽隐山林的生活。国画中的人物大多是孤独与冷傲的，他们或穿着宽袍大袖，漫步于山林之间；或独坐山屋的窗下，弹着古琴；或独自诵读古书；或独自泛舟江上；或碇泊在芦丛里。总之，国画山水总表现一种离群索居的生活，一种对物质生活的厌弃，一种对独来独往、无所牵羁的生活的向往。因此，它能大大地发挥艺术的功能——使人摆脱尘俗，得到精神上的超脱与升华。作画者在作画的时候，固然是在为自己勾绘一幅生活的梦想；看画的人在看画的时候，也自会与作者产生心灵上的共鸣。

尘间琐事一向为人类引以为苦，但既生而为人，又势无法全然摆脱功名利禄、扰攘纷争等诸般苦乐恩怨的纠缠，所以寄情于画幅，为自己梦想的飘逸人生勾出一幅又一幅的蓝图，再为这梦的蓝图题上自己心灵的诗句，这便是国画山水所欲表现的境界。它们事实上不只是画，而更是作画者思想的表达和对人生的体悟。一幅国画山水所带给我们的并不只是色彩与构图等属于绘画范畴以内的东西，而是超越于色彩与构图之外的那份对人生的理想与参悟。因此，国画必有题诗。画面可说是序文，而诗才是主体。最近看某名家的山水画，其中有一幅"携琴观瀑"，画两人在深山里，其中一人携古琴，仰首观瀑，画面如是而已。但题诗是"山中自有天然调，高士携琴不用弹"。两句诗写尽了大自然无与伦比之美。远人为，近自然，这才是作画者真正对大自然的颂赞。国画山水真正的命意在诗，而并不完全在画。

现代画标榜全然无题的纯绘画，那是纯粹站在"画"的观点来看的。国画在精神上与现代画的出发点并不相同。一幅山水不见得能激起看画者强烈的感受与共鸣，但在山水之上加一短题，就可使山水具有了独特的意义。例如：在暑热熏蒸的夏日午后，赏一幅泼墨山水，画的是万树千林之内，隐约一椽小小茅屋，画题是"森森夏木有人家"，岂不凉爽透顶？岂不是一篇极其脱俗的散文？

同样的山水茅屋，上面加以不同题句，如"夏山论古"、"山居读易"、"亭林闲坐话桑麻"等等，就可给看画者不同的人生向往。因此，看国画，不可忽略看画题与读题诗。

一切艺术似都以能在有形之外兼能表达无形，在有限之外兼能表达无限，才属上乘。国画山水的最大作用是使人在感觉上能够远离尘嚣而飘然物外，并非单纯现象的模拟。近人见不及此，常以国画山水中不能加入现代人物车辆等等为遗憾，因而认为国画陷于僵化，无法进步，那是未能领会国画山水的特色与旨意之故。国画人物常着古人衣冠，实表示一种抛却风尚与现实，追求古雅与淳朴的抽象人物。他们只是画家意念中的一个远离尘寰、不食烟火的"抽象人"而已。如果也让他们西装革履、迷你裙，那不但太写实，而且泯灭了国画山水中的人物现代化，观者立觉其俗，真正的原因即在于此。至于有人把国画山水中画上汽车，以表现其赋予国画现代灵魂，那也仍是未能了解国画山水的真正精神。

国画山水是一种哲学、一片诗境，能把握住它这一点特性，则即使有新的发展，也不会走错路了。

国画山水之外，花鸟虫鱼也是最代表中国思想的，常见画面上一朵野花、一只蚱蜢、一只小鸟、几只鸡、几尾金鱼，都并不是一种单纯的对现实事物的模拟，而实在是一种属于哲学领域的静观万物的精神活动。所谓"一粒砂见世界，一滴水见天"，就是此意。也正如日本小林一茶诗人所写的"不要打哪！苍蝇在搓它的手，在搓它的脚哪！"同样地是一种移情作用的美感表现。所谓"万物静观皆自得"，看国画中的花鸟虫鱼和国画山水，都必须把握住这一"静"字。然后再去了解作画者当时的心情，而引发自己心情的共鸣，以达到欣赏的目的，否则仅就形象去论评，自然永远不能窥其堂奥了。

我们的蓝天堂

一

送女儿去那依山傍水的学校口试。出来之后，在修院门外的公路车亭等车。车是久候不至，我也并不期盼立刻到来。因为眼前有一带水、一片绿野，身旁有一脉山、许多林木。修院里尤其幽深一片，杳无人踪。只偶尔有一部摩托车自山下驶来，弯过山路，留一片单调的马达声，渐逝渐远。那声音，却正是一种孤寂的声音，孤寂地来，又孤寂地逝去。这种孤寂消失在修院后的深山里，就不再是孤寂，而变成一种慰安。告诉着，你不是正向往这样的一份孤寂吗？孤寂中，你才有机会抓住自己。

抓住的不只是自己，而是这个世界。

这世界，在我眼前平静地伸展出去。越过浅灰发亮的公路，是一片绿野，舒展地铺开去，是茂密的草。绿野被白亮的河水隔开，对面镶一段浅浅的青翠，就接向了淡远的蓝天。蓝天上，白云悠悠，正像河上的三四小舟，无声地飘浮。

天的淡蓝是大气层，阿波罗十一号在几天之前曾射出去，直上月球，然后，又冲回来。人们知道，我们的地球是唯一最适于我们生存的处所。

不知是怎样的幸运，让我们能够感觉到自己是生存在这最适意的地球上。我们有充足的淡蓝的空气，有恰到好处的阳光，有充沛的水滋润温慰我们；有丰富的粮食、清爽的蔬菜、甘美的水果，以及各样的干果茶食喂养我们；有各种禽鸟和兽类与我们为伴，我们可以享受鸟语蝉鸣的情调、家畜的忠诚，可以享受晚间清风的舒畅、早上空气的清新。我们并且有各种各类的音乐可听，有各种游戏来作为娱乐。我们还可以享受亲情友爱的温暖，更可以享有由自己的智慧创造发明的成果，把这世界随心所欲地改造、建设，使它更加丰富多彩而繁荣。

假如我们喜欢繁华，有都市里的各种项目供你们享受。假如我们喜欢清幽，有林间、山上、海岸、湖滨，可供我们幽隐。假如我们喜欢旅行，有快速的飞机、安适的火车、豪华的邮轮、便捷的汽车……供我们选用。近年来更有各种电信为我们传递消息以及各种旅运服务的日新又新。

论日常生活的享用，我们兼有各种简化生活杂事的设备和使生活内容丰富的日常用品。我们有绝顶舒适的桌、几、床、椅，灯盏与柜橱，窗帘及地毯，冬暖夏凉的空气调节，升降自如的电梯，漂亮的房舍，价廉物美的衣履用品。

论精神享用，我们有集世界古今人类智慧结晶的音乐、美术、诗文、戏剧、舞蹈可以欣赏。我们可以品茗，可以煮酒，与好友倾谈心事或评古论今。

我们有足够的智慧可以随心所欲地把这世界布置、装点，也可以随自己的心意由这世界取得而享用。

一切我们所向慕于天堂的，这里都有。只可惜我们多不自觉，多不知足；更可惜是我们不能泯除自己天性的一份愚昧——自私与猜疑。因此常有嫉恨与倾轧，常有报复与陷害，而把我们的幸福与成就抵消。忘记自己是住在一个具有天堂条件的世界，而一面互相残害，一面奢望上帝另赐我们一个天堂。

我想，假如上帝真给我们准备了一个天堂，那天堂和这世界当不会有什么两样。只不过上帝所要我们去追寻的那个天堂里，没有这份愚昧——自私与猜疑。没有了这份愚昧，则我们的世界将是单纯一致的互助与合作，亲爱与精诚。这世界里鸟语花香，月白风清，茶甘饭软，而且有丝竹之声，咏歌之声；有翩跹起舞的人间仙子，有各种仙果仙桃盈满山林，以至于一切神话传奇中的空中亭台，天上楼阁，四季常春的气候，我们是应有尽有。但何时能参破这层升不了天堂的、身在福中不知福的自私猜疑的愚昧呢？抑或人类确系生而如此，故仅有极少数勘破这重愚昧的人在此生即已进入而享有了人间的天堂呢？

二

夜11时，忽然想出去散散步，于是独自走出巷子，来到那新落成的林荫道上。看看未长的树花、新铺齐的粉红人行道、油光发亮的柏油路和大片的草坪。嗅嗅草香，看看车灯和路灯。最后偶一抬头，才看见蓝色的夜空，上面镶着大半个上弦月，细数时，有许多星星。

上弦月就让人想到阿波罗十号发回来的图片，也想到阿波罗十一号带上去的人类。在这里看看，实在不很遥远，至少不像以前所想的那么遥远。尽管它有四分之一亿公里的距离，但确是可以企及的一个地方，如同美国、欧洲、南非或甚至于南极、北极。月亮和地球实在是同一范围内的两个球体，许多星星也是。星星们挤在我们周围向我们眨眼——我们并不遥远。

这宇宙真的是好逼近！好像我们张开手臂，转个圈子，就可触摸到星群，像我这时触到风。我闭着眼睛，感觉风从我手臂和胸前奔掠，而这风是蓝色的。阿波罗在月球轨道看见过我们升起于月平线上，蓝蓝的，发着光辉。有这么浓浓的蓝风沭着我们，晚上和早晨都特别清凉，特别浓。浓得能承载住我们的躯体，使我觉得可以张开手臂，放松自己，像仰泳者，浮于水，不必着一分力气，那样就可以入睡。

在沭着风的蓝蓝的睡意里，我看见宇宙在等待，等待那亿万里之外而并非不可企及的"地球神"。

闲 适

一

这个早上，生活的调子最明朗。外面是一片浅蓝的、浮着白云的天，天的前面是一段红色的屋顶，再过来，是我心爱的那株构树繁茂的绿叶。在这一切背景之前的是我窗上浅绿色的百页帘。它那宽朗而均匀的条格正好把蓝天、红瓦与绿叶划分成漂亮而舒畅的图案。纱窗的绿色就那么无意地消失在蓝天绿树之间，所以清风就毫无阻挡地漾进来，柔柔地溶为一体；这是秋天早晨的清风，它的温度正好使你觉得轻爽柔和。带着一点多情的抚慰，使你立刻心情畅快而兴起了对生命与自然的颂赞。

我最喜欢这样的风，从无限远的地方，以广被一切的胸襟，舒徐地吹送而来，拂过我和万物；和悦熨贴毫不着力地就抚平了一切的伤痛、不平、忧烦或焦虑，挥去了种种琐事俗务的纠缠，吹散了名心利欲的牵绊，使你觉得自己也溶入这清风，属于这清风，轻轻浮起，抛却了那沉重的"我"，在风中幻化为无重、无量的淡绿与淡蓝。这一份飘游感，一份安逸感，一份舒畅感，不属于我，而属于这岛上初秋的广被一切的轻风。

二

入秋以来，向北的这面窗子比偏向南的多见阳光，早晨亮得也早。整个的小屋都溶在一片晴光里。我想，这房子的方向可能略偏东北。东来的阳光只被隔邻四楼挡住小小的一角，其余就都畅快地涂满了长巷，南面的人家比我们幸运，这边没有7楼（我们后面才有），因此阳光整个地拥住了他们的屋宇。那一片晴色使这世界显得好欢跃。尽管早上的市声不少，送牛奶的在破晓以前就到，然后是送报的、卖鱼的，上学的孩子们大声说"再见"的，然后是修鞋的、修伞的、卖馒头的，还有长列的火车在较远的地方鸣笛而过，还有飞机，细听时，还有建筑工人在敲砖……但这些市声只增强了世界的欢跃感。这些欢跃感都从我这浅绿的百页窗格中漾进来，使室内充满了生命的节奏。这节奏，也感染着我，照亮着我，使我也溶入这欢畅的节奏。有些时，生命就是这样一脉永不回顾的流泉，在阳光普照下欢跃地奔流而去，你说那是一种匆忙也好，我说那是一种奔赴，沿着生命所必经的里程，奔赴归返本真的无我之海。

近月来，形体像是匆忙，心情却颇为懒散，愿意随遇而安，也愿意无所施为地随着生之河流奔赴那看不见的、没有终点的无极。总想，舍弃是一种快乐，要舍弃的不仅是日常所谓的名利私念，而更兼那感觉自己要舍弃的心情。当你能化为长河中的一滴水，溶入长河，变为长河，随无涯之水以俱去，那种"无"与"舍"是另一种安逸，另一种丰盈。

日前与朋友谈"悲观"，我说有些悲观不是悲观，而是一种透彻。像长河之水，也像这秋日早晨晴明无际的阳光。正如有些积极不是积极，而只是一种未经了悟的"为我"。有我常悲，无我常乐。了悟"我"之负担及许多奔忙之徒劳无益，那份心情上的淡然便是透彻了。

有喷气机在澄蓝的空中划过，留下淡淡的音响，然后静静地消失，消失在普照的阳光里。那一种能把剥夺转化为一种摆脱，由被动变为主动，在人生境界上便更上一层楼了。

三

10天来，出奇地忙迫，生活秩序被搅得大乱。集会多，又都是大场面，使你不得不暂停一切的思想，而放任形体去奔劳。天天黎明即起，来不及感觉今天心情如何，便立刻开始活动。但觉时间大把地流失，待有暇回顾，已是夜阑人静，该赶紧入寝，以备另一日黎明即起的奔劳了。

为了使这无暇喘息的奔劳与无暇思想的蒙头大睡之间有个应有的缓冲，我每晚让自己撑住倦眼，读三五首辛稼轩的小令。不为研读其中精髓，而只为感觉一下那份飘潇与不羁，那份豪迈与深沉，那份对尘间小事不屑一顾的我行我素，使自己能迅速地落回简单与平易，享有片刻心灵上的安然。

可不是吗？——

一杯酒，问何似，身后名。人间万事，毫发常重泰山轻。

真的是"毫发常重泰山轻"啊！

但有多少人能真正参透？能真正做到"富贵非吾事，归与白鸥盟"呢？

每听人们说，现在工业社会早非昔比，我们已无法且也不应再去向往"采菊东篱下，悠然见南山"了。每听人们这样说，我便暗自惋惜，我便暗自不服，而我要问，"真的是如此吗？还是我们过分迷失，而不情愿世间再存有那份诗情呢？"

连续这两天都有人对我说，"在现代生活中，诗是无从存在的了。"

是吗？或许是吧？我无权反抗。但我仍是多么爱读"一川松竹任横斜，有人家，被云遮，雪后疏梅，时见两三花"的句子，我又是多么向往"午醉醒时，松窗竹户，万千潇洒。野鸟飞来，又是一般闲暇"那一份闲逸与淡泊的心情，是如此有效地感染了我；抚平并冲淡了我终日奔劳的紧张与烦虑，重新见到那被压缩着的灵心，使我感到一种"降落"的安稳与舒泰，使我轻轻地推开了那些对人间琐事的忧心，回到从未卷入奔忙之前的真我。

稼轩词中常有酒意,我也爱读带有酒意的诗词。中国文人讲究诗酒风流。酒助诗兴,可以提升那被压抑的自我,挣脱世俗礼法的约束,而可以任性适意地说说写写。正由于诗是假不得的东西,所以诗人必须在毫无羁绊、毫无挂虑的心情下,才可流露真情,发为诗章。诗人饮酒,意不在酒,而在藉酒之助,找回真我,情发乎衷,下笔时才可挥洒自如,旁若无人也。

所以古人有云,"唯大英雄能本色,是真名士自风流。"维持本色,在滔滔浊世中大非易事,故唯大英雄始能做到。名士风流也是发乎自然。同是"情"之一种,其格调自有高下,又岂是模拟造作得来?

幼童天真不难,乡农纯朴亦不难。唯涉足红尘多年,在名利场中周旋多年,要想返回本真,实乃大难。陶彭泽的"归去来兮,田园将芜湖不归",和朱希真的"一个小园儿,两三亩地",与辛稼轩的"乃翁依旧管些儿,管竹,管山,管水",以及酒意深浓的"只疑松动要来扶,以手推松曰'去'",都等于是对征名逐利者的一副解药,读后立见"清脾胃,止烦渴"之殊效。

几种友谊

一

一份豪纵，一份狷狂，一份不羁，一份敏细，加上一份无从捉摸的飘忽，就织成那样一种令人系心的性格。我欣赏那种来去自如的我行我素，欣赏当谈话时，忽然提起与话题全不相干的天外事，也欣赏那点对新鲜事物的好奇与穷究不舍的兴致。

对一切的才华，我都有一种发自先天的向慕。我沉迷海顿的音乐，那份欢乐感情与幸福感，通过百年的岁月，带来对人生的颂赞。某钢琴家的一首短曲令我系念至今。柴可夫斯基的胡桃钳，鲍洛汀的中央亚细亚旷原，德沃夏克的新世界，以至于电影《未终之歌》里的音乐和爱情，都令我难忘。

我爱放翁的诗，爱那份高傲——"挥袖上西峰，孤绝去天无尺"，"零落成泥碾做尘，只有香如故"；我爱李白的豪纵——"君不见，黄河之水天上来……"；我爱苏轼的旷达——"莫听穿林打叶声，何妨吟啸且徐行"；我爱朱希真的潇洒——"免被花迷，不为酒困，到处惺惺地"，"老屋穿空，幸有天遮蔽"；我爱稼轩的超脱放逸——"都将今古无穷事，放在愁边，放在愁边，却自移家向酒泉"，及"若教王谢诸郎在，未抵柴桑陌上尘"。

我也喜欢朋友 C 的性格。喜欢他那种年纪的读书人所特有的那份书卷气。那是未被五四完全拦截掉，而又沐了近在五四身边的、那么一种虽新实旧，虽旧而又极新的书卷气。那种既拥有中国文人的种种特色，而又极其认真地探索过西方文学的书卷气。因此，在举止上从容悠闲，在见解上超逸深透，在态度上却是朴实、含蓄，而又谦虚。

才华有如一片肥沃的园地，种种可爱的性格是这片园地上的花朵。"唯大英雄能本色"，狷狂、敏细、旷达、不羁、潇洒、放逸，以至于朴实与谦虚都是真性情的流露，因此而引人激赏，惹人牵系，或可说是一种更广义、更真挚的感情的传递吧？

二

时常，当我有什么事迟疑不决时，就打个电话问问朋友D。他会在电话那边把问题条分缕析一番之后，为我下一个清清爽爽的决定。

对朋友D，我有一份信赖。信赖他清晰冷静的思路与诚恳认真的性格。他既不会像现代一般人那样的自顾不暇，也不像另一些老于世故的人那般的圆滑虚伪。他不会乱捧我的为人或做事，如果他认为某些地方不好，那是真的不好；因此如果他说好，我才会相信他不是敷衍或客套。有时我有事情请他帮忙，如果他说"乐为之"，我就一定可以相信他不会一面做，一面抱怨我剥夺了他的时间，因为如果他真是没有时间，他会告诉我他忙。

他并不善于处理事务。但是他那不善处理事务的建议也正可以使我放宽心情，相信如果在事务上失败，在金钱上吃亏，你仍可感谢上帝给了你另外那厚厚一份，而不想向上帝索讨得太多。

我遇事容易激动，感情常常走在理智前面，因此徒增许多困扰。我就更喜欢有一些像D君这样的朋友，冷静、坚定，能高瞻远瞩视野远阔，如同广播发射台的塔架，使我也能学习尝试用他们那样冷静而坚定的眼光去分析问题、辩论事理，而又始终使自己置身事外，保持超然。

三

有些朋友是在精神领域上相接近的，可以谈诗文，论音乐，讲人生悟境；另有些朋友不是互相谈心的，那是另一种友谊，有另一种可爱可敬处。

比如说，今年早春某天，读高中的老大忽然坚持要去山中露营。而他刚刚两天前还在感冒发烧，我不允他去，他执意要去，说感冒已愈，不必过分小心，并且已经与同学约好，不能失信。当下使我大感为难，无奈之下想起做医生的朋友 E，拨了个电话给他，问他要主意。他在电话那边立刻用坚决的语气说："开玩笑！不能去！"

于是，我把朋友 E 的决定告诉老大——医生的话当不是毫无根据，不能再说我过分小心了吧？

老大虽深怪 E 君多事，但却取消了原有的计划。

能有几个人肯如此为你负责地下如此的决定呢？就因为现在乡愿式的人太多，人人都知道为别人下决定是大难事，也是最不易讨好的事，因此我们日常多听到依违两可、不负责任的话。直言诤谏，明知道会惹人不高兴的事，谁肯做呢？何况他是医生，以目前把赚钱放在医德之上的风气来说，你得了肺炎，我才有生意可做呢！何必挨骂不讨好？

老大先是怨他，继而服他、敬他。这才是我的朋友，他的长辈。这才是真关心，不顾自己被抱怨，而只想到你的安全。

像这样的朋友，而且还不止一位。

别看我平时常为别人分析问题，但轮到我自己有些生活上的实际事务须待解决时，却常举棋不定。如女儿报考高中，某些学校要不要去考考看呢？有事要去高雄，是买坐卧两用的观光号票，还是买对号车的卧铺票呢？请客的时候，怎样请才最省事呢？热水器要哪一种呢？有朋友要搬到家里来住，可以不可以呢？

诸如此类，只要我问到朋友 F，他总会给你一个迅速而肯定的抉择。"你要带她去考才对。""对号卧铺好得多了。""请吃蒙古烤肉算啦！""买个电热水器吧！我家用的那个牌子就好。""谁要搬到你家里来住？女的呀？不行！"

简单明了，连理由都不用说，就这么决定。我真的由衷感谢这种快刀斩乱麻式的决断。就好像你原来置身在一个嘈杂混乱的场所，忽然有人把电钮一关，一切都在瞬间归于宁静，使你立觉神清气爽。你发现，原来刚才的一番混乱只是一种幻觉，而你那认为不可终日的烦心的问题，原来如此简单的一句话即可解决。这种"有人为你负责"的轻快心情，常伴随着无限的感动以俱来。

不是吗？这年头，能有多少人肯如此真诚地、有担当地来为朋友决定问题呢？

静 赏

一

清晨，坐在书桌旁，想修改一篇小说的底稿，不知怎的，眼睛却时时被那张短简吸引了去。

短简是位画家寄来的，寥寥数字，写着几句问候的话，地址和话写在同一面上，因为背面是他自己的一张水彩风景。地址在右，内容在左，中间用条短短的线条轻描淡写地隔开。他的字也如那短短的线条一样的轻描淡写，好像不经意的那么勾勒在纸上。那一种不拘于字体，但却十分莹洁秀丽的字和整张短简的布局，就形成一幅颇耐欣赏的画面。那感觉，就像面对一个天真单纯而又好看的小女孩，你不知道那美是从哪里来的，因为她的美没有一点点着力修饰之处。于是你就更禁不住要对她一看再看，想要知道那一份不着力之美究竟是从哪里来的。但是，你也越看越会发现她的美不只来自一处，也绝非几个具体的字可以形容得出。大概这就是所谓的神韵之美吧？是一种无从捉摸但又极其深湛恒久的性灵之美吧？

时常，一封字体极美的信，反而会使我读来吃力。只因我太倾心于那字迹之美，而无法集中精神去领会信中所说为何。因此必须一看再看，好不容易才能把自己那专注于字体的心情拉回来，去了解内容。那份不由自主的沉迷，常使我自己觉得惊异，因为那种"目眩神夺"的感觉应该是只有在恋爱的时候才有的，而我却常会为几行秀丽的字迹留连忘我。

画家所画的一条简单线条都有美感。我手边这张短简上那隔开地址与内容的竖线，是画家随手画的，但你却会觉得它与整个画面产生了一种诗意的匀净。那线条和它两旁的每一排字的安顿，以及每一个字的字形，就构成了一种发自天然的谐和。仿佛那一条竖线是每一个字的主题，而那每一个字，与其他的字所组成的错落有致的横排与直行，就是这条竖线的变奏。至此，横排的地址与竖行的内容不仅产生了绘画之美，也产生了诗的韵律和音乐的节奏。

其实，它真有如此之美吗？

它只是一张盖了凌乱邮戳的、由画册上随便裁下来当做邮简的画片而已呢！

二

圣诞节收到的贺卡之中，有一张淡蓝色的，上面画着一个七八月大的婴儿，穿着淡蓝的婴儿装。嫩红的婴儿脸，头上一撮柔柔的金发。他在那里跪着，双手合十，微仰着头，做虔诚的祈祷。婴儿那份柔嫩之美，配上淡蓝色调的庄穆，形成一份微微的感伤。也许那应该说是感动，经常那感动的感觉总是接近于感伤。也许太动心的事情总带着某种程度的悲凉吧？

婴儿如果会祈祷，如果要祈祷，而且那么虔诚的话，他所祈祷的将是什么呢？他祈求家人平安？祈求世上所有苦难的人们得福？祈求世界没有战争？祈求人类减少自私，增加互爱？……无论他所求的是什么，那总意味着成人世界的某种欠缺，而且是一种成人所无能为力的欠缺，是一种人类失去纯朴以至迷途所形成的欠缺，是人类以愚昧为聪明所形成的一种欠缺。从画面上看来，那婴儿要祈求的似乎不是他的愿望能够实现，不是要祈求他所信奉的主宰给他应有的福祉。不知为什么，我觉得他是在为别人祈求。也许婴儿应该是最无我的吧？应该是最会用纯真无私的心去体贴别人的吧？也许因为他们尚对自己的前程懵然无知，不会预期自己此生将如何跋涉于崎岖艰险的生路，将如何背负人生种种重担，将如何面临永无终点的难题；而只是以他纯稚的眼光观察他所投生的这世界，以一份悲悯之情，在做他无私的祈祷吧？

当人们背负的种种由于"世故"而形成的罪行已经无法令自己毫无顾忌地回返纯朴之时，在下意识里，未免希望由一个婴儿天真无邪的祈愿来让悲惨无助的人们得救。只因自己已觉浑身是罪，而罪人的祈愿已不能上达天听，只好寄望这尚被真神宠信的婴儿来替我们求一条返璞归真之路吧？

当初设计这张卡片的人是否也怀有这份心情呢？

锁住这个早晨

今天早晨,我绝早起来,明知楼下有一大堆事务必须处理,而我却强迫自己留在楼上,关上门,假装尚未起来。只因我要占据一点属于我自己的时间,做一点自己愿做、想做、应做的事。

什么是我愿做、想做、应做的事?我似乎也不十分清楚。我只是极想亲近我的书桌,极想拿拿笔,在纸上涂涂抹抹。我在书桌前坐下来,桌上是一片凌乱。周历停留在5号至11号那一周。上面写的都是种种的生活杂事。这边是歪倒的浆糊瓶、钉书机、邮票袋、常用电话号码簿、开会通知、宴会请柬、待复信件、英文剪报、各种单据……层层叠叠地堆满了一桌,桌角上还有半杯剩茶。

我否决了自己想下楼去倒杯新茶的念头。我不要让任何人知道我已起来,最主要的是不要让自己看到那一大堆待理的事务。我知道,我只要一看到,就注定立刻会被卷入那不可救药的忙乱。事实上,我必须把它们尽快地处理清楚,那是我的责任。但我还是坚决地让自己躲在楼上——我要做点自己真正要做的事!尽管说,在这一刻,我一点也不知道什么是自己真正要做的事。

我对着书桌上那一堆凌乱坐着,极想整理的不是那层层叠叠的信件纸张和文稿,而是我那层层叠叠积满了凡尘的凌乱心境。我经常感到一种可怕的迷失,觉得自己在跟着人潮、车阵或某些无形的蛊惑与催逼、茫无意志地徜徉,未曾发现自己已经闯入不知何处的蛮荒,不知何所的笙歌喧天的闹场。当那陌生之感把我惊醒的时候,我才发觉那种走昏了方向而又深恐找不到来路的恐惧。我知道我必须冷静下来,小心谨慎地回首四顾，小心谨慎地看看自己究竟置身何所。我必须冷静下来，挥开一切的蛊惑与催逼，抖落层层叠叠盲目奔走的埃尘，翻出自己的指南，找回自己的方向。

我定下神来，对着这一桌凌乱凝望。然后，我推开日历上记事的催逼，避开常用电话号码簿的召唤（我不要打电话去接洽任何事务），推开凌乱的账单（我不要为银钱收入的多寡去计较，更不要为保存账目上任何单位的数字而去费心推敲）。如果回返本真的旅费可以用千万倍的数字去偿付，我将乐为。如果那一切琐碎事务可以付千万位数字的代价去推开，我将乐为。如果心灵上的尘沙可以用千万位数字的代价去清除，我将乐为。我不在意由于我极想找回方向而贻误了的琐事，我不在意！我只要能推开、能摒绝那些蛊惑与催逼，能清除、能扬弃那些蒙蔽我心灵的尘土。

我在这里坐着。刚才，我又把已经关好的门加上了锁，我决心不理会任何召唤。电话、门铃、早点、买菜、修屋顶的小工、卖水果的小贩，以及一切别人认为可以拓展事业的杂务，我不在意，我不要去理会！

门上加锁之后，我觉得安然。于是，我较有心情面对这被外务占满了的书桌。我轻轻地把那些有关的资料推开。在那层层叠叠的凌乱的纸页下面，我捡出那本陈旧的词选。我靠向椅背，把它随意翻开，就正是朱希真的那首《鹧鸪天》：

> 我是清都山水郎，天教懒慢带疏狂，
> 曾批给露支风敕，累奏留云借月章。
> 诗万首，酒千觞，几曾着眼看侯王，
> 玉楼金阙慵归去，并插梅花醉洛阳。

我不是"清都山水郎"，但我的心随着古人的那一份孤傲而离开了多日来的烦琐。

　　飘萧我是孤飞雁，不共红尘结怨。

　　他的《渔父词》就那么给人清凉感。"晚来风定钓丝闲，上下是新月，千里水天一色，看孤鸿明灭……天与一轮钓线，领烟波千亿。"使我想起蓟运河边的童年，海河边的成年。"天与一轮钓线，领烟波千亿"的画面，我最能真切地领略。那份浩渺，那份冲淡，那份宁静、平和与飘然出尘世的感觉，那份清苦而完全接近自然的人生境界，那份简单纯朴、与世无争、独往独来的恬淡，都曾真正告诉我，人生是何等的单纯，是何等的宽朗，是何等的诚恳，又是何等的逍遥。

　　近年常有人说，中国的道家思想是致中国贫弱的最大原因。这话看似不错，安贫乐道、归返自然的人生观确是使我们视金钱如草芥而不能致富的最大原因，但是，假如你再深一步去问——富了又如何呢？金钱领导一切的社会所带给个人的又是什么呢？

　　当人们成为财产的奴隶，事业的奴隶，成为主顾的奴隶，社会关系的奴隶以及利禄得失的奴隶，人们将忘了自己究竟为什么而活，失去享受一切天光云影的心情，也失去了享用金钱的心情。

　　我不是教徒，没有进教堂去静思默祷的习惯，但我有古人诗集做我厌倦凡尘时的经典。每当我烦累不堪，心灵上积满了种种负担、种种牵惹，缠满了种种推不开的杂务时，我就让自己投奔那些诗集。几乎随手翻到任何一页，都可产生令我静下来的效果，让我们立刻找回自己，回返本真。

　　找回自己的感觉是如此的安逸，如此的亲切！那是一种降落的感觉。抛开一切的奔走征逐，降落贴近那诚实的地土，能亲近那青青的无语的芳草，能亲近那徐徐舒展的植物的绿叶，能看见愉快地绽开着的小花和翩翩飞舞的蜻蜓彩蝶，使自己拾回童年时那片无思无虑宽朗无比的心境，正如在外奔劳多年的游子投向母亲。

古时的大诗人、大词家，莫不经过宦场升沉，他们不是那种未曾投入红尘的纯朴，而是由红尘中醒觉之后的彻悟，因此越是他们晚年的诗词，越是充满着这份哲理，所谓"富贵非吾志，归与白鸥盟，""但小窗容膝，闭柴扉，策杖看孤云，暮鸿飞。""长恨此身非我有，何时忘却营营。……小舟从此逝，江海寄余生。""千古兴亡，百年悲笑，一时登览；问何人，又卸，片帆沙岸，系斜阳缆。"……

不是不曾关心天下事，不是不曾献身社会，造福人群，而是在尽历人世沧桑之后，另有一番感悟，而形成一种至高境界的圆熟与晶璧。

愿能锁住每一个清晨，让我洒一次诗的灵泉，唤回真我，回返天然。

生活的浪花

序曲

平淡的生活如止水,但偶尔亦有些许小事,激起一些欢笑与心灵的颤动,那就成为止水上的浪花,给生活凭添一点怡悦,一点趣味,一点感慨或深思。

我爱这些由生活止水上飞溅起来的浪花,它们使日子浮现几串偶然的旋律,像平稳的乐章中偶尔跃出的几小节竖笛、木箫、号角,或小喇叭的颤音,明亮、爽脆,而又迸发出活力。

竹山夜雨

那日,因偶然的机缘,临时的兴会,巧遇明媚的旅伴,以一串鲜活的韵脚,织成一章竹山之旅。如此旅行,恰如一络浑圆的珠链,畅顺怡悦,圆活自如。

入山唯恐不深。时值昏夜,由南投登竹山,由竹山攀上溪头。沿途除车灯导引山路之外,但知夜雨潇潇,洗着满山幽林。我们的目的地是那远离尘寰的台大实验林场。

林中也在下雨。那雨是无数颗抖落的珠链。那些大自然晶莹的珠粒,洒落在满山幽林和几柄透明玻璃布的蓝伞上。那几柄蓝伞,是林场特为游客备置的。它们那透明的蓝,恰似由造化之手借来了几片夜空。只有夜空才有那份透明的宝石蓝。大自然最豪华,连伞柄都用的是蓝宝石,伞骨也是。我们撑起这样的宝石伞,像一朵朵闪亮的梦中之花。碎钻般的雨珠在这些旋开的透明蓝伞上轻洒，然后无声地跌落。而我们仿佛并未踩到一颗雨珠，因为我们有缘闯入仙山，于是自己也已变成仙人。我们脚步如此轻飘，也许正因为小的我们早已消失，消失在广阔幽深的茂林修竹之中。

那夜，我们宿在未见真面目的深林之宫。那秀逸的楼阁，由自然之木搭盖而成。我们投进自然，我们的心灵在木香导引中继续攀援而入梦。在那样的梦里，有神木，有天池，有无人惊扰的深深的竹林和清晨雨霁后的蓝天白云、迷濛山色，以及悠闲的鸟鸣鸡啼和野花的清芬。

我一下想再去一次竹山。因为在那梦里，我曾忘记偷偷携回一把向夜空借来的透明蓝伞。让它为我证明，我确曾在那样的雨夜，投向那样的自然与那样的深林之宫，而且寻到过那样的梦。

一枚小叶

雨后在园中修剪花木，偶然看见一个久已废弃的花盆中，不知何时长出了一枚小叶。

这枚小叶呈椭圆形，挺秀、厚实，而且非常青翠。它带着一份难以形容的欢乐的表情，伸着它小小的头，像天真顽皮的小男孩，向人笑嘻嘻地说着："喂！你看我！"

真的要看看它！

"你什么时候钻出来的呢？怎样钻出来的呢？谁让你钻出来的呢？"我蹲下来，向它问着。

小叶带着一脸的娇憨，好像说："我自然就会！不要你管！"

我想起，这个花盆里原来种的万年青，不知什么时候折断而枯萎了。我把它丢弃在园中看不到的角落。那么，这枚小叶无疑的就是一枚万年青的新叶了。

想起以前凋枯了的那棵万年青，叶子落尽，枝茎也萎缩干枯，一副毫无生机的样子，它可曾想到在它的生命早已宣告终结以后，忽然出现这样一个它所遗忘的孩子？

这枚新叶真像一个小孩，只有小孩有这份无视一切的欢喜与娇憨；只有小孩会以这样充满信心的无邪的语气对人们说："喂！你看我！"

是的，我要看它。看它那份上天赋予的活力与清新；看它给这世界带来的新展望与新生机；看它怎样在那些自命老道的前辈面前，显露出它蓬勃健壮的生命力与无边的远景。希望属于它，创造属于它，以后的岁月属于它。

它是一项伟大的肯定。肯定生命的热与力，肯定生命的存续与不朽的价值。是的，小叶说得对——"喂！你看我！"

所有悲观灰颓的人都该看看这枚小叶。

两枚镍币

我有个年轻朋友是学艺术的，他是个乐观、勤奋、朴实、单纯，而又极富幽默感的好青年。也许正由于他具有如此强烈的艺术家气质，所以他的生活也涂着许多有趣的彩色。

那天，他坐在我家客厅里和我聊，告诉我一个故事。他说，有一天，他和一个同学一同坐火车由南部回台北。当时，两个人都很穷。两个人口袋里的钱，去掉买车票之外，一共只余27元8角，而他们非常想在下车之后去看一场电影。

学生票两张共需28元，但是他们只有27元8角。

两个人拼命搜索各人的衣袋、裤袋、皮夹、书箱，以至于每一本书页，没有。1毛钱也找不到，他们就只有这27元8角。

只要再有两毛钱不就够了。但是，偏就找不到两毛钱。

于是他们异想天开地决定，在火车到达台北之前，两人分头到各节车厢去找，看是否有人掉在车厢里两毛钱，可以拾来凑数。他们决定之后，就很认真地分头去找。车上乘客见他们那样认真地低头寻觅，以为他们丢了什么东西。许多人都问他们丢了什么？要不要帮忙找？他们当然不会告诉人家说是要找两毛钱去看电影。而不幸的是，找遍全部车厢，那么多的乘客，竟没有人掉下两毛钱在车厢里。

这时，车已到了万华车站，他们只好失望地下车。在那人潮熙攘的街道上，他们又忽然想到，可能这里会有人掉下一两毛钱的镍币。于是他们就又燃起希望之火，一同低头在路上仔细地找寻。他们相信，在这里一定不难找到一两枚或更多枚镍币——总有粗心人时常掉钱的。

但是，他们找了很久很久，腿也累了，眼也酸了，竟然没有一个人遗下过一枚镍币。当两个人将要承认绝望的时候，才发现路边有一个亮亮的东西。跑过去一看，果然是一枚镍币。但是，当他们费了很多力气，才把这枚镍币从柏油中挖出来，他们曾希望它是一枚两毛钱的，但挖到一半的时候就已知道，它只是小小的一枚——1毛钱。

天气很热，太阳无情地照着。路上有很多人聚拢来看他们两个大学生在那柏油路面上吃力地挖出一枚镍币，都带着好奇与疑惑的眼光。

他们把这枚镍币挖起来，和原有的27元8角放在一起。现在他们有27元9角了，但仍没有凑足28元。他们只得放弃看电影的希望。

当然，假如他们愿意去向售票小姐通融，售票小姐也许肯自己替他们补上1毛钱去报账，而卖给他们两张学生票。但是，他们并不想乞讨。在他们年轻的心里，只是想知道一下，除乞讨之外，你想要凭空得到一个镍币，究竟有多难。

他们知道了究竟有多难！

你平常几乎绝对看不起1毛钱镍币的。几乎所有人都可能把1毛镍币随手放在一边，而觉得这毫无用处。除非你有在陌生的车厢里、在来往的人潮中，低头寻觅一个镍币的经验，或你曾听说过这项经验。

画家青年将把他这番经验告诉他们的学生，特别是那些不知物力艰难的学生。

作为一个艺术家，取得经验的方式竟然也是如此的色彩浓烈，而给人印象如此鲜明。

白云苍狗

我很喜欢看云。看云的时候，有时使我感到悠闲自在，但也有时会使我突然想起多少年前的一件小事，而忍俊不禁。

那时候，我在一所小学教书。在给四年级上国语课的时候，课文内有"白云苍狗"的成语。当时我初出校门，缺少教学经验，就按照教员专用的"教授书"上的注解，给学生照抄。那注解是：

白云苍狗——喻世事之变幻无定。杜甫诗："天上浮云如白衣，斯须改变如苍狗。"

我和那编书的人一样，并未想到这段引经据典的注解是否适合小学四年级学生的程度，学生当然也就生吞活剥地照记不误。

到了考试的时候，我就出了这个题目。其中有一个名叫邵兴珍的学生在"白云苍狗"四字下面所写的答案却是："杜甫穿上白衣，忽然变成了苍狗了！"

傻 等

如说生活有浪花，则笑语声喧是最像浪花的欢腾跳跃了。于是我想到了20年前的一次音乐会。

那次音乐会是一位日本的男高音独唱。这位男高音可能是相当有名，所以台风稳练，博得掌声甚多。

为了便于听众了解演唱的节目顺序，舞台旁边特别竖立了一个大大的节目牌。一张一张的纸上写着演唱的曲名。每演唱一曲，就掀去一张。

唱了几首歌之后，节目单掀开来，曲名是大大的两个字——"傻等"。

大家都没有听过这首歌，想必是日本音乐家所写的新曲。这时演唱者走上台来，向大家深深鞠躬。掌声过后，钢琴开始弹出前奏。这段前奏跌宕梯突，高潮迭起，弹得十分起劲。弹了两三分钟之久，演唱者展开歌喉，以雄浑的声音唱出了一句激昂的"啊——"字，紧跟着，琴音和歌声就同时戛然而止。

听众先是莫名其妙地等待下文，接着却恍然大悟，这首歌除了大段前奏就只有最后一声"啊"，可不是"傻等"是什么呢？

于是，掌声和笑声如潮而至，成为那次音乐会最动人的一幕高潮，也成为我生命中时常跃起的一串欢笑的浪花。

时代的节奏

喷射机在早春的晴空上划过,音响留在后面,碧空上仅余一线浅淡的白痕,机身早已冲出视线之外了。

半月前刚接到好友自利比亚的来信,说她将于下星期开始为期72天的度假。第一站是欧洲,然后美国、加拿大,然后赴日本看博览会,顺路回台,经香港、曼谷等地回非洲。当时想回信,却发现已经来不及。因为照日期来算,信到时,她人已经出发。果然,20日又接她自瑞士来信谈雪景,谈名山,信末说她18日飞纽约。那也就是说,我收信时,她本人已在纽约了。

在她第一封信里,本来给了我一个纽约友人的地址,让我如写信,可寄到该处与她联络。我因事忙,也因在心理上总觉那时她尚在非洲,不必急于把信寄到纽约去,所以就未立时写信。现在才知道她那时即让我写信的意义,因为假如现在再寄的话,她一定又已经不在纽约,而可能到西岸或加拿大去了。这种说到就到、行动先于讯息的速度,真有点令人接应不暇之感。今天已是24日,我知道她必然又有另一封信在路上,告诉我她的行止。但我也知道,我仍是无法用回信去追上她的。有什么话,只好待她遍游世界名城、回台省亲时,当面再说了。

今晨7时,送小女儿乘光华号火车赴高雄就读。中午刚过,即已接到她托高雄友人转来的长途电话,说已经平安到了。这趟南北纵贯旅程所需的时间,真和乘公车逛一趟西门町一样。以前形容旅行快捷谓朝发夕至,现在则如此远程也只是朝发午至了。莒光号当更快些。

以前由台北至高雄需 10 小时以上，后来缩短为 8 小时，飞快车出现后，再度缩短为 6 小时，现在只需 5 小时左右。乘飞机的话，只需 45 分钟呢！

交通工具的快速及各种机器的发达，似乎感染到人们的一切生活节奏。"一日千里"四字已不足以形容这个时代进行的速度。火箭推送的太空船能在 62 至 76 小时之间飞行 384000 公里，脱离地球轨道的时速为 39260 公里，秒速都有 109 公里了。而经由卫星发向全球的电视传真之快，使人觉得世间万事都是"即刻"可办。因此，整个地球上的人类都在不知不觉间被这种速度所推动、所驱策。人们逐渐习惯于快之又快的速度，而对过去的迂缓很显然地表现了不耐。

这种对速度的要求也表现在日常小事上。拿看电视来说，习惯了 1 小时作 100 题艰深算术的孩子们，对那些旧影片进行速度之慢，就格外地感到不耐烦，有些过场戏甚至会使他们发笑。当字幕上的"次日"、"春天"、"10 年之后"等等字样出现时，大家会觉得这字幕真是多余！其实，这在当年，人们已经自认为是很简捷的手法了，否则会把怎样过的那一夜，怎样过的那一季，都一五一十地演出来呢！年长的人们看现代的影片，对那种不顾时空的跳接，常感眼花缭乱；而孩子们却极欣赏那超越一切的速度。如较新的电视影片《洋场私探》之类，大量地运用跳接，完全不交代时间，以及人物行动之迅速。对话之简洁，打斗之利落，处理事务之干脆，都极能满足现代人的胃口。就连影片前后演职员表的片头字幕，旧影片和现代影片比较起来，前者也是慢得令人着急。《洋场私探》之类的影片片头，不但是由几处不同的场景同时在一张画面上出现，而且画面是动的。时间和空间交织着以快速度进行，产生令人捕捉不暇的飞跃感。唯有这种飞跃感才能满足现代人对速度的要求。

这种速度感表现在下一代人们的一切行动上，包括他们的音乐和说话。

热门音乐的节奏之强烈与迅疾，常使上一代的人们不堪忍受，但年轻人则甘之如饴。他们不单要欣赏那节奏，而且要投入那节奏。只为要在同一时间内做多种的事情，所以他们要一面唱、一面奏、一面扭摆。热门音乐的听众们是和台上的演奏者们此呼彼应，打成一片的，他们要求一种迅速的发泄——该如何便如何，没有功夫去造作。

年轻一代人讲话的速度，一般来说，也远较上一代为快。这种快，不但是字与字之间的拍子短促，而且他们要把两字并做一字来说，甚至把几个字加在一起，拼在一起，把它们简化成一个字来增加讲话的速度。如"哥哥"、"姐姐"、"爸爸"、"妈妈"这类叠字的称呼，在年轻一代的口中已普遍变为"哥"、"姐"、"爸"、"妈"。"怎么样？"已变为"怎样？"由英文的"Goodbye"转过来的"拜拜"竟也简化成一个"拜"啦！此外，像"我不知道"，由他们口中说出来时，变成了"我不'灶'"。"灶"是由"知道"二字反切而来。他们不耐烦卷舌音，多半都把"ㄓㄔㄕ"说成"ㄗㄘㄙ"。他们不是不会，在正式演讲或答卷注音时，都能非常正确；只有在说话的时候，因要求快捷而成了一种属于这一代的新的口语。因此许多口齿最伶俐的年轻人，在上一代听来，似乎是口齿最不伶俐的，因此他们不耐烦一字一板地去说标准国语。

不独中国年轻人如此，外国年轻人亦然。美国年轻一代的人们说话多半比上一代快。台北徐州路语言中心的中国学生多半有此经验。如这期的美国教师是上了年纪的，则一切速度都慢得多。如果是个年轻的，则从一上课的"Good morning"开始，就比通常速度快上不止一倍。那些年轻美国人不但说话快、动作快，而且要求你和他们一样的说话快、反应快。你必须跟上去，否则难免被淘汰。

事实上，处处都在证明，时代是以快速度在进行，在变动。你不跟上，就会被遗落。而且遗落得那么快，使你来不及觉察，无从防备。

近两年来，广播节目中选播的音乐也在无形之中有所改变。同样的轻音乐，新灌的唱片中加入了热门音乐的节奏。许多极为柔和的抒情曲在节奏上都比以前快得多。同时，由于人们不耐任何的平淡与墨守成规，演奏方法上的变化也增多了。非抒情的乐曲则更是以爽脆利落为最高要求，那些慢吞吞的乐曲逐渐被冷落了。对现代人来说，凡事都越直截了当越好。仿佛即使抒情的音乐，也要痛痛快快、明明白白地"抒"，慢了就抒不完了。像"痴痴地等"这类的流行歌，令年轻人听来，真有度日如年之苦。最近一位小读者在她的信上用了"度日如秒"来形容她的日子过得之快。你用乘法算一算看，这一代对速度的感觉比上一代快了多少倍？

写到这里，忽接到办杂志的文友来电话："你小说的校稿已经寄出。校完后，快点寄回，好改版和打纸型。"

"为什么这么早就忙改版和打纸型？"我瞠目结舌地在这边问，"我的小说不是这期才开始刊出，要4个月之后才可以刊完吗？"

"你难道要待都刊完了才改版付印？那就来不及了。而且那时就又该有别的事要忙啦！"

4个月以后的事，现在就着手做。我虽知道应该如此，但总有点觉得自己像被吊起来似的那么不习惯。我想这年头的人们一定可以分做两大类。其中一部分人是在今天做着昨天的事，这月做着上月的事。另有一部分人是在今天做着明天的事，这月做着下月的事，或甚至于今年做着明年的事。那位办杂志的朋友就是其中之一。她去年10月就把当年11、12月和明年1、2月份的稿子收齐付排，避开了"过年季"的印刷延误。我这写稿的人也曾被催得团团转呢！

太空人登月之旅，科学家不但算准了地球到月球之间的距离，而且要先算出在3天的飞行期间，月球已经在环绕地球的圆周中移动了265000公里。所以他们要对准的方向是3天以后月球所在的方向。

多往前几步，早做准确的安排，似乎也是现代的一大特色。一位美国学生说,他们在美国时,每年在七八月间就订购圣诞节回家的车票。要以我那随遇而安的老习惯,即连到了12月20日,还想不起自己要回家呢!别说买票了。你说这速度令你心脏不堪负荷也好,但这就是这个时代的节奏。除非你愿退出这时代,否则,想摆脱也不容易摆脱呢!

现代的图腾

日子过得如此的匆忙，难得在回转奔腾之中略有一刻的沉静，抬头回顾，但见周围一切又有了太多的改变。于是，那常有的失落之感就又一次升上来，弥漫住整个自己。

——我在做什么呢？近来。

——我在想什么呢？近来。

——我究竟还拥有什么，期待什么呢？近来。

常常，还没有时间来回答自己，就又开始卷入了那身不由己的奔驰。因此今天，我固执地让自己多掌握一刻这静。推开那尚欲延续的，阻住那急于涌来的，无视那环伺在侧的。我要多掌握一刻这已经到手的静，无论我有多少不得不去应付的责任。

这几天，坐在车上，在新开的那条路上来往奔驰。那条熟路变得那么彻底，因而使我觉得整个人间都陌生起来，好像我忽然投生到一个从未涉足过的世界。特别是那路与路之间的安全岛上，矗立了一排又一排的、草黄色的、高高的"图腾"——我觉得那真像古代印第安人的图腾，单调而又荒凉地在尚未修竣的道路上兀立着，那么呆钝而缺乏色彩地兀立着。你绝不相信那是漂亮的大王椰，但它们是的。只因它们被太了解现代的人们动了移植手术，为怕砍伤之处不易愈合，而包着稻草做的石膏绷带。你不能由这稻草的石膏绷带外貌去推想它们的本来面目，你无法想象它们原来有的那份孤傲，那份挺拔，那份飘逸，以及那份遗世独立的淡泊，你不能想象。因为它们现在实在没有一点风姿，而只像一些曾经代表生命而不再有生命的图腾。

是这些图腾使这条长长的新路更加陌生与荒凉，使你有时会怀疑自己不再认识这居住了 20 多年的环境。点缀这荒凉的是每隔一段距离就有两盏的红绿黄三色灯，红绿两色尚未就职，只有黄色在中间，带着一份新奇感，在那里生涩地闪动。那里没有行道树，没有斑马线，没有花；不知怎地，好像也没有路，似乎三色灯只是在表演它们新出厂的生命——那么一种与众不同的新型的生命。那黄灯的黄色带着几分时髦的橄榄绿。那绿灯如亮起，也一定会使你惊奇它那特殊的色度。这世界，随时都在增加新的色彩，所有的绿灯都不喜欢自己和别的绿灯有相同的绿。红灯也是如此。

像这样每天必定在这几条新路上奔驰的人，尚且对这些新路如此之感到陌生，就更别提离国几年的朋友。你不会相信那宽得使你感到自己太渺小的道路就是台北的道路，你也不会相信那些铺了红砖的整齐的人行道是台北的人行道。而那人行道上一个一个巨大的花"碗"，碗中种着一簇一簇的杜鹃，你也不会相信那是台北的杜鹃。

陌生感的来源是由于太多的新奇。

但也是由于太多的失落。

这新奇是把人推卷得太迅速，因此只一瞬间，就使你远离了过去，远离了许多一直与你很熟悉的东西，使你一时之间想不起自己现在究竟是在怎样生活着的，也一时之间想不起自己过去究竟是怎样生活着的。你只知道你现在的生活与过去的生活十分不同，这不同的原因，不只是由于你有太多的新奇，而更是由于你有太多的失落。

又谁没有太多的失落呢？在这迅速变迁着的世界里？

有了红砖铺砌的人行道，我们就失去了随时停下来叫辆三轮车的便利；有了裹着伤的大王椰、装饰堂皇的安全岛，对街的人彼此也不再相望，人与人的距离就更其遥远。

本来就已经够遥远了，而现在更远，自从那晚，我在无路灯的黑暗中错过了第一个巴士站，于是就不得不继续摸索前行。只能遥望快车道上疾驶的车辆，而无法跨越那黑黝黝一带长长的安全岛，也无法远远地叫住岛那边的计程车。无论你多么疲倦，你也必须把这一带人为的阻障走完，你才有权转弯，才被允许穿越，到有巴士和计程车的"生之河流"的岸边来，等待过渡。从那晚，我就感觉到了这份遥远，感觉到了生活是越发地接近机械和越发地艰辛。自我也越发的渺小，渺小得挣扎不过一条马路；越发的孤立，孤立得在你迷路时找不到人来给你指引，而却又越发地不能不仰赖别人。这被机械的庞大威力震慑的人们，说是一切新发明会简化生活，其实人们却无奈地发现，生存的条件越来越苛刻，越来越不是那点天然的生存本能所可应付。你早已不能随便在地上种点可吃的稻谷或菜蔬；也不能再随便养一只可供过年的猪，或一些可贴补营养的鸡只。你也不能随便在这大地取得上帝为我们准备的饮水；也不能迁就自己的财力来在自己的土地上盖一间随心所欲的房舍。双手不再万能，而是每个人都必须仰赖一万双手的供应。我们的水是来自马达和水塔，除此之外，世界上仿佛不再可以找到一滴水。因此一旦马达和水塔出了毛病，一旦电出了毛病，你便成了涸辙之鲋。你便必须打出十万火急的电话，去催请水电行那懒洋洋的小工和老板，求他快些光临，价钱在所不计。电灯的照明、冰箱、冷暖气、热水炉、电锅、洗衣机等等一切，在给你便利之外，都同时剥夺掉你独立生存的权利。在这陌生的世界里，一旦电源坏了，你就一切停顿，连空气阳光也不再能毫无代价地获取。在连云的大厦里，你不再有权利用一个简单的柴灶，去向大自然讨些枯枝来举炊。如果电或瓦斯出了毛病，你唯一能做的就是向工匠去求救。于是，在这个时代里，工匠才是一切人的救星（而不再是上帝）。在这种情形之下，空气、阳光、水，都已不操在造物主的手中，它们的主权被工匠所篡夺。

我们要求进步，所以只好逼迫自己忘记工匠毕竟不是上帝，逼迫自己不去了解一切人力的发明与便利，都只能适应常态，而缺少权变的余地。

我们的违建早该拆迁，不得不搬入在在需"人"、处处需"钱"的公寓。我们天天都有新奇而陌生的东西供我们使用，也天天都有自然而亲切的东西从我们身边失落。

昨天，多年前的老乡亲从遥远的乡下来访。为珍惜这份乡谊，我特别殷勤地留他吃饭，却忘记当晚原有应酬要去参加，临时想起，心中颇费踌躇。乡亲只是一份感情，应酬却关乎一家之主的事业。生为现代人，既然处处需钱去支付给主宰我们生命的工匠，似无法不舍感情而就事业。只得道歉一番，嘱孩子陪乡亲用饭，我们双双赴宴去迄。你说心中总有些不安吧？却也未必。原来这几年在都市生活，原始的灵心被现实的风沙蒙蔽已久，可为自己解嘲及脱罪的理由真是多得很！不是常有人说吗？"文明人都该知道，现代多忙的生活已不容许你随时造访。""对已答应的约会必须守信。"因此，在"现代"的观点来说，那不是我的错，"不开倒车"总证明自己是在进步吧？你说呢？

这种淳朴之情的失落，就好像中年一到，把曾经极其动心的爱情也看淡了的那份失落。不再觉得要爱，也不再希望被爱，也不再有梦和诗。你说那是一种可喜的成熟，而我却坚决地说那是一种可悲的失落，那种把一切可爱、可动心、可做梦、可写诗的际遇，都淡然处之的冷硬的心情，不只是一种失落，而实在是一种死亡。

这一份心灵上的失落之感，就一直轻飘飘地虚悬着，在那片灰白的空间里，像极了那灰土飞扬的新道上那苍黄而受伤的、现代的图腾。

人间能得几回闻

经常与朋友们在聊天时谈起我的所学与所用。我总是说,我枉费了10年功夫去学钢琴和更多年的感情去爱音乐,但我现在却未正式用到音乐。当初真该听我父亲的话去读文学系,反可使现在的自己充实些。

不但心头一直有学非所用的惭愧感,而且一直以为自己当初爱上音乐是一种自作多情式的"盲恋"。以为自己或许真不该去爱上音乐,而且先天也缺少这份条件去爱上音乐。

事实也是如此。近20年来,我很少关心音乐。家有钢琴,也毫无兴趣去弹旧调。只因自己认为已经了悟音乐非我所爱,乃"放开手,随它去"了。

直到有一天,偶然下班早归,打开电视机,看到中视的"少年音乐会"节目。当片头字幕映现当天的课题"什么是古典音乐",以及由大指挥家伯恩斯坦(Leonard Bernstein)讲解,看到"讲坛"上浩大的乐队阵容,并由乐队奏出那堂皇的主题时,我才从那不由自主的激动中豁然了悟——我还是喜欢音乐的。而且我相信绝大多数的人是爱音乐的。但爱尽管爱,在没有办法得到足够的音乐教育的情形之下,大家也只能做做音乐爱好者而已。

请想,我们那时何来如此伟大的教学方法?何来如此渊博不凡而亲切无比的教授?那是伯恩斯坦啊!是我们从唱片套上看到他的大名便肃然起敬的伯恩斯坦啊!而他就在咫尺距离的荧光幕上,满面和蔼地用极平易的语汇给现场台下及电视机前的少年观众们讲"什么是古典音乐?""'古典'一词用得恰当吗?""以什么来取代它才更好呢?""是'严肃'

吗？是'古老'吗？还是什么？"最后他把它解释为 exact，意思是正确、准确，丝毫不爽，是一种必须尽力体会原作者命意的音乐。其间并列举爵士音乐、流行音乐、民谣，来与古典音乐比较。从孩子们所了解的、近在身边的常识，来分辨古典音乐和其他音乐有什么不同。这种深入而浅出的讲法，是一定要真正"精通"的人始可做到的。

当他面对观众做这些解释时，其轻松的态度，使你觉得他亲切似父；而当他背向观众时，指挥棒轻轻一动，立刻那庞大的乐队就应声奏出他所要的那一章、那一节、那一句。其起落的准备、音色之柔美，真是如同经他那一支细细的魔杖"点化"出来。那一种令人膜拜的权威感，以及伯恩斯坦本人对音乐的那一份由衷的崇敬与虔诚，使你觉得他庄严似神。

就因为他对音乐的了解有如此不凡的深与透，所以他才能得心应手地随便摘出某作品中的某章某句来为他的讲解作为实例示范，才能把一般人认为严肃不可企及的古典活化为亲切平易的教材，才能如此举重若轻地显示了音乐的灵魂之美。

他从古典音乐之父的"老巴赫"讲起，把他那古老的赋格曲形式，用短短的几句话配合上乐队几个乐器的示范演奏，生动地讲解出这里是一个乐句，那里又是一个乐句。某一种乐器在某一个音度上出现，又怎样如百川归海地汇合在一起。这样就把在我们耳中听来庄严古老的赋格曲如此轻易而带有感情地分析清楚了。再想起我们以往学音乐时，看着讲义上那割裂的谱表，以艰深难解的翻译词句"干"讲赋格曲的结构。让我们凭空去想象那多少度、多少音程、多少小节，像做数学题一样地去算。而还是越想越想不出那中音提琴、小提琴、大提琴，怎样和木管乐器亦步亦趋地归在一起。真难为我们在考试的时候还要答对"赋格曲的形式如何"呢！

接着，他讲海顿的音乐。那位童心不泯而又非常好命的音乐家，写过那么多快乐流畅的乐曲。我一直喜欢海顿，觉得他轻松风趣，不像老巴赫那么庄严，也不像贝多芬那么固执。但我直到这天，才真正听到他的一〇二号交响乐的动听处，才真正了解"惊愕交响乐"何以那么风趣。如不是伯恩斯坦的解释，如不是他和他的乐队对音乐如此之熟极如流，我仍然没有机会去认识作曲者对乐器的运用是何等的奇妙。

从巴赫、韩德尔、海顿、莫扎特，讲解到浪漫乐派的贝多芬，演奏了贝多芬的《爱格蒙特序曲》，这一课"什么是古典音乐"就在辉煌的乐声中结束了。为时1小时又10分钟。在这70分钟的时间里，我完全忘了身边的一切事，忘了自己是个"不再喜欢音乐"的人。我尝到了自己在多年前第一次听到古典音乐时的那份激动。正如伯恩斯坦所说的他听莫扎特音乐时的那种感觉，那种发自内心的感受。他说那是"既想哭，也想笑"，但又"既不是想哭，也不是想笑"的那么一种由衷的激动。这激动，只有当你心怀万种复杂情绪，连自己也理不清，却被一位知友一语说中时，那既感伤又喜悦的知遇之情，大致有点相像。以前，每听到真正丰美的和声时，都会有这种猝不及防的、发自内心的激动。但好久以来，我都未曾如此了。直到这天，听到伯恩斯坦的解释，和他指挥演奏的这些音乐。

当然，我不曾忘记这只是一堂讲解而非一场演奏，所以这才有一份特殊的轻松与亲切，才更易于深入地去体尝吧？

这样的教育节目，真是人间能得几回闻！真是现代人的福祉（当然我们是借了人家的光，这是中视自美国购进的影片）。想想现在的儿童，能有世界第一把交椅的指挥家伯恩斯坦做他们的老师，能有世界第一流的乐队做他们的活动教材（看看那些秃顶的老音乐家，乖乖地在伯恩斯坦指挥之下演奏的样子，你会觉得自己是多么神气！有这样天赋不凡的人们来为我们服务呢）。他们能在短短的70分钟时间里，了解被多数人视为可望不可即的古典音乐的精义，认识200年前的音乐大师的面貌和心灵，听到昂贵的音乐（这样的音乐，如买门票去听，怕没有几个人买得起呢！不但如此，还附带地听了伯恩斯坦大师学黑人爵士歌手唱歌和他在钢琴上随手表现的技巧。那钢琴在他手下像玩具一样的听话）。你说，这样的门票，即使再贵，你又到哪里去买？而美国的少年们就可以坐在家里的电视机前，轻易地享受到了（我们居然也有机会享受到了）。

有如此的音乐教育环境，爱音乐的人又怎么会放弃他们的爱好？

再检点自己过去做音乐学生时，大战刚过，满目疮痍，教材贫乏，师资缺少，不改行又做什么呢？

逍遥的年龄

一　自作主张的快乐

我常向朋友们夸耀我有一段极其逍遥的年龄，那是被这一代人们冠以"寂寞"二字的年龄。

尽管说，那时候有强邻压境的外患，但我们不怕外患，我们甚且应该感谢外患，因为它使我们坚定而团结，使我们鼓足了属于年轻人的朝气。我们的日子里有多种彩色，就像我们自己写、自己贴的那些标语——有抗敌的，有唤醒民族自觉的，有抵制洋货、提倡国货的。那些充满朝气的口号，比什么都更使我们觉得自己年轻、精锐、坚强，而又勇于负责。

当我们为响应抵御外侮而游行停课时，有些同学认为锻炼身体可以救国，于是，她们天天冒寒起，去操场跑圈，做体操。有主张节约可以救国的，于是，她们相约存起零用钱，励行节约。我们有几个人主张音乐可以救国，于是拼命去作词、印谱、练歌。当然主张文艺救国的人更可以趁机大写。反正有校中临时油印的特刊、号外，可以随你尽量发挥。

其实，现在回想起来，年轻的我们在那时候，大部分还是在享受那点"自作主张"的快乐。宿舍里很例外地在日间升起炉火，以便让我们有更多的空间可以工作，并且很破例地允许我们外出活动。有领导能力的同学认真地忙碌时，不大活跃的同学就认真地为她们助威。尽管说，到了最后，跑圈、做体操、锻炼身体的也许越来越起得迟，存钱救国的也许把钱拿来吃了羊肉面,停课的结果是免除了学期考试,提前放假的布告一贴了出来大家便迫不及待地回家了,但那生动活跃、富于冲力的气氛,总是使我们觉得自己精神充沛,而生活的内容丰富无比。

你不必笑我们做事有始无终,那正是年轻人的可爱处——容易激动,会闹,爱玩。时常对自己所做的事无法善其后,因此只好不了了之,而不觉得有什么负歉之处。能喊出那番口号,就已是年轻的最佳表现了。当他们发现那口号绝非一朝一夕可以实现,也不是自己力量所可达成的时候,当然只好重新定下心来,去做自己份内应做的事——读书。

二 "抵羊"·抵洋

不过话又说回来,我们决非没有成绩。最明显的成绩是,我们曾经真正提倡而且扶植了国货。

记得那年冬天,正是"九·一八"、"一·二八"事变连续发生之后,全国青年为国家危亡而群起发出抗日的呼声。在强邻对我们的武力侵略之外,大家都知道,经济侵略也是敌人老谋深算的策略之一,所以学生们发起了如火如荼的抵制日货运动。大家一致决议,由学生本身做起,不买敌人货品,并订出惩罚条例。在每一家售卖日货的商店门旁都派学生暗中监视。如发现有学生进入购物,就立刻予以拍照,并立刻将照片送往报馆,第二天见报。而且说到做到,就在"公约"实行的第二天,一位女同学去日租界须藤洋行买了两磅麻雀牌毛线,被守候在旁边的学生看到,次日照片刊出,惹起全校同学的公愤,认为这位同学破坏约定,影响校誉,大家对她群起指责。结果这位同学在学校不能立足,硬是自动退学了事。

如此一来,收了杀一儆百之效。学生行动立刻影响了社会各阶层,大家一致抵制日货,不去购买。

那时,国产的"抵羊牌"毛线刚刚出厂,品质既差,颜色又只有两种，一种是浅咖啡色，一种是深豆沙色，可说是相当难看，而且价钱又贵。但大家就是情愿多花钱，买次货，只因为它是国产。这样一来，倒真是扶植了抵羊牌，使它一下就站稳了脚步，奠定了基础。以后多少年，抵羊牌毛线在国内打开了广大的市场，颜色和品质都日益进步，不但追上了洋货，且比洋货便宜耐用，不能不说是学生们的一大功劳。抵羊牌毛线的商标是两只绵羊以角相抵，实际上是谐音"抵制洋货"。

由这件事，我们证明了众志成城的道理，也证明了青年学生们不可忽视的力量。

而尤其可贵的是，我们这样做，只是为了想替国家民族做一点事。我们既不去想是否我们自不量力，也不去计较将来的功过。事情能做多少就做多少。失败了，我们不气馁，成功了，我们也许根本不知道，因为我们早就被更新的事物吸引了去。就如这抵制日货的事。我们当时也只是看到眼前的那一番热闹，及至日后由于这运动而真正扶植了国货，反而没有多少人去留意了。

年轻人也就应该是这样的，好像活水里的鱼，欢腾活跃。行动多，顾虑少，所以机敏灵动，闪耀生光。

那时代，虽有国仇，却无家恨。所以我们虽然激昂愤慨，但我们是快乐的。我们不会有世纪末的颓废，没有蓝眼膏与假睫毛的诱惑。我们都很崇尚节约，以朴素为荣。

当我们把有限的零用钱买一点北国冬之芬芳的糖炒栗子放在大衣口袋，和三五个要好的同学一路走，一路吃，一路默念着沿街墙上的抗敌标语，真心诚意地准备随时为国牺牲时，内心里就真正在体会那种壮烈与兴奋。为国家，我们放得下任何属于自己的幸福与安乐。

三　运动之乐

我们喜欢运动与锻炼，鄙弃颓废与奢靡。

因为我们喜欢运动，所以那许许多多的运动会、球赛、体育表演，就填满了我们课余的时间，就织成了我们另一形态的逍遥。你可以想象，那份活跃的心情——下午第四节课一完，就立刻被操场上的哨子声吸引了去。在那里，夏天是排球赛，冬天是篮球赛，有时还有司令球或垒球赛，也有网球赛。运动员们刚健婀娜的风姿令人神清气爽，而我们这些观众围在球场四周为她们加油助兴，带着满心的快乐，享受这课余的时间。

你也许很难想象，当晚自习的时候，有哨子声从远远的体育馆传过来，我们就知道学院部体育系的同学又在做精彩的"体育表演"。于是，我们几个好动的同学，按捺不住那份欣赏的欲望，相约"溜号"，跑到体育馆楼上去做观众。到了那里，总会发现有更多的同学早已先到。于是，整个晚上，我们浸沉在"爬绳表演"、"窗梯运动"、"木马体操"、"垫上运动"等等令人激赏的表演里。体育系的同学是我们心目中的明星，每一位身手不凡的同学都是我们的偶像。而我们分享着她们的成功与骄傲，好像那矫健灵活的表演者是我们自己。

当有全市全省的运动会时，那决不是少数几个运动员的事，而是全校都卷入兴奋的热潮。

最难忘公元1936年在天津举行的华北运动会。那几天，全市学校放假，各校很早就选出最好选手参加之外，并各自组织花样翻新的"啦啦队"，为本市加油。专为华北运动会兴建的大运动场上，各校都有固定的看台，让学生们有机会亲见那些来自各地的第一流运动员的矫健身手。当运动会揭幕第一天，全体肃立，同唱歌时，放眼但见看台上千万青年与运动场里的各地选手同声相应。那场面，真不由你不喜极而泣。我们溶入那鼓舞欢腾的气氛里，深深地感到全国青年携手并肩、齐步向前、团结合作的那份朝气与激动。

哪一个年轻人的心，不需要那种清新的气氛呢？

哪一个年轻人的感情，不向往那种欣喜与激动呢？

四　丰富多彩的课外活动

功课的分量不轻，但我们总有时间玩。

学校从不限制我们的课外活动，也从不剥夺我们课外的时间。那时，学校里为我们安排了许多课外活动，如歌咏、平剧、国术、国画、国乐，还有昆曲等等，随你自由选择。这些课外活动都有特定的老师正式指导。不过假如你任何一项都不愿参加，也听你自便；中途也尽可自由退出，决不勉强。学生自己如想弹琴，学校有足够的风琴、钢琴，供你随时练习；如想打球，体育室各种球类足供使用。有一次，学生忽然提议要练习脚踏车，学校居然立刻买了25辆脚踏车，摆在车棚，不需任何手续，随你自由练习。

溜冰也曾在学校倡导之下，成为全校热门的一项冬季运动。那一阵，但见学校里随处都是身穿羊毛运动装、头戴运动帽、肩背溜冰鞋的同学。一下课，就立刻奔向校园一角的溜冰场。

我常觉得，一个学校的学生们除了向老师学习之外，同学之间彼此影响的力量很大。所以时常有某些活动，是由于一两位同学偶然的倡导，而在学校流行起来，成为一时风尚。如有一年，一位同学从家里带来一架小型照相机，和同学彼此照了照片，送到附近照相馆冲洗出来，赠送给别的同学。于是，几乎全体同学都跟着买了这类价廉物美的小型照相机。一时校园中随处都可看到同学们彼此拍照，附近两家照相馆也因为售卖胶卷和冲洗我们的照片而大发其财。我们却是以游戏的心情学会了生活上的另一种艺术。

五　难忘的高三下

不要以为我们不忙功课。那时，我们学校成绩之好是全省闻名的。

逍遥的年龄

高三那一年，我们也曾为参加全省的毕业会考而加倍猛攻书本，那是在毕业考与升学考之间的一大关口，要考高中三年的学科。如不及格，不准毕业。因此全班师生都很紧张，唯恐考试成绩太差而被"留校"。更怕因我们一班的不争气而影响校誉，补习也就在所难免。不过，那种补习是"善补"而非"恶补"。

第一，我们师生一致认为补习是理所当然，所以决无任何人想到收补习费。第二，补习时间全在白日，决不影响休息时间，只是把白天时间尽量填满，晚自习时多几项作业而已。第三，老师在高三上学期就早已把全部课程授完，并且再三复习过，大家都已对功课完全了解，剩下的只是温习。到了高三下，学校让我们完全停课，专心温书。

正因为不上课，只温书，所以，那高三下的几个月温书的时间，反而成为我们一段最逍遥的岁月。

我们随便何时起，何时睡，何时读书，何时玩。当你想温书时，随你愿在教室也好，钢琴室也好，寝室也好，校园或地下室，都随你意。也就因为我们被允许用如此逍遥的方式准备功课，所以大家精神都很轻松。同学们以学校荣誉为第一前提，所以温书时大家都肯互相切磋，彼此指导，读书效率反而增加。会考结果之好，也早在意料之中了。

六　逍遥的年龄

前些天，一个在高中读书的女孩子到电台找我聊天。

她忽然问我："你们读高中的时候，天天下了课都做些什么呢？"

我回答她说："我们最喜欢做而又最简便、任何人都可做到的事是一面散步，一面唱歌。"

她听了，表示相当惊奇，说："你们怎么好意思一面走路，一面唱歌呢？而且你们哪里来的那么多歌可唱呢？"

我也相当惊奇，惊奇的是，她竟然会有此一问。

十几岁的孩子，不唱歌，不散步，那么她空闲的时间做什么呢？

不唱歌，不散步，生活岂不太沉闷？

于是，我陪她在附近新铺的红砖人行道上，绕着那一带有树的地方走了几个圈子。一面走，我一面告诉她，我曾有过的那一段逍遥的年龄。